ジュネーヴ短編集

ロドルフ・テプフェール

加藤一輝＝訳

幻戯書房

ロゴ・イラスト――丸山有美
装丁――小沼宏之[Gibbon]

目次

恐怖

NOUVELLES
GENEVOISES
illustrées d'après les dessins
de l'Auteur.

PAUQUET

ジュネーヴ短編集

伯父の書斎

ふたりの囚われ人[001]

わたしは父親の営む店の門前で育った子たちとつきあいがあった。彼らはそうした生活から、人間についての実用的な知識、のらくら好み、街場への関心、俗な考え、界隈の気質

や偏見を、それなりに身につけていた。弁護士や牧師になっても、店の門前から各々の職業へと、よくも悪くも多くの物事、けっして拭い去れない要素を持ちこんだ。

それとは別に、当時、というのは十五歳くらいのことだが、静かな中庭や寂しい屋根裏に小さな部屋を持っているひとたちがいた。彼らはそこで瞑想に耽《ふけ》り、市井のことなどほとんど気に留めず、ごく少数の近所のひとたちを密かにたっぷりと観察していた。そこで彼らは人間について、普遍的ではないが深い知識を得た。それに、どんな見世物もないのだから、どれほど独りで過ごしたことか。もう片方のひとたちは、門前で目新しい光景に絶えず楽しまされて、自己を知りたいという時間も欲求もなかった。弁護士であれ牧師であれ、小部屋のひとと店先のひとでは流儀が異なると思わないか？

家から見える通行人、あたりを行き来する者、聞こえる音、

悲喜こもごもの出会い、近隣住民、不測の事態は？　ああ！　教育の何と難しいことか！　よかれと思って、友人や書物の助言にしたがって、息子の頭や心をあなたの望むほうへと向けさせると、雑事や騒音や隣人や不可抗力が、あなたを邪魔したり助けたりしてくるのだ、あなたはその効果を打ち消すこともできないが、利用せずに済ますこともできない。

確かに、もっと後、二十歳や二十五歳を過ぎれば、家の影響はほとんどなくなる。暗かったり明るかったり、心地よかったり荒れていたりするが、ともかく教えるのをやめた学校である。この歳になれば、自分で人生を歩むのだ。ついさっきまで遠くに見えていた未来の雲に到達し、心は夢見がちでも素直でもなく、物事が映っても刻まれることはない。

わたしはというと、閑静な地区に住んでいた[002]。サン＝ピエール大聖堂の裏手、司教館牢獄《ろうごく》[003]の近くにある。アカシアの葉の向こうに、大聖堂の尖頭《せんとう》アーチ、高い塔の根元、牢獄の通気口、その先には湖と岸辺が垣間見えた。もしわたしがそれらを活かす術を知っていたら、どれほど素晴らしい教育となっていただろう！　同年代の少年たちの中で、どれほど恵まれた境遇にあったことか！　それを活かせなかったにしても、店の門前よりも気高く、孤独な部屋よりも豊かで、才能さえ向いていれば詩人が生まれるはずだったこの学校を出たことを、わたしは誇りに思っている。

もっとも、すべては上手くできているのだ、なぜならわたしは詩人が幸せだった時代などないと思っているからだ。最も恵まれた詩人たちのうちで、栄誉と称讃への渇望を癒せた人物を、ひとりでも知っているか？ 最も偉大な詩人たち、そのうえ恵まれた詩人たちのうちで、自分の作品に満足でき、詩才に啓示された天空の光景を自作に見いだせた人物を、ひとりでも知っているか？ まやかし、失望、幻滅の人生だ！ もっとも、これらは表面的なことでしかない、もっと大きな悩み、もっと苦い屈辱に覆われた人生だろう。詩人の頭脳は、人間離れした喜びを思い描いては、日々失望し、ご破算にしている。遠くに天を見るが、地に留められている。女神を愛するが、人間にしか出会わない！ タッソー、ペトラルカ、ラシーヌ、感じやすい傷ついた魂、けっして安らぐことなく、いつも血を流して嘆いている心、不朽の存在となるために何を捧げているのか、少しでも教えてくれ！

これは結果でもあり、原因でもある。詩人だからこそ苦しむのであり、苦しむからこそ詩人なのだ。この内なる闘争から、雲から稲妻が落ちるように、われわれを打つ詩句の輝きが飛び出す。苦しみが喜びを露わにし、喜びが苦しみを教え、欲望が失望と隣り合っている。豊かな混沌、実りある苦痛から、詩人の崇高なページが生まれる。孤独な竪琴から甘い音色を引き出すのは、荒々しい風なのだ。

だからわたしは、世界の詩人よりも街角の乾物屋であるほうがよい、ダンテ・アリギエーリよりもジローであるほうがよい[004]と常識人が言うのを聞いても、さして驚かない。

この詩人についての考えは大変もっともであるから、この職業を志す者がそもそも何

を望んでいるのか、ぜひ見ていただきたい。悩み、苦しみ、叶うならば豊かな混沌ではないか？　聖人の言葉を真似て美徳を装うように、詩人は悲嘆や不安や言いようのない苦悩の言葉によって詩を装う。苦しみを詩句にし、呻きを詩句にし、二十歳にして色褪《あ》せた人生の燃えさしを引きずり、詩句の中で死ぬ。ほとんど皆がそこから始めるのだ。ああ！　友よ！　悲しく、不幸で、悩み、欲望に苛まれ、恍惚《こうこつ》に魅惑され、人生の彩りを失って、ミルヴォワ[005]のように死ぬのは、君の思うほど簡単ではない。だから仮面を取って、君の楽しげな顔を見せてくれ。なぜ、どうして、太って逞しい君が、その本性に従わないのか？　嘆き苦しんでばかりだと思われ、死んでも弔われないのが、どれほど素晴らしいことだというのか？

もっとも、わたしのいう実りある苦痛とは、すべての偉大な詩人が必ず詩句の中で呻《うめ》いたり泣いたりするということではなく、逆に、最も晴れやかな恍惚が苦い悲嘆を覆い隠していると言いたいのだ。われわれを心地よい楽園へと誘うとき、この世ならぬ筆致で美を描くときさえ、詩人を幸せな高みへと飛翔させるのは、地上の空虚さなのだ。病気だから健康を描き、氷上を彷徨《さまよ》っているから夏を描き、あたりが干上がっているから冷たい水を描く。不幸者が束の間の陶酔を味わい、われわれに杯を飲ませてくれる。美酒はわれわれに、澱は詩人に。

けれども、わたしはここに、脳の皺《しわ》に隠れた恥ずべき考えを見つける！　わたしは喜んでいるのだ、わたしを楽しませるために苦しむ魂が存在したことを……一瞬わたしを魅了し感動させる数ページや数節を残すために、不幸者たちが何年間も苦しんだことを。甚だ身勝手な心、何もかも喜びのために捧げさせる喜びの残酷さ！　とはいえ……乾物屋のラシーヌ！　小売商のウェルギリウス！　……いや、わたしはまだ分別が足りず、白くなった頭はまだ充分に年を重ねていないのだ。いずれ、間もなく！　もっと分別をつけ、利己心を捨てて、若者たちの前でも同じことを言えるだろう。くどくど述べた考えが、若者たちの頭に届き、額に広がり、ようやく唇で止まるだろう。

　脳には恥ずべき考えがたくさんあるが、慎みによって隠され、非難を恐れて沈黙し、ときに隠れ家から姿を覗かせると、真面目な顔を赤くさせる。ある日ひとりの男が自分の脳を探索した。上から下まで皺を調べあげ、最も暗い片隅まで探り、見つけたものから『箴言集』という一冊の本、正確な鏡を作り上げた、そこに人間は自分で思っているよりもはるかに醜い映し姿を見る[006]。

　公爵は、己の脳の中を見るべし、というソクラテスの格言に従ったのだ。汝自身ヲ知レ（ギリシア語だ）に、他の意味はない。わたしはというと、そうした習慣的な観想が大いに有意義なのか、疑っている。多くの物事については、自分を無視したほうがよいのだ。ある者は、自身をよく知ると、より悪くなる。あ

る者は、よい穀物が自分の畑で実りをつけないのを見て、雑草を利用しようと思いたつ。

そういうわけで、わたしは自分の脳をあまり覗《のぞ》かないが、他人の脳をこっそり眺めるのは、最も楽しい気晴らしであり、虫眼鏡や顕微鏡を使って、あなたには信じがたいであろう興味深い細かな特徴を見つける。肉眼で見える大きなものや、遠くから見える奇怪なものは見ない。容器で中身を、皮のでこぼこでオレンジの味を、缶で香油を見きわめようとするガル[007]の何と愚かなことか。わたしは開けて味わう、蓋をとって嗅ぐのだ。

すべての脳は同じように作られていると考えてみよ、つまり、どの脳にも同じ数の部屋があり同じ種が入っているのだ、どのオレンジにも同じ数の種が同じ数の房に同じ配置で並んでいるように。しかし程なくして、ある種は芽が出ず、ある種は規格外の成長を遂げ、ちぐはぐになって、そのために、人間をこれほどまでに似通わなくする性格の違いが生まれるのだ。

不思議なことに、これらの種の中には、必ず芽吹き、何もなくても多くを吸収しても同じように育ち、最も成長する種のひとつとなり、最後まで萎びない種が一粒ある。その種が死んだら、その人間の他の部分はすべて生きるのを止めたに違いないと考えてよい。わたしはこれをある死体検査官から聞いたのだ、彼はこの徴候を他の何よりも信頼できる証と考え、亡くなった者のところへ呼ばれたときは、はじめに、もう人前に出る気がないこと、身なりや姿勢に気を配らないこと、他人の視線を意識しないことを確認するという。そうした場合、脈すら取らずに、死亡判定を下す。必ずこの手順を踏んでいるから、脈拍や呼吸などの不完全な徴候に頼っている同業者たちがよくやるように、生きた人間を墓に送るような真似など、したためしがないと確信しているそうだ。

この検査官いわく、その芽は身分や財産や職業によってはさほど変わらず、何かが影響するとしたら、むしろ年齢だという。幼年期に最初に姿を現わす芽ではなく、青年期にも最も大きな芽ではないが、二十歳からは立派で貪欲な塊茎《かいけい》となり、あらゆるものを吸収する。

自分の家について話したかったのを忘れていた。わたしはそこで、深い安らぎのうちに青年期のはじめの朗らかな余暇を送り、先生とはほとんど一緒に過ごさず、もっぱら自分自身と、そしてユーカリスやガラテア、とりわけエステルとともに過ごした[008]。

フロリアン氏の田園小説が特別に魅力的な年頃というのがあって、それはただ一回きり、そして長くは続かないが、わたしはその年頃だったのだ。若い羊飼いの娘たちほど可愛らしいひとはなく、彼女たちの気取った言葉や甘ったるい感情ほど純真なものはなく、彼女たちの優雅な腰つきや揺れるリボンのついた牧杖ほど田舎風で素朴なものはないように思われた。街で最も美しい女性たちの中に、わたしの愛する羊飼いたちの格調、気品、才知、そして何より感情の、半分も見いだせなかった。だからわたしは彼女たちに躊躇《ちゅうちょ》なく心を捧げ、わたしのつたない想像力は、彼女たちに忠実な心を持ち

続けられるようにする責務を負っていた。

幼い恋心、のちに身を貫き、締めつけ、焼きつける炎の最初の光！　……波乱に満ちた感情の無垢《むく》なる始まりには、何という魅力、何と朗らかで純粋な輝きのあることか！

残念ながら、この熱情に、わたしは安心して身をゆだねられなかった。わたしが先生と交わしたばかりの、とても真剣な会話のせいだった。カリュプソの島でテレマックが美徳のためにユーカリスと別れるという立派な振舞い[009]のことで、その行ないをふたりで稚拙きわまりないラテン語に訳した。

そして彼はテレマックを海へと追い立てた……

そして彼はテレマックを海へと岩から投げこんだ[010]、と訳したところで、わたしの先生であるラタン氏が、このメントル[011]の行ないをどう思うかとわたしに訊ねた。

この質問はわたしを大いに困らせた、家庭教師の前でメントルを非難すべきでないのはよく分かっていたからだ。しかし心の底では、このメントルの振舞いは乱暴だと思っていた。わたしは、テレマックが彼女と別れて苦い波を飲むことになったのは確かに幸せだったと思う、と答えた。

ラタン氏は言った。「君はわたしの質問を理解していないね。テレマックはニンフのユーカリスに恋をしていたが、恋とは最も有害で最も卑しく最も美徳に反する情念だ。恋する若者は弛《たる》んで軟弱になり、ヘラクレスがオンパレの足元でやっ

ていたように、女の足元で溜息《ためいき》をつくことしかできない012。だから、テレマックを奈落の淵へと突き出した賢者メントルの行ないは、何よりも称讃すべきものであった」さらにラタン氏は言った。「これが模範解答だ」

こうしてわたしは、間接的に、自分が深刻な状態であり、すでに美徳からかなり離れていると悟った、というのは、わたし自身にとっては明らかだったのだが、ユーカリスと同じくらいエステルにも恋していたからだ。だからわたしは、この罪深い感情、少なくとも、メントルの行ないに対するラタン氏の称讃を鑑みるに、遅かれ早かれ何らかの破滅をもたらすであろう感情と闘おうと、密かに決意した。

ともかくラタン氏の話は強く印象に残った、わたしがそれを理解できたからというより、不明瞭で不可思議なところがあったからだ。慎重に、奈落の底に落ちぬよう、無垢であったには違いない愛の炎を抑えているとき、わたしの想像力はラタン氏の不吉な言葉に引きつけられ、意味を見抜き啓示を得ようとしていた。

これがわたしの初恋だった。まったく架空の恋だったから、続きも何もないのだが、ラタン氏の話によってこうして恋が抑制されたことは、わたしの他の恋に、この後の物語で見られるであろう、ある特徴を与えたのだ。

先ほどお話しした牢獄には窓がひとつしかなく、わたしのほうを向いている。一般的にいって、牢獄は窓が少ないものだ。

この窓は、黒くて物悲しい様子の壁に開いている。鉄格子があるため囚人は頭を出せない。通りを見られないよう外側に器具がついており、空からの光は僅かに檻房《かんぼう》の奥まで届くのみである。この通気口を見たとき、ただ恐怖と怒りだけが沸き起こったのを覚えている。実際、わたしは正直なひとばかりで社会が構成されていると思っていたから、自ら人殺しや泥棒になる者がいるのは忌まわしく思えたし、非のない人間たちを怪物どもから守る正義は、聖人のごとく謹厳な女将さんのように見え、その判決も冷酷に過ぎることはあるまいと思えたのだ。のちにわたしは変わった。わたしにとって正義は神聖でなくなり、非のない人間たちに対する評価は下がり、怪物どもの中にしばしば貧困や見せしめや不正義の犠牲者を認めた……。それで共感が怒りを和らげた。

子どもの知性は、限界があるからこそ決めつけがちである。子どもにとって、問題にはひとつの面しかなく、とても単純だ。それゆえ、賢明というより真っすぐな頭には、解決策も簡単で明らかに見える。だから、最も優しい子どもが辛辣なことを言い、最も人間らしい子どもが残酷なことを言う。わたしは最も人間らしい子どもではなかったが、そのようなことはしばしばあった。牢屋に入れられた男を見たとき、わたしは憲兵にだけ共感し、囚人に対しては恐怖しかなかった。酷薄でも卑屈でもなく、それが正しかったのだ。もっと悪童だったら、憲兵を憎み、囚人に同情したのだが。

ある日、わたしの義憤をかき立てる男が牢獄を歩いてゆくのを見た。非道な人殺しの共犯者だ。ふたりで老人を殺して金を奪い、犯行の瞬間を子どもに見られて、罪のない目撃者を二番目の殺人で消したのだ。相方は死刑を宣告されていたが、この男は、巧みな弁護のおかげか、情状酌量すべき事情があったのか、無期懲役にとどまった。檻房に入るとき、わ

たしの窓の下を通り、あたりの家をしげしげと眺めた。目が合って、まるでわたしを知っていたかのように微笑んだ!!!

　この微笑みは深く不吉な印象を残した。一日じゅう頭から離れなかった。わたしは先生に話そうと決めた、すると先生は、よい機会だからと、わたしが通りを眺めて相当な時間を無駄にしているのを戒めた。


　考えてみると、わたしの先生は奇妙な人物だった。道徳的だが衒学的《げんがく》、尊敬すべきだが笑うべき、それゆえ立派でもあり滑稽でもあるという印象だった。けれども、誠実さに導かれ、規範に律せられていたから、それらが行動と一致していたときは、いかにラタン氏が可笑しく見えようとも、器用で良識ある、しかしわたしに守らせようとする教訓と彼自身の守っている教訓が少しでも違っていると違和感を持ってしまうような先生よりも、わたしに大きな影響力を与えたのだ。

　先生は極度の恥ずかしがり屋だった。道徳に反するといってテレマックを何ページか丸ごと飛ばし、わたしが惚れっぽいカリュプソに好意を抱かぬよう細心の注意を払い、世に出たらカリュプソのように危険な女性とたくさん出くわすことになると警告した。カリュプソを憎んでいたのだ。いくら女神でもカリュプソは大嫌いだった。ラテン語の作家については、イエズス会士ジュヴァンシー[013]による検閲済の版しか読まないようにしていた。そのうえ、この慎み深いイエズス会士が危険でないと考えた箇所さえもたくさん飛ばした。それでわたしは、多くのことに嫌悪感を抱くようになった。わたしの最も素朴な気持ちは、わずかに恋の様相を帯び、先生の嫌いなカリュプソとは仄《ほの》かに関係しているにすぎなかったのだが、ラタン氏に知られるのがとても怖くなった。

　この点については言うべきことが山ほどある。こうした方法は、鎮めるよりも煽りたて、防ぐというより抑えつけ、徳義よりもむしろ偏見を与える。何より、最大の影響は、ほぼ間違いなく純真さを損ねてしまうことだ、それは少しでも枯れたら誰にも咲かせようのない繊細な花なのだ。

　さらにラタン氏は、ラテン語や古代ローマのことで頭が一杯といっても、根が真面目だから、厳しいというより小言屋だった。インクの染みについてセネカを引用し、いたずら好きというとウティカのカトー[014]を例に出してくるが、ひとつだけ許せないのが哄笑《こうしょう》である。この人物は、哄笑のうちに、最も異常なもの、時代精神、不道徳の前触れ、嘆かわしい未来の兆候を見てとった。このことについて延々と熱弁を振るうのだ。わたしは、これは鼻にできた疣《いぼ》のせいだと思う。

この疣はひよこ豆ほどの大きさで、とても細く、また正しく湿度計である和毛の房が生えていた。というのも、大気の状態によって和毛が硬くなったり丸まったりすることに、わたしは気づいていたのだ。授業中、からかうつもりは毛頭なく、興味深い対象として、まったく無邪気に和毛の房を見つ

めることが、よくあった。そんなときには、いきなり詰問され、注意散漫を厳しく叱責された。ほかにも、もっと稀だが、怒って追い払ってもしつこくとまろうとする蝿がいたため、先生が説明を速め、わたしを教科書に集中させて珍妙な戦いに気づかせないようにすることがあった。しかし、かえって何事か起こっていると知らせているようで、好奇心に抗えず、わたしはこっそり先生の顔に目をやった。見るやいなや笑いに襲われ、少しでも蝿が我を張ったら、なおさら堪えられなくなった。するとラタン氏は、この恥ずかしい事態の原因が全く分からないといった体で、一般論として哄笑を非難し、その恐ろしい影響について説明した。

とはいえ、哄笑はわたしの知るかぎり最も楽しいことのひとつだ。禁断の、ゆえに甘美な果実だ。わたしが大笑いしなくなったのは、先生の小言ではなく、年を重ねたためだ。楽しく哄笑するには小学生でなければならないし、できれば鼻に疣と少しの癖毛のある先生がいるとよい。

……この年頃の子どもは無慈悲なものだ[015]。

それ以来、この疣について考え、わたしが思ったのは、気難し屋は皆、肉体的あるいは精神的な欠点、つまり目に見えるか見えないかの疣を持っていて、それを周りから馬鹿にされていると思いこむ傾向がある、ということだ。こうしたひとの前で笑ってはいけない、そのひとを笑っていることになる。木の瘤《こぶ》や蕾《つぼみ》について話してはいけない、当てこすりになる。キケロやスキピオ・ナシカを話題にしてはいけない、厄介なことになる[016]。

黄金虫の時期だった。かつてはよく黄金虫で遊んだが、もう興味を失いかけていた。人間の何と老いゆくことか！

もっとも、部屋でひとり、死ぬほど退屈しながら宿題をしているときは、一匹の黄金虫とのつきあいを疎《おろそ》かにしなかった。確かに、紐《ひも》にくくりつけて飛ばそうとか、小さな荷車を牽《ひ》かせようとかいうことではなくなった。そんな子どもじみた遊びに夢中になれる歳ではなかった。だが、それが黄金虫に対してできることの全てだと思っておられるだろうか？　大きな間違いだ。子どもじみた遊びから博物学者の真面目な研究まで、踏むべき段階はたくさんある。

わたしは一匹の黄金虫をひっくり返したグラスに入れた。苦労して壁面を登っては落ちるのを延々と繰り返していた。ときに仰向けになることもある、知ってのとおり黄金虫にとっては大変な災難だ。わたしは黄金虫を助ける前に、六本の脚でのろのろと空を切り、存在しない物体にしがみつこうとする黄金虫の辛抱強さを観察した。黄金虫は本当に愚かな虫けらだ！　と思った。

わたしはたびたびペンの端を差し出して黄金虫を窮地から救い出し、それによって最も偉大で幸福な発見へと導かれた。

わが黄金虫はペンの羽根にしがみついた。いみじくもベルカン[017]の言うとおり、よい行ないには必ずや然るべき見返りがあるのだ。そのとき訳していたユリウス・カエサルよりも黄金虫の行動のほうに注意を向け、黄金虫が正気に戻るのを待ちながら一行書いた。飛び去るのか、それともペンを下ってくるのか？　何が物事を左右するのか！　もし黄金虫が前者を選んでいたら、それでわたしの発見は終わり、気づくこともなかった。さいわい黄金虫は下りはじめた。インクに近づいてくるのを見たとき、わたしは予兆を覚え、大事件を予感した。コロンブスが海岸を見ずしてアメリカ大陸を予感していたのと同じだ。実際、ペン先に到達した黄金虫は、尻をインクにつけた。早く白紙を……一番待ち望んでいた瞬間なのだ！

　黄金虫の尻が紙へと至り、辿《たど》ったところにインクをつけて、見事な絵が完成した。黄金虫は、天賦の才があるのか、あるいは硫酸が臓器を痛めるのか[018]、ときに尻を上げ下げしながら進む。その結果、点が連なって、驚くほど繊細な作品となるのだ。また別のときには、翻心して向きを変え、また翻心して戻ってくる。Sだ！　……これを見たわたしは一筋の光に打たれた。

　わたしはこの驚くべき生物をノートの最初のページに置き、尻に充分インクを含ませた。それから、作業を指揮し行先を塞ぐための藁《わら》を一本持って、わたしの名前を書くように歩かせた！　二時間を要したが、何という傑作だろう！

　ビュフォンの言っていた、人間がこれまでに行なった最も高貴な飼い慣らし、それは……それはきっと黄金虫だ！[019]

　作業を指揮していたら、朝が近づいていた。最後の文字を書き終えようとしたとき、「友よ！」と優しく呼ぶ声がした。わたしはすぐさま通り

を見た。誰もいなかった。「ここです！」と同じ声がした。「どこですか？」とわたしは答えた。「牢獄です」

わたしは気づいた、通気口から聞こえてきた言葉は、恐ろしい微笑でわたしをひどく動揺させたあの凶悪犯から投げかけられたのだ。わたしは部屋の端まで引っこんだ。

声は続けた。「怖がらないでください、あなたに話しているのは善人なのです」わたしは叫んだ。「この野郎！　これ以上ぼくに話しかけるなら、向こうにいる番兵に知らせるぞ！」

囚人は少し黙った。そして再び話しはじめた。「先日、通りを歩いていたとき、あなたの顔を見て、あなたには人間の不正義の犠牲となった不幸者を憐れむ心があると思ったのです……」わたしはまた叫んだ。「黙れ！　老人や子どもを殺した悪党め」「……なんと、あなたも他のひとと同じく盲目なのですね。けれども、悪が存在すると決めつけるには、まだ若すぎます！」誰かの通る音がして、囚人は黙った。黒い服を着た男だった。のちにわたしはそれが葬儀屋であったと知った。

男が遠ざかると、囚人は言った。「あちらに立派な教誨師《きようかいし》のかたがいます。そのかたは知っておられます、おお神よ！　わたしの心が純粋で、魂が汚れていないことを！」囚人がまた黙った。今度は憲兵だった。わたしは囚人が喋《しやべ》っていると憲兵に言いつけるか迷ったが、まさにその囚人の言葉によって、わたしの信じやすい心はすでに動揺していたから、告げ口しようという衝動は抑えられた。それに、わたしの無邪気な顔を信頼してくれた囚人への裏切りにもなると思った。わたしの自尊心をくすぐった称讃を打ち消すことになる。芽は何でも糧にする、と前に書いた。自尊心を心地よく喜ばせるほど下品な手はない。

わたしは会話につられて窓辺へ来ていたが、そのあと囚人がずっと黙っているので、黄金虫のところへ戻った。

わたしは青ざめていたに違いない。しでかしは大きく、修復不可能だった！　まず犯人を取り押さえ、窓から投げ捨てた。そして絶望的な情況を恐る恐る観察した。

『ガリア戦記』の第四章から出発して、左側の余白へと真っすぐ進んだ、長く黒い跡があった。そこで動物は、端が切り立っていて降りられないと気づき、引き返して右側の余白へと向かった。それから北へと向き直り、本からインク壺の端へ移ろうと決め、さらに、緩やかで滑らかな傾斜を伝って、深淵へ、地獄へ、インクへと滑りこんで、そいつの不幸とわたしの不幸を招いた！

そこで、あいにく黄金虫は自分の間違いに気づいて、引き返そうと決意した。頭から脚まで真っ黒になってインクから上がり、『ガリア戦記』の第四章に戻った、そこで何も分からないままわたしに見つかったというわけだ。

巨大なインクの染み、湖、川であり、優雅でなく才能もない大惨事の連続だった……黒くて恐ろしい光景だ!!

さらに、この本は先生の持っているエルゼビア版だった[020]。エルゼビアの四折本、稀少で高価で入手困難なエルゼビア版、厳重に言い含められて貸してもらった本だ。間違いなくわたしは色を失っていた。

吸水紙にインクを吸わせ、ページを乾かしてから、わたしは自分の立場について考えた。

後悔よりも不安のほうが大きかった。最も怖かったのは、黄金虫について白状せねばならないことだった。わたしの年齢は理性の年齢に達したのだと言っていた先生は、こうした暇つぶし、有害で不道徳に違いない児戯で暇つぶしをしているという恥ずべき態度を、どれほど冷たい目で見るだろう！　わたしは戦慄した。

そのときわたしはサタンに用心できず、サタンがわたしを落ち着かせはじめた。欲望の時分にはいつもサタンがいる。サタンは小さな嘘を勧めてくれた。わたしのいない間に、近所の野良猫が部屋へ入ってきて、『ガリア戦記』の第四章の上でインク壺をひっくり返したのだ。授業中は外出してはいけないはずだったから、羽根ペンを買いに行く必要があって留守にしたことになった。ペンは手の届く戸棚の中にあったから、昨日鍵をなくしたことになった、風呂場でなくしたのだ。昨日は風呂に入る許可を貰っていなかったし、本当は入っていなかったのだが、勝手に入ったことにして、この過ちを告白すれば、作り話の全体が大変もっともらしくなり、また過ちを惜しみなく認めるのだから良心の呵責

も薄れ、ほとんど赦されたような気になった……。

　こうして組み上げた大作を用意したところで、ラタン氏が階段を昇る足音が聞こえてきた。

　わたしは動揺して、本を閉じ、また開き、また閉じ、すぐに開いた、インクの染みで自ずと分かる模様のページだ、最初に開いたときほどの困惑はなくなっていた……。


　ラタン氏が授業をしに来た。本を見ることなく、帽子を置き、椅子を引いて、座って鼻をかんだ。平静を装うためにわたしも鼻をかむと、ラタン氏はじっとわたしを見つめた、鼻にかかわることだからだ。

　わたしは、ほぼ同時に鼻をかんだ意図をラタン氏が探っているのだと咄嗟に気づかず、インクの染みを見られたと思って目を伏せていたが、答えを用意していた質問のせいではなく、詮索するような沈黙のせいで戸惑った。ついに厳粛な口調で言われた。「君！　顔を見れば分かるよ」「いや、先生……」「分かると言っている」わたしは口を挟んだ。「いや、先生、それは猫なんです」

　これにラタン氏は顔色を変えた、無礼の常識的限度を越えた答えだと感じたのだ。そして巨大な染みを見つけ、怒りに駆られ、見るやいなや身震いし、それを見たわたしも身震いした。

　嵐を避けるときだ。「先生、ぼくが外出している間に……猫が……羽根ペンを買いに……猫が……鍵をなくしたから……昨日お風呂で……猫……」

　話を続けるほどラタン氏の視線は険しくなってゆ

き、ついにわたしは耐えきれず、いきなり罪を自白した。「嘘です……ラタン先生……悪さをしたのはぼくです」

大いなる沈黙が訪れた。

とうとうラタン氏が重々しく言った。「あまりに怒っているので、わたしが言葉につまり、ゆっくりになったとしても、驚かないでください。怒りに言葉もないとさえ言えるでしょう……」ここで蝿が……わたしの顔を哄笑の気配がよぎった。

再び大いなる沈黙が訪れた。

ついにラタン氏が立ち上がった。「君は二日間この部屋で自分の行動を反省しなさい、その間にわたしもこうした重大な局面で取るべき行動について考えます……」

そしてラタン氏は部屋の鍵を閉め、鍵を持って出て行った。

正直に告白したので、わたしは気が軽くなった。ラタン氏が去って気兼ねする必要もなくなったので、囚われの身となってしばらくは、まさしく幸福な解放感があった。自分の過ちについて二日間反省する義務さえなければ、深刻な危機を脱したかのように、大喜びしていただろう。

そういうわけで、わたしは反省を始めた。しかし何の考え

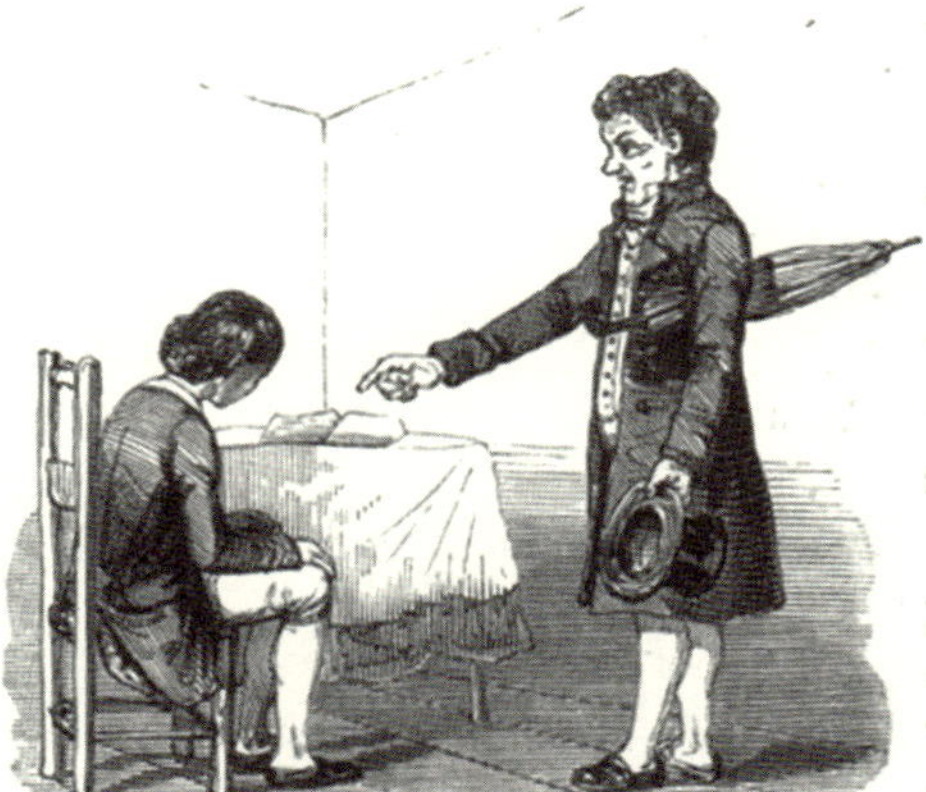

も浮かばなかった。自分の過ちを掘り下げても、重大なのは嘘をついたことだけだが、自ら進んで白状したのだから帳消しだ。とはいえ形だけでも懺悔《ざんげ》しておこうと思った。それも難しいと分かると、よくラタン氏の言っていたとおり、わたしの心はすでにとても邪悪で不道徳なのではないかと怖くなりだし、ひどく後悔して、これからは哄笑をやめようと考えた。

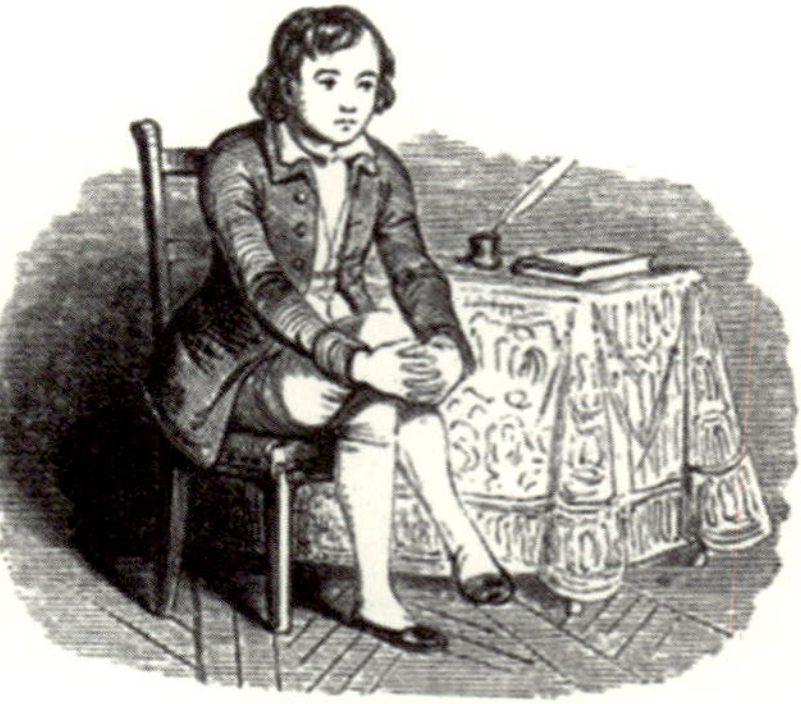

そのとき、菓子売りが通りにやって来た。売り歩きの時間だったのだ。菓子を食べたいという気持ちが自ずと湧いてきた。けれども、魂の活動をすべきときに肉体の欲望に流されてはいけないと思い、立ち止まって掛け声をかけている行商をよそに、部屋の奥で座っていた。

しかし、菓子売りを見たことがあれば、どれほどしつこく立ち売りするか、ご存じだろう。この菓子売りは、わたしが一向に顔を出さないのを見ても、それで商売あがったりとは思わず、むしろわたしの食欲を固く信じて叫び続けた。ただ、お菓子という言葉に熱々のという逆らいがたい修飾をつけて

おり、その形容詞が心を悩ませた。さいわい、それを自覚できたので、わたしは気を取り直した。

　もっとも、この真面目な商売人の誤解を放ってはおけない、貴重な時間を無駄にさせては悪いと思って、わたしは窓際に立ち、今日は菓子を買わないと告げた。菓子売りは言った。

「早くしましょう、わたしは急いでいるんです」先に書いたとおり、菓子売りはわたし以上にわたしを信じているのだ。

　わたしは言った。

「いや、お金がないんです」

「つけにしますよ」

「それに、お腹も空いていないし」

「嘘でしょう」

「それに、とても忙しいんです」

「早く！」

「それに、わたしは囚われの身なんです」

「ああ！　ほとほと困らされたよ」菓子売りはそう言うと、籠を持って去ろうとした。

　この仕草は、わたしを強く揺さぶった。「待って！」わたしは叫んだ。

　しばらくして、上手いこと紐で吊《つ》った帽子が、菓子ふたつを持ち上げた……熱々の！

　菓子を食べながら、わたしは思った。愚かな黄金虫、飛ぶための翅が四枚あるのに、井戸に身を投げるなんて！　この想像を絶する愚かさがなければ、わたしは静かに宿題をこなし、悧巧《りこう》にして、ラタン氏は満足し、わたしも満足していただろう。嘘もつかない、閉じこめられない……愚かな黄金虫！

　これは好都合な考えだった！　身代わりが見つかったの

で、少しずつ自分の悪事をすべてなすりつけ、わたしの良心は心地よい平静を取り戻した。さらに魅力的なことに、わたしは気づいたのだが、あまりに憤慨したラタン氏は宿題を出すのをすっかり忘れていた。そう、二日間宿題なしというのは、あらゆる罰の中で最も楽しい罰として自分で選んだかのようだ。

ひとたび良心が落ち着くと、祭りの二日間を前に、自分の気に入るように部屋を飾ろうと思った。手始めに、エルゼビアの本、辞書、すべての参考書や学習帳を視界から消した。この作業を済ますと、楽しく新鮮な気持ちになった。枷《かせ》を外されたかのようだった。つまり、わたしがはじめて自由の魅力を存分に味わうこととなったのは、囚われの身のときだったのだ。

じつに大きな魅力！ 堂々と眠り、何もせず、夢を見てよい……しかも、この年頃は、仲間の集まりも楽しく、和やかな会話に心も豊かになり、いとも簡単に喜びを覚える。空気

も、天も、田畑も、城壁も、みな何かを語り、心を動かす。一本のアカシアがひとつの宇宙であり、一匹の黄金虫がひとつの宝なのだ！　ああ！　あの幸せな時代に戻って、うっとりする暇を見つけられたら！　今日の太陽の何と青ざめたことか！　時間の何と遅く、暇の何とむなしいことか！

こうした考えが、ペンを走らせながら、いつも浮かんでくる。書くたびに、その考えを公にするよう迫ってくる。何度も書いたし、今も書いている。幸福に囲まれ、年ごとに報酬が入り、澄んだ穏やかな日々が続いても、かつての思い出をわたしの心から消し去るものは何もない。歳を重ねるほどに思い出は若々しくなり、ほろりとさせられる物悲しい思い出がいっそう見つかる。わたしは望む以上のものを持っているが、物欲しかった時代を懐かしむ。具体的な財産は、当時のわたしを包みこんで絶えず酔わせていた、何もないが輝かしい雲よりも、面白くないように感じるのだ。

五月の爽やかな朝、青い空、愛すべき湖、君たちは今もここにある。しかし……君たちの輝きはどうした、純粋さはどうした？　君たちの歓喜や神秘や希望といった言いようのない魅力はどこへ行ったのか？　君たちは目を楽しませるが、もはや心を満たさない。わたしは君たちの微笑ましい呼びかけにも冷ややかだ。わたしが再び君たちを愛するには、年を遡らねばならない、けっして戻ってこない過去に戻らねばならない！　何と悲しい現実、何と苦しい気持ちだ！

この感覚は、詩の根源ではないにしても、あらゆる詩の奥底にある。現在から詩想を得る詩人はいない。詩人は皆、遡行するのだ。それだけでない。人生への失望から思い出へと駆り立てられ、思い出を愛するようになり、現実にはない優雅さを与え、後悔を美しさに変えて思い出を飾り、できるかぎり輝かしい幻影を作りあげ、持っていなかったものを失ったと嘆くのだ。

この意味で、青春は詩の時期であり、詩が宝を集める時期であるが、ある人々の信じているようには、詩がその時期を有効活用できるわけではない。詩をとりまく純金から、何も引き出す術を知らないのだ。詩から純金を少しずつ剝いでゆく時よ、来たれ、獲物を求めて戦うことで、詩は自分が何を持っていたかを知りはじめる。喪失によって豊かさを知り、惜別によって枯れた喜びを知る。心が一杯になり、想像力に火がつき、思考が解き放たれ、天に昇る……。そしてウェルギリウスが歌う！

しかし、この年齢、もし本当に詩人だとしたら後々ようやく自身の詩の中で広げられるようになる香りを静かに感じて酔うには心がいくらあっても足りないはずの年齢で歌っている、髭も生えていない詩人がいるのは、どうしたことか！

パスカルのように早熟な数学者はいるが、早熟な詩人はいないのだ、六十代のホメロスは、子どものラ・フォンテーヌよりも信頼できる。二十歳より前に、微かに光が見えるかもしれない。けれども、二十歳より前、あるいはもっと若いときには、いかなる詩人であっても才能の絶頂には達しない。ところが、多くの詩人がもっと早くから翼を広げている。力ない羽ばたきと瞬く間の墜落だ。時期尚早の飛翔をしたために、すぐさま地面に横たわる。噂話や結社がお似合いだ。それを書き留めよ。

ラ・フォンテーヌは、非常に遅くまで、おそらく生涯に亘って、才能を自覚しなかった。これが秘訣ではないか？ ぜひ序文を読んでみてほしい。自分が皆と違うと疑っているか？ しかも謙遜のためではない。謙遜するほどの虚栄心すら持っていなかった。単純素朴な性格で、純然たる好人物なのだ。彼は歌うのが楽しいのだ、それが天職と自負していたのでもなく、目標として掲げていたのでもない。彼は歌う、そして唇から詩が流れ出す。

ご存じのとおり、彼は愚かだった。パイドロス[021]に私淑し、偉大なるルイ王[022]を褒めるのを忘れた。考えなしに侯爵たちを怒らせ、年金を貰いそびれた。多くの如才ない詩人たちと比べれば、何と世間知らずなことか！

参考書や学習帳を片づけたあと、何をしたらよいか少し戸惑った。考えようとしたら、隣の部屋で物音がした。鍵穴から覗いてみると、近所の猫が大きな鼠と格闘していた[023]。

当初わたしは友人である猫の味方をした。わたしの応援は猫にとって無駄ではなさそうだった、というのも猫はすでに鼻に傷を負って、決然とした敵に対し、おどおど攻撃していたのだ。ただ、しばらく戦闘を眺めていると、恐ろしい敵を前にした弱者の勇気と技量に同情しはじめた。わたしは断固として中立を保とうと決意した。

しかし、中立である、つまり猫と鼠のどちらにも肩入れしないのは、非常に難しく思われた、とくに鼠とわたしがエルゼビアの本について同じ立場であることを知ったときには。確かにこの動物は、床に置かれた大きな二折本の真ん中の、自分の歯で作った窪みに立てこもっていた。わたしは鼠を救おうと決意した。すぐさま強く蹴りを入れて猫を脅かすと、会心の一撃すぎて、鍵が吹っ飛び扉が開いた。

部屋には二折本しかなかった。敵は消えていた。味方の行方も知れなかった。しかし、わたしは共犯になった。

この部屋は伯父の書斎の分室で、当時は使われておらず、周りに本の並んだ埃っぽい部屋だった。中央には壊れた電気機械と鉱物の抽斗がいくつか、窓辺には古い安楽椅子。本があるため、部屋はいつも閉ざされており、入ったことはなかった。ラタン氏の話によれば、おどろおどろしく、怪しい場所

のようだった。そのため、この椿事はとても好奇心をかき立てた。

わたしは物理学を試みた。しかし機械が動かないので、鉱物学に取り組んだ。それから二折本に戻ってきた。鼠が大掛かりな仕事をしていた。表題は『辞……』としか読めなかった。辞書だ！　危険でない本だ、とわたしは思った。何の辞書だろう？　本を開いてみた。ページの上のほうに女性の名前があり、その下にラテン語混じりの難解な文字があり、下端に註があった。恋について書かれていた[024]。

わたしは驚嘆した。辞書の中に！　誰が信じられよう！　辞書の中に恋が載っている！　わたしは呆然としていた。しかし二折本は重い。わたしは窓辺の安楽椅子に座ると、窓枠に縁どられた壮麗な景色にはしばらく目もくれなかった。

名前はエロイーズといった。女性の名前だ、そして彼女はラテン語で書いていた。女子修道院長で、恋人がいたのだ！　あまりにおかしな常識破りに、わたしの頭は混乱した。ラテン語で恋する女性！　恋人のいる女子修道院長！　わたしはとてつもない有害図書を読んでいると分かった、そして、辞書にこのような語りが許されるのだと思うと、普通は尊敬すべきこの種の書物に対する古くからの敬意が薄れてしまった。わたしの先生であるラタン氏が、あるいはメントルが、ワインと愛を、愛とワインを、いきなり歌いはじめたかのようだ。

しかし、わたしは本を置くべきところには置かず、逆に、最初の情報に誘われて項目を読み、さらに誘われて註を読み、ラテン語を読んだ。特別な、衝撃的な、不思議なことが書かれていた。ところが、物語の一部が欠けていた。だからわたしはもう鼠の味方ばかりせず、いくつかの点では猫の立場も支持しうると思った。

一部の欠けた本というのは、欠けた箇所こそ最も知りたくなるものと決まっている。ページに好奇心を充たされるよりも、欠落に好奇心を刺激される。わたしが本を開こうと思うことは滅多にないが、紙袋はいつも開いて読む。それで[025]、乾物屋で終わるほうが本屋で鬱々とするよりもまだ惨めでないと、わたしは思っていた。

　エロイーズは中世に生きていた。この時代についてわたしが想像していたのは、修道院、独房、鐘、美しい修道女、鬚《ひげ》の修道士、湖や谷の上にある森に覆われた土地だ。サレーヴ山のふもと、ポミエの修道士たちと修道院[026]が証拠だった。実のところ、中世については、それしか知らなかった。

　この少女は参事会員の姪《めい》だった[027]。美しく敬虔《けいけん》な子で、彼女自身の魅力と、わたしの想像による修道服のために、とても素敵に見えた。シャンベリで聖心会[028]を見たことがあったので、それを元にして、すべての修道女、そして必要なら女教皇ヨハンナ[029]までも作り上げた。

　エロイーズが深い隠遁《いんとん》生活にあって慎ましい気品と知られざる色香で自らを美しくしていた頃、あちこちでアベラールという優れた博士が話題に上っていた。若くて聡明で、莫大な知識と大胆な知性を備えていた。顔もまた言葉と同じように魅力的で、声望に匹敵するだけの美男であり、その評判を前にすると他の誰の評判も霞んでしまった。アベラールは学校で、当時懸案となっていた問題について論じ、そうした討論で、群衆の見守る中、講堂に詰めかけ優雅な登壇者の虜《とりこ》となった女性たちの目の前で、ことごとく敵を倒していた。

　この群衆の中に、参事会員の姪がいた。少女は、優れた頭と熱い心で、戸惑いながら聴いていた。目は青年に釘《くぎ》づけとなり、貪るように言葉を聴き、仕草を追いかけ、一緒になって戦い、一緒になって敵を倒し、勝利に酔いしれた。気づかぬうちに、激しい永遠の恋にじわじわと浸っていた。自分では学識を愛していると思っていた。だから、天性の才能を育てることを喜んだ伯父は、彼女のために、

教育係としてアベラールを招いた……。幸せな恋人たち！無分別な参事会員！　……

　ここから鼠の仕事が始まっていた。

　わたしはページをめくった、すると全てが変わっていた！エロイーズがヴェールをつけた……。わたしは感動した、彼女を愛していたからだ、陶酔を分かち合った、そして、すでに想像していた麗しい姿が、悲しみによっていっそう美しく、アルジャントゥイユの廻廊の古い丸天井の下でいっそう若々しく、祭壇の下で苦しみに屈《かが》むのがいっそう可哀そうに見えた……。その本は中世の言葉で記されており、古びた

ページから古代の香りが漂ってきて、わたしの若く瑞々しい感覚の中で、過去の鮮烈な印象が彼女の魅力と混ざり合った。

　修道院に身を隠したエロイーズは、まだ燃えさかる炎を信心の水で消そうとしたが、心の病は信仰では癒えず、さらに苦しんだ。悲しみ、苦い後悔、自責の念、抑えきれない愛が、青白い隠遁者の日々を蝕《むしば》んだ。目は涙に濡れた。そこにいないアベラール、その輝かしく幸せな日々を思って泣いた。罪な女だが、とても心打たれる！　美しく優しい罪人《つみびと》、その不幸は遥か下った時代をも詩的魅力で彩る！　……

　わたしは昂奮しながら、エロイーズが恋人に力を乞う手紙を読み解いた。「アベラールよ、わたしが道を外れた心を立ち返らせるために、どれほど闘ったことか！　何度悔い改めては堕落し、打ち負かしては打ち負かされ、棄てては取り戻し、再び陶酔に襲われたことか！

　幸福な時代！　わたしの強さを挫《くじ》き勇気を失わせる甘い思い出！　……ときにわたしは喜んで懺悔の涙を流し、神の玉座にひれ伏します、勝利の恩寵が心に降りてこようとします

……するとあなたの残像が現われるのです、アベラール……。わたしが追い払おうとすると、追いかけてくるのです。平静に至ろうとするわたしを引き戻し、忌まわしくも惹かれてしまう苦悩に再び投げこむのです……。抗えない魅力！　勝ち目のない永遠の闘い！　墓の前で泣いていても、独房で祈っていても、夜の木蔭を彷徨っていても、あなたの残像がそこにある、いつもある、わたしの目だけを喜ばせ、涙を溢れさせ、不安や後悔を心に投げ入れるのです！　……聖歌が唱えられ、身廊に香が立ちのぼり、聖堂にオルガンの音が満ち、沈黙に包まれても……あなたの残像はまだ、いつも、沈黙を乱し、荘厳さを壊し、わたしを呼び、わたしを教会の外へと引きずり出すのです。こうして、あなたのエロイーズは、神の港に迎えられた穏やかな乙女たちの中にあって、罪深いまま、嵐に打たれ、激しくも不敬な情念の海に溺れているのです……」

物悲しい筆致の強い魅力を味わったあと、わたしはアベラールを探した。どこにいるのだろう？　ああ！　彼の頭上に嵐が降りかかった。ついこないだまで輝いていたのに、信頼を失い、隠れ家を転々とし、苛烈な嫉妬と迫害から逃れて惨めな日々を送っていた。聖人たちは彼を非難し、修道士たちは彼に苦汁を飲ませ、公会議は彼の本を燃やした……。辛酸を嘗め、荒野に逃げた。

彼は自ら書いている。「幸せだったときに、人間に知られていない、野生動物の棲む、猛禽《もうきん》類の嗄《しゃが》れた声しか聞こえない、寂れた場所を訪ねたことがありました。わたしはそこへ避難しました。葦《あし》で礼拝堂を作り、茅で葺《ふ》き、エロイーズ

を忘れようと、神の懐に安らぎを求めました……」

わたしはアベラールの手紙によって眼前に展開された荒野で立ち止まった。いにしえの情事の奇妙さ、ふたりの人生の情念による成りゆき、詩的に組み合わされた恋と信仰、栄光と苦難に感嘆していた。そして、心奪われ想像力をかき立てられると、わたしは不幸なふたりの逆境を忘れ、熱い互いの愛情だけを記憶して、羨ましく思った。

アベラールは荒野で祈った。他方で、彼の力強い声が惜しまれ、不幸が同情され、突然の失踪が噂となって心配を集めていた。しかし、熱意と友情が彼の足跡を見つけ、かつての弟子たちが巡礼者となって彼のもとにやって来た。やがて、施しをたくさん背負って、群衆が荒野の道を歩み出した。アベラールは、この施しによって、かつて藁屋根の礼拝堂のあった場所に、美しいパラクレ修道院を建てた。サン＝ドニの修道士たちがアルジャントゥイユの修道院を占拠して修道女たちを追い出したと聞くと、すぐに隠れ家を出て愛するエロイーズを呼び寄せた。

若い女子修道院長が仲間たちとやって来た。彼女を前にしてアベラールは身を引き、ヴァンヌ司教区のサン＝ジルダ・ド・リュイス修道院が彼の悲しい人生を引き取った。

この修道院は、絶えず波に打たれている岩の上に建っている。周囲には森も草原もなく、ただ茫々と平野が広がり、不毛な大地の上にいくつか石が散らばっているのみだ。砕けた石も露わな切り立った海岸は、この地の荒涼とした景色にあって唯一、目立った白い線となっている。隠者は独房から、長い線が湾のほうへ伸び、岬に再び現われ、遠くの海岸を巻きとり、果てしない水平線へと消えるのを見る。

この恐ろしい土地は、アベラールにとって過酷すぎるわけではなかった。彼の魂はもっと沈んでいたのだ。あらゆる喜びは枯れ、煙のような栄光は消え、エロイーズの残像すら苦い反省と暗い後悔をかき立てるだけだった。しかし、世間の喧噪に全く左右されない、陰気で単調な孤独の只中で、偉大なる悔悛者は、絶えず自分自身に立ち戻り、自分の人生の過

ちを思い返し、栄光の虚しさ、喜びの儚《はかな》さをじっくりと思い知った。人間の為すことの無意味を確信していった。そして、悔い改められないことを燃えるような文字で赤裸々に綴《つづ》るエロイーズに心動かされ、信仰の熱意を取り戻し、聖なる恐れに勇気を奮い立たせ、消えていた力を蘇らせた。そのとき、この偉大かつ不幸な男は、自らの魂を清め、いまだ地上に縛られている絆《きずな》を断ち切り、天の住処《すみか》を目指し、恋人もそこに連れてゆくという難題を引き受けた。そして、この有名な手紙を書くことで、長引く闘いについに勝利した彼は、エロイーズに救いの手を差し伸べ、彼女の努力を励まし、その歩みを支え、墓場の塵の向こうに、天からのまばゆい慰めの光を彼女の目に見せてやったのだ。

　最後に彼は書いた。「エロイーズよ、わたしは二度とあなたを地上で見ることはないでしょう。しかし、われわれの日々をつかさどっておられる神が、この不幸な人生の糸を切ったら、それはおそらくあなたの生涯の終わりよりも前に起こるでしょうが……わたしがどこで死のうとも、わたしの亡骸《なきがら》をパラクレへと移し、あなたのそばに葬ってくださるよう、お願いします。エロイーズよ、こうして数多の艱難《かんなん》ののちに、わたしたちは永遠に再会し、もはや危険も罪もなくなるのです。恐怖も希望も記憶も後悔も、吹き飛ぶ塵のように、空に消える煙のように、すべてなくなって、過去の迷いの跡は一切なくなるのです。エロイーズよ、あなたはそこで、わたしの亡骸を眺めるにつけ、我に返って、一片の塵、朽ち果てる体、蛆虫の卑しい餌に異常なほど執着し、全能で不変の神、われわれの望みを叶え、永遠の幸福をもたらしてくれる唯一の存在よりも好むのが、いかに愚かであるか理解するはずです！」

　読み終えて長いこと経っても、わたしの心はすっかりこの物語の虜だった。本を膝に置き、夕焼けに染まる景色に目を向けながら、わたしは本当にパラクレにいて、城壁の下を歩き回り、暗い路地に悲しきエロイーズを見つけ、すっかりアベラールに同情して、彼とともにこの不幸な恋人を愛した。やがてその姿は、目に入ってくるものに溶けこんで、わたしは古い安楽椅子に座ったまま、光り輝く、詩的で優しい感情に満ちた世界へと誘われていった。

　けれども、読書だけでなく、燃えるような夕霧や、窓から広がる鮮やかな光景、ほかにもさまざまな印象が、わたしの夢想に混ざり合った。ひとつの街の雑然とした音の中で、通りの活気、職人の仕事、港の出入り、遠くに聞こえる手回しオルガン

の音が、風に運ばれてきて、わたしの耳で静かに消えた。遠い響きの心地よさに、あらゆる感覚はより生き生きとし、想像はよりくっきりとし、夜はより澄んでいった。得も言われぬ瑞々しさが万物を飾り、わたしの想像力は蒼空に舞いあがって、千の花の香りを堪能しながら、どこにも定まらなかった。

わたしは少しずつエロイーズから遠ざかり、橅《ブナ》の古木やゴシック様式の丸天井の下に彼女の姿を残して去った。時代を航海し、やがて過去の青い山嶺を見失って、見知った湖岸、目下の日々、もっと実在している物事に近づいていった。そして、オルガンが止むと、わたしは現実に戻り、膝にのしかかる大きな本には関心がなくなったので、無意識に棚へ戻しに行った……。

感動のあとの時間は、何と色褪せていることか！ 想像による輝かしい場所から、現実の不毛な岸辺へと戻るのは、なんと苦いことか！ 夜は悲しく、囚われの部屋は耐えがたく、手持無沙汰が重荷に思われた。

哀れな子よ、感じ、愛し、詩的な息吹を糧に生きようとし、それゆえ自らの努力に押しつぶされた者よ、わたしは君を憐れむ！ 君を待ち受けるのは誤算ばかりだ。君の魂は、何度も、甘い陶酔に誘われるように、大地を離れて天へと飛翔を試みた。重い鎖に何度も邪魔され、ついには飼いならされて、軛《くびき》に慣れ、引きずりながら人生を歩む術を知るのだ。

さいわいわたしはそうではなかった、人生の道を逸れずに、すべての感情を捧げ、魅力と寿命を好きなだけ引き延ばせる人物に出会った。ひとまず、このひとを自分のエロイーズとした。不幸ではないが優しく、罪人《つみびと》ではないが美しくて純真な、もし目の前にいたら強く熱い呼びかけをしたであろうひとだ……。

わたしが恋をしていたと、お分かりだろう。一週間前からだ、そして六日前から好きなひとの姿を見ていなかった。

可哀そうな恋人がするように、最初の数日間は希望を持っていた。そして気晴らしを求めたが、見てきたとおり、まったく効果はなかった。そして囚われの身となり、無為の生活で暇になってすぐ、自分の愛を忘れないよう気をつけた。しかしその夜、先の空想的な読書に強く情念を刺激され、ついに呼びかけ、絶望的な道へと進んでしまった。

上の部屋に入ったら、わたしが愛するひとに会えたことだけは知ってほしい！　……その時間、彼女はひとりだった……。窓から出ると、屋根をつたって上の部屋に入れるのだった。

すでに屋上にいたわたしは、誘惑に抗えなかった。わたしはそこに座って、勇気を出し、自分の計画に慣れようとした、というのも、計画に取りかかったときにひどく動揺して、引き返そうかと思ったからだ。ひとまず、急いで屋根に寝そべり、完全に姿を消すのが第一だ……。ラタン氏が道を行くのが見えたのだ！

その衝撃から少しばかり気を取り直すと、わたしは思いきって頭を上げ、軒先から覗いた。ラタン氏がいない！　間違いなく階段を昇っている、ついさっき逢引に行こうとするわたしを目撃したはずだ。ああ！　どれほど

後悔したことか、痛恨の極みだ、後悔なんて容易い、どれほど自分の過ちの大きさを実感したことか！　……ラタン氏が再び現われるのを見たとき、後悔も罪悪感も消えてしまった。ラタン氏は、道を渡って、わたしから遠ざかる方向へと静かに歩いていった。

　間もなくラタン氏は見えなくなった。しかしわたしは、屋根の棟からおそるおそる部屋を覗きこんで、ここに留まっていたら牢獄の窓から見つかるおそれがあると理解した。それで、日の出ている時間を有効に使おうと、再び出発し、数歩で目的の窓に着いた。窓は開いていた……。

　心臓が激しく鼓動していた、

その場所に最愛のひとが独りでいるのは間違いないが、確信できなかったからだ。わたしは躊躇っていたが、突然、こう言われるのを聞いた。「お入りなさい！　裏切られる心配はいりません、お若いかたよ」

　それは囚人の声だった。最初の一言に驚いて部屋に飛びこむと、立派な身なりをした美しい夫人の肩に乗っかって、一緒に床に転がっていた。

　落ちてすぐに何があったかは、感覚を失っていたから説明できない。気がついたとき、まず驚いたのは、夫人が地面にうつ伏せになって、何の叫びも呻きも上げないことだった。半ば這《は》うようにして近づき、かすれた声で呼びかけた。「奥さま！」……返事はない。「奥さま!!!」……返

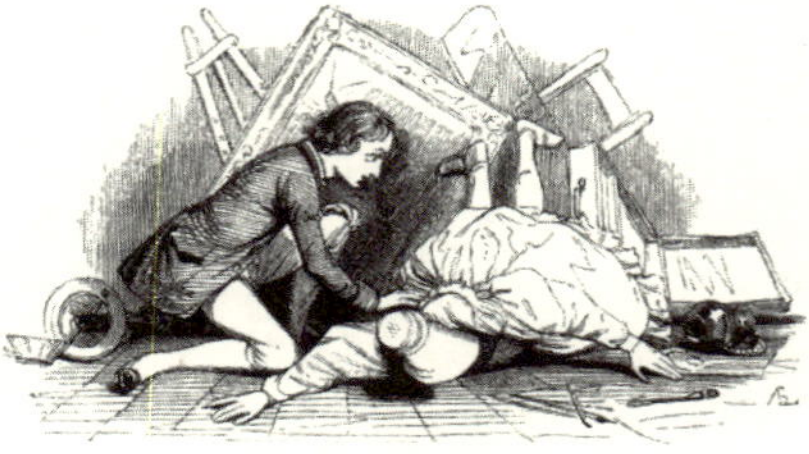

事はない。

とても不吉な事件が起こったのだ。立派な女性が死んで……小学生が殺人犯！　批評家は、わたしが自ら局面を打開しようとして現代のおかしな風潮の犠牲となった、と言うだろう。——批評家よ、早まってはいけない。この夫人はマネキンだ。わたしは画家のアトリエにいたのだ。別のことを言いたまえ、評論家よ。

立ち上がってすぐ、まずは夫人を起こした。鼻はひどく傷ついていたが、赤い顔に能天気な微笑みを浮かべていた。若干の修理をしたが、壊れた部分は小さく、時間を取られている場合ではなかった。

というのも、この夫人が絵具箱に鼻を突っこみ、絵具箱が落ちて、絵筆や水入れ[030]やパレットや油絵具が部屋じゅうに散らばっていたのだ。こうした道具を整理したかったが、これも散らかった場所は狭く、時間を取られている場合ではなかった。

というのも、絵具箱が落ちたときに木偶《でく》の坊のイーゼルの足に当たり、木偶の坊はすぐさまぐらついて、ついに倒れようと決め、釘に掛けられてこちらを見ていた立派な紳士の胸元に飛びこんだのだ。釘が紳士を追いかけ、紳士がイーゼルを追いかけ、皆でランプの上に倒れ、ランプのガラスを割り、薬缶をひっくり返した！

被害は甚大、洪水は広範、そして夫人はずっと微笑んでいた。

大惨事の只中で、わたしの恋心は、不注意による強烈で予期せぬ結果に些《いささ》か傷ついていた。わたしは事態を観察すべく立ち止まると、四半時間かけて、わたしの恋人に、どうして恋人となったのかを説いた。

　わたしの部屋の上は、腕のよい肖像画家の部屋だった。この画家は、似てもいるし喜ばれもする絵を描けるという大きな才能を持っていた。ああ！　そんなことができたら、どれほど悠々自適だろう！　何と素晴らしい餌だろう、鯉に魳《カマス》に金魚、はてはカワウソやアザラシまでもが、向こうからやって来るのだ。喜んで、釣針に文句も言わず、釣人に感謝している！

　疣のことを思い出してほしい。あなたが裕福になり、豊かになったら、疣が真っ先に勧めてくるのは、あなたの立派で個性的な顔、つまり愛されるべき顔を画布に描いてもらうことではないか？　あなたの母に、妻に、伯父に、伯母に、あなたの肖像画を贈って驚かせるべきだと言うのではないか？　そうしたひとたちが皆亡くなっていたら、藝術を支援すべきだ、哀れな男を助けるべきだと言うのではないか？　哀れな男が金持ちだったら、他にいくらでも品目があるのではないか？　板絵を飾りたてる、対となる絵を描かせる……。というのも、結局、疣は何を求めているのか？　カンヴァスに描かれた、美しく、優雅な、巻き毛で、上等の衣服を着た、艶《つや》のある手袋をしたあなたを、あなた自身に見てほしいのだ。とりわけ疣は、ひとびとがカンヴァスのあなたを見て感嘆し、あなたの特徴、豊かさ、気高さ、才能、感受性、機知、繊細さ、親切心、選りすぐりの読書、洗練された趣味、他にも多くの長所、あなたを本当に特別な存在にし、千とひとつの魅力的な資質を備えた存在にしている美点を、欠点にもなる資質については考えないで、カンヴァスで発見するよう望んでいる。こうしたことを望んでいるのだから、疣があなたを急きたてて、父や母の名において、妻や子のために、自分を描かせ、また描かせ、さらに描かせようとするのは、驚くことだろうか？　逆だったほうがむしろ驚きだ。

　したがって、肖像画の技法は疣の理論と大いに結びついており、この原則を見誤ったために、多くの画家が施療院で亡くなった。魳を魳として描き、醜男を醜男として描いた。優れた画家は、無能な肖像画家だ[031]。疎まれて飢え死にする。

そういうわけで、この画家は流行りの表情をすべて描くことができ、主人を乗せた立派な馬車が彼の家の前で待っているのを見ない日はなかった。美しい馬が蠅を追い払ったり、御者が口笛や鞭を鳴らすのを聴いたりするのが、わたしの楽しい暇つぶしとなった。もっとも、それだけでなく、馬車から降りるひとたちの顔は窓から見えないのだが、二、三日も経てば、ゆっくりと好きなだけ眺められるはずだった。

実際、この画家はいつも、仕事の合間に肖像画を窓から外に出し、そのために用意された二本の鉄の棒に吊るして、日光に当てていた。絵が吊るされると、ただ目を上に向ければ、わたしは最も上流の社交界にいる。紳士に貴族、公爵夫人に侯爵夫人。棒に吊り下げられたひとたちは皆、互いを見やり、わたしも彼らを眺めて、わたしたちは互いに見つめ合った。

さて、前の週の月曜日、馬車の音がして、わたしは持ち場に駆けつけた。豪華な四輪馬車だった。四頭の馬、見事な轅《ながえ》、制服の男たち。馬車が停まると、二人の召使にうやうやしく支えられて足の不自由な老人が降りてきた。老人が肖像画の列に並んだときに間違いなく分かるよう、わたしは禿頭《とくとう》に銀髪と記録につけた。

老人が地に足をつけると、馬車から若い娘が降りてきた。二人の召使は引き下がり、老人は娘の腕に寄りかかって、ゆっくりと道を進んだ。大きなスパニエル犬が楽しげに後を追った。

わたしはこの光景に感動した、というのは、若くて美しい娘が老人を支える姿に心打たれたからではなく、しばしば感傷的になるわたしが、気品や、美しさすらもいっそう高める、あらゆるもので飾られた優しい乙女によって、漠然と夢見ていた人間の姿を見せられたことで、しばらく対象もないままに心を騒がせていた炎、曖昧な感情が、彼女に向きを定めたからだ。

　この若い娘の、あるひとつの特徴が、わたしを予期せぬほど惹きつけた。とても素朴な装いである。豊かさのしるしの溢れる中にあって、ただ簡素な麦藁帽子と白い服のみ、それでいて非常に優雅で上品で、寂れた場所にあって唯ひとり、豪華な装飾のまったくない、その姿、歩きかた、あらゆる態度、階級、富、そして老人の足取りを支えるための高潔な献身によって若い男たちの追従《ついしょう》を寄せつけないところまで、無視できない唯一の人物であるように思われた。

　それに、何と言ったらよいか、わたしは窓から見ていた社交界に当てられていたのだ。階級、富、品格、所作や服装のよさが、ことごとく抗いがたい魅力となった。こうしたひとたちを見て、ありふれたもの、通俗的なもの、自分の階級や同類に対する一切の共感を失くしていた。本当のところ、服装にかかわらず若い娘はわたしの心をいたく動かしただろうが、彼女はこの姿でわたしを燃え上がらせ、計り知れないほど熱くさせた。

　こうしたことが全て重なって、わたしはすぐさまこの若きアンティゴネの虜となった[032]。しかも、わたしの情念は純粋で高尚な性質のものだったから、彼女はラタン氏が再三語っていたカリュプソのひとりでないかとは少しも疑問に思わなかった。

　それに、小学生の恋が、期待も目的もないのだから、激しくも献身的でもないと考える者は、間違っている[033]。

　彼らは小学生だったことがないのだ。そうでないとしたら、不変化詞や対格不定法にとても詳しい小学生だったのだ。記憶力に優れ、性格良好、心は穏やか、的確な理解力、制御された想像力、毎年三回表彰される小学生だ。

模範的な生徒、ラタン氏の理想、ラタン氏の望む生徒である。彼らは今、牧師、弁護士、乾物屋、詩人、教師、煙草屋であり、煙草屋でも説教壇でも、銀行でもパルナソス山でも、どこにいようと常に模範的な牧師、模範的な乾物屋、模範的な詩人、模範、あらゆる模範、他ならぬ模範、それ以上でも以下でもない、それだけでもう見事なものだ！

わたしの恋は激しくも献身的でもなかった、なぜなら恋の途方もない恍惚しか期待していなかったからだ、と？　彼女に何も期待できなかったら、わたしは彼女のために全てを犠牲にしなかった、と？　ああ！　何という思い違いだ！　この愛すべき娘のまなざしひとつで、わたしはラタン氏を裏切るだろう。笑顔ひとつで、バチカンにあるエルゼビアの本四冊に火を放つだろう。

一行は階段を昇っていった。わたしの階を通るときに扉をそっと開けると、スパニエル犬が嬉しそうに、明るく、人懐っこく、部屋に駆けこんできた。

立派な動物だった。その美しさ、整った艶のある毛並に加えて、歩きかた、雰囲気、所作まで、どこか優雅で可愛らしかった。種の違いを無視して、高貴な犬として、とても身分の高いひとたちに懐いている敬うしかない犬として、とくにこの美しい女性の愛犬として、わたしは犬を羨望のまなざしで見た、犬にとってわたしは何者でもなかったのだが。首輪に刻まれた名前から、イギリスの雌犬だと分かった。

犬が出てゆくと、わたしは上の様子を窺うしかなかった。何を喋っているのか少しでも聞き取るべく、そっと窓に近づ

いた。画家と老人がふたりで話していたが、娘は黙ったままだった。

老人は言った。「あなたがここで描くのは惨めな顔です！　そして写し絵は間もなく本人のあとを生きることになりますから、まったく惨めでなく描いていただいても結構です、わたしは孫たちを怖がらせる気はないのです」そして静かに微笑みながら続けた。「確かに、この年齢、この状態のわたしを描くのは粋ではありません、あなたのモデルの多くはもっとよい時期を選ぶでしょう？」

画家は言った。「皆がそうではありませんよ。あなたのように歳を重ねた顔は、青さや若さよりも、むしろ出会うのが難しいのです」

「またお世辞を。受け取っておきましょう。お世辞を言われる時間もあまり残っていません……。ルーシー、わたしはあなたを悲しませてしまう。けれども、いとしい娘よ、あなたは父と同じくらい冷静に未来と向き合えるのではないですか？　どうでしょう、わたしたちが別れるとき、どちらがより悲しむでしょうか？　画家さんのお考えは……」

「わたしには判断できません。わたしも娘さんと同じく、どちらにとっても別れは恐ろしいので、目を向けないほうがよろしいかと思います」

「それこそわたしが弱さと呼んでいるものです。娘に克服してもらいたいものです。真っ当な希望を裏切り、花ざかりの若者を襲い、手に入れたかに見えた美しい年月を奪う衝撃的な死であれば、この弱さも仕方ありません。しかし人生の定められた時期に死が訪れるのは……働きづめの一日に疲れたあとの眠りのような死であれば……愛する娘の優しさに最期まで幸せだった父親が、もはや娘の腕の中で眠りにつくことだけを望んでいるとしたら……目を逸《そ》らさねばならないほど悲しい光景でしょうか、努力しないと見ていられないのでしょうか？　……ルーシー、どうして泣いているんだ？　……ほら、わたしのように見てみなさい、わが子よ……わたしたちの日々は平穏無事で、最期まで楽しく過ごせるでしょう……この不幸は、きちんと直視できればずっと小さくなり、想像力や偽りの恐怖や無駄な抵抗のもたらす不吉で怖ろしいあれこれによって膨れ上がることもないでしょう……」さらに続けた。「すみませんね、画家さん、これはルーシーとわたしの間の確執です。この絵につられて思い出さなかったら、あえてここでまた険悪にはならなかったでしょう……」

　わたしはうっとりと耳を傾けていた、この言葉はわたしに多くのことを教えながら、いっそう哀愁と孝行の美しさで娘を飾りたてたのだ。何だって！　見事な馬、うやうやしい召使、四輪馬車、あらゆる贅沢、喜びや虚栄心の種！　そしてこれらの品々の女王、目は涙に濡れ、いつまでも老父に尽くせはしないと悲しんでいる！　と、わたしは考えた。

　その日のうちに肖像画が並びに加わった。簡素な粗描で、すぐに立派な老人を見つけられた。老人は絵の左側を占めていた。右側には大きな余白があり、何も描かれないままで、とても悪い印象を与えているとわたしは思った。

　しかし、次の仕事のとき以降、絵は並びから撤去され、今度は若い娘がひとりで来たが、わたしは、空いた余白は彼女のために残されており、いずれふたりの顔を眺められると確信していた。

　画家が娘に言った。「お嬢さん、あなたはわたしに約束しましたよね、お父さんが背景に希望している公園の寸描をくれるって」

　彼女は答えた。「それは考えてあります。馬車にあります」そして窓に近づいた。「ジョン！　わたしの画集を持ってきてください……[034]」そして笑って言った。「あら、もうジョンはいませんね」

　確かに、可哀そうな男をひとり馬の傍に残して、召使たちは近所のカフェでくつろいでいた。「わたしが行ってきましょう」と画家が言った。……しかし、わたしが画家よりも先に行って、若いお嬢さんのアルバムに唇を押し当てながら、すでに階段を昇っていた。アトリエの戸口まで行って彼女の顔を一目見たいと思った。ところが途中で画家に会った。「どうもありがとう！　君はわたしの知るかぎり最も素敵な子だ」そしてわたしの手から画集を取りあげた。

　わたしは離れたときよりも静かな気持ちで持ち場に戻った、そして大変もったいないことをしてしまっていた。一言一句が貴重な言葉を聴き洩《も》らしたのだ。

「……親切な子！　ということは、その子は英語が分かるのですね？」「まさしく。彼はいつもあなたの国のかたたちの通訳をしてくれます……。ありがたい少年だ！　残念なのは、藝術家になる運命にないことです、趣味や才能は藝術家に向いているのですが……」

　画家は話を止め、立ち上がった。「お見せしましょう……。ほら！　これは彼が先日この窓辺で描いた素描です……湖、牢獄の一角……喜捨を求めて通行人の手の届くところに下がっているぼろぼろの帽子は、美しい自然を見ることのできない気の毒な囚人の存在を示しています」

　娘は感極まって言った。「素晴らしい構成！　……けれども、そんなに向いていそうなのに、何が問題なんですか？」

「後見人たちです。法曹の道を望んでいるのです」

「後見人たち！　……すると、あの子は孤児なんですか？」

「久しく前からです。年老いた伯父が教育費を出しているだけです」

で言った。

「かわいそうな子！」若いイギリス娘はしみじみ同情した声

わたしはこの言葉に酔いしれた。彼女はわたしを哀れんでくれた。わたしが孤児であることを誇りに思い、最大の不幸をこの上ない幸福に変えるには充分だった。

ああ！　彼女の想いを受けとめたい！　ところが、幸せの絶頂に代わり、話題が移って二言三言のうちに、一週間後に彼女がイギリスへ発つと分かった。そのときわたしはどうなっ

ているだろう、ラタン氏と対面して！　わたしは悲嘆に暮れた。

イギリス！　魅力的な国、船の向かう国だ。涼しい海岸や木蔭の公園、若いお嬢さんたちが憂いを帯びて歩くところ！……ここでは何もかも魅力を欠いている。ここには愛すべきものは何もない。わたしは味気なく湖を眺めた。

彼女が発つとき！　いくつもの地方を通り過ぎるとき！……真昼間に埃っぽい道を行き、ふと森や草原の緑に目をやるとき！　どうしてわたしはその森にも草原にもいないのだろう！　お嬢さん、行ってしまうのか？　……どうして彼女の馬の前で、轢《ひ》かれようと立ちふさがらないのか！　彼女の心配、彼女の同情を受けるだろう！　彼女の憐れみがなければ、生きている価値などないと思った。

仕事は終わっていた。わたしは右のようなことを考えながら肖像画が並ぶのを待ちわびていたが、現われないままに日が暮れ、それから何日か待っても無駄だった。わたしが窓に誘われ、アトリエに入りこんで心に君臨する女性の姿を眺めたいという気持ちを抑えられなくなったのは、そんなときだった。それがどのような大惨事を引き起こしたか、そして大混乱の只中でわたしが何を思い出したかを見てきたわけだ。閑話休題。

このときわたしは自分の決定的な破滅をはっきりと感じていた。すでに嘘とエルゼビア冒瀆《ぼうとく》の罪を犯し、扉を壊し、禁じられた本を読み、囚われの部屋から逃げ出し、屋根を走り、アトリエを荒らして破壊し、マネキンを狂わせ、絵画に穴をあけた！　……恐るべき罪の連鎖だ、鎖の最初の環を引いたのはラタン氏だ、つまりは哄笑だ。

どうする？　整理、修復、片づけ？　無理だ、被害が大きすぎる。作り話をこしらえるか？　ついさっき黄金虫についてやってみて、簡単でないと分かった。白状するか？　一番ありえない！　わたしの恋を打ち明けねばならないし、そんな不道徳なことを少しでも疑われたら、ラタン氏の顔が恥じらいで一杯になり、ひと睨みでわたしは打ちのめされる。

わたしは自分の部屋に戻って扉を閉め、かつてないほど熱心に勉強しようと決意した。うっとうしい恐怖心を心から追い払うためでもあり、ラタン氏の気を逸らすためでもある、丹念に解いて完璧な学習成果を見せつける綺麗な字の宿題の山を見せたら、間違いなくわたしの真面目さに満足するはずだ。ただ、どんどん日が沈んでいたから、もう数分待っていれば、暗くなって囚人に見られずに屋根を引き返せるだろうと思った。

この数分間を、わたしは好奇心を充たすために使った。ちょっと探すと、壁に立てかけてあった肖像画を見つけたので、日の光にかざした。

ほとんど完成してた。若いお嬢さんが優雅な姿勢で父親の隣に座り、華奢《きゃしゃ》な手は美しいスパニエル犬の首筋にさりげなく置かれていた。古い橅の木々が影を落とし、隙間からは芝生に建って海を見下ろす美しい城が見えた。

気品に溢れ、優しさと憂いの心打たれる魅力に満ちた姿に、わたしはとても温かい気持ちになったが、すぐさま、自分は彼女の何者でもなく、そして彼女は間もなく去るのだという苦い無念が戻った。心地よい視線に浸りながら、わたしは彼女に語りかけた。「どうしてあなたはぼくのお姉さんでないのでしょう！　ぼくがあなたの優しくて素直な弟だったら！　あなたと一緒にこの老人を幸せにできたら！　何と美しい緑の中にいることか！　……あなたと一緒なら、砂漠だって素敵に見えるでしょう！　……ルーシー！　……わたしのルーシー！　……いとしいひと！」

夜が来た。泣く泣く肖像画と別れ、気がつくと自分の部屋にいて、明かりと夕食が運ばれてきた。

昂奮状態で、わたしは空腹も眠気も感じなかった。ただ、ラタン氏が現われたときに、すぐさま勉強と完全なる改心の目に見える証拠を示せるよう、早く宿題に取りかかることだけを考えていた。

カエサルの次はウェルギリウス、ウェルギリウスの次はブルドン、ブルドンの次は作文三ページ、三ページの次は……ここで眠りに落ちた。

わたしは驚いた、夜明けに詩篇を朗誦する大きな声で起こされたのだ。耳を澄ますと……それは囚人だった。あまり明瞭でない声が続き、急に止んだ。この敬虔な習慣は、この人物に対する好感のようなものを抱かせた。しばし沈黙のあと、囚人がわたしに言った。

「昨晩はよく勉強していましたね？　……」

わたしは遮った。

「毎朝こうして歌っているんですか？」

「子どもの頃から……。宗教の慰めなしに、わたしが自らの不遇に屈せずに済んだと思いますか！」

「いいえ。ぼくはむしろ、あなたが牢獄に入ることとなった犯罪から、宗教はあなたを遠ざけなかったのか、と驚いているのです」

「その罪について、わたしは潔白なのです。神はわたしの考え違いを許してくださった、神の意志の為されんことを！」

囚人は続けた。「肉体の糧と魂の糧さえあれば耐えられるのですが……わたしには聖書がない！」

わたしは口を挟んだ。「何だって！　聖書を与えられていないのですか？」

「どうでもよいと思われるものは全て禁止なのです」

「あなたは聖書を持ってしかるべきです！　……一冊あれば！　……ぼくのを差し上げたいくらいです‼」

囚人は感謝の気持ちを込めて言った。「優しい少年！　わたしのところまで来られますか？　無理です。それに、わたしが認めないでしょう？　この恐ろしい住まいの様子を見たら、動揺しないはずは……。しかし、どうしてわたしがあなたに話しかけるか、お話ししましょうか？　昨日、菓子が紐であなたのところまで上がってゆくのを見たとき……。わたしは羨ましく思ったのです、同じようにして哀れな囚人に命の糧を運んでくれる慈悲深いひとがいないものか、と！」

一筋の光明だった。「紐を持っているのですか？」

囚人は答えた。「神の許しによって、わたしは紐を一本持っているのです、このためだけに……」

言い終わらぬうちにわたしは叫んだ。「あなたは聖書を手に入れるでしょう！　きっと手に入れます！」

そして、本当にこの不幸者のためになれると思うと、とても嬉しくなって、前の日に戸棚に積んだ本の中から、急いで聖書を探した。

そうして探していると、牢獄のほうからくぐもった囁《ささや》き声が聞こえた気がした……。耳をそばだてながら、わたしは囚人に言った。「あなたですか？」囚人は何も答えなかったが、囁きは続き、しだいにはっきりと、そして苦しそうになった。「どうしましたか？　何があったんですか？」わたしは戸惑って焦った口調

で叫んだ。

　囚人が答えた。「恐ろしい災い……何の救いもない……。足枷のひとつが、わたしの足には小さすぎて、腫れたのです、金属に締めつけられて……痛い！」囚人は話の途中で叫んだ。

「続けて……続けてください、可哀そうなひと！」

「……あまりに酷い痛みでわたしを苦しめます！　こうして眠れないまま、昨晩あなたが勉強しているのを見たのです」

「可哀そうに！　助けを求めないのですか？」

「ひとが来るのは五日に一度だけです……。痛い！　……あと三日……そしたら頼んでみます……」

「ああ！　何と哀れな！　そうだ、何かしてあげられないでしょうか……」

「いや！　結構です！　気の毒な子よ……。必要なのは……いや、あなたのお気づかいでもう充分に慰められました……。必要なのは……。ああ！　痛い！　痛い！　……」

「必要なのは？」

「何てこった、大変だ！　……血が出ている！　少し鉄枷を削るだけ……」

　わたしは叫んだ。「やすり！　やすりですね！　待っていてください！　わたしの聖書の中に……」

　わたしはやすりを一挺持っていたので、急いで本の中に仕込んだ。しかし、本ごと紐で縛ったところで、自分が閉じこめられているのを思い出して、諦めそうになった。けれども、囚人は痛ましく呻き続けており、一言ごとに心を引き裂いた。扉の鍵を壊そうかと考えていたところで、屑物《くずもの》商が通りかかるのを見つけ、いたく喜んだ。

　わたしは屑物商に向かって叫んだ。「これを、あの壁に下がっている紐に結んでください。早く、早く！　可哀そうな男を助けるのです」

　屑物商が本を縛ると、するすると上っていった。そのとき、わたしの部屋の扉が開いた。

　ラタン氏だ！　見つかったとき、わたしは勉強していた。先生はわたしに言った。「昨日、君の行ないに激怒して、

この二日間の宿題を出すのを忘れていました……」

わたしは震えながら言った。「宿題は済ませました」

前代未聞の行動に、ラタン氏は訝《いぶか》しみつつ宿題を見た。すると確かに閉じこめられている間の成果だった。「よくぞ自ら怠惰の危機を脱しましたね。暇を持て余した若者は悪いことしかしません、君のような年頃では、無気力な心にはあらゆる邪念がまとわりついて、流されるがままになるからです。グラックス兄弟[035]が母親を大いに喜ばせたのは、早熟で勉強熱心だったからこそだと、覚えておきなさい」

「はい、先生」

手つかずの食事を見て、ラタン氏が言った。「食事の暇も惜しんだのですのか？」

「はい、先生」

「昨日の自分の行ないに深く心を痛めたからだと、わたしは考えたい」

「はい、先生」

「自分の行ないについて真摯《しんし》に反省しましたか？」

「はい、先生」

「どのように哄笑が失礼となったのか分かりましたか？」

「はい、先生」（そのとき誰かが階段を上ってきた）

「そして失礼が嘘に？」

「はい、先生」（アトリエの扉が開いた！）

「そして嘘が……」

「はい、先生」（驚きの声が上がった!!）

「何の音だ？」

「はい、先生」（仰天、怒号、罵声、わたしは具合が悪くなりそうだった!!）

それでもわたしは、全力を振りしぼって、ラタン氏の注意を罵声から逸らそうとした。「昨日、あなたが出ていったとき……」

「待ちなさい……」アトリエで何が起こっているのか気になった先生が遮った。

確かに大きな怒鳴り声だった。画家は声を限りに叫んだ。「駄目だ！　台無しだ！　誰かが窓から入ってきたんだ！」こちらに近づいてきた。「ジュール！　君は昨日の晩からずっと家にいたか？」

ラタン氏が前へ出て言った。「そうです、わたしの命令で」

「なるほど、先生、アトリエは滅茶苦茶、絵は壊され、イーゼルは倒された！　……あなたの教え子は一部始終を聞いているはず……」

すると司教館の通気口から声がした。「哀れな囚人の話を聞きたいですか？　わたしはすべてを見ていました、すべてをお話ししましょう」

「どうぞ、話してください……」

「それならお伝えします、昨晩、屋根の上、まさしくあなたの窓の外で、大きな集まりがありました。五匹の猫です。牡猫たちが口説き文句を囁いているとき……」

「手短に」とラタン氏。

「……とても喧しかった。牝猫は色っぽく……」

「手短にと言ったでしょう、そんなことは本題と関係ありません」とラタン氏。

「ご容赦ください、この牝猫の魅力と、四匹の嫉妬がなければ……」

「ジュール！　ちょっと階段のほうへ引っこんでいなさい」とラタン氏が言った。

　願ってもいないことだった。

　四人は続けた。

「……すべては和やかに進んでいました。ですから牡猫たちも、とても優しく鳴いていました。けれども牝猫は誰にも耳を貸さず、手で顔の毛並に艶をつけていました。ペネロペ[036]は求婚者たちに囲まれて……」

「それで？　少し急げませんか……」と画家。

「すると突然、一匹の猫が別の求婚者の鼻面に爪を立てました。やられたほうは怒り、他の猫たちも釣られます、プリ！　プラ！　死闘の合図です！　もはや爪と歯の生えたひとつの毛玉、悪魔を喜ばせる音楽会です。雄猫たちが戦っていると、ペネロペが階段[037]に飛びこみます。毛玉も彼女を追いかけます。……わたしはそれ以上は何も見ませんでした。けれども、どたんばたん音がしたから、猫たちが何かを倒し、それが他のものを倒したのだと思いました。八時近くのことです」

　わたしは、このときの四人のお節介をひどく屈辱的に感じた。あれほど同情したあとにこれほど大胆な嘘、あれほど苦しんだあとにこのおどけた口調で、この男に抱いていた好感が、たちまち醒めてしまった。だから、その場にラタン氏がいなければ、わたしはすぐさま否定して画家に洗いざらい白状する強さがあったと信じている。ただ、わたしの罪には恋が含まれており、ラタン氏の甚だしい慎みが大きく不気味な岩のように思えたのだ、その岩を前にしたら、ラタン氏に少しでも疑念を持たれたら、わたしは取り返しのつかないほど

砕けてしまうだろう。

そうこうしていると、四輪馬車が家の前に着いた。早くも若いお嬢さんとその父親が階段を昇りはじめた。画家は絶望して叫んだ。「面会だ！　囚人さん！　あなたは馬鹿げた話をしましたね。これは壁に立てかけていた肖像画です、表向きになって見つかりました……。猫が肖像画を裏返しますか？　……誰かが来た、誰かが窓から入ったんだ……ジュール！　君は何を見た？　……」

「ジュール！　あの犬を追い払え！」同時にラタン氏が言った。

このとき、美しいスパニエル犬がラタン氏の新品の傘を興

味津々で嗅いでいたのだ。わたしは急いで屋根裏やその先まで犬を追いかけ、画家が致命的な質問を忘れるよう時間を稼いだ。

戻ってみると、確かに画家は客人を迎えるのに夢中で、恐るべき混乱の只中に招き入れるのを謝っていた。そして「もし明日発つのでなければ、最後の仕上げは別の日に延期していただけますでしょうか？」と言い足した。老人は答えた。「残念ながら出発を先延ばしにはできません。しかし、どうか気になさらないでください、わたしたちがいても犯人発見に不可欠な初動調査の邪魔にならないとよいのですが」そこで、画家自身が屋根に上って周囲を捜査した。

じつにさいわいなことに、ラタン氏はわたしがこの出来事に些かなりとも関わっているとは微塵《みじん》も思わなかったようで、傘をそっと鞘に収めたあと、机に戻ってわたしの本をめくり、宿題とする箇所に印をつけていた。「わたしに見せてくれた宿題、わたしが見たときの立派な姿勢を鑑みるに……」そこ

へ怪訝《けげん》な面持ちで画家が入ってきた。

「部屋はありませんか……」「ああ！　ありますよ、ほら！」

「開けてもらえますか？　屋上へ出るにはここしかないのです、どうやって部屋に入ったか分かるでしょう」「どうぞ」とラタン氏が言った。そして自分の抽斗から鍵を取り出し、わたしができる限り直そうとした錠に挿したので、わたしは驚きで青ざめながらも、熱心に勉強しているふりをした。

大人たちが捜査している間、わたしは牢獄で何か囁かれているのを聞いた。何人かの男が激しくやりとりし、不吉な言葉が聞こえ、番兵が聞きこみをし、二人の通行人が立ち止まって成行を見守っていた。

叫び声が上がった。「紐だ！」

別の叫び声が上がった。「やすり！　やすりだ！　ここだ、この石の下にあったぞ！」

そのときラタン氏が言った。「あいつのハンカチだ！　きっとそうだ！　……ジュール！」

扉は開いていた。わたしは不安によろめきながら、ただひたすら恐ろしさと恥ずかしさのひどい苦しみから今すぐ逃れたくて、飛び出した。しかし、百歩ほど通りを進んで振り向くと、検察官に道を教えながら家に入ってゆく正直な屑物商が見えたので、足を速め、角を曲がって隣の通りに出ると、全速力で街の城門まで走り、門の傍で静かに佇む憲兵の姿にもさしたる恐怖を覚えずに、門を通り抜けた。

すべてが遠ざかると、絶望的であろう自分の情況を見つめることができた。引き返せばラタン氏の手に落ちるだけでなく、憲兵に身柄を引き渡されると思うと、真っ暗な不安に襲われた。こうした考えに突き動かされ、恐怖に裏打ちされた勇気で、一気にコペ近くの草原まで歩き、とうとう異国の地に腰を下ろした[038]。

ここまで離れれば裁きを受けずに済むとは、とても信じられなかった。絶えず大通りを見回し、馬や驢馬《ロバ》や荷車が少し埃を立てるたびに、憲兵たちが四方八方からわたしめがけて迫ってくるように見えた。どんどん不安が大きくなって、わたしは決断した。伯父のいるローザンヌへ向かって進み続けるのだ。それで再び歩きはじめた。

何歳であれ流《る》謫《たく》の身は悲しい。しかし子どもの場合は、実家の門口の近くなのだ！　故郷の町から三里しか離れていないのに、広大な宇宙に放り出された気がして、あらゆる支えを失い、安住の地を一切なくした。だから、わたしは、沈んだ心で、かつて窓から楽しく見ていた湖の岸辺を辿った。進むにつれて恐怖は薄れ、見捨てられたという感覚が強くなり、二度三度と道端に腰を下ろすうちに悲しみが増して、引き返して先生に許しを乞いたくなった。

もう遅かった。それに、歩いているうちに、ジュネーヴよりもローザンヌのほうが、ラタン氏よりも伯父のほうが、近くなっていた。この位置が勇気を奮い立たせた。わたしは落ち着いてきた。若いお嬢さんのことを考えはじめ、前日の同じ時分にわたしを魅了していた心地よい夢想の糸を再び結びはじめていた。美しい自然の中で、彼女の姿はわたしの心にいっそう甘美に映った。澄んだ空、霧がかった山々、爽やかな湖岸と混ざり合って、放浪も悲しくなくなった。

青年の何と元気なことか！　いま描いたのは、本当にわたしなのか？　軽やかな足取りで湖岸を辿り、紺碧《こんぺき》の波、サヴォワの瑞々しい水辺、エルマンスの古い館を愛情ぶかく眺め、空気と空間に自らの生き生きとした感情を溢れさせるこの少年は、本当にわたしなのか？

日が暮れて、宿を求めるために道を外れて農家を訪ねると、農夫たちは、わたしの持っていた硬貨から一枚だけ、宿代にと受け取った。スープと素朴な寝床を分けてもらい、翌日の夜明けに別れて旅を続けた。

帽子を持たずに出発したため、朝日が顔を焦がした。農家の玄関で立ち止まって涼んだが、農夫や通行人の目が気になって、憩いの場から追い出された。実際、わたしの犯した罪を疑われているのではないかと常に恐れていたのだが、好奇の目で見られたのは単にわたしが若くて奇妙な服を着ていたからだった。

静かなアラマン村を過ぎると、道の左手に広大な森を縁どる樫《カシ》の大木が見えてくる。木蔭から湖の全体を見渡すと、ヴァレー州のほうにはアルプスの壮大な絶壁が見える。ジュネーヴのほうに目を向けると、遠くに穏やかな峰々がゆったりと連なり、その先で空の広がりに溶けこんでいる。わたしは木蔭の誘惑に抗えず、腰を下ろして、農夫のくれた黒パンを食

べた。

もうすぐ伯父の腕に飛びこめると思うと嬉しくなった。あまりに強く甚だしい希望だったので、叶わないかもしれないと考えただけですっかり気落ちしてしまった。「ぼくの伯父さん！　優しい伯父さん！　あなたに会うだけで、あなたと話すだけで……あなたと同じ場所にいるだけでも！」わたしは感極まって呟《つぶや》いた。

そのとき、一台の駅馬車が大通りを走り、六頭の馬が長い砂埃を巻きあげた。御者が鞭《むち》を振るい、召使たちは座席でのんびり寝ている。馬車はわたしの座っている場所を過ぎて二百歩ほどのところで停まり、召使のひとりが降りてわたしのほうに向かってきた。

若いお嬢さんの召使のジョンだと分かって、わたしは逃げようとした。召使は言った。「あなたは昨日サン＝ピエールの家から姿を消した青年ですか？」

「そうです」

「では、わたしについてきてください」

「どこへ？」

「馬車です。あなたの先生は大変なことになっています、さあ！」

「先生はどこにいるのですか？」

「あちこちの道を探し回っています……さあ、腕白少年！」

この言葉を聞いて、ラタン氏が一緒にいるのではないかという疑いがよぎった。ジョンに従うのをやめようかと思っていると、遠くで白い服が馬車から降りるのが見えた。わたしはすぐさま立ち上がって、若いお嬢さんに埃っぽい道を歩かせまいと走った。しかし近づくにつれて、恥ずかしさと昂奮で足がすくみ、少し離れたところで立ち止まった。

「あなたはジュール君ですね？」丁寧な声で訊かれた。

「はい、お嬢さま」

「ああ！　ずいぶん日に焼けていますね！　どうぞ馬車に乗ってください……。あなたの先生がとても心配しています、あなたを見つけられてよかった……」

老人が扉のほうを向いて言った。「お乗りください、お入りください。中でお話ししましょう……。お疲れてでしょう？」

わたしが乗りこむと、すぐに馬車が走り出した。

言葉も出ない陶酔状態だった。喜びと戸惑いと恥ずかしさが胸を高鳴らせ、日焼けした顔を真っ赤に染めた。わたしはまだ黒パンの残りを持っていた。

老人が言った。「満足に食べていないようだね。どこの宿を出たのですか？」

「農家からです、昨晩泊めてもらいました」

「今晩はどこまで行くつもりだったのですか？」

「ローザンヌです」

若いお嬢さんが言った。「そんなに遠くまで！　そんなに無防備で？」

「もっと遠くです！　どこまでも、伯父に会えるまで！」わたしの目に涙が浮かんできた。

「そのひとしかいないんです！」と、お嬢さんが父親に言った。そしてわたしを慈しみの目で見つめ、そのまなざしの魅力で、わたしが窓辺で大胆にも思い描いていた夢はすべて叶った。

老人が言った。「少年よ、ローザンヌまで一緒に行って、そこで伯父さんに引き渡しましょう。あなたは軽率な行動をしましたね。何をそんなに恐れていたのですか？」

「囚人にやすりを渡したのはぼくです。彼はとても苦しんでいました、間違いありません。足枷のひとつを緩めるだけだったのに……」

「なるほど、ただ君の善良な心による行ないだったのでしょう。君のような年頃では、囚人がやすりを借りる目的はひとつしかないと、知る由もないでしょう。しかしアトリエについては話しませんでしたね。でも、それも君でしょう？」

「そうです。画家にも伯父にもあなたにもお話しするつもりです……でもラタン先生が怖くて」

「ラタン氏はずいぶん怖いひとなんだな！　しかし、あのアトリエで何をしようとしたのですか？　娘の肖像画を裏返したのはあなたですか？」

わたしは白目まで赤くなった。

老人は笑い出した。「あっはっは！　ああ！　これは深刻だ！　確かに、わたしの顔を見るためではなかった。君に怒るとしたらルーシーだ」

彼女は優しく許すように微笑んだ。「滅相もありません、お父さま。ジュール君は藝術が好きで、ご自身も腕利きの画家ですから、達人の作品を見たいと思うのは当然でしょう」

老人は少し意地悪そうに言った。「ルーシー、君の顔の描かれた絵を裏返したのだから、君の顔を見るためだと、分からないではないでしょう……」そして恥ずかしがっているわたしを見た。「恥じることはないよ。それで君を見損ないはしないし、娘もあなたを許すはずだ。そうでしょう、ルーシー？」

その言葉に少し戸惑ったが、それはわたしだけだった。すぐに親切なふたりの質問攻めに答えねばならなくなった。喋ったあとで、老人はさらに明るくなり、若いお嬢さんは少し遠慮がちになり、しかしわたしの境遇に対する関心と心配は変わっていないと分かった。わたしはといえば、彼女の姿に酔い、甘い快感に満たされ、けっして目を逸らさなかった。

けれども、わたしたちは街に近づいていた。「伯父さんに叱られるだろう?」と老人が言った。

「いや、そんなことはありません! ……それに、伯父さんに会えたら嬉しいから、まったく苦しくはありません」

「かわいい少年!」ルーシーが英語で言った。

「いずれにせよ、あとは君しだいだ。シェーヌ通りと言ったね? ジョン! シェーヌ通り三番地に停めてくれ」

伯父が家にいないのではないかと不安だったが、馬車が停まると、小さな子が、伯父は部屋にいると教えてくれた。「降りてきてくれたら!」わたしはその子に言った。

「いや、こちらが昇ろう。かなり上の階なんですか?」と老人が訊いた。

「二階です」

画家の家のときと同じく、若い娘が父の腕を支え、一緒に路地に入った、わたしはその足跡に口づけしたことだろう。

伯父は帰宅したばかりだった。わたしは伯父を見るやいなや腕の中に飛びこんだ。「お前か! ジュール」しかしわたしは答えることができず、ひたすら抱きついていた。

「帽子なしで来たのか、しかしよい仲間

に恵まれたようだ。ご夫人、ご主人、どうぞお座りください」
わたしは伯父の手を離れ、椅子に近づいた。

老人が言った。「わたしたちはただ、この子をあなたの立派な手に委ねたいだけなのです、この子は確かに罪を犯しましたが、心はまったく正直です。どんな事情で一緒に旅することになったか、あなたの家まで送ることになったかは、自分で話すでしょう。さようなら、わが友よ」老人はわたしの手を取って言った。「名刺をお渡しします、もしわたしの友情を頼りたくなったら、わたしが誰だか分かるように」

「さようなら、ジュール君……」と優しい娘が言い添えた。
そして手を差し出した。
わたしは二人が目を濡らしながら去ってゆくのを見送った。

こうしてわたしは優しいトム伯父さんに再会した。数日後、わたしたちはジュネーヴに戻った。伯父はわたしをラタン氏から引き離し、わたしを連れて行った。

わたしの青春はここから始まった。「書斎」では[039]、わたしが三年後そこから抜け出した様子をお話ししよう。

書斎[040]

休暇を有効に使うべく、伯父はわたしにグロティウスを読め、次にプーフェンドルフを読め、そしたらビュルラマキを読めと助言し[041]、わたしを戸惑わせた。それで、朝に起きて、机に向かい、腰を据え、足を組んで、真面目に始める……。でも、こうなってしまうのだ。

　三十分もすると、目だけでなく心も右へ左へと遠足を始める。まず四折本の余白にある黄色い点をこすり、毛を吹き飛ばし、藁屑を取り除く、細心の注意を払うのだ。次に、インク壺の蓋に気がかりな小さい粒が詰まっていて、それぞれが順々にわたしを虜にする、そして最後に、羽根ペンを小さな環に通し、ゆっくりと回転させると、とても楽しくなるのだ。それから、喜んで椅子の背もたれに寄りかかり、脚を伸ばして、頭の上で両手を組む。そんなとき、窓から出ようと蝿が飛ぶのをぼんやりと追いながら、口笛で何か一曲吹かずにはおれない。

　けれども、節々が凝ってきて、少し歩こうと立ち上がり、両手をポケットに入れて、部屋の奥へと向かう。そこで暗い壁にぶつかり、自然と窓のほうに向き直って、爪先で得意のトレモロを踏み鳴らす。しかし、馬車が通ったり、犬が吠えたり、あるいは何もなかったりする。何なのか見なければ。窓を開ける……。ひとたび開けたら長いこと窓辺にいるのだ。

　窓！　学生にとって真の暇つぶしだ。勤勉な学生、カフェにも行かず悪い友だちづきあいもしない学生だ。ああ、善良な青年よ！　青年は両親の希望であり、両親は青年が真面目で出不精だと知っている。教師たちは、青年が散歩など滅多に行かず、広場で騒いだりトランプで遊んだりもしないのを見て、きっと立派になるだろうと言いたがる。その間、青年は窓から動こうとしない。

　青年……つまりそれはわたしのことだ、謙遜せずに言えば。わたしは何日も窓辺で過ごすが、あえて言うなら……。いや、わたしの先生たちも、グロティウスやプーフェンドルフも、わたしが窓辺で通りを眺めて吸収することの百分の一さえ教えてはくれなかった。

　しかしここでも、他の場所と同じように、段階がある。最初は単なる気晴らしの遊歩だ。空を見上げ、藁屑を見つめ、羽根を吹き飛ばし、蜘蛛の巣を眺め、舗道に唾を吐く。こうしたことは重要だから何時間もかかるのだ。

　冗談を言っているのではない。そうしたことをしたためしのない人物を想像してみたまえ。そいつは何者なのか？　何者になれるのか？　思想も詩情もない、ただ物質的で実用的なだけの愚か者であり、立ち止まることも、道を逸れることも、周りを見回すことも、あえて飛び出すこともなく、人生の坂道を下ってゆく。生から死へと向かう自動機械なのだ、リヴァプール発マンチェスター行の蒸気機関車と同じだ[042]。

　そう、遊歩とは、少なくとも人生で一度はすべきもの、とりわけ十八歳で学校を卒業するときにすべきものだ。読書で痩せた魂が蘇る。自分を取り戻すために立ち止まる。借り物の人生を終えて、自分の人生を始めるのだ。だから、丁寧な教育の合間に、ひと夏をまるごと費やしても、長すぎるとは思わない。それどころか、立派な人物になるにはひと夏では足りないだろう。ソクラテスは何年も放浪していた。ルソーは四十歳になるまで。ラ・フォンテーヌは一生だ。だが、こうした方針が教育書に記されているのを見たためしがない。

したがって、今お話ししたような実践は、実際の確固たる教育すべての基礎となる。実際、感覚が無垢なる糧をそこから得ている間に、精神はまず落ち着きを取り戻し、次に観察へと向かうようになる。

なぜといって、遊歩していたら、観察しないことがあろうか？043

結果として、知らず知らずのうちに、分類し、配列し、一般化するのが習慣となる。たったひとりで辿り着いたのだ、ベーコンが推奨しニュートンが実践した哲学的な道である、かつてニュートンは庭を遊歩し林檎が落ちるのを見て引力を発見した。

窓辺の学生が引力を発見することはない。しかし同じような経緯で、通りを眺めるだけで多くの考えが脳裏に浮かぶのだ、その思いつき自体が古いか新しいかはともかく、少なくとも彼にとっては新しいのであり、時間を有効に使った確かな証拠である。

そうした考えが、頭の中にあった借り物の考えとぶつかって、衝撃から他のひらめきが生まれる。というのも、あらゆる物事の間、とりわけ対立する物事の間を漂うことはできないから、小さな物事をひとつ見定めて、比較し、選択し、まるで学者のようになるのだ。

こうした勉強法、時間の潰しかたの、何と魅力的なことか！

もっとも、小さな物事さえあれば有意義な遊歩には充分だが、わたしはそれだけにとどまらないと言わねばならない。わたしの窓から見えるのは、あれやこれやの素晴らしい集まりだからだ。

向かいには大きな建物の施療院があるが、出入りする者の誰もが、わたしに何かをもたらす。わたしは思惑を追いかけ、用件を推測し、結果を洞察する。それほど見誤りはしない。

新しい事案ごとに門番の表情を伺いながら、人間について千もの興味深いことを読み取るのだ。門番の顔ほど社会の陰影を示すものはない。素晴らしい鏡であり、金持ちの社長、下級の雇われ人、哀れな捨て子に応じて、あらゆる度合いで、こびへつらうような敬意、庇護者《ひごしゃ》めかした丁寧さ、残忍な軽蔑を表わすのだ。変化する忠実な鏡である。

わたしの窓の正面、少し上に、病棟の一室がある。わたしの勉強部屋からは暗い天井が見える。ときおり、窓ガラスに鼻を当てて通りを眺める陰気な看護師が見える。机に乗れば、わたしの視線は悲しい住まいに入りこみ、そこでは痛みと苦悶《くもん》と死に襲われた者たちが二列に並

んだベッドに広がっている。不吉な光景はしばしば暗い興味を惹きおこし、死にゆく不幸者を目にすると、わたしの想像力は不幸者の枕元をさまよって、ときに消えゆく息を吹き返し、ときにお迎えに向かって進みながら、人間の運命を包む神秘に絶えずつきまとう陰鬱な魅力を味わうのだ。

左手、下の通りには教会があり、平日は閑散としているが、日曜日には満員になって敬虔な讃美歌が響き渡る。そこでも

出入りするひとたちを見て推測するが、確実ではない。というのも、門番がいないのだ。また、門番がいたところで、よく分かるわけではないだろう、門番が着目するのは服装であって、その先については見えない、話せない、聞こえないのであり、表情に何も映らないからだ。それに、わたしが知りたいのは、教会に通う者たちの魂なのだ。残念ながら、魂は服の下、上着の下、下着の下、皮膚の下にある。説教中に散歩に出かけ、心ここにあらずのこともよくある。だから、手探りで、躊躇いつつ、推測しながら歩いても、悪くはない。漠然とした、不確かな、疑わしいものこそ、遊歩の魅力であり、糧なのだから。

右手には噴水があり、青い水を囲んで、召使や見習いのパン職人、下男、おしゃべりな女が集まっている。桶で水

を汲む音に混じって楽しく喋り、主人の横暴、仕事の憂鬱、家庭の秘密を語り合う。これがわたしにとっての新聞だ、何でも聞けるわけではなく、しばしば推測を要するからこそ、いっそう刺激的なのだ。

上には、屋根の間から空が見え、ときに深い青、ときに浮雲に縁取られた灰色をしている。遠くの海辺へと旅立つ鳥たちが、この街や田畑の上空を、長く飛んで横切ってゆくこともある。この空によって、わたしは外の世界、宇宙、無限に触れることができる。顎を手に乗せながら、目と頭で覗きこむ大きな穴だ。

昇るのに疲れたら、屋根に降りてくる。恋の季節に鳴く、痩せて情熱的な猫もいれば、八月の日差しを浴びて体を舐める、太ったものぐさな猫もいる。軒下には燕と雛たちが、春とともに戻り、秋とともに去り、いつでも飛びまわって、探し、喧《かまびす》しい雛たちに虫を持ってくる。わたしは雛たちを知っているし、雛たちもわたしを知っている。下の窓にわたしの頭を見ても、金蓮花の花瓶と同じくらい、雛たちは怖がらない。

そして通りには、いつもさまざまなものが見られ、いつも新鮮だ。愛想のよい牛乳配達、真面目な検察官、礼儀正しい小学生。犬が夢中で唸ったり跳ねたりしている。牛が干草を反芻し、主人は飲んでいる。雨が降ってきたら無駄な時間になると思われるだろうか？　かつてないほど多くのすべきことがあるのだ。小さな流れが無数に集まって排水溝で大きな流れとなり、溢れ、漲《みなぎ》り、轟《とどろ》き、ごみを巻きこみ、わたしはひとつひとつの躍動を並外れた興味で見守る。壊れた古い鍋が、大きな腹の後ろに逃亡者たちをかき集め、ほとばしる激流を止めようとする。小石や骨や木屑の核が膨らみ、翼を広げる。海が形づくられ、闘いが始まる。そして情勢は最高に劇的となり、わたしはどちらかの味方につく、たいてい割れ鍋のほうだ。援軍を期待して遠くを見つめ、後退する右翼に震え、細い流れに浸食された左翼に慄《おのの》く……一方、精鋭部隊に囲まれ、頭まで水に浸かった勇敢な古参兵は、まだ踏んばっている。しかし、天と争える者がいようか！　雨が激しさを増す、決壊だ……。決壊！　決壊の直前！　これこそわたしにとって最も心地よい無邪気な喜びだ。ただ、ご夫人がたが排水溝を跨ぐときに優美な脚を見せてくれたら、わたしは決壊など放り出し、通りを曲がるまで白い長靴下を目で追いかける。これでも窓から見える驚くべき物事の僅か一部に過ぎない。

だから、一日はとても短かく、時間が足りないので、わたしはさまざまなことを見過ごしてしまう。

わたしの部屋の上はトム伯父さんの部屋だ。螺子《ねじ》式の肘掛椅子に座り、背筋を前屈みにして、日の光が銀髪を撫《な》でる中、伯父は読み、註をつけ、まとめ、執筆し、部屋一面に並ぶ数千冊もの本の精髄を頭にしまいこんでいる。

甥とは逆に、トム伯父さんは、本から学べることはすべて知っているが、街で学ぶことは何も知らない。だから、物そのものよりも学問を信じている。自分の存在にすら懐疑的なのだ。雲のような哲学の体系に固執している。そして、他人と生活したことがないために、子どものように善良で純真なのだ。

三種類の音で、トム伯父さんの行動のほとんどが分かる。立ち上がると螺子が軋《きし》み、本を取ろうとすると梯子《はしご》が揺れ、気晴らしに一服すると煙草入れが机にぶつかる。

この三種類の音はたいてい順番どおりで、すっかり慣れたので、さして勉強の邪魔にはならなかった。しかし、ある日……

ある日、螺子が鳴ったが、梯子は動かず、わたしは煙草入れを待った……何もない。ぼんやりしていたわたしは我に返った、粉引きの歯車の音が止まると粉屋が居眠りから目覚めるように。耳を傾ける。トム伯父さ

んは笑い……別の声が……「間違いない」わたしはひどく動揺して呟いた。

お伝えしておかねばならないのだが、窓辺で勉強をはじめたときから、わたしは一般論に収まっていなかった。数日前から、あることに没頭し、他のことへの関心が薄れていた。これは、わたしの勉強の方向性が変わる前兆だった。

わたしは朝から待つ。二時になると心臓が高鳴る。彼女が通り過ぎると一日が終わる。

それまでわたしは、自分が独りだとは考えもしなかった。それに、わたしも伯父も排水溝も燕も、皆いるではないか？今日、わたしは独りだ。唯一、三時頃にだけ、わたしの周りで、そしてわたしの中で、すべてが再び命を吹きこまれる。

かつて甘美な時間が流れていたときの様子をお話しした。今日、わたしはもはや、夢中になれず、無為に過ごせず、遊歩もできない、完全に変わってしまった。先日も、大きな羽根が鼻先の指二本分のところでゆっくりと回転したが、息を吹きかけようとさえ思わなかった。同じような出来事は百個でも挙げられる。

代わりに白昼夢を見る。彼女がわたしを知っていて、わたしに微笑みかけ、わたしも心地よく受け止めると

いう夢を見る。あるいは、彼女にとって意味のある道や手段を探して、彼女と会い、彼女と旅し、彼女を守り、彼女を腕に抱えて救う。暗い森ではぐれたら深く悲しみ、恐ろしい山賊に襲われ、彼女を守るために傷を負っても、わたしは立ち向かう。

しかし、そろそろ何なのか言うべきだろう。どうしたらよいか分からない、というのも、心を打つ少女が初めて現われたときの空気は、とても言葉で表わせず、新鮮で強烈な印象だったから、若々しい言葉が必要なのだ。

だから、彼女は毎日三時頃に近くの家を出て、通りを歩き、わたしの窓の下を通り過ぎた、とだけ言っておこう。

服は青色で、質素なために多くの青い服の通行人にまぎれ、わたしにも見分けられなかった。この若い姿のまわりに独特の淑《しと》やかさが漂っているから見つけられたのだ。

その魅力は、目に優しい可憐な少女の控えめな雰囲気から来ているように思われた。だから、服の話に戻ると、百里も探し回っても、最高級の仕立屋でも、もっとわたしの好みに合った服が見つかるとは思えない。

そういうわけで、この服が視界に入っていれば、わたしの周りのもの全てが微笑んで美しく見えた。そして、この服がいなくなっても、わたしの幸せな夢想には青い服が不可欠だった。

さて、その日、彼女がいつものようにやって来て、窓の下に近づくのが見え、そこからわたしは通りの角まで彼女を目で追い、その先を考えようとした。すると彼女は向きを変え、わたしのすぐ下の路地に入った。わたしは、彼女が真っすぐわたしの部屋へと入ってきたかのように、動転して頭を引っ

こめた。そして、彼女が反対側の道へ抜けたかと思ったとき、トム伯父さんの書斎で普段と違うことが起こり、先に述べた昂奮を引き起こしたのだ。何と！　彼女が伯父と喋っている！　……何とか言葉を聞き取ろうと必死に耳を傾けていると、予想外のことが起こって、わたしのまわりにできあがりつつあった宇宙をひっくり返した。

この重大な出来事は、じつのところあまり重要ではなかった。梯子が揺れ、伯父が喋りながら昇るのが聞こえた。伯父の口から出るヘブライ語の単語さえ聞き取れた気がした。このとき、トム伯父さんはヘブライ語を話す博士と一緒に、細かい知識を修正している、そう結論づけられた。彼女が若い頭で取るに足らない学問を探究し、可愛らしい手で埃まみれの二折本をめくっているはずがないからだ。

わたしは心ここにあらずで窓際に戻った、ひどく落胆し、視れども見えず、自分の存在が消えたかのようだった。しかし正面では、白昼堂々、二頭の驢馬が同じ金具につながれて哲学対話をしていた。しばらくすると一頭は考えこみ、わたしはその驢馬の左耳が微かに震えているのに気づいた。そして頭を伸ばし、もう一頭に自分の古い歯並びを優しく見せた。そちらの驢馬も同じことをし、真似しあった。二頭は互いの首を掻き、心地よい無気力、甘美な気《き》儘《まま》さで世話しあったので、三番目のわたしも共感を禁じ得なかった。うわの空から我に返って最初のことだった。ある種の素朴な光景には、魂を自身から遠ざけ、最も楽しい考えからも引き離す、抗いがたい魅力があるのだ。酔いしれそうになったとき、路地から青い服が出てきた。彼女だった。思わず「あっ！」と叫んだ。

何かを聞いた少女が頭を上げ、帽子のつば越しに美しいま

なざしが見え、わたしは恥ずかしさと混乱と雷のように素早い喜びで一杯になった。彼女は顔を赤らめつつも歩みを進めた。

風のそよぎや藁屑の音にも顔を赤らめるのが、この年頃の可愛らしさだ。しかしわたしの場合、この紅潮は言葉にできない好意であり、わたしの境遇を大きく変える事態のように思われた。彼女からわたしに何かがもたらされたのは、これが初めてだったからだ。

わが身を振り返ると、すぐさま喜びは薄れた。彼女が見たのは、口をあんぐりと開け、呆然《ぼうぜん》とした目で、川に帽子が落ちるのを間抜けな雰囲気で眺め、「あっ!」と言ったわたしなのだ。彼女が抱いたであろうわたしの第一印象は、ひどく厳

しいものだった。

しかし、彼女が何を脇に抱えていたと思うか? 羊皮紙の表紙で、銀の鋲《びょう》で留められた八折本、伯父の部屋に転がっているのを何度も見たくだらない本が、そのときは彼女の腕と腰でそっと挟まれており、まさしく本の中の本であると思われた……。わたしは初めて、本が何かの役に立つこともあると分かった。トム伯父さん、人生をかけて本を集めるとは、何と賢いことか! 題名も知らないこの貴重な本を手許《てもと》に置かなかったわたしは愚かだった。

彼女は通りを進んで施療院の入口へ行き、門番に一声かけると、門番は彼女を知っているようで、門をくぐ

るときにも、警備に必要な注意しか払わなかった。わたしはつっけんどんな態度に憤慨したが、それは思いを寄せている少女が裕福でも高貴でもない証拠でもあり、心に芽生えはじめた望みを愚かしく思うことはないと、わたしは喜んだ。

翌日まで彼女を見られないと思っていたから、彼女が近くにいると分かって、とても嬉しかった。何が彼女を伯父の家に連れてきたのか、何が彼女を引き寄せたのか、何としても知りたかった。もっとも、ひとまず出てくるところを見たいと思ったが、夜が来て、その日のうちに再び見られそうになかったから、待つのは諦め、急いでトム伯父さんのところへ行った。


伯父はすでにランプを点けており、青みがかった液体の入った薬瓶を熱心に観察していた。伯父は手を止めずに言った。

「やあ、ジュール。そこに座ってくれ、すぐに済むから」

わたしは早く伯父に質問したいとそわそわしながら座っていたが、書斎はすっかり姿を変えていた。彼女が腕に抱えていた本の仲間である古い書物をうやうやしく眺め、わたしの見るものや吸う空気は、この場所に来た少女の気配を残しているかのように、全く違って感じられた。

伯父は言った。「終わったよ。さて、ジュール、知らないのかい？　……」

「分かりません、伯父さん……」

「ここへ来てくれた少女に感謝だ……」

そう言いながら伯父は自分の机に戻ったが、わたしの逸る心は高鳴った。すると伯父は振り向き、わたしが驚いているのを楽しむかのように言った。「当ててごらん……」

とても考えられる状態ではなかった。

「彼女がぼくの話をしたんですか！」わたしは昂奮して言った。

「もっとよいことだ」と、伯父は明るい調子で言った。

「教えて、教えてください、伯父さん、お願いです」

「ほら、わたしのビュルラマキが見つかったんだ！」

わたしは天から地へと落とされ、内心ビュルラマキを呪った、敬意を表して伯父の身代わりにしたのだ。

トム伯父さんは続けた。「彼女のために本を探していたら、失くしたと思っていた君のための本が見つかったんだ」

さらに言った。「ああ、素晴らしい娘だ！　君の先生の十二人ぶんに値する」

少なくともこの意見には同意した、そしてトム伯父さんの叫びに少し親近感を覚えた。

「彼女は天使のようにヘブライ語を読む！」

親近感は消え失せた。「ヘブライ語を読むんですか？　でも、伯父さん……」わたしにとって愉快な話ではなかった。

「そしてわたしは、彼女にブクストルフ版の詩篇の第四十八篇を読ませるのが、とても楽しかった。クレシウス版との異同を比較しながら、いかにブクストルフ版が好ましいかを説明した[044]」

「彼女にそう言ったんですか？　……彼女に？」

「それはそうだろう、彼女と話していたのだから」

「彼女はあなたの前にいて、あなたは彼女にそう言ったのですか？」

「もちろん。それに、わたしが彼女に話したことは、ユダヤ人以外に話せることではない」

「彼女はユダヤ人なのか！」

他のひともわたしと同じようになっただろうか？　ユダヤ人！　美しいユダヤ人！　わたしはすぐさま、彼女が十倍美しく見え、愛が十倍になったと気づいた。

キリスト教徒には相応しくない。けれども、そうなったのは間違いないのだ、わたしが彼女に感じていた魅力は、同じものを愛していても別の新しいものになったかのように、再生し、活気づいた。

これが考え違いであったのは分かっているし、最も下手な論理学者でさえ、ましてトム伯父さんならば、わたしに馬鹿らしさを納得させられただろう。

しかし印象はわたしの言ったとおりなのだ。それに……大切な妹に恋するか？　しない。妹の友人は？　まだありうる。他人は？　もっと早く恋に落ちる。しかし美しいユダヤ人だったら！　そして、おそらくは見捨てられ、普通のひとたちから偏見を持たれている。それはわたしにとって、いっそう彼女を近づけるものと映った。

わたしはトム伯父さんに言った。「すると彼女はヘブライ語を学びたがっているのですか？」

「いや、わたしは精一杯勧めたのだが。可哀そうな老人のためらしい、もうすぐ亡くなるというのだ。彼女は、老人に宗教的な読み聞かせをしようと、ヘブライ語の聖書を借りに来たのだ」

「もう来ないのでしょうか？」

「明日の十時頃、本を返しに来るよ」

そして伯父は薬瓶の観察に戻り、わたしはその場で考えた。

「明日はここに、この部屋にいる！　こんなに近くにいても、彼女にとって何者でもないだろう！　トム伯父さんと薬瓶よりも近くない」わたしは気落ちして自分の部屋に降りた。

自分の部屋が仄かに明るいのを見て、とても驚いた。普段この時間には暗いはずの、向かいにある施療院の部屋の明かりが反射していると分かり、椅子に乗ると、まずは奥の壁に映る影が見えた。好奇心をかき立てられ、椅子と窓のあいだで踏んばると、壁に掛かっている女性の帽子が見えるほど下まで覗きこめた。「彼女だ！」わたしは叫んだ。大急ぎで机の上に椅子を乗せ、椅子の下にグロティウスとプーフェンドルフを挟み、一番上にわたしが乗った。目の前の光景をよく見ようと、息を殺した。

　青ざめて苦しむ老人の枕元に、敬虔で、物思いに耽り、病と老いの空気に若さと新鮮さを与える輝きをまとった彼女が見えた。綺麗な瞼《まぶた》を伯父の本に向け、慰めの言葉を読んでいた。ときに読むのをやめて病人を休ませ、頭を支え、温かく手を取り、天使のような慈愛で病人を見つめた。

　わたしは言った。「幸せな最期だ！　彼女の言葉はどれほど優しいだろう、心遣いはどれほど美しいだろう！　……ああ！　ぼくの若さと強さを、あなたの老いと病に換えてあげたい！」

　この考えをわたしが口に出したか、それとも単なる偶然かは分からない。ともかく、そのとき少女は手を止めて頭を上げ、わたしのほうをじっと見たのだ。夜中でも彼女にはこちらが見えるのかと動揺し、後ろに身を引くと、椅子と机とグロティウスとプーフェンドルフと一緒に倒れた。

大騒動だ、わたしは落ちてしばらく呆然としていた。立ち上がろうとすると、トム伯父さんが蠟燭《ろうそく》を手に現われた。

「どうしたんだ、ジュール？」おそるおそる聞いてきた。

「何でもありません、伯父さん……その……天井に……（伯父は天井を見た）。吊り下げようとしたんです……（伯父は何を吊ろうとしたのか見回した）……それで、そのとき……落ちた……それから……落ちたんです」

トム伯父さんは優しく言った。「座って、落ち着いて。転落で脳繊維に影響が出たのでしょう、話が支離滅裂なのはそのためです」伯父はわたしを座らせ、その間に急いで二冊の二折本を拾うと、本の背が折れているのを見て、美しいユダヤ娘と話すときよりも動揺していた。伯父は本をそっと机に置いた。そしてわたしのところへ来た。わたしの手をとり、人差指を脈にそっと当てて言った。「それで、何を吊るしたかったんだい？」

非常に困った質問だった、実のところ部屋には吊るすものなど何も見当たらなかったからだ。それでわたしは、善良なトム伯父さんが優しく寛容なのを知っていたから、洗いざらい話そうとしたが、いざとなると全くできなかった。

寛容といっても、わたしの心中を打ち明けるには足りないのだ。わたしは共感してほしかったが、伯父は抽象的で科学的な考えに対してしか賛同しない。だから、自分で好きなように育みたい感情を枯らすことになりはしないかと、心を開くのを躊躇した。

「それは、吊るすため……ああ！　神さま、それだけです！」

「何？」

「ああ！　伯父さん、おしまいだ！」

「何がおしまいなんですか？」


　そのとき、瀕死の男の部屋から明かりが消え、わたしの希望も消えた。

　伯父はというと、わたしの叫びに事態

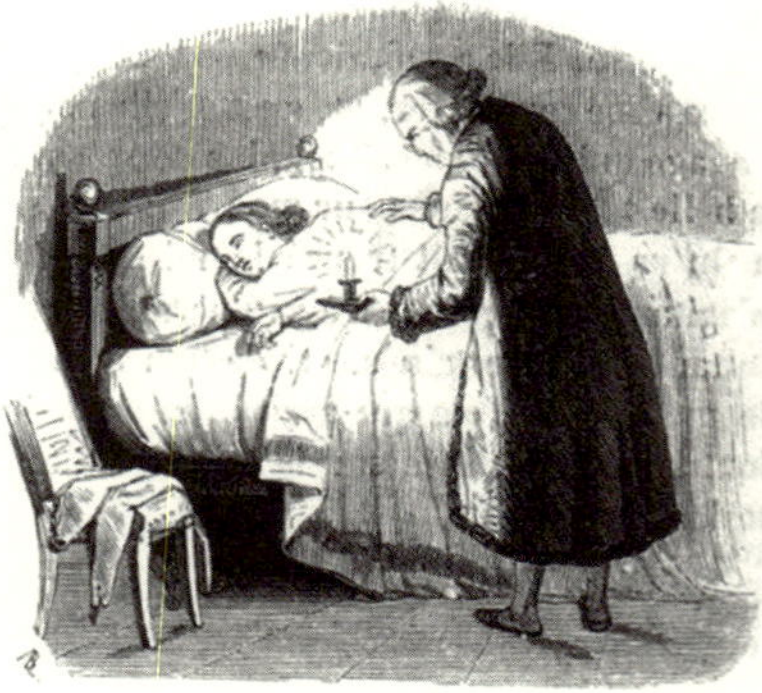

を重く見て、わたしをベッドに行かせて注意深く観察したが、その間わたしは少女の姿を想像して夢見心地になっていた。
　伯父はわたしの心痛の原因など全く分からなかった。しかし、わたしを解剖学的に考察し触診したのち、自らの学識に恥じない確信を持って、わたしの骨格が完全な状態であると結論づけた。あらゆる懸念を取り除くため、呼吸、血行、すべての生体機能を調べ、次いで外科的な症状に移り、ようやく好奇心を満たしたようで、何か考えごとをしているような雰囲気で、わたしのもとを去った。

　真夜中ちかくだった。わたしは独り物思いに耽っていたが、梯子の音に驚き、それから程なくして眠りに落ちた。ひどく昂奮していた。思考と関係ない多くの像が眼前を行き交い、畳みかけた。寝ても醒めてもおらず、休めてもいなかった。混乱ののちに疲労が訪れ、しばらく止まっていた夢が再び始まり、別の様相を帯びてきた。

　わたしは夢の中で、静かな森を、苦しみながらも淡々と歩いており、魂は何だか分からない感覚に浸って、未知の魅力に包まれていた。はじめは誰もおらず、生活感のあるものは何もなかった。それは確かにわたしでありながら、美しく優雅で、わたしの発揮したい長所をすべて備えていた。

　疲れたので誰もいない空地で腰を下ろした。知らない人影が近づいてきた、ただ姿は憂いを帯びた善良な雰囲気で、生気があった。しだいに見覚えのある姿になり……ついに愛するユダヤ娘となった。彼女もまた、わたしが彼女に望むものをすべて備えており、わたしを見て喜んだようで、言葉こそ発しなかったものの、視線が言葉となって、わたしの心の最も柔らかい部分をくすぐった。彼女の美しい頭がわたしの顔の前でお辞儀し、甘い息づかいを感じ、ついに彼女の手がわたしの手に触れた。そうして、昂奮に揺さぶられ、夢はどんどん平静さを失っていった。空想は乱れて不確かになり、あれこれの顔の中に、もはやトム伯父さんの顔しか見えなくなったのだ、伯父はわたしの手を取って脈を測り、わたしを覗きこんで、眼鏡ごしにわたしを見ていた。

　ああ！　あのときのトム伯父さんの顔が、どれほどわたしを怯えさせたことか！　わたしは伯父が好きだ、とても好きだ、わたしのトム伯父さんだ。しかし、最も甘美なものから伯父の顔へ、心の中の最も魅力的な夢から冷たい現実へと移ったのだ！　人生も伯父も嫌いにさせ

るには充分すぎた。

　伯父はわたしに言った。「落ち着いて、ジュール、お前の病気の経過観察をしているんだ」そして、観察を続けながら、古い四折本をめくって、著者の言うとおりに症状に対応する薬を調合しようとしていた。

「ああ！　悪いところは何もないんです！　勘違いです、伯父さん。悪いのは目を覚ましたことだけです。ああ！　とても幸せだったのに！」

「君は元気で、平静で、幸せだったのかい？」

「ああ！　天国にいたんです。どうして起こしたんですか？」

　ここでトム伯父さんは、目に見える喜びと、誇りと知的充実感の混じった表情を浮かべ、「よし！　薬が効いている」と言ったように聞こえた。

「ぼくに何をしたんですか？」

「いずれ分かります。ここにあなたの症例があります、ヒポクラテスのハーグ版の六四ページです。とりあえず安静にしていれば大丈夫です」

「けれども、伯父さん……」

「何だい？」

　どうすれば、彼女に対する気持ちを明かさずに、伯父にユダヤ娘のことを話せるか、分からなかった。わたしは手がかりを与えようとした。

「明日、と言いましたね？」……そしてわたしは黙った。

「明日とは？」

「彼女があなたの家に来るのが」

「誰がですか？」

　喋りすぎはしないかと怖くなった。「熱が……」

「熱？」

　わたしの質問も答えもあまりに支離滅裂だと思ったようで、わたしは伯父が錯乱という言葉を呟いたのを聞いた。呟くと帰ってしまった。間もなく梯子が軋み、わたしは震えた。しかし、わたしが抜けてしまった状態の名残は、それしかなかった。眠りと夢に戻るために、わたしは途轍もない努力をした。

何も起きなかった。かといって、それまで満足していた現実に戻ることもできなかった。夢が消し去った現実を、わたしは盛り返せなかった。虚しいものとなっていた。翌日のことを考えてはじめて、寝る前に見たユダヤ娘の姿を思い出せた。彼女が伯父の家に来る姿をあれこれ思い描き、彼女に会う方法、彼女と話す方法、彼女に自分を知ってもらう方法を想像した末、あまりに突飛な計画を立てるに至った。

伯父を遠ざける……わたし自身が彼女を出迎える……彼女と話す……。でも何を話せばよいのだろう？　話題を見つけるのが計画成功の第一条件だ。そして、恋の話をするのは初めてだったから、とても困った。参考にできるのは既に読んだ小説数冊だけだが、あまりに流暢な

台詞回しで、そんなに完璧にできるはずがない。

「ああ！　ぼくの心の状態を彼女に描いてみせられたら、それだけでよいのに！　どんな女の子でもぼくの気持ちを受け入れてくれるはずだ」わたしはベッドから飛び降り、台詞の練習をした。

蠟燭を点け、話し相手にする椅子を前に置いて、少し考えてから、こう口火を切った。

「お嬢さん！」

お嬢さん？　腑に落ちない単語だ。別の言葉か？　何もない。彼女の言葉で？　知らなかった。わたしは考えた……。懸命に探した。お嬢さん以外ありえない！　わたしは出だしで止まってしまった。

「いや、お嬢さんがひとりいるという話なのか？　彼女はぼくにとって、誰でもよいひとりの女性なのか？　お嬢さん！　ありえない。帽子を脱いで、お会いできて光栄です、などと言うしかない」わたしは困り果てて座りこんだ。

十回以上やり直したが、他に何も浮かばなかった。ついに、この言葉を捨てて難題を回避しようと決め、情熱的な口調ではじめた。

「あなたの目の前にいるのは、ただあなたのためだけに生きたい、ただあなたのためだけに燃えたいと願う者です……。そして今日から……わが心はあなたに永遠を誓う……」

「ああ！　何てこった、これでは四行詩だ！」決まりきった韻が駆け寄ってくるのを感じた。絶望してまた座りこんだ。わたしは苦々しく思った。「自分の気持ちを表現するのは何と難しいことか！　ぼくはどうなってしまうだろう？　彼女は笑うだろう……むしろぼくの愚かさを哀れんでくれるだろう、そしてぼくは途方に暮れてしまう！」想像したら苦しくなって、もはや計画を諦めていた。

しかし心の中では千の感情が膨れあがり、出口を探し求めているようで、意に反して美辞麗句や誓いの文句や情熱的な呼びかけの群れが頭に渦巻き、つらい悪夢となって、わたしは疲れ果てた。

わたしは気分を落ち着かせようと立ち上がり、部屋を歩き回って、言葉や文章を途切れ途切れに漏らした。

「……あなたはわたしが誰だかご存じないですが、わたしはもうあなたやあなたの残像なしでは生きられません。……どうしてわたしがここにいるのか？　……あなたに会いたかった……あなたのお気に召さないかもしれませんが、あなたのことしか考えられない若者がいると知らせたかったのです。

……どうしてわたしがここにいるのか？　わたしの愛、わたしの運命、わたしの人生をあなたの足元に投げ出すためです。……ユダヤ人？　それがどうした！　ユダヤ人、わたしはあなたを愛する。ユダヤ人、わたしはあなたについてゆく……。ああ、愛するユダヤ人、わたしほどあなたを愛する者が他にいるでしょうか？　わたしが心からあなたに差し出す愛情、献身、幸福を、余所で見つけられるでしょうか？　ああ！　もしあなたがわたしの気持ちの半分でも分かち合ってくださったら、わたしがあなたに跪いた日に祝福を与えることになるのです、さらに、今日わたしがあなたと話したことは無駄でなかったという希望を残してくださるのです」

　わたしは気が楽になって止めた。わたしの魂を満たしていた感情を言葉に込め、喋り続けるにつれて、少女が紅潮し、心動かされ、わたしの言葉が彼女の心に届くのを見た気がしたのだ。そして、わたしは自分の胸に手を当てて続けた。「ああ！　だめです、不幸者に同情して、わたしを押しのけてないでください、わたしを深淵に突き落とさないでください！　わたしの人生、それはあなたのいる場所です！　……ああ！　……それを悪魔が取り上げる！　ああ、伯父さん！　ぼくの伯父さん！」

　万事休すだ、何の救いもない、わたしは苦い涙をこぼしそうだった。情念によって自分が気高く見えた。少しの間、自己不信、嫌悪感、いつもわたしの希望を邪魔する恐怖心が消えた。わたしは愛するひとと対等に向かい合った気がして、言葉を言い終わると、皮膚の上からも分かるほど高鳴っている胸に手を当てた、すると……。いや！　冷たい蛇や湿った蟇蛙《ヒキガエル》に手を乗せたって、そこまで不快ではなかっただろう……。わたしは怪物

を剥《は》ぎとり、遠くへ投げ捨てた！

　そのとき、時の神のように冷静なトム伯父さんが、薬瓶を手に、本を脇に抱えて入ってきた。わたしは激怒して言った。

「忌々しい、ヒポクラテスも、古い本も、全部……。ぼくに何をしたんですか？　言ってください、伯父さん、何をしたんですか？　……ぼくの人生の最も甘美な瞬間を二度も邪魔して！　そのうえ何ですか？　毒を盛りに来たんですか！」

　罵詈《ばり》雑言の間、トム伯父さんは怒るどころか、いったん失った推論の鎖を取り戻し、錯乱状態が続いていると確信して、注意深い観察者の態度を取ってい

た。わたしの言葉の意味を全く気にかけず、わたしの身振り、声色の変化、目の輝きから、病気の性質と進行を精緻に研究し、後で対処すべく小さな症状も記憶した。

　伯父は小声で言った。「膏薬を剥がしたんだよ、ジュール！」

「何ですって？」

「寝てください、どうか横になって、ジュール」よくよく考えた末、自分の秘密を打ち明けないことには自分が正気だと伯父に証明できないが、その瞬間わたしの計画はすべて台無しになると思って、わたしは横になった。

「君のために持ってきた飲みものがある。さあ飲んで、飲んでください」

　わたしは薬瓶を取ると、飲んだふりをして、ベッドと壁の間に液体を流した。伯父はわたしの頭にハンカチを巻いて目まで覆い、カーテンと雨戸を閉めると、時計を取り出した。

「三時だ。十時まで寝ないといけない。十時の二十分前には治まるでしょう」そして出ていった。

わたしは疲労困憊《こんぱい》し、しばらく寝ていた。しかし、すぐに昂奮して眠れなくなり、計画の準備に熱中した。できるだけ自分に似た人形を作り、その頭に伯父のハンカチを巻いてしっかりと覆った。それからカーテンを閉め、伯父はヒポクラテスの権威にしたがって十時前にはカーテンを開けないと信じた。そして窓際に腰を据えた。

　すでに牛乳配達が行き交い、門番が開門し、燕が働いていた。光が戻り、爽やかな朝で、見慣れたものが見えると、わたしは心が静まり、計画の成功を疑いはじめた。だが、夢の印象が思い出されると、計画を断念するのはこの世で最も素晴らしいものの一切を永遠に諦めるに等し

いと思われ、わたしはすっかり勇気を取り戻した。

　しかし時が流れてゆく。時計を見ようとしたとき、螺子が鳴った。十時の十五分前だった。急いで外に出ると、人形の傍に座る伯父をあとに、静かな書斎に忍びこんだ。

　こっそりと入ると、わたしは窓際に走った。窓ガラスの後ろに立って、彼女が現われるはずの通りの端を見つめていると、期待と不安で震えはじめた。さらに悪いことに、自分の台詞が漏れているのに気づき、言葉の断片をこらえようとすると、おかしな変調に陥って、感情に息が詰まった。わたしは自分を見失っているのが分かり、すっかり怖くなって、無理やり口笛を吹いた。そのとき時計が十時を打った。十時を打ち終わったら今日はもう彼女は来ないという希望が浮かび、わたしは百年おきに鳴るかのような鐘をひとつひとつ数えた。ついに十回目の鐘が鳴って、わたしはいたく安堵した。

　気を取り直しはじめた頃、青い服が現われた。彼女だ！心臓が飛び出し、台詞が消え去った。わたしはひたすら彼女

の外出が何か別の用事であるのを願い、彼女が家の前まで来て、そのまま通り過ぎるか、向きを変えて家に入るか、言いようのない不安で見守った。彼女の足取りの僅かな変化さえも観察し、安堵と恐怖を交互に感じながら推測したが、確かに分かったのは、彼女が排水溝を跨いだことだけだった。

横切った！　窓ガラスのせいでそれ以上は覗きこめず、わたしは彼女を見失った。すぐさま書斎に彼女の気配を感じ、何も考えられぬまま、逃げようと扉へ走った。しかし、扉の前を通り抜けようとしたとき、静かな中庭に響く彼女の足音に、わたしは彼女に会いに行こうと考え直した。わたしは立ち止まった。彼女はそこにいた……。呼び鈴が鳴った瞬間、わたしは眩暈《めまい》がし、よろめき、扉を開けまいと決めて座りこんだ。

そのとき、近くの屋根窓から伯父の牝猫が飛び出し、窓の縁に落ちた。その音に、いきなり扉が開いたかと、ひどく動揺した。牝猫がわたしを見つけたため、わたしは牝猫が鳴くのではないかと恐れながら見ていた。鳴いた！　居留守を見破られた気がして、恥ずかしさに目を伏せ、顔が赤くなった。二度目の呼び鈴が聞こえた。

わたしは立って、座った。再び立ち上がった、呼び鈴を見つめていた、また鳴るのが怖かった。彼女の遠ざかる音が聞こえはしないかと耳を澄ませた。しかし別の音が耳をかすめた。わたしの部屋を動き回るトム伯父さんの足音だった。彼女の目の前で伯父と出くわすのではないかと甚だ不安になり、すっかり動転して、わたしは危険を待ち構えるよりも危険を

出迎えたくなった。書斎から来たと思わせるようにゆっくりと向きを変え、咳払いをして、恐怖で強ばった足取りで扉を開けた……。階段の薄明かりに彼女の優雅な横顔が影絵を描いた。彼女は言った。「トムさんはご在宅ですか?」

これが、美しいユダヤ人の唇から発せられた最初の言葉だった。今でも耳に残っているほど、わたしにとって魅力的な響きの声だった。さしあたり難しい質問ではなかったが、わたしは答えなかった。機転を利かせたのではなく、混乱していたからで、ぎこちなく彼女を先導して書斎へ向かった。

わたしは伯父の机に着くまで振り返らなかった。机が遠くにあればと思った、彼女と目を合わせる瞬間が怖かったのだ。彼女はわたしを見て、顔を赤らめた。

台詞はどこへ行ってしまったのか！　千里の彼方だ。わたしは彼女よりも真っ赤になって黙っていたが、いたたまれなくなって、次のように話しはじめた。

「お嬢さん……」そこで止まった。

「トム伯父さん……」彼女が答えた。そして困惑が落ち着いたところで言った。「また来ます、いらっしゃらないようですから」軽くお辞儀をして彼女は帰ろうとしたが、わたしは呆然としており、送って行こうという考えが浮かんだときには、すでに彼女は書斎の敷居を跨いでいた。わたしは急いで彼女を追いかけた。彼女は困っていたが、それはわたしも同じだった。戸口の暗がりの中で、同時に扉を開けようとして手が触れ合ったとき、喜びで全身に震えが走った。彼女は出て行っ

た。わたしは独りになった、世界でただ独りになったのだ。

　彼女が遠ざかると、たちまち台詞が完璧に戻ってきた。自分の不器用さ、愚かさ、不甲斐なさを嘆いた。当時のわたしは、不甲斐なさや不器用さが、ある種の女性にとっては雄弁な言葉であり、何より意図して装えるものではないと、知らなかった。とはいえ、すぐに彼女の雰囲気、戸惑い、まなざしが思い出され、もどかしさは軽減された。窓に戻って彼女の帰りを見届けようとしたとき、扉の開く音がした。瞬時に伯父のベッドに飛び乗って光を通さない古い緑のカーテンに隠れるのが精一杯だった。

「しかし、お嬢さん、君の言っていることは……」

「若い男です、本当です、トムさん」

「若い男がここに！　厚かましい！　彼は何をしましたか？」

「彼は……。彼は厚かましい感じではありませんでした」

「看過できません……。失礼ながら、そうして忍びこんだのは……」

「多分あなたの知っているひとです……」

「わたしと、わたしの甥、他には誰も知りません」

「そう思います……甥御さんだと」彼女は小さな声で目を伏せて言った。

「甥！　ついさっき見た！　下の部屋で！　……君はわたしの甥を知っているのですか？」

　ここで沈黙があった、百年の沈黙だ。

「赤くなっていますね、お嬢さん！　……もっと素直でない……もっと優しくないひとに会ったかもしれない……。ともかく、教えてください、どこで知り合ったのですか？」

「あなたは……甥が下の部屋に住んでいると言っていましたね。ときどき窓際で見かけたのです……わたしをここで出迎えてくれた青年と同じひとです」

「ありえない、と言っているのです。確かに窓際で見たのはわたしの甥です、そこに住んでいるからです。しかし、ここへ入りこんだことに関しては、可哀そうなジュールは無実です。理由をお話しします。昨晩の九時頃、粗忽者が、どうしてかは知りませんが、足場に乗りました、おそらく向かいの病室で何か悪戯があったのでしょう（ここで少女はますます動揺し、赤くなっているのを伯父に見られまいと、わたしのほうに顔を向けた）。そして、ばたん！　……大きな音がして、わたしが駆けつけると、甥が横たわっていました。そういうわけで、甥をベッドに寝かせ、今もそこにいます……。しかし、ここで、わたしの考えをお話しします。あなたのような若い女性は、行く先々で若い男を見かけるはずです。誰か、大胆な男が……聞いていますか……あなたに先回りしたのかもしれない。恥ずかしいことではありません、お嬢さん、美しいのは恥ではない……。さて、お困りでしたらこの話はやめましょう。今度はきちんと扉を閉めます。話を変えましょう。わたしの本を持ってきてくれたんですね？　ふむ！　この文章はどうでしたか？　まあ、本を置いて、少し待っていてください。わたしは……。お待ちください」そして書斎に通じる収蔵室に入った。わたしは震えた、この収蔵室は普段は閉まっているが、内階段でわたしの部屋と繋がっているからだ。

わたしは彼女とふたりきりで残された。この瞬間、彼女を見ているはわたしだけだった。わたしには計り知れない恵みであり、彼女の秘密と繋がっているようだった。彼女の表情、態度、微かな仕草に、今わたしの中で起こったことと似たものを読み取れる気がした。不思議な瞬間！　夢見ていた印象のいくつかが心のうちで実現した甘美な静寂の瞬間！

間近で見て彼女の魅力を堪能できたのは、これが初めてだった。その魅力を文章にできたら、わたしの見たままに描けたら！　さらに、トム伯父さんの書斎が、素晴らしい額縁となって、輝く美しさをいっそう引きたてた。埃っぽい棚に並ぶ、歳月の連なりを表わす由緒ある書物、古めかしい香り、学究の静けさ、その只中にある爽やかで生命力にあふれた若木……言葉のうちに閉じこめることはできない。

しかし、しばらく前に彼女は立ち上がり、窓際へ行って伯父の肘掛椅子に座っていた。可愛い手に頬を乗せ、物思いに耽って憂鬱そうに空を眺めていた。風のように軽い微笑みが唇から漏れた。彼女の視線は、何とはなしに、伯父の置いていった大きな二折本に注がれた。まなざしは次第に固定され、生き生きとした赤みに彩られた慎み深い顔に、関心の増してゆく様子が表われた。そのとき、トム伯父さんが「あった！」と叫んだ。彼女は立ち上がったが、伯父が書斎に戻るまで二折本から目を離さなかった。

「ありました！　苦労しましたよ。ヘブライ語を愛するあなたに差し上げます。わたしは本文が読めればよいですから、もう一冊のほうが大事です、そちらを持っておくことにします。こちらの山羊革装のほうが、可愛い指に馴染《なじ》みそうだ。これをお持ちください、そしてトム博士のことを思い出してください」

「ご親切にありがとうございます。あなたの素敵な本をいただきます、あなたのことは忘れません、たとえ二度と会えなくとも」

伯父は微笑みながら言った。「もし会うことがあったら、甥っ子たちを恐れねばなりませんね。そういえば、わたしにも甥がいるのを忘れていました……。さようなら……きっとまた」

伯父は彼女を見送りに出ていった。わたしはすでに彼女の目に留まった二折本を手に持っていたが、伯父が帰ってくるまでに逃げおおせられるか心配だった。さいわい、伯父は収蔵室の扉を開けたままにしていた。わたしは飛び出した。あっという間に、本は確保、人形はベッドの下、わたしはベッドの上で、善良なトム伯父さんが入ってくるのを待った。

「ああ！　ああ！　起きましたか？　何時に目が覚めましたか？」伯父が言った。

「十時の鐘が鳴ったときです、伯父さん」

すると伯父は満足そうな表情を浮かべた。わたしの回復を喜び、さらに喜んだのは、それが学問に栄誉をもたらしたことだ。そして重々しく言った。「ここで、ジュール、わたしは君が何の病気だったか告知しよう。片頭痛だ」

「本当にそう信じているんですか、伯父さん？」

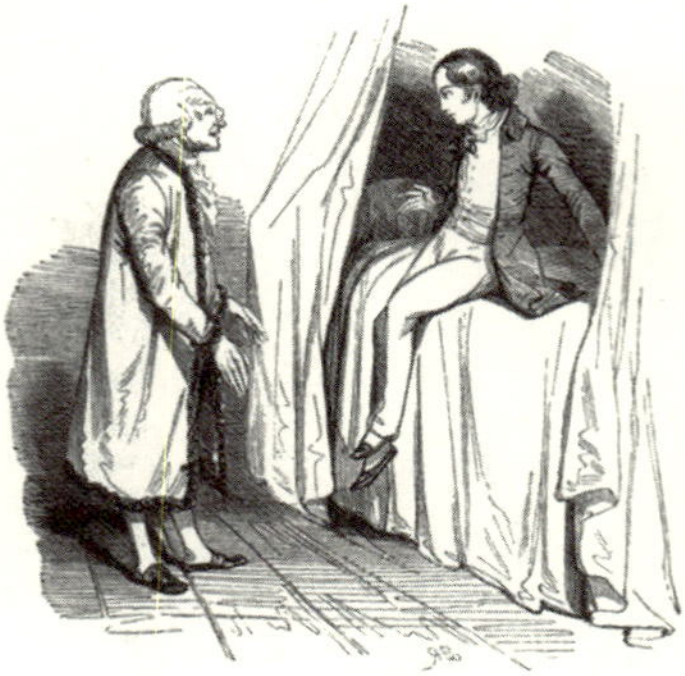

「いや、信じているのではない、ジュール、わたしは知っている、よく分かっているんだ。わたしはヒポクラテスから少しも離れていないのだから。小脳を揺さぶり、脳膜内の分泌物を溢出させたのは、落下のせいだ。わたしが君を見つけたとき、どのような状態だったか、知っているかい？　脈は速く、目は据わって、完全に錯乱していた。この……膏薬で……」

「ああ！　伯父さん、もうその話はしないでください、誰にも言わないでください」

「膏薬は僅かに浸透し、多少の改善は見られたが、錯乱は治まっていないようだ。それで水薬を」

「はい、伯父さん」

「そして、静かな睡眠」

「ああ！　そうです、伯父さん。素晴らしい！」

「夜一時から朝十時きっかりまで、予定し、予測し、予言された眠りです。そして今、君は回復した！」

「治りました、伯父さん！」

「いや。それに、何よりも再発を防ごう。わたしが軽い膏薬を用意している間、静かに待っていてください。それで様子を見ましょう。安静にして、今日は勉強しないでください。約束してください」

「任せてください」

伯父が出て行くやいなや、わたしは二折本に飛びついた。しかし、また別の困惑に陥った。本は二千ページもあり、急いでいたわたしは、気になるページだけに印をつけるのを怠ってしまった。この洞窟を探せ！　彼女の心を打ったひとつの考え、あるいはひとつの単語かもしれない、それを他の百万語の中から見つけ出すのだ！　しかし、旺盛な好奇心に後押しされ、この発見に自分の運命がかかっているかのごとく、探しはじめた。

　わたしは仕事に取りかかった。ああ！　どれほど不可解な呪文が目の前を通り過ぎたことか！　どれほど熱心に研究したことか！　伯父が見たら、あるいは先生でさえ！「勉強熱心な若者よ、体をいたわりなさい、根を詰めすぎだ」と言われただろう。

　それは中世の古い年代記の選集で、多くの伝説めいた恋の冒険が語られており、たくさんの紋章《ブラゾン》[045]、註解、局面が描かれていた。伯父の好みに合った雑録だった。けれどもわたしは、彼女に、とはいえ他のひとにもなのだが、当てはめられる多くのことを発見した。それで二百ページまで進んだ。

　しかし、螺子が鳴り、梯子が軋み、伯父の部屋が騒がしくなった、わたしが夢中で勉強している間じゅう伯父は時間を無駄にしていたに違いなかった。ある考えが浮かんだ……。わたしは上の階へ行った。

　確かに、トム伯父さんは嘆かわしい状態だった、まるで嫉妬深い女が……。ともかく、伯父は徘徊し、書斎を探しまわり、木箱や机や空に本を求め、平穏と静謐の場所を混乱と無秩序が占拠していた。

「盗まれた！　盗まれたんだ、ジュール……なくなった！（伯父はわたしに事実を説明した）あの本は値段のつけようもない稀覯本なんだ、まさしくその箇所、そのページだったのに……もはや手中にない！　ああリバニオス[046]よ！　お前の勝ちだ！」

「そんなはずはありません！　絶対に……ほら……。どのページだったんですか？」

「ああ！　覚えているとも！　ウニゲニトゥス勅書[047]についての三年に亘る論争だ、あと少しのところだったのに！」

「勅書……何のですか？」

「ウニゲニトゥス！」

「ウニゲニトゥス！　おどろおどろしいですね。そのページには……」
「勅書が載っていたのだ、他のどこにも載っていない異文と並べて」
「他には？」
「君、それでは足りないと思うのかい！　そのページのためなら何でもしよう」そして伯父は続けた。「しかし取り戻せるはずだ。事態を打開できる者がひとりいる……二折本を盗んだ悪者が誰なのか教えてくれるはずだ」そして伯父は鬘を直し、古い杖を取り、小さな角帽をかぶって外に出た。わたしはその言葉を忘れないよう「ウニゲニトゥス勅書、ウニゲニトゥス勅書」と小さく繰り返しながら、急いで下の階へと戻った。

　わたしは本をめくりながら呟いた。「ウニゲニトゥス勅書、ウニゲニトゥス勅書……あった！　大きな文字だ」それはラテン語だった。大誤算だ！　これでわたしはラテン語が嫌いになったのだ、いや実を言うとその前から好きではなかったが。しかし、勅書がページの真ん中から始まっているのに気づき、その前を見てみた。こう書かれていた。

いかにしてアングリヴォワ城主領が
ショーヴァン一門のものとなったのか
サントレ殿と**アンリエット・ダントラーグ**の結婚によって

「この若者はこれまで恋愛に夢中になったことがなかった。しかし、髭の生えはじめた頃、城の中庭でアンリエットを見かけ、そのときの可愛らしさや感じのよい姿を見て大いに喜んだ。そうして愛の瘴気を吸いこむと、昼も夜も他のことを考えられなかった。しかし何を話したらよいのか分からなかった、まったく恋には初心《うぶ》だったのだ。そして、男どうしなら鷹揚で豪胆なのだが、女性の前ではぎこちなく不器用なのだ。しかし、どんどん恋の虜となり、勇気を振りしぼった。ある日、彼女が来ることとなっていた祖父の部屋に陣取り、花束とともに、彼女の美しい瞳のために燃やしている炎を伝える言葉を用意した。彼女が来るまでは、口も回るし、花束を優雅に贈ることもできた。しかし、アンリエットが入ってくるのを見ると、たちまち花束を机の下に放り投げ、間違いをしでかした小姓のように、無口で、ぎこちなく、知恵が回らなくなってしまった。アンリエットのほうは、彼を見て、また散らばった花束を見て、驚くほどに顔を赤らめた。二人はそこで顔を見合わせ、野に咲く二輪の雛罌粟《ヒナゲシ》のように赤くなり、もはや何も言わなくなった。祖父が入ってこなかったら、ずっと立ち尽くしていただろう。「こんなところで何をしているんだ？……」」[048]うんぬんかんぬん。

わたしは何度もこのページを読み返した。喜びで有頂天になった。というのも、この物語の素朴な出来事を、あのユダヤ娘の顔から読み取れたことと比較すれば、わたしの慎ましさやぎこちなさが彼女の気に障らなかったと信じるに充分だからだ、それは彼女と伯父との会話から、わたしの片思い、窓辺のわたしの顔さえも彼女は見逃さなかったと推測できるのと同じことだ。こうしてわたしたちは互いに理解しあった。わたしは自分の思っていたより千倍も進んでいたのであり、それからは最初の一歩の難しさや彼女が赤の他人であるという不安に立ちすくむことなく、恋心に身を任せられるようになった。さっそく重要な箇所を正確に書き写した。そして、伯父を悲しませたのが胸につかえていたので、伯父のいない間に本を戻し、他の本に紛れさせて、見失っていたのだと思えるようにした。

部屋に戻ると、ただ独りになろうと閉じこもり、その日は自分の思考だけを優しい友とした。わたしは絶えず同じことを思い返し、新しい一面を見つけようとした。ついに疲れ果て、これまで歩んできた道を離れて、これから歩むべき道に専念した。これからは、わたしの運命を彼女の運命とひとつにすることが、人生の唯一の目的となったからだ。

十八歳のときだ。わたしは学生で、立場もなく、伯父の優しさ以外に資産もなかった。しかし、そうした困難にはほとんど引きとめられず、初恋の激しさによる勇気から引き出した千もの方策によって、困難を踏み潰した。野心、献身、栄光への漠然とした欲求が、わたしの心を気高くし、愛するユダヤ娘のもとへと引きあげた。わたしは彼女の手を取り、彼女にふさわしい運命を捧げた。あるいは、まだ自分は輝きには程遠いと思うと、彼女が貧しく、無名で、見捨てられ、わたしと一緒になると得するような境遇であってほしいと願った。門番の軽蔑が思い出され、唯一の希望となった。

日曜日だった。鐘の音で信者たちが教会に集まり、単調な音はわたしの心を落ち着けた。鐘は止み、通りの静寂が困難の先へと進んでいたわたしの思考を励ました。やがて、聖歌の合唱とオルガンの重々しい音がゆっくりと夢想に入りこみ、わたしは自分が、信者たちに混じって、恋人と静かな幸福を味わっている姿を想像した、そこでは二人で同じ詩篇を読み、彼女の美しい瞼は本に落ち、彼女の吐息がわたしの吐息と一緒になって、わたしたちは甘い至福を現世で分かち合い、来世でも分かち合えるはずだった。

しかし、説教にユダヤ人！　いや、考えていなかった。恋の虜となった心は、欲望と空想だけを夢に招き、浮ついた心を妨げるものは何もない、穏やかで気楽な集まりとするのだ。ああ！　このあとわたしは現世に戻り、現実と一緒に歩み、分別や理性に支配された。この厳しい指導者たちは、一致団結して、そのときの天上の感動に匹敵する瞬間をわたしに与えなかった。こうした瞬間は、どうして短かいのか、二度と見つからないのか！

これほど虜にされた者の名前も住所も、わたしは知らなかった。ますます月曜日が待ち遠しくなった。彼女は現われなかった。火曜日も水曜日も同じだった。彼女の世話していた病人が二日前に亡くなったと知った。金曜日、待ちきれなくなって伯父の部屋に行った。見知らぬ人物が扉を叩《たた》き、小包を渡してきた。

伯父は言った。「開けてみなさい、ジュール」

わたしは小包を開けた。山羊革装の本だった。中表紙には、こう記されていた。

> もしわたしが死んだら、この本を持主のトム氏に返してください。

さらに下に。

もしトム氏がわたしを喜ばせたいとお思いでしたら、この本を甥御さんにあげてください、書斎でお会いした思い出として。

わたしは叫んだ。「もし彼女が死んだら！　死ぬだって！」

トム伯父さんが言った。「可哀そうに！　何があったんでしょう？」

「伯父さん、彼女はどこに住んでいるんですか？」

「一緒に消息を尋ねましょう」

すぐさまふたりで路上に出た。雨が降っていた。わたしたち以外ほとんど歩いていなかった。ある通りの角で人だかりを見つけた。伯父の歩みが遅くなった……。わたしは訊いた。「どうしたの？　行かないの……」「ジュール、もう遅いんだ！」葬列だった。二日前に天然痘で亡くなったのだ！

次の日から、わたしは遊歩を再開した。苦しく虚しい遊歩、無味乾燥な暇つぶしだ、世界にも人間にも人生そのものにもうんざりし、思い出にも何の魅力も感じられなかった。唯一

の仲間、唯一の友は、小さな本だけだった。そして、自分に宛てられた一行を読み返すと、後悔で胸を締めつけられ、目から溢れ出る涙がわたしを慰めた。

もうひとり、トム伯父さんが友となった。わたしは洗いざらい話した。わたしの策略を白状しても、伯父はひたすら寛容で善良だった。伯父はわたしの悲しみに心打たれたが、全

てを理解したわけではなかった。夕方、わたしが暗い顔をしていると、伯父はそっと椅子をわたしの傍に寄せ、ふたりで同じことを考えながら黙って座っていた。ときに伯父は、ごく素朴に言った。「何と賢い娘だ！　……何と美しい娘だ！　……何と若い娘だ！」暖炉の明かりで、老いた瞼に浮かぶ涙が見えた。

とうとう時の経過がわたしを助けてくれた。時はわたしを落ち着かせ、他にも喜びを与えてくれた、かつてない喜びだ。わたしはそこに青春を葬った。

アンリエット 049

まだ若く純真なとき、心は何と誠実だろう！　何と優しく真摯だろう！　わたしがこのユダヤ娘をどんなに愛していたことか、ほとんど見ていないのに、たちまち魅了されたのだ！　この儚い存在は、どれほど天使のような姿を残していったことか、優雅さと慎ましさと美しさが心地よく融合している！

死という概念はゆっくり生まれる。人生のはじめ、この言葉は意味を成さない。子どもにとっては、昨日すべてが花開き、生まれ、作られたのだ。青年にとっては、すべてが力強く、若く、活気に満ちている。確かに視界から消える存在もあるが、死ぬわけではない……。死ぬ！　つまり、永遠に喜びを失う！　野原や空の陽気な光景を失う！　思考そのもの、輝かしい希望や真に迫る鮮やかな幻想に満ちた思考を失う!!

……

死ぬ！　つまり、活力に満ち、生命に温められ、赤い血潮に色づく四肢が、弱まり、凍りつき、恐ろしい蒼白《そうはく》の中に溶けるのを見る！　……

土を掘り、死装束を取り去って、荒れ果てた肉、塵となった骸骨を覗き見る……。老人はこれらの光景を知って遠ざけている。しかし若者はまだ見たことがないのだ。

彼は愛するひとを失った、二度と会えないと知っていた、彼女の葬列に出くわした、彼女が木の下、土の下にいると知っていた……けれども彼女は、相変わらず、美しく、純粋で、控えめな笑顔や内気なまなざしが魅力的で、心を動かす声だった。

彼は愛するひとを失った、胸は締めつけられ、あるいは激しい嗚咽《おえつ》で広がった。奪われたひとを探し、呼んだ。彼女に語りかけ、その面影に自分の人生と愛を捧げ、彼女の存在を見た……彼女は、相変わらず、美しく、純粋で、控えめな笑顔や内気なまなざしが魅力的で、心を動かす声だった。

彼は愛するひとを失った。いや、彼女から離れた。彼女はどこかにいて、その場所は彼女が存在することで飾られていた。そこは

彼女の歩みによって称えられ、彼女のまなざしによって照らされる[050]

すべてがあった、美しさ、優しさ、柔らかな光、貞淑な神秘……。

それなのに！　彼女のいる場所には、闇夜、寒さ、湿気、死とその穢らわしい取りまきが蠢《うごめ》いている。

死という観念はゆっくり生まれる。しかし、ひとたび人間の心に入りこんだら、もはや消え去ることはない。それまで彼の将来は生だったが、いまや何を計画しようと最後は死で終わるのだ。以後あらゆる行為に死が関わってくる。倉庫を満たすときに死を思い、領地を得るときに死と相談し、賃貸契約を結ぶときに死が立ち会い、遺言すべく死とともに小部

屋に閉じこもり、最後に死が彼とともに署名する。

若者は気前よく多感で勇敢だ……そして老人は、若者は浪費家で軽率で無鉄砲だと言う。

老人は倹約家で賢明で慎重だ……そして若者は、老人は吝嗇で自己本位で臆病だと言う。

しかし、どうして互いを裁けるのか、どうすれば裁けるのか？　共通の尺度がない。一方は生に基づいて全てを計算し、他方は死に基づいて全てを計算する。


人間の地平線が変わる、重大な瞬間だ。かつては遠く無限であった空の果てが近づいている。幻想的な煌《きら》めく雲は、暗く動かなくなった。紺碧と黄金の空は、もはや僅かな黄昏の末の夜しか見せない……。ああ！　彼の住処の何と変わったことか！　彼の事績のすべてが何と意味に乏しかったことか！　そして、いかに彼の父が謹厳で、祖父が偉大であったとしても、彼は夕方に試合が始まるところで勝負を降りるのだと理解する。


彼は動揺する、この新しい概念が彼の心に働きかけ、それまで鎮魂の意味や慰めの力に気づけなかった多くの言葉や物事を思い出させる……。

それは彼の若い頃、ある日曜日のこと、目と耳に入ってきたのは、葡萄《ぶどう》棚の下に座って生を祝い墓を嘲笑う宴会だった。一同は笑い、飲み、この短かい人生を明るくした、そして葉蔭から漏れた小唄が楽しげに風に乗ってきた。

……暗い墓の下では
横になって外にも出られないのだから、
友よ、楽しく飲まねばならない、
友よ、飲んで楽しまねばならない……
そして窪んだ目をした死神が
死装束を着せに来たら、
もう一杯！　……そして酒蔵から
棺桶にひとっ飛び！

そして一同は雄々しく熱く声を揃えて繰り返した。

　そして窪んだ目をした死神が
　死装束を着せに来たら、
　もう一杯！　……そして酒蔵から
　棺桶にひとっ飛び！

かつて、もっと昔、石ころだらけの畑の片隅で、不具の老人が、耕作の重労働に腰を曲げていた。照りつける太陽の下、不毛な荒地を耕していた。禿げた頭から汗が垂れ、乾いた手に鋤がよろめいた。

　そのとき、ひとりの騎士が生垣に沿って進んでいた。老人を見て、騎士は歩みを緩めた。「苦しいのですのか？」老人は手を止め、苦しくなかったことなどないという身振りをした。そして、すぐに鋤を持ち直して言った。「天国へ行くには忍耐が必要だ！」

　遠い記憶、しかし強烈な記憶だ、それぞれに全く異なる種が含まれている。どちらが咲こうとしているか？　……

　僅かな黄昏の末の夜は、永遠なのだろうか？　楽しい宴会の一同よ、わたしも杯を交わそう、一緒に生を祝おう、死神を嘲弄しよう！　……そして、全てを終身年金に換え、自分のために集めよう。名誉、美徳、人情、富。わたしの神はわたしなのだから。わたしの永遠は数日にすぎない。わたしの幸福の取り分は、他人の取り分から取れるものだけ、肉体的な快楽だけ、わたしの肉体にもたらされる快楽だけだ！　もしわたしに力があり、裕福で、運命に恵まれていたら、正直でいられる。しかし、正直ではあるにしても、もしわたしが弱かったら、狡猾《こうかつ》に立ち回る。貧しかったら盗む。もし相続権を奪われたら、遺産の分け前を取り戻すために、闇にまぎれて殺人を犯す。夜が近づいているのだ、わたしにも楽しむ権利がある！

　そして窪んだ目をした死神が
　……………

楽しげな小唄、何と悲しいことか！　虫に喰われた骸骨だけを覆っている、この花咲く土のようだ！

もっとも、僅かな黄昏の末に夜が来るとして！　……その夜が輝かしく限りない空を覆う厚いヴェールに過ぎないとしたら？　……

だから、老人よ、もっと近くに寄らせてください。あなたのぼろ着がわたしを惹きつけます。あなたの道を歩きたいのです。

心に安らぎを、精神に光を！　共通の使命、共通の神、共通の永遠！　さあ、兄弟、あなたの困窮はわたしの心を打つ。この黄金であなたを救わなければ、黄金がわたしを非難するだろう。苦難も忍従も、富も慈善も、もはや空虚な言葉ではなく甘美な救済であり、生への歩みなのだ！

したがって、悪とは個別の悪である。善とは選択され追求されるべきものである。正義は神聖であり、人間性は祝福される。弱き者には権利があり、強き者には枷がある。権力者であれ不幸者であれ、自ら罪を犯したのでなければ、恩恵に授かれない謂われはない……。逸楽、愉悦、富、あなたには相応の醜さがあり、相応の代価がある。貧困、苦痛、不安、あなたには相応の幸福と特権がある……。死！　わたしはお前に刃向かいはしないが、恐れたくもない。お前がわたしを導き入れてくれるという幸せな浜辺を見る心づもりだけはしておけるとよいが。

老人よ！　健康で、豊かで、安らかでありますように。人里離れた場所で宝物を隠している古い廃墟のようだ。

このように、対象は視点によって変化する。このように、人間の心に死の概念が入りこみ、ふたつの道が開けたときは、危険なのだ。

もし人間が純粋に論理家であれば、出発点に応じて、絶対的かつ決定的な必然性によって、前提から帰結へ、ふたつの道のうちのどちらかを歩むことになる。さいわい人間は、いかなる教理とも関係なしに、秩序や正義や善を知り、愛する。美徳は、人間が美徳を味わったときから、人間を惹きつけ、美徳につなぎとめる。さらに、哀れな理屈屋、定まらない精神、か弱い存在であり、情念にかき乱され、あるいは完全に生活に追われて、人間には時間も力もなく、残虐にも崇高にもなれない……。それでも、人間の群れを追いかけ、群れにとって有益あるいは有害な、孤立した人々を観察してみよ。最も信念に満ちて精力的な人々の中に彼らを見つけ、自慢なしに美徳へと歩んだり、後悔なしに犯罪へと向かったりするのを見るだろう。

もっとも、悲しい小唄よ、わたしはお前を恨まない、お前は全く悪気がなかった。飲むのも結構、歌うのも結構。喜びは心を広げる。葡萄棚の下、瓶の鳴る音に、真面目で厳めしいものは退散し、お前が陽気と熱狂の翼に運ばれてくる。

小唄の何節かが葉蔭から漏れ、伯父と一緒に坂を登っていた子の耳に入ったのは、お前のせいなのか？

わたしたちは振り返った。トム伯父さんは、自分でワインを飲むことはなかったが、一週間の心配や労働を飲んで忘れる善良なひとたちを見るのが好きだった。宴席を共にすることはなかったが、見て楽しみ、つられて陽気になり、優しい微笑みで顔が華やいだ。こうして、日曜日の夕方、わたしは伯父のあとについて散歩したが、賑やかな場所でも人里離れた場所でもなく、街はずれで庶民の一団を覆う葡萄棚のまわりを歩いたのだ。

今、わたしはまだそこへ行っている。たびたび赴くのだ、わたしが変わらず庶民だからか、わたしの藝術に導かれてか。

読者よ、ここで新たにふたつのことをご紹介しよう。ひとつは、あなたが誰であれ、不愉快な印象を与えるだろう。もうひとつはあなたを驚かせるだろう、もっともそれは、ここまでわたしの物語を読んでもなお、わたしがグロティウスやプーフェンドルフよりもオスターデやテニールス[051]に惹かれるはずだと分かっていなければの話だが。ただ、わたしはふたつの主張を分け、別々に述べる。

あなたの頭の中にもわたしの頭の中にもある疣を、あなたは忘れてしまっただろうか？　思い出させよう。自ら庶民と名乗ったり、庶民であることを喜んだり、庶民の友だちを作ろうとしたりする者はいないと知りたまえ。それで、わたしは全くあなたの友人ではないのか？　あなたが誰であれ、あなたが庶民と言うとき、それはあなたより下の社会階級に属する人々のことだ。あなたは庶民ではないし、あなたの虚栄心（これも疣だ）が言い訳を見つけないかぎり、庶民だったとしても庶民であることを誇りはしないだろう。このことを知りたまえ。

確かに、あなたの疣が、大貴族の横暴に痛めつけられ、今度はこちらが痛めつけてやりたいと思ったら、その瞬間は庶民であることを誇りにするかもしれない、庶民でなかったとしてもだ。しかしそれは一瞬だけであるし、大貴族よりも庶民のほうが礼儀正しく、行儀よく、声の調子も好ましいという意味でしかなく、やはり庶民を限りなく下に見ているのだ。

同様に、もしあなたの疣が、結社を主宰したり、暴動の中心となったり、党首となったり、大衆紙の編集者となったりしたいのであれば、そのとき誇りに思うことはただひとつ、すなわち庶民でいる術を知っていること、庶民の中から出てきたこと、可能ならば庶民の中で庶民のために死にたいと願うことだ。ところが、あなたの白い手袋、上等な服装、新しい下着類、場合によってはステッキ、必要ならば鼻眼鏡が、あなたの主張の逆を表わしている。庶民を自称しているが、庶民と呼ばれたら気分を害するのだ。

このとおり、例外が規則を裏づける。

さて、実際わたしは庶民のままだ。誇りにも恥にも思わないようにしているが、とても難しいとも感じている。

もうひとつの主張に移ろう。

トム伯父さんは藝術家という職業に多大な偏見を持っていた。考える人間にはふさわしくないし、食べたり飲んだり、とくに結婚したりする人間の生計を支えるには全く適さないと思っていた。不思議なのは、藝術家を軽んじる一方で、藝術を大いに称え、学問の領域に入れ、研究や論文の対象としたことだ。伯父はギリシアの宝石彫刻について二冊の本を書いていた。

わたしはというと、ギリシアの宝石彫刻には興味がなかった。しかし、まだ若かったから、森の清々しさ、山々の青さ、人間の姿の気高さ、女性の優雅さ、老人の白い髭に無性に惹かれ、そうした素敵なものがカンヴァスや紙に写し取られたのを見ると、いっそう強く激しく魅せられた。ノートや本のあちこちに描かれたたくさんの下手な習作からは、わたし自身も大喜びで写生していたのが分かるし、さらに思い出されるのは、長い勉強時間の途中に、誤解や無理解は多々あったにせよ、ウェルギリウスの詩がわたしの想像力に見せてくれた魅力的な光景を楽しく落書きしていたことだ。わたしはディドを作った。イアルバスを作った[052]。ウェヌスさえも作ったのだ。

ウェヌスは少女の顔と姿で、少女の持つ武器を持っ
ており、
スパルタの少女を思わせた、あるいは馬を急かすト
ラキアの
ハルパリュケが、ヘブルス河の急流を追い越す姿を

思わせた。

というのも、習わしどおり肩に軽い弓を下げた
女猟師の姿で、風に髪をなびかせ、
膝はむき出し、揺れる衣の襞を結び目で纏めていた
のだ[053]。

トム伯父さんは、はじめはわたしの落書きに微笑んでいた。けれどもそのうち、勉強から逸れる趣味を助長するのは止めた。とはいえ、日曜日の夕方、わたしを連れて葡萄棚のまわりを散歩するとき、伯父は知らず知らずのうちに、この反対すべき趣味を育んでいた。わたしは葉蔭に、光と影の心地よい戯れ、元気で目を惹く一団、そして人間の顔に千差万別の表情で描かれる喜び、酔い、安らぎ、積年の気がかり、子どものような陽気さ、慎み深い恥じらいを見つけた。だから、伯父と同じくわたしも散歩が好きだったが、ふたりが同じ楽しみを求めていたのではなかった。しかし、わたしのノートに描かれるイアルバスやディドが、次第に低俗だが真実味のある人物に変わったため、散歩は取りやめになった。

それで伯父は、自分の好みに反して、また老齢にもかかわらず、わたしを街から遠く離れた野原に連れてゆき、ときには、サレーヴ山の岩間からアルヴェ川が緑の谷を縫い、寂しい中州を流れに包み、夕日の穏やかな輝きを波に煌めかせる場所まで行った。腰を下ろしたところからは、素朴な乗客たちを向こう岸に運ぶ古い舟や、遠くで牛の長い列が浅瀬を島から岸へ渡るのが見えた。羊飼いが老馬に乗り、尻に二匹のマーモットを乗せて、あとについていた。やがて牛の鳴き声が遠ざかって聞こえなくなり、長い列は黄昏の青みがかった陰に消えていった。

この光景はわたしを魅了した。心は震え、魂は喜びに満ち、こうした驚くべき景色の特徴を模倣し再現したいという密かな願望に早くも急きたてられて、そこを後にした。帰宅した夕方には取りかかった。絶えず蘇る美しい幻影によって、ごく大雑把な素描が想像力から迸る色彩の輝きに

飾られ、わたしは最も無邪気な、しかし生き生きとした喜びに震えたのだ。

宝石彫刻について書き、ペイディアス[054]の作品やラファエロの三作風[055]を暗記していた伯父だが、寸描や絵画といった藝術にはほとんど通じていなかった。素晴らしきルネサンス時代を褒めはしたが、好んでいたのは書斎を飾る君主の肖像画やブーシェの田園画だった。

しかし、ベッドの横で、虫に喰われた額縁に入っている絵が、わたしも伯父も一番好きだった、ただし好きな理由は全く異なっていた。伯父にとっては、ラファエロの時代よりも前に描かれたこの作品が、油絵の発見という問題に鮮やかな光を投じるものだったからだ。わたしにとっては、美の不思議な力を見せてくれる絵だったからだ。

それは幼子イエスを抱く聖母マリア像だった。黄金の光輪がマリアの清楚な顔を囲み、髪は肩にかかり、長い袖の青い服が若い母親の素朴な愛情と優しい姿勢を表わしていた。わざとらしい構成の一切ない、信仰と清新と再生の時代という力強い特徴の刻まれたこの絵は、わたしを抗いがたく魅了した。若い聖母マリアはわたしの憧れであり、愛であり、信仰であった。伯父を訪ねるとき、わたしは最初と最後に彼女を眺めた。

　しかし、こうしたことは少なくとも法律の勉強には関係ないと考えた伯父は、その絵を外し、どこかへやってしまった。

　法律の勉強は捗《はかど》らなかった、全く楽しみを見出せなかったのだ、それにユダヤ娘を亡くしたときから全科目の勉強をやめていた。野心もなく、何の趣味もなく、鉛筆も本もなく、ただ一冊の本だけが手を離れなかった。このようにして何週間も何カ月も過ぎ、気の毒な伯父は心を痛めたが、わたしを責めはしなかった。

　ある日わたしは伯父の部屋へ上がり、いつものように机の傍に座った。伯父は本に向かって、熱心に引用を書き写していた。わたしは伯父の手が震えているのに気づいた、この日はとくに目についたのだ、いつもよりぎこちなく、文字も覚束なかった。僅かながら老衰の進んでいる徴は、この頃わたしが感じがちになっていた悲哀を引き起こし、他に関心事もないため、わたしは伯父のことばかり考えた。

　わたしの目の前にいる伯父こそが、わたしの地上における頼みの綱であり、物心ついた頃から伯父のほかに支えはなく、ほかに父らしい愛情を受けたこともなかった。これまでの記述からご賢察されるとおりだ。しかし、わたしがまだこの善き伯父に一ページも費やしていないと気づいたならば、ここで喜んで伯父の話をするのをお許しいただきたい。

トム伯父さんは、あらゆる学者、たとえばギリシアの宝石彫刻やウニゲニトゥス勅書に関心を持つ全ての学者に知られている。伯父の名は公共図書館の目録に載っており、伯父の著作は奥まった書庫に収められている。わたしの家族はドイツ系で、前世紀にジュネーヴへ来て、伯父が生まれたのは一七二〇年ごろ[056]、サン＝ピエール噴水ちかくの今でも角に塔を残す旧修道院である。伯父の先祖や生まれてすぐの頃について、わたしが知っているのはこれだけだ。授業を受け、学位を得てすぐに、結婚せず研究に打ちこもうと、こちらも元は修道院だったフランス証券取引所の家に居を定め、長い人生の全てを過ごしたのだと、わたしは信じている。

伯父は自分の本と一緒に住んでおり、町に知人はいなかったが、伯父の名は外国の、とくにドイツの学者たちに知られていた、けれども近所ではほとんど無名だった。伯父の家に賑わいはなく、日々の習慣に変化はなく、古風な服装も変わらなかった。だから、形を変えず常に同じもの、たとえば家や標石のように、誰も伯父を気に留めなかったのだ。しかしわたしは二、三度、通りがかりに呼び止められ、この老人は誰かと尋ねられた。よそ者は、伯父の姿や服装が他の通行人とは違うから、驚くのだ。その好奇心に気をよくして答えた。

「ぼくの伯父さんです！」

こうした生活や嗜好から、ある種の精神的習慣が生まれた。学究の徒である伯父は世間を無視していたが、他方で学問を大いに信頼し、自身の教義や意見を書物から得ていた。この選択に加えたのは、哲学者の疑わしい公平性ではなく、世間の昂奮や利害から離れ、結論を急がず、何かに肩入れもしない、精神の落ち着きである。だから、あらゆる哲学的大胆さに親しみ、細心の注意を払いつつも神学の最も困難な問題に取り組んでおり、伯父の宗教的信念の奥底にあるものを推し量るのは容易でなかった。道徳についても、比べるのではなく知るために、同様の探究心で研究していた。どんな主義や信条にも伯父は驚いたり苛立ったりしなかった。信念は弱くとも、寛容さは揺るぎなかった。

わたしが描く伯父の肖像は、多くの読者の伯父に対する好感、おそらく尊敬さえも消し去るだろう。わたし自身、読者に親切でなくなりつつあると感じているので、なおさら悩ましい。実際、伯父のような懐疑的態度そのもの、あるいはそうした性向のよしあしについていえば、わたしは読者に同意するだろうと思う。しかし、ある教義を唱える人物が善良で正直であるにもかかわらず、教義の性質を理由にしてそのひとへの好意や尊敬を否定するような読者とは、わたしはすぐさま訣別する。

もっとも、そうした読者にも言い分はある。読者の意見は、信頼に足る情報源から来ている。実際、大多数の人間、つまり人間らしい人間は、常に善へと導かれるほど善への性向を持っているわけではなく、その性向も他の善でない性向と対立したらしばしば負けることを、一度ならず自覚している。だから、そうした人間にとっては主義や信条が絶対に必要であり、強力な補佐として善を確実に勝たせる唯一の存在なのだ。ゆえに、こうした保証のないらしい相手には不信感を抱く。

じつのところわたしも同感だ、そしてこの見方にこそ、伯父の性格を、また伯父の思考と人生の見かけ上の不一致を説明できる鍵のようなものがあると思う。この人物は、生まれつき善良で正直で親切な性質だったので、おそらく、わたしの読者のようには、自分を善に導き、ときに悪から遠ざけもする補助の必要性を認識できなかったのだろう。天性の節度によって自堕落に陥らず、素朴な小心と孤独な生活によって古風な質素さを保っていた。他方で伯父の心は、感傷的というより人間的で、熱烈というより寛容で、欺瞞や疑念に擦り減っておらず、ある種の若者らしい青さを残し、それが感情や行動に表われていた。そして、美徳に努力を要しなかったため、傲慢でも尊大でもなく、真の謙虚さ、率直な優しさ、ある種の無邪気さが、この優れた老人の愛すべき人柄を飾っていた。

つまり、伯父の心の中に多かれ少なかれ奇妙で矛盾した考えが浮かんで共存したり衝突したりしているにもかかわらず、また、その考えから道徳や行動の規範が論理的に導かれるにもかかわらず、伯父の習慣には厳然たる誠実さと真の善良さがはっきりと刻印されていたのだ。実際、平日はずっと熱心な研究に没頭していたが、日曜日は静かで落ち着いた休息に充てていた。朝、同世代の老床屋に鬚と鬘《かつら》を整えてもらう。茶色の、古風に見えるが新しい上着を羽織り、金色の握りのついた杖をつきながら、山羊革で丁寧に綴《と》じられた詩篇を抱えて、教区の教会に出向いた。いつもの席に座り、真面目に説教に耳を傾け、おそらく誰よりも素直に教訓を受け入れた。しゃがれ声で合唱し、そして多額の、しかしいつもと同じ額の賽銭を箱に納めると、家に戻り、わたしと一緒に昼食をとり、夕方は以前お話しした平和な散歩に充てられた。

こうした伯父の習慣ひとつの描写だけも、伯父の孤独な生活の行動すべてをつかさどる誠実な素朴さを知るには充分だが、同じく素朴な伯父の心の善良さがいかほどかは分からない。ただ、伯父の魅力を損なわず、また伯父の性質や流儀を美徳に還元せずに、伯父の善良さを描くとなると、わたしは途方に暮れてしまう。わたしの両親の死によってわたしの庇護者となった伯父は、両親に果たすべき約束が残っており、ささやかな財産を削ってでも約束を果たして当然だと思ったのではないか、と言おうか？　伯父は、すべてをわたしに捧げる義理はないと一瞬たりとも思わなかったのか、わたしはいつまでも面倒を見るに値するか、伯父の指示に従順か、伯父の親切に感謝しているかを考えもしなかったのか、と言おうか？　もっとも、多くのひとにとって、これらは既定の義務のように見え、善良さを描くにはもっと簡単な行為のほうがよいだろう。

わたしもそう思う。だから、三十五年間も伯父の小さな家を差配していた老女中が、ここでわたしの代わりにペンを執ってほしいのだが。伯父は老女中よりは壮健だったから、女中の仕事のむらを自分で補うほうが、別の女中を雇うよりも、ずっと簡単だと考えた。そして、不機嫌になるどころか、いつも傍から温かく明るい言葉で女中を励ましていた。本当は、伯父が女中と口論になったこともあるが、それは女中が治療に従わないからだった。ヒポクラテスによって女中を制しているうちに、可哀そうな伯父は、いわば立場を交換し、召使となっていた。女中の最期の数カ月間、伯父は女中に自分の上等な螺子式椅子をあげ、毎日伯父と一緒に女中を椅子へと運んでいたわたしは、伯父が老女中のベッドを整え、女中の色褪せた唇からなお微笑みを引き出すのを見た。

ある晩、哀れな女中が異常な痛みに襲われると、伯父は細心の注意で症状を告げたあと、本を読み、特効薬を思案し、真夜中に出かけていって、その場で薬剤師に調合してもらおうとした。なかなか帰ってこないため、マルグリットはわたしを呼んで、心配だと言った。わたしは急いで服を着て、真っすぐ薬局に走った。伯父は少し前に薬局を出ていた。そう言われて安心したわたしは、伯父の通ったであろうシテ通りを歩いた。

急な坂になっている通りを半分ほど登ったところで、少し先にひとりの男を見つけたが、はじめ伯父とは分からなかった。伯父は重いものを力いっぱい運んでいた。息を整えるために下に置くこと二回、通りの上まで来ると、家屋の出っ張りでできた角に置いて、もう道を転がり落ちないか杖の先で確かめた。

わたしは伯父と分かった、そして伯父はわたしを見てとても驚いた。わたしが来た理由を説明すると、伯父は言った。

「ああ！　大きな石にぶつからなければ、もう帰っていたはずなんだ」そして足を引きずりながら急いだ。

この話で、優れた人物を描けたように思う。老いて、足が不自由で、急いでいても、伯父は大きな石を危なくない場所までひとりで運んだのだ、そのとき自身の困難だけは忘れていたのである。

あの日、伯父の手が震えているのを見て、わたしがどれほど悲しんだか、今となってはよく分かっていただけよう。わたしはこの兆候を他のいくつかの兆候と結びつけ、ひとつの原因に帰した。ますます質素になる食事、非常に短かくなった散歩、そして日曜日の教会で伯父は眠気と闘っていた。

しかし、そうしてわたしがすっかり沈みこんでいたとき、聖母マリア像と目が合った……元の場所に戻されていたのだ。ずっと前から絵を買いたがっていたユダヤ人に伯父が売ったと思っていたから、わたしは驚いた。自ずと立ち上がり、近寄って眺めた。

そのとき伯父が言った。「このマリア像は……」少し感情的になって声がくぐもっていた。

伯父が間接的ながら唯一わたしに反対したのは、すでに見たとおり、美術への傾倒についてである。一家でただひとりの跡継ぎが学問の輝かしい道に進むのを見届けるために多くの手間をかけてきたからこそ反対したのだろうが、悪意で邪魔したわけではないにせよ、実直で善良な伯父にとってはとてつもなく辛いことだった。おそらく伯父は、わたしから聖母マリア像を隠したのはあまりに酷薄だったと、悔やんでいたのだろう。優しく穏やかな魂は、もはや苦悩と自責に耐えられなくなったのだ。

伯父が再び話しはじめた。「このマリア像は、事情があって外したんだ……。外すべきではなかった……。君にあげよう。持って行きなさい」

喋っているうちに、伯父は普段の冷静さを取り戻した。悲しみに浸っていた上に、後悔の言葉と気前のよい贈り物に驚き、今度はわたしが動揺し困惑した。

　伯父は微笑んで続けた。「けれども、代わりに、わたしの本を返してください。わたしのグロティウスが退屈している……。わたしのプーフェンドルフが眠っている……。一冊また一冊と蜘蛛が巣を張っていると、おばあさんが言っていました……。結局、各々が自分の坂を上るのです……。それでも法律は立派な職業だ！　……しかし、だから何だというのでしょう？　美術にも良さがある……。美しい自然を描き、さまざまな情景を詠い、名を成す……。お金持ちにはなれないけれど、慎ましく暮らす

ことはできる……。節約、ちょっとした儲け、少しの支援……やがてわたしがいなくなったとき、わたしの財産が少しばかり……」

　ここでわたしは涙を堪えきれず、ただ泣くばかりとなり、伯父の言葉によってかき立てられたあらゆる悲しみに打ち沈んだ。

　伯父は黙っていたが、わたしの涙の理由を誤解して、はじめは慰めようとしなかった。しかし、しばし沈黙ののち、傍に来て言った。

「賢い娘……美しい娘！　……まだ若かった娘！」

「ぼくは彼女のために泣いているのではありません、伯父さん。しかし、とても悲しいことを言いましたね！　……伯父さんがいなくなったら、ぼくはどうなってしまうのでしょう？」

　この言葉で誤解が解けると、伯父はたいそう安心し、すぐに明るくなった。

「おや！　かわいそうなジュール、わたしのために泣いているのかい？　……よし！　そうか！　気にしなさるな、まだ生きるから……。八十四歳、自分の役目は分かっている……。それに、わたしのヒポクラテスがいる……。泣かないでくれ。大事なのは藝術だけ……他は何でもない……そして君の将来だ。しかるべき歳になったら、自分のことがよく分かる、わたしのことも……。法律には興味ないんだろう？……構わないよ。それなら美術の道に進みなさい……確かに、好きな仕事をすべきだ。マリア像を持って行きなさい。一緒にアトリエを探そう……。ここで始めて、ローマで終わる、それが一番よいだろう。くすぶっていては駄目だ。目標があれば、勉強する、前進する、到達

する、結婚する……」

　わたしは話を遮った。「結婚は絶対にしません！　伯父さん」

「絶対に？　それでもよいが……。しかしジュール、どうして独身でいるんだい？」

　わたしは口ごもった。「それは……自分で誓ったから……あれ以来……」

「可哀そうな娘のことか！　……賢い娘！　……まあ、自分の考えに従いなさい、それで結構。それでわたしも死んだわけじゃない。大切なのは、きちんとした職業に就くことだ、一緒に考えるとしよう」

　わたしは法律をやめて美術に進むのが嬉しいという素振を見せようとした。しかし、悲嘆と感謝で心が一杯になって、他の感情が入りこむ余地はなかった。しばらくして、わたしは伯父と優しく抱き合い、そして戻った。

　これが、ふたつ目の主張の説明である。読者の皆さんはもうお分かりだろうが、藝術家となり庶民のままでいるわたし

が、葡萄棚に惹かれ、そこに登場するよう呼ばれている理由は、ふたつあるのだ。さらにもうひとつ。かつて伯父のあとについて散歩した場所に足繁く通うのが楽しいからだ。わたしは長い机に座って想像するのだ、伯父が周囲の木蔭を歩き回り、立ち止まって耳を澄ませ、あちこち眺めるのを。伯父の微笑みが風のようにわたしを撫で、記憶がいっそう鮮明になる。

それに、藝術にとって大いに糧となるのを別にしても、こうした家庭で味わう喜びは真に価値のある喜びであり、節度が楽しさを整え、質素ゆえにいっそう心地よい。平日の、ときには徒労の日々に、自分の家族や友人隣人の家族と一緒になって、平地の樺や山の栗の木の下で笑って過ごすのを心待ちにするのは、何と無邪気で穏やかな期待だろう！　日曜日の太陽の何と輝かしいことか、青空の何と鮮やかなことか！この日を神聖なものとする礼拝を朝早くから行なったあと、もう正午だが楽しくて昼の暑さも気にならず、家族たちは外へ出て、活気ある祭りの衣装に顔もほころぶ。親たちの歩調、もし祖父母も喜びに加わっているならば祖父母の歩調が、足どりを決める。とはいえ、他の者も周囲で自由に遊びまわり、若い娘もまた、抗いがたい魅力によって若い男たちを喜ばせたければ、母の目に守られながらも、偽りの遠慮や厳めしい慎みに縛られはしない。笑い、遊び、陽気ないたずら、刺激的な魅力が、はしゃぐ一団をまとめて盛りあげる。親たちは歓喜のざわめきにまぎれて喋り、後ろでは祖父母が、自分とは違った年頃の者たちの晴れやかな喧騒《けんそう》に励まされている。

しかも、これらは序章にすぎない。一行は樺の下に着く。涼しい安らぎの食卓がいっぺんに揃う。どんな料理でも空腹と幸福で美味しくなる。素朴な料理には出来不出来のばらつきがあるが、たとえ不出来のほうであっても、笑いの絶えない集まりにとっては幸運であり、楽しい話題のひとつに他ならない。もっとも、長老は尊敬に包まれ、口に合う食事を供され、うるさくて耳障りにならないよう気をつかわれ、若者たちは進んで長老に敬意を示し、その孫娘に気に入られると嬉しくなる。

心地よい瞬間が続く。お開きとなって、あたりの芝生のあちこちに白い服が輝く。夕暮れの雰囲気の中、宴会の熱気のあとには、穏やかな会話、いっそうの親密さ、ゆるやかなくつろぎが続き、一日の終わりが近づくと、なおさら貴重な時間となる。だから、親たちが食卓で喋っている間、あるいは静かな場所で居眠りしている間に、甘い言葉が交わされることも、わたしは否定しない。群衆から離れる喜びはとても強烈で、不安と幸福に胸が高鳴る。ついに樺のほうから再集合と出発の合図があると、少し残念に思う。

しかし、どこかまずいことがあろうか？　若者たちが知り合い、愛し合い、互いを配偶者として選ぶのに、これほど誠実な方法があろうか？　そうだ、喋っていたり、居眠りしたりしている親たちは、自分たちの見たくないものを恐れないでよい。かつて自分たちが互いに誠実であった記憶が保証となるし、家族が全てを浄化することも知っている。家族の集まりは穢《けが》れなき聖域なのだ。

これらは親世代の楽しみだ。痕跡こそ残っているが、総じて風俗の変化してゆく中では失われつつあり、古めかしい粗さも親しさも消えようとしている。労働で得られる単純な喜び、甘美な友愛、家族の絆の神聖な力に代わって、裕福だが味気なくなっているのだ。

しかし、いつの時代も、単純で率直な喜びを荒廃させる最たるものは疣である、それも手に負えない疣だ。優しく正直な散歩者たちの列を乱すのは疣だ。豪華でなく経費のかからない楽しみを禁止するのは疣だ。どこかの広場で臣民に行進させるのは疣だ。喫茶店の店先や上品な通りの舗道でしか意味のない髭や拍車をつけさせるのは疣だ。日曜日に、自分の街、自分の店、さらには自分の父親、自分の生まれた場所から離れさせるのは疣だ。古びた長靴の裏地のように黄ばんだおんぼろの辻馬車で、駄馬に牽かれて煙くさい料理屋まで行くのを楽しいと思わせるのは疣だ。自分の集まりから遠ざけ、自分で選んだ友人たちを不作法で下品な会話で楽しませるのは、喜びよりも疣なのだ！

　そう、人間を支配しているのは疣なのだ！　いま述べた方法でなくとも、別の方法で支配している。そして出世するにつれて強力になるのが常だ。疣は快楽を歪め、精神を狭め、心を堕落させる。人生の受難や波乱、個人あるいは社会の不幸で声が聞こえないのでなければ、疣は人間も社会も支配する。各々の素行や習慣や感情は疣の思うがままで、疣の些細な気まぐれによって変化する。そして人間は孤立したり団結したりするが、それは本当の不満のためでも聖なる目的のためでもなく、くだらない優越感や自分を飾る偽りの輝き、自分の空虚な魂を覆う衣装のためなのだ。自分の前を行く者に追いつきたいという願望に囚われ、仲間に埃をかけるのを見る。同胞愛が無関心に取って代わられ、共感が嫉妬深い欲望に取って代わられる。もはや生きるとは愛することではなく、楽しむとは見栄を張ることなのだ！

　今のような時代、張りあいのない幸福と凡庸な見世物が疣の力を強めるとすれば、熱のない魂や無価値な信念、願望に狂った社会が餌とする幻の平等も、やはり疣の力を強める。いかなる炎も燃えず、根を張った信条もなく、奥底に蠢動《しゅんどう》する情念もない心には、際限なく疣が成長し発達する余地があるではないか！　平等という原則が、そのまま解釈され、信じても認めてもいない者によって説かれ、理解していない者によって熱心に受容され、より高いものと自分を同等にする権利、義務、熱狂としてのみ受け止められて、何とも大きな活動の場を疣に与えているではないか！　見たまえ、闘技場に殺到し、肩をぶつけあい、潰しあい、傷つけあい、確かにある者は先頭に立つが、ある者は最後尾に追いやられるのを……。自分の場所を改善するために留まるのではなく、忌々しそうに踏みつけ、そこにいるのを恥じ、他の場所を侵略したくてたまらず、自分でそこを気取って歩きたいと羨む。愚かで非情な人間たちの何と突き動かされていることか、か細いが無数の流れ、最も卑小な情念、つまり虚栄心に！

　したがって、結局のところ疣とは惨めな助言者であり哀れな主人なのだ。疣を根絶できないにしても、せめて絶えず押し戻し、生えるのを見たら止めるのが、良識ある人間の義務である。

わたしは二十年間そうしてきた、いくつか出現を止め、いくつか押し戻したが、疣はなくなったと言えるだろうか？　それでは嘘をつくことになる。わたしは疣があるのを感じる、さほど貪欲ではないが依然としてそれなりの大きさだ。ほんの僅かなきっかけで勢いよく噴き出し、疣に代えて増やしてきたあらゆるまともな芽を潰しかねない。おかしな話だ！　ある限度を超えると、努力は逆効果となる。芽を潰そうとして、隣に新たな芽を作る。あなたが「もう己惚れなどなくなった」と言うなら、それこそ己惚れなのだ。だから、全部は無理でも、急を要するものには対処してきた。虚栄心が絵や本を書いて楽しむのは放っておいたが、いくら唆されても序文を書くのは禁じてきた、とはいえ、もっと重要な、虚栄心の害から守らねばならないものがある。

第一には友情だ。虚栄心には全く関わらせたくない。わたしは友情の絆が自由かつ強固であってほしい。友情の泉は深く、いつも新鮮かつ純粋で、風や嵐から守られていてほしい。あらゆる傾斜を流れ下り、あらゆる角で分岐し、熱くも冷たくもなる波で、あらゆる花を浸し、あらゆる香りを吸収し、空の色や川底の砂によって変化する、気まぐれな流れにはしたくない。わたしは友人の、わたしに対する愛情、わたし自身が友人を大切にすることで感じる楽しさ、共通の思い出、互いの将来に対する期待、親密な会話、以心伝心、わたしの魂を魅了する友人の美徳、わたしの精神を喜ばせる友人の才能を愛したいのであって、友人の馬車、邸宅、地位、役職、権力、名声を愛したいのではない。わたしは友人が欲しいのだ、疣よ、下がっていろ！

第二にはわたしの楽しみだ。人間の服装や屋敷の金箔に関係なく、自分の惹かれるところで探したい。できれば率直に、しかし常に真摯に味わいたい。心や頭による味つけから、生き生きとした真っすぐな魅力から、悪や怠惰や利己主義に打ち勝った無邪気さから、楽しみを得たいのだ。だから、疣よ、下がっていろ！　わたしを樺の下で善良なひとたちと一緒にしてくれ。「しかし、あなたは見られていますよ！」「構わん」「しかし、あなたは上着を脱いだ姿です！」「涼しくなった」「しかし、あいつらの同類になったかのようです！」「分かっている」「しかし、ここに馬車があります！」「走るとよいな」「しかし、あなたを知っている町のひとたちがいます！」「わたしの代わりに挨拶しておいてくれ、それから、疣よ、下がっていろ！」

最後に、わたしの良識、わたしの流儀だ。自分の行動を決めるだけでなく、他人を判断し、価値を測り、順位をつけるためでもある。疣よ、また下がっていろ！　お前は、愚かさそのものでないとしたら、愚かさの生みの親だ。下がれ！　お前が勧めてくる者、お前が近づけてくる者を、わたしは見る。お前が惹かれる外見の下には、しばしば善や美がある。しかし、お前が軽蔑する粗末な服の下にも、善や美があるのだ。人間を評価する前に、虚飾を剥がさせてくれ。疣よ！　わたしには、お前が栄誉よりも不名誉を見出す伯父がいた……お前が軽蔑するだけのユダヤ娘を愛していた……。下がれ！　永遠に下がっていろ!!

この建物には、トム伯父さんとわたし、それから先にお話しした画家のほかにも、入居者がいた。下から上へと数えてゆくと、最後には最も天に近い、その頃には天への道を進んでいた者がいて、北側の立派な屋根裏部屋を空き部屋のままにしており、のちにわたしがそこに住むこととなった。

読者よ、この新しい人物がわたしの物語とどう関係するのか聞かないでくれ。おそらく何も関係しない。しかし、ここまでつきあってくれたなら、また脱線したところで何だというのか？　あなたは脱線に慣れているし、わたしは、あらゆる青春の思い出と同じく、自分にとって大切な人物たちも蘇らせた。つまり、わたしにとって、昔の入居者、昔の隣人は、今はこの世にいないけれども、心の中で遠い記憶を楽しく保ち続けているのだ！

まず、わたしたちと同じ階に、もと中学校教師の老紳士がおり、四十年間勤めて得た年金だけで暮らしていた。静かで陽気な美食家で、朝には小さな庭の花に水をやり、昼には決まって昼寝をし、夕食後には餌をついばんだり羽ばたいたりするように育てたカナリヤたちと一緒に夜風を吸いこんだ。とはいえ、昔の職業とは完全に無縁となったわけではなく、一番の楽しみは、暗記している古典から文章を引いて、あらゆる物事や来訪者に当てはめることだった。わたしはかつて彼に気に入られており、格言の響きに心地よさを感じないではなかった。だからわたしは好かれ、いつも会ったときは独特の方法で語りかけられた。

　少年よ、もし過酷な運命を断ち切ることができたら、
　君はマルケッルスになるだろう[057]

そして、彼の膨らんだ太鼓腹が長く柔らかい笑いと一緒に上下し、わたしは一緒には笑わないものの彼の笑いを待っていた。もし老女中が村から何か小さく興味ぶかい土産物を持ってきたら。

　わたしはギリシア人を恐れる、たとえ贈り物を持って
　きたとしても！[058]

そして例の調子で太鼓腹が揺れるのだ。しかし妻の話となるともう止まらない。

　女性たちが動きはじめ、身だしなみを整えているう
　ちに、一年が経つ……
　……女はいつも気まぐれで移り気なのだ！
　……狂った女が何をしでかすか！[059]

他にもたくさん。しかし夫人は煮込みを作りながらも夫の口調に軽蔑の色を見てとり、夫のほうは呟いている。

　独身生活に勝るものなし[060]

上の階には、かつて共和国の司法官をしていた、無愛想で

気難しい八十代の老人がいた。夏には、大きな安楽椅子に座って、窓辺で悲しそうに通りを眺めていた。あらゆるものに国家の衰退と風紀の荒廃を見た。白く塗り直された家々、修復された壁、丸い帽子、滅多に見かけない辮髪《べんぱつ》[061]、そして何より青年の若々しさに。

……あらゆる大地が変えられた
ただカトーの強い魂のみを除いて[062]

と中学校教師は言った。冬になると、痩せた両足を厚紙の長靴に包み、火の傍で過ごした。火の傍を離れるのは、毎月、厚紙の長靴を履いたまま戸口に行って、同年代の物乞いを何人か助けるときだけだった。老いぼれたちの中に、古き良き時代の名残、あまりに変わりはて落ちぶれた古い共和国の虫に喰われた残骸を、まだ見つけられたのだ。

気難しい老人の上の階には、土地台帳課に勤める測量士の大家族が、とても慎ましく暮らしていた。この男は一日じゅう測量用の板に向かい、書類に向かって過ごす夜もあった。わたしは覚えているが、この男は仕事のために自分だけが大変であるのを誇りとしており、たまに家族と一緒に楽しむこともあるが、真面目で堂々とした雰囲気で楽しみ、若かったわたしに感嘆まじりの尊敬を抱かせた。

大きな持参金となるのは両親の
美徳である[063]

と中学校教師は重々しく言った。

屋根裏部屋に着く前に、まだコントラバス奏者の部屋がある。昼は授業をし、夜はその楽器に合う曲を作っている。

ときに最も高い
音で、ときに四本の弦に深く響く音で[064]

音楽家の周りには小部屋や書斎が開けられており、寄食学生たちに貸されたり又貸しされたりしていた。学生たちは愛煙家で、課題曲を練習し、器楽曲を奏で、ホルンや縦笛を演奏したので、この場所には楽団が常設されていた。

いつまで我慢させるのか!![065]

そして先に述べた屋根裏部屋だ。

屋根裏部屋は広く、日当たり良好だった。測量士が欲しがっており、わたしも欲しかった。窓を開け、仕切りを立てて、それぞれの屋根裏部屋を作った。

湖と山の景色が広がっていた。わたしの窓は、大聖堂の塔の中ほどにある大きなゴシック様式の薔薇窓と同じ高さで、

とても近くにあった。この高い場所からは誰もいない屋根の上が見渡せ、街の喧噪も聞こえてこなかった。

けれども、わたしはもうこのような印象には強く影響されない年齢になりつつあり、日に日に自分の心の中に動作や活気を求めるようになった。

同じ理由で、模写したいと強く思うこともなくなった。そうした趣味には落ち着きが必要だが、わたしはもう違ったのだ。しばしば昂奮し、宛先のない愛情の漠然とした動きに困惑し、手本をどう見たらよいか分からなくなり、出来のよくない模写を忌々しく眺め、絵筆を置いて何時間も夢想に耽った。

こうした内面的な生活には、魅力もあれば苦さもある。夢が甘美であれば、目覚めは悲しく暗い。魂が現実に戻るときには疲れて気力を失っている。だから、そのあと作業を再開できないし、かといって夢も取り戻せないので、わたしは家を出て、退屈しのぎに外を散歩した。

そんな散歩の途中、ある偶然の出会いが、意気消沈してほとんど何もしていない状態を抜け出させてくれた。

ある日わたしは、大きな菩提樹《ぼだいじゅ》の下にある教会側の扉から家に入ろうとした。近くに立派な馬車が停まっていた。通り過ぎようとしたところで、ただちに聞き覚えのあると分かる声がして、わたしは急いで振り返った……。「ジュールさん！」その声が昂奮して叫んだ。

呼ばれたのは分かったのに、戸惑いのあまり近づくのを躊躇った。わたしが引き返し、さっと扉を開けると、可愛らしいルーシーがいた！　喪服姿で、目は涙に濡れていた……。それを見てわたしも涙した。

彼女の白い服、子としての不安、老人の言葉、老人がわたしにかけてくれた優しさを、いっぺんに思い出した……。わたしはすぐに言った。「ああ！　まだ生きてしかるべきひとでした、何というご不幸でしょう、お嬢さん……。親切な思いやりの記憶にわたしが涙するのをお許しください」ルーシーはまだ感激のあまり返事をしなかったが、わたしの手を取り、優雅で遠慮がちな仕草で節度ある感謝の念を示した。

彼女は最後に言った。「あなたがわたしよりも幸せであることを願います、まだあの伯父さんがいることを……」「伯父さんは生きています、しかし歳を重ね、腰が曲がっています……。お嬢さん、わたしが何度あなたのお父さんを思い出したことか！　……日を追うごとにあなたの悲しみがよく理解できます」

ルーシーは横に座っていた紳士のほうを向いて、五年前に偶然わたしと伯父に会ったこと、わたしを見て彼女の父が幸せで優しかった日々を鮮明に思い出して感動したことを、手短に英語で話した。そしてわたしと伯父を褒める言葉をいくつか加えた。わたしが孤児であると彼女が言ったとき、わたしは彼女の表情と言葉の中に、かつてわたしをいたく感動させた共感を再び見出した。彼女の話が終わると、その紳士は、フランス語は話せないようだが、親愛の情をこめてわたしに手を差し出した。

すると、ルーシーがわたしに言った。「彼はわたしの夫です。わたしの父が自ら選んだ庇護者であり友人です……。ジュールさん、あなたが父を見た日から長くはありませんでした……。神は十八カ月後に父を連れ去りました……。父は何度もあなたの話をして笑っていました……」そして言い足した。「いずれあなたがわたしのように不幸になったら、どうかお知らせください……。あなたの伯父さんに挨拶したいのです……伯父さんは何歳になりますか？」

「八十五歳です、奥さま」

その答えにしばし沈黙が訪れた。「父の肖像画を描いた画家とお話しするために来たのですが……。ジュールさん、彼と二人だけで会えますか？」

「もちろんです、奥さま。わたしに言づけしてくだされば、同僚にお伝えします」

彼女が遮った。「ああ！　ということは、あなたは趣味を続けられたのですか！　なるほど、取り次いでくださるのですね、では時間を決めましょう……。しかし、その前に、主人と一緒にあなたの作品を見たいのですが……。この建物に住んでいるのですか？」

「はい、奥さま……見苦しい習作をご覧に入れるのではないかと困惑していますが、光栄なことですから、誇りを持って、お申し出を拒みはしません」

さらにいくらか言葉を交わした。やがてわたしが降りると、馬車は走り去った。

この思いがけない出会いが、古くて優しい感情を蘇らせ、わたしは数カ月来の無気力状態から抜け出した。

しかし、あえて言おうか？　わたしが常にユダヤ娘を愛し、彼女の思い出を大切にしているにしても、少なくともその日からは、わたしの未練は苦くなくなり、わたしの魂は過去から解き放たれたかのごとく未来に向かって再び動きはじめたのだ、思い出は相変わらず魅力的で大切ではあったが、もはや重くなく、背負うのも心地よかった。

ただ、この出会いに一点の曇りもないわけではなかった。わたしはルーシーのことを忘れていたし、ルーシーのために何かしようとは浮ついた夢の中でさえ全く思っていなかったが、彼女の隣に座る紳士を見たとたんに悲しくなり、ルーシーの口から結婚したと聞いたときは戸惑いと嫉妬の小さな炎が心にちらついたのだ。

もっとも、それは一過性のそよぎだった。車を降りる前には紳士を好きになり、もうルーシーは彼の愛する妻にしか見えなかったし、紳士のほうはわたしが彼女と親しくするのを許してくれた。

数日間、わたしはその記憶と、近いうちにルーシーと再会できるという希望を恃みに生きた。わたしは、聖母マリア像を含むいくつかの模写、数枚の肖像画、いくつかの構図を描き、ほとんどは凡庸きわまりなかったが、才能のきざしがないわけではなかった。ご賢察のとおり、疣が意気揚々とわたしを手伝って、よく見えるように絵を配置し、ルーシーが到着したときには完全に迎える準備が整っていた。夫も一緒だった。

今でも、この若い夫人のことを思い出すと、心が揺さぶられずにはおれない。どうしたら愛すべき線で描けるだろう、彼女の真の優しさは地位や輝きや豊かさによっていっそう美しくなったが、素朴な感情は上流階級の流儀や偏見によって歪められも抑えられもしていなかった！　普段は憂いを帯びた顔つきだが、優しい微笑みの一吹きが言葉の端々を温かくし、まなざしに撫でられると沈黙さえも沁みいる魅力があった。わたしの質素な屋根裏部屋に入るやいなや、彼女は真っ先に励ましの褒め言葉をかけてくれた。わたしの作品をしげしげと眺め、夫と話す英語の一部始終に親切で善良な心づかいを感じられた。ふたりは一瞬だけ声を落としたが、その口調と雰囲気は、わたしを何か嬉しい期待で優しく揺さぶるだけだった。

　ルーシーの求めに応じて逐一カンヴァスを見せていると、廊下で伯父の足音が聞こえた。わたしは急いで扉を開けた。

　すでに察知していたのか、ルーシーは立ち上がっていた。老いた伯父を見ると、彼女は出迎えに行き、心のうちに感動を抑えられなかった。伯父はいつもどおり穏やかで、

女性に対する昔ながらの習慣に則って、若い夫人の手を取り、頭を下げて手に口づけした。「ご夫人、お目にかかることをお許しください、五年前にあの悪戯坊主を送っていただき、ありがとうございます……」伯父はルーシーの涙を見て、こう続けた。「あなたの悲しみはよく分かります……あの立派なご老人はあなたのお父さんだったのですから！　……このひとがあなたのご主人であるのも分かります……あなたのご主人にふさわしいひとです、あなたを選んだのですから」ここで紳士は伯父と握手し、自ら椅子を持ってきて伯父に差し出したが、その間わたしはただ見ているだけだった。

　今度はルーシーが言った。「わたしの気持ちを話すことをお許しください……。ローザンヌで、わたしの父があなたと同じ部屋にいたとき、わたしには分かりました、ふたりとも同じくらいの年齢で、それぞれがふたりの子にとって必要な存在であると……あなたにお会いしたら、そのときのことをはっきりと思い出すだろうと、わたしは予感しました……。あなたが変わらずにいるのを神に感謝いたします。もし偶然

ジュールさんに出会わなかったとしても、あなたの消息を聞かずにジュネーヴを去るつもりはなかったのですが……。けれども、変わらぬあなたにお目にかかれて、いっそう嬉しいです、そして、わたしのためにここまで上がってきてくださり、申し訳なく、感謝いたします」

伯父は言った。「奥さま、あなたは素敵なひとです！　あなたの声を聞くのは嬉しいことです……。ローザンヌで、あなたのお父上は立派に上がってこられた……しかし相応の歓迎を受けられませんでした、それはあなたの声、あなたの所作、あなたの心でしか報われないのです……。親愛なる奥さま、どうぞお幸せに……。もうすぐ、間もなく、わたしはもっと高くへと昇るでしょう！　……それを認めない可哀そうなジュールしかいなかったとしても……」

「ああ！　いつだってまだ早いのです、伯父さん」わたしは動揺して言った、かつてのルーシーと今の自分は悲しくも驚くほどに似ていたのだ。そして、若い夫人も同じことを考えたらしいと、表情から読み取れた。

伯父は少し話してから言った。「気を悪くされないとよいのですが。あなたはジュールの習作をご覧になりましたね……それはあなたに差し上げます……。ご主人にお伝えください、今はヘブライ語よりも英語を知らないのを残念に思います……ご主人と楽しくお話しできたでしょうに……」そしてルーシーの手を取った。「さようなら……お幸せに……まだ若いご夫人を祝福するのは、老人の権利です……。わたしはそうします。さようなら、親愛なるご主人、あなたがたはひとつになった……わたしはおふたりを分かつことなく覚えておきます」そう言うとトム伯父さんは再び頭を下げてルーシーの手に口づけし、部屋に戻った。わたしたち三人は、見送りながら、愛すべき老人に対する深い敬愛の念に、悲しい考えが混ざり合って、心が一杯になった。

伯父が行ってしまうと、わたしたちは座った。ルーシーは伯父について話し、父親の面影を見出そう、とりわけ落ち着いた朗らかさや真の礼儀正しさ、どこか古風で親しみやすい姿のうちに見つけようとした。そうして挙げたあとで、近いうちにわたしが伯父と別れる運命にあるのを思って悲しみ、しばしば口ごもった。それから話を変えた。少し頬を赤らめて言ったのだ。「ジュールさん、あなたもご存じの、わたしの父の肖像画を持ってきました……。その写しを二枚、描いてほしいのです。ぜひ引き受けていただけますか。あなたの才能は、間違いなくわたしたちの期待に応えてくれます、それに、あなたが大切な父に思い出を残してくれたことも、いっそう心動かされる理由です」

わたしがどれほど嬉しかったか、分かってほしい。わたしは喜びが顔に出るのを抑えねばならなかったが、ルーシーと夫は、わたしの気恥ずかしさと戸惑いの裏にある欣喜をすっかり見抜いていた。そして、これは手に余る仕事ではないという気分が高まってきた。その日のうちに肖像画を取りに行き、仕事に取りかかった、わたしがはっきりと美術の道を歩みはじめたのはこのときである。

事情が違えば、この肖像画はわたしを悲しませただろう、肖像画には互いを慈しむふたりの人物が生き生きと描かれているが、いまやふたりは死によって分かたれており、わたしの想像力を過去へと強く引き戻すからだ。少女は陽気に輝く姿と涙を知らない若さに彩られているが、いまやルーシーは悲しみに暮れて喪に服している……。しかし、その落差に圧倒されないくらい、わたしは喜びと感謝で一杯だった。

何と楽しい仕事だろう！　いとしい姿を鉛筆でなぞらねばならない。腰の曲線、優雅で柔らかな姿勢をなぞらねばならな

い。ときにわたしは、モデルに見惚れて手を止め、しばらく昂奮して続けられなかった。

　この一大事を知った伯父は言った……。「素敵なご夫人だ！　ヘブライ語よりも英語を知らないのが残念だ……。お前はとても幸せだよ、ジュール！　……結構なことだ」伯父は姿勢を正した。「この仕事がお

前の名誉になりますように！　作品中の明暗法や線遠近法や空気遠近法が分かってもらえますように……それに藝術に明るいことも……それから……。素敵なご夫人！　美しいのと同じくらい、本当に優しい！　……」

　ところで、先の訪問で、ルーシーの四輪馬車は建物の病院側に停められていた。お付きの者たちがわたしの同業者のモデルふたりを連れてきたときは、大聖堂側に停まっていた。これが入居者たちの目を惹いた。千もの憶測が為されたが、わたしのことなど考える者はなく、紋章のついた四輪馬車がわたしのためにそこに停まっていると分かると、わたしの名声、真新しく輝かしい栄光が階から階へと上り、老教師は予言まじりに呟いた。

　　わたしは偽りの
　　誓いを述べたことはない[066]

妻が口を挟んだ。「何の悪口を言っているんだい？」

「わたしは俗衆を嫌って

遠ざける[067]

煮込みを作っていなさい」

「五十年も学校で教えていたら、とても耐えられない不愉快なラテン語熱は治まると思ったんだがね。馬鹿げたことは学校でおしまいにして、皆と同じようにフランス語を話せないのかい?」

「お前はホラティウスとは大違いだね、だって彼はこう言っている。

昼も夜も手に取ってめくりなさい[068]

夜は免除しているのだから、昼にわたしの話を聞くことはできるだろう」

「ホラティウスたちお歴々は大馬鹿者だね、もしあなたをそう思わせたなら。夜はあなたのいびきのせいで眠れないし、昼は冗談でわたしを呆れさせるし」

「自分に理解できない美しさを非難しているね。考えてみなさい、わたしがお前の煮込みを食べて美味しいと感じるなら、お前はわたしの叙事詩を味わって芳香を感じられるはずだ

……。

われわれも友情の中でこのような過ちを犯したいものだ[069]」

「わたしの煮込みは素晴らしい、あなたの妙味は酷い！」
「独身生活に勝るものなし！[070]
少年の話に戻ろう。
わたしは偽りの
誓いを述べたことはない！[071]」

一方、コントラバス奏者とその一味（学生たちが窓辺に住んでいることは別のところで既に述べた）も、見事な馬車を見逃がさなかった。十五人は下らない頭が一斉に通りを見下ろす窓に現われ、召使が降りて扉を開けたり、若い奥方が夫の腕に寄りかかって路地に入ったりするのを、興味深く眺めていた。そこで推測が始まった。「誰の家に行くのだろう？」音楽家は考えた。「もしかして素人のひとりが天祐を……」すべての頭が、窓へ、屋根裏部屋へ、中庭を見下ろす円形窓へ向いた……。ルーシーが昇ってきて、階を通り過ぎた。この美しい夫人は間違いなく若い藝術家の家へ行くのだ!! わたしの栄光は星まで昇りつめた。

この大事件を、測量士とその家族だけは、あまり気に留めなかった。亭主は実地で角度を測るのに追われ、母は家事に追われ、長女はわたしの部屋との仕切りの向こうで父の書類を整理していた。忙しく禁欲的な生活の中で、街での出来事や近所の噂話を気にする時間はほとんどなかったのだ。

それでも、わたしの仕事は捗った。夜明けに起きて、アトリエに上がり、日が暮れるまで仕事に励んだ。

こうした勤勉な習慣のため、わたしは測量士と知り合いになれた。彼もまた夜明けに娘を連れて家を出るので、わたしたちは一緒に階段を昇り、

彼がアトリエに入って若い娘に今日の仕事を指示している間に、わたしも自分のアトリエで準備を整えた。隣どうしで、習慣も一緒だったから、わたしたちは少しずつ親しくなった。時間を大切にするひとだったが、階段を昇りながら話したことがどうしてもまだ少し足りないと、玄関先で会話に一、二分の時間を費やすようになった。

階段では、彼の娘がアトリエの鍵を持って、わたしたちの前を昇った。感じのよい姿で、可愛らしいというより高貴な雰囲気だった。いつも頭には何もかぶらず、ごく簡素な服で、額にかかる美しい髪は、彼女の若さや爽やかさとともに、最も確かな装身具だった。

優れた教育の痕跡は、その恩恵に浴した者であれば、何歳になっても認められるものだ。娘は素直で大人しかったが、顔にはどこか野性的な誇りが父の顔よりも力強く刻まれていた。世間の流儀を知らず、自分なりの高貴で慎ましい流儀を持ち、それゆえ倹しい環境にいながらも低俗で下品な表情をしてはいなかった。

とはいえ、この若い女性が、楽しい年頃に働きづめで、休みも気晴らしもなく、女性には馴染みのなさそうな仕事に日々専念し、若いながら父親と一緒に家計を支えているのは、不思議で興味深いことだった。

わたしは間もなく早起きを欠かさなくなり、ひとりでアトリエに上がることはなくなった。ただ、前日に測量士が仕事を指示しておき、アンリエットだけのときもあった。わたしにとってはよくない日だった。その場合、わたし自身の感じていた気まずさを彼女に感じさせたくないため、わたしが彼女より前にいると分かれば歩みを速め、彼女がわたしより前にいるのが聞こえれば歩みを遅くするしかなかったからだ。

ひとたびアトリエに入ると、わたしは見えない仲間の存在に特別な魅力を感じ、彼女の足取りや仕草、さまざまな動きを表わす僅かな物音に、心地よく気を散らされた。そして、食事の時間になって彼女が下の階に降りると、わたしは孤独で退屈に感じたので、やがて彼女と同じ時間に部屋を空けるようになっていた。

新たな楽しみに浸っているとき、わたしはしばしばあることが気になった。当初、わたしが朝の習慣をつける前、ときどき長い仕事の合間に小唄が聞こえた。ところが、その歌を楽しく聴くようになった矢先、歌は止んでしまった。偶然か？　わたしのせいか？　彼女はわたしに気づいて遠慮するようになったのか？　この遠慮は、わたしが彼女を気にしているのと同じくらい彼女もわたしを気にしている証なのか？

こうした百もの疑問、他にも多くの疑問によって、わたしはたくさん考え、物思いに耽った。だから、模写を終えたあとは、もう何もしなかった。カンヴァスは空白のまま、絵筆は散らばったまま、わたしの日々を満たす感覚と比べれば、すべては味気なかった。

これは、かつてのような、わたし自身が内心では空しく愚かだと思っていた夢想ではなかった。それどころか、今回は、結婚のことが真っ先に浮かび、ひとたび浮かんだら消えなくなった。

わたしがまだ幸せだった年頃！　やがて経験と成熟の季節になって終わる最後の美しい日々！　わたしは娘と一言も交わしていないのに結婚を申しこんだ！　詩人たちが愛の墓場と呼び、人間観察家たちが聖なる軛と呼ぶこの厳しい境遇を、わたしはよく考えたこともなく、まるで花と香りに満ちた川

辺へと向かうかのような気分でいた。家庭がどのように、また何によって営まれるかを考える前から、すでに、そして何よりも、安易な見込みがわたしの欲望に見せる、間もなく実現するであろう楽しみの数々を、頭の中で組み合わせるのに夢中だった。

　つまり、まずは仕切りに扉を開けることからだ……。そしてアンリエットの屋根裏部屋はふたりの新婚部屋に、わたしの

屋根裏部屋はふたりの仕事場になり、彼女は書類に、わたしはカンヴァスに向かって、穏やかで幸せな愛の日々を過ごすのだ。

　ある朝、わたしが窓に寄りかかり、小さな庭のチューリップに水をやっている老教師を何とはなしに眺めていると、突然アンリエットが窓辺に現われた。

　彼女はわたしを見たかったのではないらしい、さっと頬を赤らめたからだ。しかし、すぐに引き下がったのでは、わたしの存在をいたく気に

したようで、矜持に反する。それで彼女は窓辺に留まったが、ただ照れ隠しのため向こうに浮かぶ雲を眺めていた。

妻にしたいと思う女性とやっと話せる、またとない機会だ。だから、激しい動揺を乗り越えるべく多大な努力をした。

「このチューリップは……」わたしは老教師に言った……。

わたしがそう言うやいなや、老教師が頭を上げる前にアンリエットが頭を引っこめ、会話が宙に浮いた。

老教師は言った。「はは！　ああ！　わたしを見ていましたか？　目ざといですね！　君の考えは分かりますよ。

この歳で家を建てるならともかく、種を蒔くなんて！[072]

まず、若者よ、いかにもこれはチューリップです。

何と！　あなたは賢者に禁じるのですか、

他人の喜びのために働くことを？

ご覧ください、このまだら模様のチューリップはオランダではドゥカート金貨二十枚の価値があります、妻に贈るつもりです。

わたしは緋色の花を蒔きたい……[073]」

老教師はまだ引用を続けたが、わたしは混乱し当惑して窓を閉めていた。

この企ての失敗で、わたしは二度と同じことをすまいと思い、それから何週間も、先に述べた習慣を慎ましく辿るのみに徹した。

アンリエットには、多くはないが幾度か訪問があった。彼

女の母が、家事を済ませて暇になると、上がってきて一緒に働いたのだ。わたしはさっそく仕切りに近づき、息を殺してふたりの会話に耳を澄ませた。

母親が言った。「お父さんが六時ごろ帰ってきます。一緒に出かけられるよう、弟たちには言っておきました」

「わたし抜きで行ってください、お母さん、この仕事を残して出かけたら明日までに終わるとは思えません。知ってのとおり、支払日は木曜日です」

「愛する子、あなたは家族に欠かせない存在です。弟たちがあなたを助けられるようになれば嬉しいです」

「お父さんにとって嬉しいことです！」

「さいわい、お父さんは丈夫で、まだ若いです。心配なのは病気と年齢だけ……。いつかわたしたちはいなくなります、アンリエット」

「わたしも丈夫です！　それに、生きていてほしいです」

「もちろん。でも自立する歳が来ます」

「わたしはお母さんのものです。それに、お母さんと他人になって苦労するよりは、貧乏でも一緒のままでいたいのです」

「金持ちの夫が欲しいのですか、アンリエット？」

「いいえ、お母さん、わたしはそんなひととは釣り合わないでしょう。でもわたしは、お母さんのために働くのをやめて、何の恩義もない主人のために働くのは嫌なんです」

「富を求めないのは正しいです、アンリエット。けれども、お母さんは貧しい中でも幸せで、その幸せはすべて主人と子どものおかげであることを、考えなさい。どんなに貧しくとも誠実な夫がいれば、娘のままでいるよりはよいのですよ、アンリエット。不幸は悪徳から来るのであって、貧乏から来るのではありません」

「お母さん、お父さんのようなひとはほとんどいないんです」

わたしのことなど全く知らないのに、かなりわたしの身に迫る話だった。そして、高潔で誇り高い少女に感情をかき立てられ、わたしはとても落ちこんで悔しくなった。

しかも、その会話はわたしにとって好ましくはなかった。アンリエットの言葉は、本当に自由で、しかし強い、自律した心を示しており、見返りを求めない献身的な心であるにしても、わたしのような性質の若者でも唯一近づけそうに思える、感じやすく燃えやすい側面が見えないのだ。ひとつだけ、わたしの希望を後押ししてくれたのは、母親の言葉だった。この夫人は、貧しい正直者を褒めることで、間違いなく素晴らしい、そして直接わたしを利する話をしているように思えた。なぜなら、わたしは正直だが、何にもまして貧しかったからだ。

残念ながらアンリエットは母親だけに従っていたのではなかった、そして、奇妙だが自然な性質として、誇りと自立という一家の性格が、一家の精神である家長の意志に率先して完全に従うことと、家族それぞれの中で結びついていた。測量士は、堅実で、峻厳で、勤勉な人物であり、愛想よい態度ではなく、礼儀正しい物腰でもないが、模範や献身、申し分ない美徳による強力で尊敬すべき権威によって、家族みなを支配していた。妻は夫を敬愛していたし、アンリエットは、分別がついて父親を他の男性と比べられるようになると、他の誰よりも父を重んじるようになった。孝行娘は、温かくというよりも深く、親しみというよりも敬意によって、腹蔵なく父親に従っていた。尊敬する父によって選ばれた者でなければ、他の誰にも心や体を捧げはしないのだ。

爾来わたしは、しばしば熱い涙で目を濡らすほど感動しながら、この慎ましい一家がいかに立派で尊いか、この無名の人物がいかに偉大であるかを認識した。しかし目下のところ、この厳格さ、従順さ、美徳は、わたしの願いを阻む大きな障《しょう》碍《がい》と思われた。主人や家長にどうやって近づけるのか分からないのであれば、女性たちが従順であろうと、わたしにとってはどうでもよいのではないか？　測量士が自分の婿に求める資質が、まさしくわたしに欠けている資質だとしたら、測量士が峻厳で堅実で勤勉であろうと、わたしにとってはどうでもよいのではないか？　わたしが代わりに持っているものを彼に好きになってもらうしかなかったが、望み薄であった。実際、この男のとっつきにくさ、堂々とした鋭い目、無愛想な話しかた、支配力のある性格のために、わたしは彼の前で、何だか分からないが気まずくなって、わたしの長所はことごとく消えたのだ。

こうして、すべてが障碍となった。そして、いつものごとく、それぞれの障碍が欲望を刺激し、アンリエットと結婚するのがいかに困難で不可能であるかを考えるといっそう、結婚の許しを得るのが唯一かつ痛切な願いとなった。

それで、騎士道精神に適った、しかし無謀な行動に出たわけだ。未来の妻に熱烈な告白をするのは、最初の一歩としては勇み足だ。つまるところ、好機を捉えるしかない。だからわたしは、告白するまで、あまりに長く、あまりに慎重に、好機が次々と通り過ぎるのを見ているばかりだった。

まずは朝だ。わたしはすでに、挨拶を済ませたあとも声をかけて父親の近況を聞いたり、長雨の退屈さや晴れた日の楽しさについて自分の意見を述べたりする程度には、アンリエットと親しくなっていた。少なくとも十回は、自分の大胆さに勇気づけられ、重大な愛の告白をしようと思ったが、肝腎な瞬間になると、顔が赤くなり、感情で言葉が出なくなったため、赤くなっておらず動揺もしていないときに延期したのだ。そうして時間を使っているうちに、いつの間にか測量士も加わるようになって、アンリエットがひとりで屋根裏に上がることはなくなった。

しかし愛は窮すれば通ず！　食事のとき、アンリエットはひとりで降りて、ひとりで昇る。わたしは一緒に往復できるようにした。大成功だった。あとは告白だけという状態になって、一家は急に食事の時間を変えた。わたしは昼食も夕食もひとりで階段を降りては戻ることとなった。

残されたのはただひとつ、じつに大胆な、しかし失敗の許されない方法だけだった。何かしら理由をつけてアンリエットの部屋に入れてもらい、そこで自分の感情を存分に解き放つことだ。何度も足を踏み出したが、またしても、もはや引き返せないときになると、しだいにアンリエットの母親が一緒に仕事するようになった。

愛する以外ほとんど何もしなかった青春時代、わたしが女性に対して少しも優しい言葉をかけられなかったのは、ラタン氏の教育や慎みを説く小言のせいだ。この愚かしい小心は、今では価値ある財産だと思っている。若者は、この小心によって、ひとたび失ったら二度と取り戻せない生来の慎みを保ち、結婚の日まで持ち続ける。小心ゆえに、心は若く誠実であり続ける。千もの鮮烈で繊細な感情に満たされ、小心ゆえに感情を爆発させはしないが、人生の伴侶となるひとに純粋かつ大きな敬意を捧げるようになる。

しかし当時のわたしの考えは違った。わたしは自分に憤慨した、そして、あらゆるものがわたしに話をするよう促しているときに、この不治の臆病さが何度わたしの舌を縛ってきたかと思うと、わたしは不器用で愚かに生まれたせいで、自分の感情を表現できず、少年のままに終わるのだろうと思うようになった。さいわい偶然がわたしに味方した。

ある朝、そうして気落ちしていると、誰かが扉を叩いた。走って開けると、ルーシーがいた。わたしは夫人の訪問に大喜びした、彼女の言葉は美しく優雅であるに違いなく、アンリエットは仕切りの向こうから一言も聞き逃すまいと思ったからだ。

ルーシーはスイス小旅行からの帰りで、模写の進捗を尋ねに来たのだ。彼女はひとりで、わたしは模写を差し出した。彼女は満足し、見惚れ、わたしの才能に惜しみない讃辞を述べてくれた。だから、話題を変えて「ジュールさん、昨日は家にいなかったんですか?」と言われたときは、嬉しくなかった。

「わざわざここまで昇ったのですか、奥さん？　ちょうど昨日の朝、伯父に誘われて一緒に出かけたのです」

「隣の部屋で働く若い女性もわたしにそう教えてくれました、しばらく部屋で休ませてもらったのです。彼女のお名前は何ですか？」

この問いかけに、わたしは白目を剝くほど赤面した。それを見たルーシーは少し戸惑って、すぐに言葉を続けた。「不躾な質問をしてしまいました、軽率だと思われたでしょう、ジュールさん……ごめんなさい。わたしはただ、若い娘の雰囲気、歓迎の仕方、立ち振舞いに興味を惹かれ、名前を知りたかっただけなのです」
わたしはまだ動揺しながら答えた。「彼女の名前はアンリエットです……。心穏やかにその名前を言うことはできません、何度も口にしてきたのに……」そして、ルーシーが耳を傾けてくれている様子、さらには告白という大事業を前進させたい、あわよくば達成したいという思いに勇気づけられ、話を続けた。「言ってしまったからには、奥さん、もっとお話しせねばならないと思います……。わたしは毎日その娘と顔を合わせ、近くで仕事をしています、わたしは彼女を愛しているのです！　……あなたの質問は、今までわたしの心の底に留まっていた秘密を捕えられたかのようで、わたしを困

らせました……。これだけ言えば、わたしの気持ち、わたしの叶えたい願いを理解していただけるでしょう……」

ここで邪魔が入った。ルーシーの夫だった。模写の話に戻った。間もなくふたりは帰った。

行ってしまうと、わたしは早くひとりになりたかった。誇らしく、有頂天で、楽になって、わたしは自分が上手く折よく言えたことに感心した。何と簡単なことか！　と思った。

何より嬉しかったのは、いつでも部屋を出て抗議の意を示せたアンリエットが、ルーシーの夫が到着するまで屋根裏部屋を出なかったことだ。そうしたわけで、わたしは幸せな世界を築き上げた。アンリエットはわたしの告白を聞き、受け入れた。アンリエットが受け入れたのは、すでに彼女の心はわたしのものだからだ。そして、一時ごろになってもいつものように戻ってこなかったので、わたしは早合点した、従順で優しい娘が家族にわたしの思いを伝え、一家は審議していたのだ！

そういうわけで、わたしは最も心地よい不安を覚えながら待っていたが、午後三時ごろ、誰かが階段を上がる音がした。その人物は、しっかりとした足取りでわたしの部屋の扉まで来て、何も言わずに扉を開けた。それは……それは測量士だった！

わたしの顔は尋常でなかったようだ。測量士はつっけんどんに言った。「わたしの訪問に青ざめたようですが、しかし予測できたでしょう?」

わたしは口ごもった。「その通りです。わたしは待っていました……」

「では落ち着いて、まあ座りましょう」

わたしたちは座った。測量士は言った。「わたしは単刀直入を旨としています。それでここに来たというわけです」そして、誇りに満ちたまなざしでわたしを見つめた。「しばらく前から、あなたの態度は不愉快でした。わたしは我慢してきたつもりです……。しかし、まさに今朝、第三者のいる前

で、わたしの娘の名誉を傷つけた！　……どういうつもりですか？」

わたしは答えた。「どうかわたしの未熟さを責めてください、でも意図を疑わないでください……」

「よい意図ならば公然と進めるものです。あなたの行動はいかがわしい、少なくとも、わたしの知る限り、あなたの身分はあなたの行動に全く安心感を与えません……」

「ひどい侮辱だ！」わたしは強い調子で遮った。

「そうかもしれません」測量士が穏やかな口調で言うので、わたしは恐怖に包まれた。「謝るに吝《やぶさ》かではありません。確かに、わたしはあなたを厳しく見ているかもしれません。臆病で、経験が浅く、不器用な行動であっても、意思は固く、立派であるかもしれません。さて、あなたの言葉がどれほど不作法であっても、少なくとも正直ではあると、わたしに証明するのは、あなたの役目です。許されないにしても、あなたの言葉が何につながるか、つながるべきかをあなたが知っていると証明するのは、あなたの役目です……。ですから、あなたが本当に結婚できると証明してください、わたしは直ちにあなたの意図が正当であると認めます……。あなたの年収はいくらですか？」

少し前から見えはじめていたこの恐るべき質問は、わたしを雷のように打ちのめした。わたしはまだ何も稼いでいない、一銭も持っていない、そのことを考えるのを怠っていた。アンリエットがわたしを愛し、アンリエットがわたしと結ばれているならば、他に何が必要だろう？　……仕切りを取り払えば、話はついた。しかし測量士の考えは違った。

わたしは青ざめながら答えた。「わたしは収入を得ています、稼いでいます……間違いなく、まだ少ないですが、しかし……わたしには職があって……」

測量士が遮った。「あなたには職があるからこそ、そしてその職というのが画家だからこそ、わたしははっきりと訊いているのです。あなたはこのことわざを知らないではないでしょう。その職は、ときに栄光をもたらすが、つねにパンをもたらすわけではない。娘は何も持っていません。あなたは何を持っていますか？　というより、元の質問に戻りましょう。年収はいくらですか？」

「わたしは稼いでいます……」

もはやわたしが嘘をつくか気を失うかしかないというところで、誰かが扉を叩いた。

どんでん返しが好きな者は誰か？　アリストテレスはどんでん返しを称讃した、アリストテレス万歳[074]！　この宇宙に、素晴らしい、幸運などんでん返しほど価値のあるものがあろうか！　ルーシー、わたしの守護神、わたしの救いの女神!!　わたしは扉を開けた。制服姿の召使が、お金の詰まった大きな袋をふたつ持って入ってきた。わたしは嬉しさのあまり、召使のするがままに任せた。召使は袋を机に置き、片方を開けると、硬貨の洪水が溢れ、召使はわたしが後から分かるよう棒状に積みあげようとした。そして一枚の紙を差し出して言った。「これが伝票です。模写二枚で一五〇〇フラン、現金払いです。奥さまから、あなたの許可を得て、模写と一緒に原画も持ち帰るよう言われました」

たちまち気苦労はなくなった！「分かりました。これらの模写をお渡しします」そして、すでに立ち上がって帽子をか

ぶっていた測量士のほうを向いた。「謹んでお伝えしますが、わたしの年収は……」

測量士は遮った。「あなたにはあなたの仕事が、わたしにはわたしの仕事があります、それにこの男を待たせています。またの日に」わたしが自信に満ちて、天に助けられ、成功を後押しされて、恋に落ちた者の雄弁さを尽くして語ろうとしたときに、測量士は帰ったのだ。「測量士なんぞ、とっとと失せてしまえ！」帰ったあとでわたしは叫んだ。

心を落ち着かせようと、わたしは硬貨に目を移した。失意の只中にあっても甘美な光景だった。硬貨の棒が何本も整った柱のように屹立し、とても優美な建築に見えた。これほどの財宝を目にしたことはなかった。そして、財宝がすべてルーシーから来たと思うと、何度も「寛大なるルーシー！　わが守護神よ！」と言わずにはおれなかった。財産の置き場所が見つかるまで、戸棚がないため、すべてストーブの中に隠した。それから、苦しい時間のあとに訪れた喜びを味わうべく、ひとりで野外に出た。もっとも、朝からたくさんの出来事があって、時間が経っており、早く平静を取り戻して、自分のやるべきことを考えねばならないと思った。

ひとつは、まだ何も知らない伯父に全てを打ち明けることだ。これまで自分の計画を隠していたのは、伯父がわたしの

幸せのみを考え、新たな犠牲を払ってわたしの独り立ちを助けようとしているに違いなかったからだ。加えて、伯父が豊かでなく、あれこれ切り詰めており、とくに最近、わたしにささやかな美術用具一式を揃えさせるために節約しているのを知っていたから、これ以上は気前のよすぎる優しさにつけこむまいと固く決めたのだ。しかし、ルーシーの贈り物のおかげで豊かになったから、細かいことはどうでもよくなり、もはやわたしがすべきは、伯父に今までの出来事を話し、翌日には最大限の親切を発揮してアンリエットに甥との結婚を勧めるよう、伯父に頼むだけだった。もし伯父がそうしてくれたら、伯父の年齢の持つ威厳、賛意の重み、穏やかで誠実な態度は、わたしの人生の幸福が懸かった一歩を確実に成功させるに違いない。わたしは夜に伯父と話そうと決めた。

　わたしは遅くに帰った。食事の時間だった。「ごはんにしましょう！　さあ食卓へ、伯父さん！　……よい知らせがあります！」。

「分かった、分かった。おばあさんが知らせてくれたよ……　お金のこと……　大きな袋……　ジュールに注がれたらしいパクトロス川[075]の全てを……」

「パクトロス川の化身です、伯父さん。ストーブにしまってあります……。しかし、まずは食事をしましょう、もっと話したいことがあるのです！」

　わたしは気づいたのだが、この最後の言葉に、伯父は嬉しそうに立ち上がって、いつものようにわたしと喜びを共にするのではなく、思いつめた様子で食卓に近づき、老女中をちらりと見て、明らかに老女中がいるのを気詰まりに感じていながら、自分から追い出せないでいた。わたしがマルグリットに合図を送ると、マルグリットは下がった。

　わたしたちはいつものように席に着いた。伯父が言った。

「わたしも話がある、それは……」そして咳払いをした、心苦しい叱責をするため、伯父にとって最大限の気迫が必要なとき、伯父はそうするのだ。

「知ってのとおり……」伯父は止まった、そしてまた声色を変えた。「確かに、その親切なご夫人は、実に寛大で高貴な振舞いをされた！　そのような心を持つかたの庇護を受けるのは名誉なことだ……受けるに相応しい名誉だ……。そこから君は道が開けたわけだ……。今では注文がある。行動から、仕事から、財産を手に入れるでしょう……」伯父は口調を強めて続けた。「しかし、正直でいなさい、常に！……けっして他人を傷つけてはならない！　よく心に留めておきなさい、若い娘は絶対に傷つ

けてはならない！……悪人でないならば」

「何を言っているのか分かりません、伯父さん！」わたしは昂奮して叫んだ。

「少女とは……上の階にいる……」

「それで？」

「好きなのか？」

「大好きです！」

「それだ、ジュール、それがよくない！」

伯父の重々しい口調に、わたしは正直に言うと笑いそうになった、わたしの正直さを心配する破目になったのは何か井戸端会議のような話のせいで、老女中が伯父に報告せねばならないと思ったのだろう。わたしは言い返した。「今回のことなら、全然違います！　その若い娘を、ぼくは確かに愛しています、ぼくは伯父さんに、明日彼女の両親に会って、あなたの甥との結婚を受け入れてくれるよう言ってほしいと頼もうと思っていたところでした。何か悪いでしょうか、伯父

さん？」

　すると伯父さんは勢いよく立ち上がって言った。「お前……何と言ったんだい？　結婚したい？　お前のことで、わたしは彼女のお父さんに真逆のことを言ったばかりだ！　……」

　わたしは叫んだ。「終わった！　おしまいだ！　伯父さん、何てことをしたんですか！」

「でも、わたしは……わたしがしたのは……誠実であろうとしてのことで……。聞いてくれ……ならば聞いてくれ……。ついさっき、あの悪魔のような男が突然やって来て、あなたが娘に言い寄っていると言う……あなたが娘を傷つけたと言う……娘をどんな危険にさらすつもりか、お前が結婚を考えているか、訊いてきた……。だからわたしは、逆に、お前が勝手に言っていることだと答えた……」

「ああ！　おしまいだ！」わたしは口を挟んだ。そして絶望に打ちひしがれた。

　トム伯父さんは、わたしの思いが純粋で真摯そのものであることに気づいたとたん、わたしの希望を知らぬ間に打ち砕いてしまったと深く後悔し、わたしがそのとき初めて伯父に打ち明けた結婚話が賢明で妥当かどうか判断するよりも、わたしの悲しみを早く癒そうと夢中になって、老人らしい思慮深い慎みすら忘れるほどだった。
　わたしが絶望している間、伯父は部屋の中を歩き回りながら「いやはや、はてさて」と繰り返した……。「どうしたら窮地を脱せるか……。神さま！　わたしは考えるべきだった……。お前の年齢なら、結婚の誓いを立てられる……立ててよい……。破りもするし、それでもよい……。問題は、わたしの年齢になると、そんな波乱など完全に忘れていることだ……」そしてわたしに近寄って言った。「落ちこむでない！　ジュールよ……　気を確かに！　明日、わたしが行く……説明し、証明する……」

わたしは不安になって言った。「明日ですか！　今晩！……今晩にしましょう！　伯父さん、今にしましょう！　一家が集まっているはずです。朝には出かけてしまいます……」

「しかし……神さま！　今晩……。その娘も一緒ですか？」

「いてもいなくても構いません！　一家でそのほうがよいと思えば、彼女には席を外させるでしょう。今晩にしましょう、お願いです、伯父さん！」

「行こう！　分かった、今晩だ！　……けれども十時にしよう。少し身支度をするから、おばあさんを呼んでください」

その間を使って、わたしは事の次第を全て伯父に伝えた。伯父はすぐに部屋履きを脱ぎ、留め金のついた靴に履き替えた。わたしは鬘に粉を振って伯父にかぶせた。マルグリットとわたしで伯父に美しい栗色の燕尾服を着せた。杖を渡しながら、これまでのいきさつと、伯父に何を言ってほしいか、どう答えてほしいかを教えた。「なるほど！　そうか！」伯父は

饒舌《じょうぜつ》なわたしに面喰らって言った。そして出発した。

　わたしは老マルグリットに事情を全て話した。彼女は目に涙を浮かべて聞き、じれったい待ち時間のあいだ、わたしの不安や希望にも素直に寄り添ってくれた。わたしたちはしょっちゅう扉を開けて階段で伯父を待ち構え、あるいは書斎に戻って上の階の様子を少しでも探ろうとした。

　十五分ほどして、測量士の家の扉が開いた。伯父の足音が聞こえた。わたしは叫んだ。「早すぎる！　断られたんだよ、マルグリット」

　帰ってきた伯父は言った。「また明日だ。いなかったよ」

　この答えが最もがっかりした。

「それで、待っていたのですか？　……」

「そうだ、待っていた……でも真夜中まで帰ってこないと娘さんが言っていた」

「彼女を見たんですか？」

「見たよ。確かに！　素敵なひとだ、間違いない」

まったく嬉しくなかった。「でも、彼女はあなたに何と言ったのですか、伯父さん？　全部、お願いです、全部教えてください」
「まず上着を脱がせてくれ……そして座って……。感じのよ

い立派な娘だ！　……部屋履きを持ってきてくれ、マルグリット……」

「何と言ったのですか、伯父さん？」

「彼女は……。ほら、杖を置いて……友人の家へ洗礼式に行ったと……」

「他にも何か言ったでしょう、十九分もいたのだから？」

「そうだ、そうだよ。待ちなさい……思い出すから。まず、扉を開けたのは彼女だった。わたしが幽霊だったとしても、あんなに顔を見て怖がることはなかっただろう……（伯父はアンリエットの仕草を真似て笑った）。わたしは手を取って言った。怖がらないで、お嬢さん。入りましょう、さあ……。すると彼女は頬を赤らめ、わたしの手を離さないまま先を行った。わたしを廊下のほうへ連れて行きたかったんだ、よく老人にそうするように。慎ましくも丁寧な娘だよ」

「皆と同じく、あなたを愛し、いたわってくれたんです、伯父さん」

「間違いない！」玄関の暗がりでマルグリットがそっと呟いた。

「……そうして、わたしたちは部屋に入った、そこは彼女が、妹ひとりと小さな弟ふたりが傍で寝ているのを見守りながら、縫いものをする部屋だった……。わたしたちが入ると、ひとりが目を覚ました。わたしは彼女に言った。どうぞ、そちらを先に。そのあとで、ご両親を呼んできてください、用事があるのはご両親なんです」

「彼女は子どもをあやしながら言った。いないんです……。全部そのまま話しているが、短くしようか？」

「そう！　全部です！　何でも！　伯父さん……笑わないでください」

「わたしは答えた。それは困ります……わたしがというより、わたしをここに寄越《よこ》したひとが困るでしょう……。かわいそうな少女はひどく赤面し、立ち上がって再び弟をあやしに行ったが、このとき弟は動いていなかった。わたしの視界の奥へ行ったのだ」

「両親は真夜中ごろ帰ります、トムさん。言っておかなければなりませんね、待ちくたびれないように……」

「確かに遅いですね……。でしたら伝言は明日にします……それが何だかお分かりになったら、どうか支持していただけるよう、わたしからもお願いします……もし……もしあなたがわたしたちの幸せを、とくにわたしの幸せを願ってくださるなら……わがジュールの行末があなたと一緒のものとなり、彼の幸せがあなたに見守られ、彼の若いうちはあなたの立派な家庭に守られるのを、死ぬ前に見ることができたら、わたしは安らかに死ねるのです……」

この言葉に立ち上がって伯父の腕に飛びこむと、心から溢れる感情を表現できないまま、わたしは伯父を強く抱きしめた……。

「ああ！　……かわいそうなジュール！　おいおい！　……わたしの鬘が！……鬘が潰れるよ！　……続きを言わせなさい……。お前はまだ何も知っていない……。ほら！　……落ち着こう……さあ……ほら……」

「さて、娘は、わたしがはっきりと話したら、すっかり我に返った。彼女はきっぱりと言った。どうか疑わないでください、わたしはあなたを尊敬しています、しかし答えるとなると困りますね……あなたのおっしゃることには心動かされます……。わたしは結婚しようとはあまり考えておらず、また支障もあります……（怖がらないで！）……わたしは両親のもので、両親にとって必要なのです、見捨てたり負担をかけたりしたくありません……（だから怖がらないで！）……わたしは、両親に相応しいと思える男性、わたしの家族を彼自身の家族と思い、わたしに心の全てを残らず開ける男性とのみ結婚します、わたしも自分の心をそのひとに委ねますから……。こうしたことを誰かに話すとは思ってもいませんでしたが、あなたの年齢とあなたへの敬意に背中を押されました。あとはわたしの両親が答えることです……。お望みでしたら、あなたがまた来ると伝えますが……」

「そうしてください。明日の十時です……。これほどの若さで、これほど賢く慎み深いひとに会えて嬉しいです……わたしが切望するのは、ただ甥がその条件を受け入れることだけです、甥にとって難しくはないでしょう……。とても光栄です……これほど美徳に満ちた家に入れるとしたら……とても光栄です、若いうちに入れるなんて……。心の全てを、完全に……（ユダヤ娘の話もできたでしょう）正直な心であるのはわたしが保証します……何を託されるか、どのような条件なら幸せになれるかを理解するでしょうし、互いの愛情、互いの忠誠、家族であるからには果たすべき全ての義務を共に果たすことでしか幸せになれないのも重々承知でしょう……」そしてここで、伯父は嬉しそうに結婚式の決まり文句を真似た。「これがあなたの誓うべきことではありませんか、ジュール？」

　わたしは叫んだ。「そうです、誓います、神の前で！　あなたの前で！　愛する伯父さんの前で！　あなたの前で！」わたしは伯父をまた強く抱きしめ、老女中が涙を拭った。伯父だけは、わたしを喜ばせられて満足しながら、いつものように平静を保ち、わたしの嬉し涙に明るく優しい言葉をかけてくれた。

「では結婚したわけだね！」伯父は続けた。

「そう願います、伯父さん！　それ以上は何も言わなかったのですか？」

「あとは大したことじゃない。そのあとわたしは立ち上がっ

て、あちらで寝ている子どもを見たいと言った……。彼女は笑って見せてくれた。感心したのは、清潔で、丁寧で、整理整頓されていて、とても簡素なうちにも上品さが見られたことだ。わたしは訊いた。そこで子どもの服を作っているのですか？　……母が作っています、けれども母の留守中にはわたしが作っていました。わたしは彼女の手に口づけし、彼女はわたしの手を取って送ってくれた。わたしは玄関で、もし甥と顔を合わせたくなければ先に出てこないほうがよいと囁いた。彼女はすぐに引っこんだ。以上だ。もう十一時だ、寝よう」

老女中が微笑んだ。「そうだ、マルグリット。今夜は皆が寝られるわけではなさそうだ。けれども、わたしたちふたりは皆のために寝よう」

深夜になって、両親が帰ってきた。耳を澄ませると、家族どうしで真剣かつ白熱した議論を交わしているのが分かった。二時ごろ、一家が席を立ち、別々になって、寝室に戻った夫婦ふたりがさらに長いこと話しこみ、ついに静まり返るのを聞いた。わたしは寝る気になれず、ひどく昂奮しながら夜明けを待ちわびた。

トム伯父さんが目を覚まし、身支度をしている間、わたしは前日の訪問の様子をもう一度すべて話してもらった。わたしを喜ばせようと、優しい老人はひとつひとつ穏やかで確かな口調で語り直し、わたしに夢見させ、希望を蘇らせ、再び昂奮させた。しかしアンリエットの言葉はあまりに慎重で、わたしの行動や伯父の台詞が測量士の疑い深い心に恐ろしい

先入観を与えたに違いないと思うと、わたしはせっかく取り戻した希望を再び失ったのだった。

ともかく、十時になろうとしていた。わたしはますます不安になり、伯父に話してほしいことを念押しすると、話が済んだらすぐにアトリエで待っているわたしのところへ来るよう約束した。

わたしがアトリエに着いて間もなく、誰かがアンリエットの部屋に入った。わたしはふたりの人物の足音を聞き取り、様々な特徴から、すぐさまそれが彼女とその母親であると確信した。

この確信が、わたしを失望させ、もうおしまいかのように思わせた。先に話した家族会議のあと、わたしがずっと信じていたのは、この善良な夫人が、アンリエットの内心を知り、わたしを好意的に迎えてくれるだろうということだった。何より、娘を誠実な青年に託したいと願って、測量士の傍らでも立派にわたしを弁護してくれる、少なくとも唯一の味方になってくれるだろうと思っていた。したがって、この重大な瞬間に母と娘が立ち会わず、ふたりにはない偏見に満ちた測量士に伯父を任せきりにしたのを見るに、わたしの希望は拒絶されると予測した。絶望的な情況で、わたしは最後の手段を決意した。夫人たちの前に現われ、わたしの熱意と誠意をさらけ出して、わたしに好意を抱かせるよう頑張るのだ。扉を叩くと、アンリエットが開けてくれた。

娘の顔にはっきりと表われた然るべき羞恥心だけが、わたしの気恥ずかしさを乗り越えさせた。

わたしは震える声で言った。「少しだけ自己紹介をしてもよろしいですか？」「お入りください、ジュールさん」母のほうが言った。それだけ言うと黙りこみ、黙ってわたしを見つめると、目から涙を流しはじめた……。そして悲しそうな、涙でかすれた声で言った。「わたしたちに伝えたいことは何でしょうか？」

「奥さま、わたしは、あなたの家族がわたしの運命を決める前に、あなたに会いたかった……あなたとお話ししたかったのです……恥ずかしながら……。アンリエットさんに言いたいのです、長いこと、わたしの唯一の幸せは、あなたを愛し、尊敬し、何よりあなたと運命を共にしたいと望むことなのです……。奥さま、わたしはあなたを、もういない母親のように愛します。娘さんをわたしに託されても、きっとあなたは娘さんを失わない……それから？　親愛なる奥さま！　あなたを見ていると感動と尊敬で一杯になります。あなたの流した涙の言葉が聞こえます……どう答えたらよいか、わたしは分かっているはず……」

わたしが話している間、アンリエットは母親ほどには動揺せず、わたしを見つめて熱心に聴いていた。母親が言った。

「アンリエット、この青年と話しなさい……。あなたを失うなんて！　いいえ、そんなことは考えられません……あなたはわたしの命です！　……」

アンリエットは落ち着いた調子で断言した。「お母さん、わたしはあなたの息子となるひと以外に自分を捧げはしません！　……そちらのかた、あなたと話すとなると、わたしはあなた以上に困惑してしまいます……あなたをほとんど知りません……あなたの希望は分かりましたが、あなたの性格は知りません……立派な夫として通《とお》っていても、わたしには尊敬できない男性を、たくさん見てきました……。そのうえ両親を見捨てるなんて！……」ここでアンリエットの声はかすれ、涙を流した。

「いや！　ご両親を見捨てるのではありません、見捨てることにはなりません、お嬢さん、少なくともご両親がわたしを受け入れてくれるなら……」

アンリエットは冷静に答えた。「わたしは両親のものです、ジュールさん。わたしには経験がなく、両親には経験がある。わたしはあなたを追い返すつもりはありません。両親が決めてくれれば、わたしは両親の望むとおりにします……」

ここで扉が開いた。

測量士がわたしに言った。「ここにいるとは思わなかった！　まあよい、いたまえ。君を呼ぶつもりだった」

「こんにちは」トム伯父さんはアンリエットの手を取って口づけした。そして母親のほうを向いた。「奥さま、どうぞ気を確かに、しっかり……。もしあなたがわたしのように二十一年間前からこの少年を知っていたら、あなたは信頼していたでしょう……彼がこの素晴らしい娘さんを見つけたというので、わたしは安心し、喜んだのです、娘さんは本当の宝物です……。とはいえ、ご主人に話してもらいましょう」

伯父は座り、わたしはアンリエットの横に立ったまま、測量士の話を聞いた。

測量士は言った。「わたしは十時にトムさんをお迎えしました。ジュールさん、わたしはあなたの真摯な気持ちと誠実な見通しを充分に認めます。しかしあなたは、素直であるべきところで、弱く、動揺しやすく、臆病になる性格です。それに、わたしが昨日見たあのお金のほかには何も持っていな

いのも知っています。つまり、あなたの収入なるものは単なる希望であり、この点で、あなたの現状はわたしの求めに応えられる保証を欠いています。これについては、妻や娘と相談するつもりでしたが、当事者が皆ここに揃っているので、わたしの考えを正直に述べます。

わたしは金持ちの婿をあてにしたことはありませんし、望んでもいません。ですから、いま説明したジュールさんの現状は、わたしが結婚に同意する妨げとはならないでしょう、ただし妻と娘も同意するならですが……」測量士は語気を強めて続けた。「しかし、わたしが大切にしたいのは、ただ娘の幸せだけです！　わたしのいう幸せとは、一途な愛情、相互の信頼、勤労、素行、厳粛で清廉な生活にあります……ほかにはありません。わが子の価値は分かっています！　これら全ての資質を持って娘のところへ来るのでなければ、結婚相手には相応しくない、わたしの憎悪と侮蔑の対象だ!!

……」

測量士はしばらく言葉を止めた、落ち着いたからではなく、昂奮しすぎていたからだ。それから冷静になって言った。「わたしがなぜ財産にこだわらないか、もう分かったでしょう……。これらの資質、保証、わたしが求め、欲しているもの！　それは黄金よりも見つけるのが難しい。ジュールさんには職があり、若く、これから働くでしょう、わたしたちも支えます、何の問題もない……。ですから、もし彼が自分のしていること、約束していることをよく理解し、貞節な妻というものの値打ちを知っているならば、アンリエットとの結婚を認めましょう。彼が誠実に約束を守ると信じて、わたしは彼に保証します、父としての愛情も、彼自身の幸せも」

こうした感動的な場面でも持ちうる精一杯の冷静さで、わたしは言った。「わたしは伯父の言葉をすべて承認し、あなたの言葉をすべて理解します、わたしの心はけっして忘れないでしょう……。ここに誓います、アンリエットさんへの恋心に溺れてではなく、彼女の美点を尊敬し、いま見ている光景に支えられ、促されて、あなたの言われた原則によって導かれる完全かつ本当の幸福について述べます……。アンリエットさんもお母さまも、どうか認めてください、そしてわたしはここに誓います、あなたの家族に、あなたの期待を裏切らない息子が加わることを！」

アンリエットは何も言わなかった。しかし、わたしのほうを向いて、ごく自然な動きで手を差し出した。この仕草に、伯父は椅子から飛び上がって、年齢と喜びでよろめきながら、わたしたちふたりを抱きしめに来た。涙を目に浮かべ、アンリエットと抱き合うととめどなく温かい涙を流した。測量士だけは毅然とした態度のまま、妻に寄り添い、理性的で愛情深い言葉で妻の勇気を称えた。

伯父は椅子に戻って言った。「皆さん、わたしは皆さんに感謝します……今日、わたしの最後の願いが叶ったのです。この可愛い娘（いまやわたしの娘でもあります）は幸せになるでしょう……間違いありません……あなたがたはお分かりになるでしょう、ジュールの心は真っすぐで優しくて……自分の義務を充分に理解し遂行できると……おめでたい性格で、藝術で頭が一杯だとしても。

ですから、皆さんに感謝するのです。今こそ、わたしの考え、わたしのありのままをお伝えしたい。わたしの代わりと

なるのは、この子です。わたしのささやかな財産は彼のものです。遺言によって二十一年前から彼のものでした……。つまり二十一年間わたしを生かしてくれたのは彼なのです……」伯父は言葉を止めて微笑んだ。

そして再び話しはじめた。「そういうわけで、いつまでも彼を苦しめはしません、ですから未来は闇の中ではありません……。ささやかな財産とは百二十七ルイの年金です、ヴォー州で一番の葡萄畑からの収入です……ご存じのとおり、バッカスの庇護のもと……。素晴らしい葡萄畑です、この五十四年間、年金が四半期ごとに届かなかったことはありません……。

つまり百二十七ルイ……。その上、わたしがこの少年に使ってきた五十ルイは、今日から彼に保証されます……。それは一期ごとに支払われます、彼にではなく、有能で忠実な主婦であろうと昨日お見受けした、このお嬢さんにです」

伯父は口ごもった。「お聞きください……聞いてください……どうか……お願いです、わたしにはもう余力がありません……。この五十ルイで小さな所帯を作れるでしょう……。しかし、よく言うように、鍋がなければスープはできない……そして、わたしの甥は、鍋がないのです……彼の家具はすべてわたしの手に収まるでしょう……。さて、わたしたちには鍋や食器棚や家具が必要です、調達します、若い奥さんを迎え入れられるに相応しくします……。これがその方法です。お聞きください。長い人生のあいだ、わたしは多くの本を集めてきました……。ジュールのような藝術家は持て余すだろうと思います……それにわたしは荷造りを始めねばならない……わたしは、わたしを騙すことなく喜んで助けてくれるユダヤ人をひとり知っています、わたしは自分の持っているものの値段を知っていますから……。この金額から、わたしはすでに幾らか使いましたが、子どもの養育費を捻出できます……。遠慮しないでいただければ、わたしも不平はありません。反対されると苦しくなってしまいます。それに、わたしの息抜きにもなっているのです。ユダヤ人がわたしにつきあってくれ……ふたりでヘブライ語を読み……版を比べ……そしてわたしは一冊ずつ自分の本に別れを告げる……わたしの友人である皆さんに別れを告げるまで」

わたしは泣き濡れた。アンリエットも母親も、測量士さえも驚きながら聞いていたが、心は善良な老人への感嘆と思いやりで一杯になっていた。受け入れることはできなかったが、反論もせず、わたしたちは伯父に近づいて、尊敬と深い感謝のしるしを惜しみなく捧げた。

こうしてわたしはアンリエットと結婚した。その後、伯父の予言も測量士の約束も成就した。わたしが加わった家庭は、一致団結して、親密で、全員が共通の幸福に奉じていた。わたしの人格を完成させるのに最も適した家庭であり、夢見がちな心や流されやすい想像力ゆえに敬遠しがちな、実のところ単純だが真正かつ確実な幸福とは何かをわたしに教えてくれた。

ルーシーは、イギリスへ戻る前にわたしの結婚を聞き、それからわたしに注文を出すようになって、長いこと家計を支えてくれた。若い夫人による庇護は、有益かつ不変だった。彼女はイギリスの数々の名家とつながりを持っており、毎年わたしたちの地を訪れる同国人たちを度々わたしに紹介してくれ、推薦が無駄に終わることはほとんどなかった。外国人たちの訪問は目を惹き、他の訪問者や注文を呼んで、わたしは数年後には、自分の野心を満たし、測量士の期待をも上回るゆとりを得た。ときどきわたしは測量士に言った。「お義父さん、仕事は上々ですよ。価値がないのはあなたのことわざです」

かつてルーシーが目に涙を浮かべながら「ジュールさん、いずれあなたがわたしのように不幸になったら、どうかお知らせください」と言ったのが思い出されるだろう。不幸はわたしが結婚して二年ほどで訪れ、伯父の葬儀を終えてから、わたしは若い夫人に次のような手紙を書いた。

奥さま、

二年前にお願いされたことを思い出し、伯父の死をお伝えします。間違いなく、あなたの優しさは、あらかじめわたしを慰めてくれました。あなたのお父さまが亡くなられたあともわたしと会ってくださるとは、何という優しさでしょう、考えてみてください、わたしの感じている苦しみや、今なお癒えない喪失感に対する同情を、あなたが寄せてくださっていると分かるのですから。

わたしは大きなものを失いました。伯父はわたしを育て、自立させ、結婚させてくれました。しかし何より、唯一無二の完全なる善良さでわたしを温めてくれたのです。わたしの人生を司っていたあの穏やかな魂、甘美で素朴な明るさが毎日わたしの時間を豊かにしてくれたあの愛すべき精神、それらの価値を知って認めはじめたばかりのときに、これらの財産をすべて失ってしまった……。奥さま、かつてわたしが見たあなたの苦悩を、どれほど理解できたことか！　どれほど共感したことか！　わたしの流す涙は、あなたの苦しみとわたしの苦しみ、まさしく両方に注がれます！ 少なくとも、あなたのは苦い涙ではないでしょう。わたしはあなたのお父さまがあなたの愛情に熱烈な讃辞を送るのを聞きました、けれども哀れな伯父は、わたしに同様の讃辞を送る機会を迎えぬままに亡くなったのです。

つまり、奥さま、特別なひとを失い、優しい絆が切れ、もはや現世で再び結べないと知るのは、何と悲しいことでしょう！ わたしは驚き、自責の念にかられるのです、どうしてもっと何度も不吉な予感に悩まされなかったのかと。あなたの目が既に濡れていたのを覚えています、遅かれ早かれ起こる、いずれにせよ取り返しのつかない喪失を理解していたに違いありません。一方わたしは、将来の心配などせず、若さゆえに真正で崇高な魅力を増す多くの貴重な資質を、おおよそ何の不安もなしに楽しんでいたのです！

伯父は、生きているときのように穏やかで、落ち着いて、ほとんど晴れやかに亡くなりました。死期が近づき、手足が動かなくなって、少しずつ冷たくなるのを見ても、それを楽しんでいるようでした。可能な限り普段どおりにしていました。ただ、研究もできなくなると、わたしたちを長く引き止めるようになりました。伯父の苦しみは全く大きくなく、不快ではないが注意して応対せねばならない厄介な客のように、苦しみを受け入れていました、わたしは神に感謝します！ 枕元にいるわたしたちは涙をこらえました、自身の病気以上に伯父を苦しめるだろうからです。伯父が苦しみを語っていても思わず笑ってしまうこともありました、さりげなく面白い表現が差し挟まれたからです。しかし、深い憐憫《れんびん》を誘う光景でもありました。伯父のように善良なひとを苦しめるなんて冒瀆《ぼうとく》だと、相手を選ばない病の残酷さに心で反発しました。

伯父がわたしの腕の中で亡くなったのは、先の日曜日でした。朝の鐘を聞いて伯父は言いました。「今度こそ最後の鐘だ、これが……」この言葉にわたしたちは涙しました……。伯父は続けました。「本当に……わたしがまだ充分に生きていないと言うつもりだろう……おかげでわたしは幸せだ……。年老いたマルグリットをよろしく……彼女はわたしの本を……そしてわたしを……とても大事にしてくれた……。ジュール、親愛なるご夫人（伯父はいつもあなたをそう呼んでいました）に手紙を書くときは、どうかこう書いてくれ、彼女と彼女の子たちにわたしの祝福を……そして彼女のお父さんとは立派な魂の住まう処でお会いするつもりだ、と……」そして言い足しました。「わたしがそこへ行けるならば、だが」

しばらく沈黙が続いたあと、伯父は言いました。「この病気は、わたしを案外しぶといと思っているな……全て済ますまで病気に逆らおう……。遺言書は左の抽斗の中にある……。いとしいアンリエット！　あなたの傍で暮らせて嬉しかった……。あなたのご両親とも親しくしました……もう一度、あの子を見せてください……。ほら、あの世でいろいろ聞かれるでしょう、わたしの弟や義妹に……。よい知らせだ、とてもよい知らせだ、と言ってやります！」

しかし、目が見えなくなり、息づかいが荒くなり、ほかにもさまざまな徴候から、いよいよ最期と思われました。けれども、なお言葉は明瞭で、性格は穏やかで、生きているかぎり温かい心を持ち続けていました。正午ごろ、伯父はわたしを呼びました。「もしベルニエさん（わたしたちの牧師です）に来てもらうなら、今だと思う……（わたしは牧師を呼びました）。わたしは長生きした……そして幸せな死を迎える……。あなたたちに見守られて……。君の手はどこだ、可哀そうなジュール？　……」しばらくして、わたしは牧師が来たと告げました。

「ようこそ、ベルニエさん……。準備はできています、はじめてください……。わたしはヒポクラテスを売りました……今はわたしによくしてくれたユダヤ人が持っています……。しかし、わたしが老いた体を病気に明け渡すとして、魂までそうするのではない……。魂はあなたに託したいのです、ベルニエさん。どうか、なにとぞ……魂まで持ち去られないよう……しっかりと繋ぎとめて！」

そして牧師は優しく穏やかな祈りを捧げました。伯父は繰り返しました。「アーメン！　さようなら、先生、さようなら……。この子たちをあなたに託します」牧師も歳をとっており、近いうちに別のところで会うのだろうと思わせる静かな愛情で手を握って、帰りました。すると伯父は眠りに落ちました。一時間ほど経ち、伯父は力を振り絞って、弱々しい声で言いました。「ジュール！　……アンリエット！　……（伯父はわたしたちの手を握りました）」これが最期の言葉で、間もなく息を引き取りました。

奥さま、これがひとりの無名の人間の最期の瞬間です、世間に知られておらず、近所のひとたちさえ知らない、しかしわたしはこのひとを人間のうちで最も立派であると思わずにはおれません。伯父の長い人生は、知られざる、しかし慈しみ深い波の寄せ引きのようです、静かな海岸を洗い、心地よく麗らかな、雲のない明るい空を映しています。わたしはこの日常的で恒常的な善良さの唯一の証人ですが、唯一の対象ではありません、そうした善良さを大切にし、記憶の中で称えるには、わたしの心は充分でないように思われます。少なくともある程度は他のひとと力を合わせねばならないがゆえに、あなたにお伝えするに至ったのです。奥さま、正直に言わせてください。あなたはわたしの運命に大きな影響を与えました。あなたの姿、あなたの悲しみは、かつてわたしをとても深く感動させました。あなたの優しさは、まだはっきりとしていなかったわたしの天職を御膳立てしてくれました。こうしたことから、わたしはあなたを大切に思うだけでなく、尊敬しているのです。しかし、もっと甘く深い感情にさせてくれるのは、わたしたちの運命を似通わせ、等しくするもの、つまりふたりの優しいひと、わたしたちにとってあまりに大切で必要であり、ふたりを涙させるひと、その記憶があなたとわたしを繋ぎとめるであろうひとなのです、奥さま、わたしはそう願っています、あなたを尊敬し感謝している者として。

ジュール

遺産

I

　読者よ、退屈はわたしの病だ。どこでも退屈になるのだ、家でも、外でも。食卓で空腹を感じなくなると、舞踏会で部屋にいると、退屈してしまう。何事もわたしの頭や心を捉えず、琴線に触れず、一日があまりに長く感じられる。

　もっとも、わたしは現世ではいわゆる幸せ者の部類に入る。二十四歳の時点で、両親を失っているほかは何ひとつ不幸はない。それに、両親を懐かしむ気持ちこそ今なお甘美な唯一の感情なのだ。さらに、わたしは裕福で、可愛がられ、褒めそやされ、もてなされている。現在にも未来にも気がかりはない。すべて問題なく、すべて自由なのだ。加えて、わたしを大切に思う代父（伯父のことだ）がおり、莫大な財産をわたしのために使ってくれている。

　この豊かさの只中で、わたしは顎が外れるほど欠伸《あくび》をしている。欠伸の度が過ぎているとさえ思う。医者にも相談した。神経質になっているから吉草根を夜と朝に飲むようにと言われた[001]。実のところ、それほど大ごとになるとは予想外で、死を恐れるあまり、あらゆる思考がわたしを蝕む隠れた内なる病のほうへと向いた。自分の症状を研究し、脈を測り、内外の感覚を調べ、特異な性質の頭痛と同時に欠伸が著しく増えていると突きとめた結果、わたしはある確信を得るに至った……自分だけの確信だ、もし医師に打ち明けて医師にも同意されたら、わたしは死への恐怖で死んでしまう。

　確信とは、わたしの心臓に腫瘍がある、ということだ！正直なところ、どうやってできた腫瘍なのかは分からないし、恐ろしい発見をしては嫌だから深入りする気もない。しかし、わたしの心に腫瘍がある、これはもはや疑いない。この腫瘍は、わたしの体に起こっている事態を全て説明する。わたしの欠伸の原因であり、退屈の根源なのだ。そこで、食生活を変え、食卓を改善した。ワインや白身肉はやめる。コーヒーは動悸を引き起こすから禁止。朝は葵だ、心臓の腫瘍に効く。酸っぱいもの、濃いもの、重たいものは駄目だ、消化に影響し、神経系を昂奮させる。たちまち循環が妨げられ、腫瘍が膨らみ、拡がり、はびこる……。つまりわたしは腫瘍を巨大なきのこのように想像しているのだ。

　そういうわけで、わたしは何時間もきのこについて考えている。誰かに話しかけられても、きのこに邪魔されて聞こえない。軽快に踊ったあとで、きのこがあるのに軽率だった、はしゃぎすぎたと後悔する。早く帰って着替え、きのこを気にして塩なしのスープを飲む。きのこを注視しながら生きるのだ。だから、この病気はわたしをとても忙しくしたが、もうひとつの病気、退屈を治したのではなかった。

　それで欠伸が出るのだ。ときに本を開いてみる。しかし本は……楽しい本は少ない。良書は真面目で奥深い。良書を理解し、味わい、感心するには骨を折らねばならない……。新書は？　わたしはたくさん本を読んできたから、何も新しいと思えない。開く前から知っているのだ。表題からあらすじが分かる。挿絵から結末が分かる。それに、きのこは激しい昂奮に耐えられない。

　真面目な研究書は？　もちろん読んでみた。読みはじめるのは何でもない、しかし読み続けるのは……すぐに何のためかと思いはじめるのだ。わたしの人生とは、定期収入で生活し、馬に乗り、結婚し、相続することだ。何も学ばずとも、それらは全て手に入るだろうし、他のことだってそうだ。国防軍の連隊長になり、市の参事になった。市長になるのは断った。あれこれの名誉に浴している。そして、わたしのきのこは、精神を強く集中させるには向かないのだ。

「どうした？」「新聞です」「ありがとう」束の間の気晴らしだ。わたしは街のニュースを探す。スペインのニュースには何とも思わないし、ベルギーのニュースにはうんざりだ。さて！　自殺もない……悲惨な事故もない、殺人も火事もない。くだらない新聞だ！　加入者から購読料を盗んでいる。

　コレラの頃[002]が懐かしい！　当時、新聞はわたしを楽しま

H.VALENTIN

せてくれた。恐怖心をかき立て、脅威にかかわるとなれば些細な出来事にも興味を惹かれて読んだ。コレラは一進一退、大口を開けて戸口に迫るのも見た……。予測のすべてが明るくはなかったが、少なくとも、コレラが来ないという希望と来るという恐怖の間に退屈の余地はなかった。それに、毛羽立った服で肌をくすぐられ、いつもどこかを掻いていた。

　実際、かゆみを感じていてもなお退屈だとか、肉体的にも精神的にも無気力だとかいうことにはならないはずだ。確かに……。「今度は何だ？」

「ルトールさんです」

「いないと言っておけ」

「しかし……もうここに」

「ルトールさん、わたしはとても忙しくてお相手できないのです」

「二分だけ……」

「一分も無駄にできないのです」

「諸民族の世界史年表をお届けに来たのです……」

「（悪魔にくれてやれ、こいつも諸民族の世界史年表も!!）なるほど、それで？」

「こうした類の年表のどれもが、この年表の半分にも及ばないのだと、お伝え申し上げます。ここには四つの異なる年表があり、それぞれ西暦と世界暦[003]で書かれています。こちらには古代エジプトとバビロニアの王たちの完全な一覧があります……」

「（バビロニアの王の羅列を、いや五枚の年表を、こいつの背中にぶら下げてみたいものだ、この悪党め！　一枚でも多すぎるのに、四枚、さらにもう一枚買えというのか!!!）ルトールさん、とてもよくできています、しかしわたしは歴史には興味がないのです」

「ここに乾隆帝が……」

「もう結構です、ルトールさん、あなたの年表はきっと完璧です」

「二部お渡ししましょうか？」

「どうしたものかな。もうオカール[004]の年表を持っている」

「オカールの？　間違いだらけです！　どうか三十分だけください、比べてみせます……」

「(恥知らずな！　わたしにそんな提案をするとは！）結構です、ルトールさん。あなたの年表はつまらない、いらないのです」

　ここで長い沈黙があり、ルトール氏はゆっくりと年表を巻きとったが、わたしはというと、さっさと丁重にお引き取り願おうと思いながら見ていた。

「この機会を逃したら……」

「いらん」

「百科事典……」

「いらん」

「二折判で全三十巻の……」

「もう結構……」

「挿絵つき……」

「いらん」

「そして目次は……」

「いらん！」

「ムション005の手によるものですよ？」

「いらん！　いらん！」

「でしたら……。年表の一枚だけでも買っていただけないでしょうか」

「何だって？　きりがない!!」

「わたしは一家のあるじで……」

「知ったことか！」

「……子どもが七人……」

「わたしにしてやれることはない」

「十フランのところを五フランにおまけします」

「(子どもが七人！　そのうち十五人になるぞ！　そいつらひとりひとりのために諸民族の世界史年表を買わされる！）ほら、五フランやるから帰ってくれ」

　わたしは乱暴に扉を閉め、椅子に戻った。苦い不愉快、忌まわしい気分が、退屈に加わった。腫瘍がわたしを連れて行こうとしている、きっと連れて行くのだ！　この人物が机に広げたままにしていった諸民族の世界史年表に憐れみの目を向けてみれば、年表に列挙された名前のうち、乾隆帝やネクタネボ[006]に至るまで、わたしの個人的な敵、厚かましい厄介者、七人の子を持つおかしな男、一家の父どうしで共謀してわたしの財布や健康を攻撃してくる者とならない名前はひとつもないのだ。わたしは怒り、昂奮し、我を忘れた……。年表など燃やしてしまえ！

　奇妙なことに、怒りが理性的で、我を忘れるのが前もって分かるときがある。今わたしは年表を火にかける前に火から取り出している。年表を買うのに費やした五フランを燃やすかのように感じたからでもあり、いつか年表がわたしの子たちの役に立つかもしれないからでもある。これこそ用意周到の極みだ、なぜならわたしは結婚しておらず、する予定もないからだ。

　もっとも、結婚していたらこれほど退屈ではないだろうと、ときどき思う。少なくとも二人でいれば退屈はしないだろう。もっと楽しいに違いない。それに、家庭を持った父親が退屈すると思うか？　ありえない。家庭を持った父親は、活動的で、明るく、やる気に満ちている。いつも周りには騒動がつきもので、それを喜ぶ妻がいる……。

　妻がわたしを一年、二年、さらに慕ってくれたら。しかし、もし三十年、四十年と慕われたら！　わたしは怖くなる。四十年も慕われ続ける！　どれほど長く、どれほど果てしないことか！　それに、子どもが叫ぶ、泣く、喧嘩する、棒に跨って乗馬ごっこをする、家具を倒す、上手く鼻をかめない、体を拭けない……。すべてを補うには、諸民族の世界史年表で子どもの頭と心を鍛えねばならない！　ああ！　結婚する前にたくさん、よくよく考えないといけないのだ、心の腫瘍に加えて。

　しかしわたしは、あらゆる点でわたしに合う若い娘に目をつけている。顔立ちもよく、恵まれた境遇で、ふたりの性格はよく合っている。しかし、叔母が五人、父と母、叔父が二人いる。つまり祖父母が全部で十一人か十二人となるのだ。結婚が話題となって以来、その皆がわたしを先読みし、わたしに微笑み、わたしをおだて、わたしと結婚するのだ。死ぬほど退屈だ。そいつらに対して欠伸する[007]。ますます増える。こうしてわたしは、自分の愛が揺らぎ、自分が少年のままでいるのを、前向きに捉えるのだ。

だが、繊細な心には優しい愛情がどうしても必要だから、わたしの心は別のほうへと向かった。二つの炎を同時に燃やさぬよう当初は蔑《ないがし》ろにしていた別の娘を愛していると、はっきりと感じている。優雅な横顔で、目は美しく、優しく天真爛漫な心で、愛さずにはおれない。それに祖父母もいない。彼女の魅力と運命の可能性に日々ますます夢中になる。

ひとつだけ問題がある。わたし以外の誰も彼女に言い寄らないのだ。そのため、ついにわたしはひとりで溜息をつく。どれほど美しい花が摘めるとしても、誰もが軽んじている花だったら、どうしてわたしが摘みたいと思うだろう？　とくにわたしは繊細で洒落た趣味の持ち主なのだ。

しばらく前、わたしが舞踏会に着くと、彼女は美男子の士官と踊っていた。優雅で朗らかで生き生きとした彼女は、わたしが入ってきたことにさえ気づいていないようだった。ここでわたしの恋心が再燃し、心に火がつき、あやうく結婚しかけた。わたしは急いで手近な相手と踊った、それはロシア娘だった。「喜んで」「二曲目はコントルダンスを？」「喜んで」「三曲目はワルツを？」「喜んで」「五曲目はギャロップを？」「喜んで」いつも喜んでなのだ。誰もわたしの恋敵とならない。ここで恋は醒め、あとは夜じゅう菓子を食べていた。

この日からわたしは別の女性を敬うようになった、はじめは惹かれていなかったのだが、代父を筆頭に皆が一致して勧めてきたのだ。彼女は某S嬢といい、ルーズ夫人の従妹である。つまり名家の出であり、街でも名の通ったサロンにいる。背が高く、見事な姿で、美貌と同じくらい機知を備え、先の二人よりもはるかに裕福だから、ダンス相手に引っぱりだこだ。だから、代父がいなければ、きっと今頃は彼女と結婚していただろう。

先週の月曜日、わたしは舞踏会に遅れて着いた。彼女の周りには人だかりができていた。わたしは六曲目のコントルダンスに参加し、三人で一緒に踊るロシア円舞に入れてもらうので満足せねばならなかった。この困難が情念をかき立て、激しい恋となり、真に迫った熱意がわたしを虜にした。すでにわたしは翌日に実行すべき手だてを考えていた。明らかに好意的な代父のまなざしすらわたしの炎を消さなかった。

彼女は舞踏会のことしか話さなかったが、わたしは上品な才気を感じた、わたしのどんな洒落にも微かに笑うだけなので尚更だった。わたしは必要なときに機知を発揮できるのだ。おそらく彼女もわたしと同じくらい機知を持っているのだろうと思った。貴重なものだ！　だから会話は刺激的になるはずだ。彼女が喋っても黙っても、考えるべき、推測すべき、味わうべき魅力が無限にあるだろう。そんなことを考えながら、これまでにない陶酔感で、彼女をロシア円舞の渦へと引きこんだ。美と才知と感情の絶妙な組み合わせを腕に抱いているように感じられ、繻子の服を指でそっと押すと、官能的な香りのようなものがわたしの心地よい錯乱に加わった。

帰ろうとしたところで、迎えに来ていた代父を見たとき、わたしは決心していた、はっきりと決心していた、それに優柔不断であるのに飽きてもいた。「さあ、もう決まりだ！よくやった、彼女は君が好きなのだから！」「本当に？」「端的に言えば、君は彼女の同意を得た。ご家族は君を魅力的だと思っており、皆が君を求めている」わたしはがっかりして言った。「確実に？」代父はわたしの耳に口を寄せた。「もはや問題は若者の喜ぶような部屋についてだ。ふむ！　君は幸運な生まれだな。わたしに任せてくれ……」代父が話すにつれて、わたしの酔いは醒め、絶妙な組み合わせも服も消えてしまった。「考えさせてくれ」わたしは冷たく言うと、考えるのをやめた。

そのときわたしは、これまでとほとんど変わらない不安を抱えているのに気づいた……。今度は何だ？

「夕食にしますか？」

「もちろん！　夕食にしたい」

「しかし彼女の家で？」

「ちょっと待ってくれ……。そうだ、ここで夕食にしよう」

「わたしがご用意します」

「そうか、いや、出さないでくれ。考え直した、街で夕食にしよう」

覚えておられるだろうか、読者よ、以前われわれが会ったとき、われわれはとても退屈していた。わたしはあなたに欠伸させ、あなたはわたしを街へ夕食に出かけさせた。

それは、結婚して一家の父となった友人の、わたしにはまるでない幸せと楽しさに満ちた家だった。彼と若い奥さんは互いに好意を浴びせ、本当の優しさに満ちた視線を交わしており、些細な気づかいや何でもないように見える多くの事々から、ふたりの魂が密接に結びついていると分かった。片方の好きな料理は、もう片方も好物だ。片方が飲まないなら、もう片方も飲まない。片方がわざとパンのかけらを残すと、もう片方がこっそり見つめ、集め、食べつくす。ふたりは互いに愛しあうのに夢中で、わたしと話すのは形の上だけ、つまりわたしは、せいぜいふたりの無邪気で純真な愛に何らかの刺激を加えるために必要な第三者として存在しているにすぎない。

わたしは心底退屈していた、心ならず、自分の意志に反して、内なる忠告にもかかわらず退屈していたのだから尚更である。だから自分に言ったのだ。「ほら、この甘い光景を楽しんでみよ。わが身を振り返り、この幸せで愛すべき夫婦、ただ自分しだいで手に入れることもできる幸福を羨んでみよ。さあ……」この立派な声に、わたしは答えた。「お願いだから黙ってくれ。わたしの代父に似ているな。お前にそう話すよう仕向けているのは代父だ。この骨つき肉[008]を静かに食べさせてくれ、目下これがわたしの唯一の快楽であり欲求なのだ」

内なる批判の効き目を台無しにする最たるもののひとつは、間違いなく、心中で附与する声色や雰囲気である。わたしは久しく前から自分の良心による内なる声と家庭教師の声を区別していなかった。だから、良心に話しかけられると、黒い服で、真面目な雰囲気の、鼻に眼鏡をかけた人物のように見えたのだ。普段から長広舌を振るい、職務を遂行し、給料を貰っているようだった。そのため、良心が教鞭を振るいはじめると、わたしは慇懃無礼な口調で反抗し、絶えず良心の軛から逃れようとし、良心の言いつけ以外のことをしたくなった。それでわたしは決めごとをしたのだ、いつか実践しようと思っている。わたしの子どもには、とても親切で、寛容で、生まれつき人のよさに溢れ、衒《てら》いや気取りのない家庭教師をつけ、もし子どもの良心が後にこの立派な先生の姿をまとうならば、良心の導きに従い、耳を傾けて当然となるようにするのだ。ああ！　子どもの教育にこれほど賢明な考えを持っていながら、まったく結婚に向かなそうなのは、なんと残念なことか！

　それでわたしは骨つき肉を食べた。食べきって空腹を感じなくなると食事の終わりが待ち遠しくなったが、幸せな家主たちは逆に引き延ばした、喋っていたせいでもあるが、それだけ食べてもいたのだ[009]。ふたりは食欲まで一致している！　それにしても旺盛な食欲だ！　と、わたしは思った。愛し合っていると、こんなにも食べられるのか！　夫婦愛の為せる業だ！　ああ！　困難こそが魅力となり、自分たちだけで頭が一杯、恋の炎のみを糧とする、あの激しい愛とはあまりに違う！　そしてお前はこう思うだろう、エドゥアール（これはわたしの洗礼名だ）、お前はこう思うだろう……。

「ずいぶん考えこんでいますね。どうしましたか？」若い奥さんが親切にも言ってくれた。

　友人がわたしの代わりに答えた。「沈んでいるんだ、老人みたいに。ところで、エドゥアール、君の恋はどうなった？」

「君たちの恋よりも遥かに進んでいないよ」わたしは言った。

「何と！　上手くいってほしいが」

「ぼくもそう願っている」

　どうしてこんなに無愛想な言葉を放ったのか分からない。友人は黙った。奥さんは他の話題に移ったが、わたしは不本意ながら恥ずかしさと腹立たしさに捉われたままで、黙ってパン屑を集めて丸めながら、誰にも迷惑をかけない自分の家で夕食としなかったのをつくづく後悔した。失礼の過ぎないよう、早々と別れを告げ、家路を急いだ。

家は暖かかった。わたしは爪楊枝を取った[010]。爪楊枝は、わたしの知るかぎり、かゆみに次ぐ暇つぶしだ。爪楊枝がないと、夕食から夜会までの長い時間、まったく手持ち無沙汰なのだ。もっとも、堪能するのはともかく説明するような暇つぶしではない。

その日、こうしてわたしは気晴らしをしつつ、一家の父たる友人について考え、彼の雰囲気や調子や台詞を頭で再現すると、わたしは口をついて出た一瞬の即答にほとんど拍手したい気分になった。若い所帯持ちと年取った独り者の間には、心中ひそかな遺恨があって、少なくとも深く完全な共感はありえないのだ。若い所帯持ちは年取った独り者を気の毒に思うが、同情は嘲笑とそっくりだ。年取った独り者は若い所帯持ちに感心するが、感心はからかいと紙一重だ。それでわたしは、ふたりの冷やかしを撥ねつけたのは正しかったと自分に言い聞かせ、些か勢い余っていたとしても、それはわたしの権利、弱者の権利であった、なぜなら二対一だったのだから、と考えた。

「旦那さま！　……」「何だ？」「ああ！　旦那さま！」「どうした？」「火事の警鐘が鳴っています！」「どうってことないだろう」「四軒です、旦那さま！」「どこだ？」「郊外です」「髭を剃るからお湯を持ってきてくれ」「何を……」「髭を剃るんだ」「叫び声は聞こえますか？」「ああ」「それでもお湯を持ってきたほうがよろしいですか？」「そうだ、聞き分けのない奴だな。火事で誰かが叫んでいるからわたしは髭を剃るなというのか？……」

保険は素晴らしい、とネクタイを外しながらわたしは思った。自宅が燃えても腕組みしながら見ていられる者がいるのだ。恥知らずな者は、あばら屋を新しい家に交換する。確かに少し面倒だが、前と比べたら、面倒が何だというのか。そういうわけで、保険屋としては、風が強く吹かなければさいわいだ。

「さて、お湯は持ってきたか？」「こちらに！　……」「震えているようだな」「ああ！　旦那さま……　六軒です！　……炎に包まれています……新市街も危ない……。わたしの母の家も遠くありません！」「つまりお前は、いつでも手厚い支援に加えて、家々がみな保険に加入しているのを知らないのか？」「知っています、しかし母は家具しか持っていません。もしあなたが……」「そこへ行きたいのか？　ちょうどよかった。ならば行ってきたまえ、そして帰ったら何があったか教えてくれ、そして帰りがけにオーデコロンを買ってきてくれ」

わたしは髭を剃りはじめた、改良された新しい石鹸《せっけん》を試すからいっそう楽しかった。泡は豊かで柔らかく、繊細で上品な香りに引けを取らないと思った。ただ、お湯が熱々でないのが腹立たしく、火事のせいだと恨めしくなった。その間、街じゅうの鐘が鳴り響き、近所の通りには悲痛な叫び声が響き渡り、わたしの家の向かいでは倉庫の下にある共用の手桶に群衆が殺到していた。この騒ぎに、わたしは窓辺へ行って、混乱の場面を目にするといつでもかき立てられる一種の密かな昂奮を味わった。夜なので人影は見分けられなかったが、赤く光る空を背景に家々の屋根や煙突が黒々と浮かびあがって見えた。反射した光は大聖堂の堂々とした塔にまで達し、そのてっぺんで慄く鐘が、手前を打たれると甲高く、奥を打たれると遠くのざわめきのように響いて、わたしまで音を届けた。見事だ！　と呟くと、わたしは鏡の前に戻って髭剃りの仕上げをした。

髭剃りはとても時間のかかる極めて危険な作業だった、というのも顎の端に治りかけの小さな傷があって細心の注意を要したのだ。それに、赤い光がどんどん明るくなって広がったから、何度も様子を見に行った。すでにいくつかの火の粉が、まとまって天に昇り、巨大な花火のように煌めきながら舞い落ちていた。なるほど壮観に違いない、ぜひともカジノへ行く前に見ておかねば、と思った。急いで支度を済ませ、上着を羽織って白い手袋をつけると、家を出て郊外へと向かった。通りには誰もおらず、店も閉まっていた。すれ違ったのはカジノへ向かう知人を乗せた二、三台の馬車だけだった。

間もなく郊外に着いた。恐るべき災禍の崇高な印象だ。燃え上がる四、五軒の屋根が、炎と煙の渦を天に吹き上げており、悲惨な光景でありながら、岸辺や橋、そして混乱と喧騒の中で蠢く何千もの人々を、祭りのような輝きが照らしていた。危機の迫った家々の住人は、窓から家具を投げ捨て、人混みをかき分けて一番大事な品々を運び、開放された近くの聖堂に預けた。男も女も子どもも長い列になって川からポンプまで手桶を受け渡しており、拍子のついた掛け声が群衆の叫びをかき消した。火の中では斧を持った男たちが燃える梁を切り落とし、隣の家の屋上からは別の男たちが巨大な炎の中心めがけてポンプを噴射していた。

「いったいどうして火事になったのか、分かっているのですか？」わたしはとても忙しそうな男に訊いた。「列につけ」と言われた。「ごもっともです、しかし答えてください、いったい……」「もう結構、さようなら」

わたしはこの男がひどく無礼に感じられ、下層民の汚い話しぶりを嘆かわしく思った、今ではあまりに広まっているからだ。しかし、そう考えていると別の声に遮られた。もはや育ちのよい者はほとんど通行人に声をかけないのだ。しかし、そう考えていると別の声に遮られた。

「おい！　白手袋の伊達男さん、ちょっと手伝ってくれ。ここに場所が……」

わたしは道の逆側を歩いた、この横柄で馴れ馴れしい呼びかけに甚だ気分を害したのだ。

「ここだ！　ここだ！　番兵さん、そこの色男をこっちへ寄越してくれ」

わたしは怒って道の左側を歩いた。

「おい！　こっちだ、侯爵さん！」

わたしは苛立って道の右側を歩いた。

「ごろつき！　働きに来たんじゃないなら、酒でも飲んでやがれ！」

自分の最も大事な感情をひどく傷つけられ、わたしは忌まわしい烏合の衆から離れてカジノへ行こうと決めた。「止まれ！」歩哨が銃で行く手を阻んだ。

「通してください、わたしの装いを見れば、その通行禁止がわたしに言うべき指示でないとお分かりでしょう。わたしはカジノへ行くんです」

「カジノ！　馬鹿やろう！　人手が足りないのが分からないのか？　列につけ！　早く！」

「その乱暴な無作法を悔い改めねばならないであろうことを、分かっていますか？　名前を訊くつもりはありませんが、どいてください、今すぐ」

「俺はルイ・マルシャンだ、お前など怖くない、第五連隊の歩兵で、上官はルドゥルー大尉だ。列につけ、この悪党！　つまりお前は、勇敢な者たちが水に入って頑張っているのは、楽しいからだと思っているのか？　……それでお前はカジノか！　……踊りに行くんじゃないだろうな？　女たちが凍えているときに……」

言い争っていると、燃え盛る屋根が轟音《ごうおん》を立てて崩れ落ち、続いて一瞬の静寂が訪れた、この光景を見つめていた大勢の群衆が手を止めたからだ……。遠くの街から今やっと着いたポンプの鈍い響きに混じって、はぜる音がはっきりと聞こえた。馬に乗った男がやってきて叫んだ。「頑張れ！　しっかりしろ！　すぐに鎮火できる」たちまち人だかりができ、口々にこう言われるのが聞こえた。「火は新市街にも広がっている、バランス邸の干草にまで火がついた。大勢が行方不明だ。三人が亡くなった！　……」男は再び馬を走らせて姿を消した。あちこちから叫び声が聞こえた。「さあ、頑張るぞ！　火は新市街のほうだ！」わたしは人混みに流され、気づいたら長い列に組みこまれていた。

はじめは自分がどうなったのか知る暇もなかった。いくつもの手桶が素早く回されてきて、慣れない不器用なわたしはそのたびに手桶を揺らして水をかぶり、衣装が台無しになった。これにはとても腹が立った、まだカジノへ行くのを諦めていなかったからだ。手袋を外そうとしたが、手にぴったりと張りついており、そんなことに時間をかけるのは許されなかったため、断念するほかなかった。わたしは川岸に配置され、列が水辺に降りる階段を下って川に接している場所のすぐ近くにいた。極寒の中、作業服姿の男たちが、膝まで水に

H.VALENTIN

浸かり、松明の光を頼りに、休みなく手桶に水を汲んでいた。揺れながら急斜面を這う列では、男たちが肩で水を受け、上に渡していた。わたしの周りに多かったのは、あらゆる年齢層の、ただし身分は様々でない女性で、それから労働者、工員、そして少数の紳士が列の残りを繫いでいた。火からはかなり離れていたが、風のせいで火の粉が降っており、不吉な情景をいっそう印象づけた。

ついさっきまで、侮辱されて憤慨し、カジノへ行って傷ついた自尊心を癒そうとしか考えていなかったわたしは、ほとんど無理やり新しい場面に放りこまれたために考えを変え、寒さや水や煩わしさにもかかわらず、しだいに強烈で心躍る感情に襲われ、これまでに感じたことのない力強い心地よさを覚えた。互いを必要とし、作業に熱中し、自分が役に立っていると感じられるがゆえに、一種の友愛が生まれ、温かい明るさをわたしの周りに漲らせ、下品でない毒舌や惜しみない献身による行為となって表われていた。「さあ、美人さん、わたしが代わります、空の手桶のほうに行きなさい」「お構いなく、わたしは洗濯屋です、腕を水に突っこむのが仕事です……」「おい！　白手袋！　こういう舞踏会に来たかったんじゃないだろう！　場所を代わろうか？」「ありがとう、けれどもわたしは始めたばかりです」「頑張れ！　腕がしなやかになるぞ。そうだ！　洗濯屋さん、俺たちの服が君なしで洗われている。俺の胸飾りが洗われている。結構なことだ。前へ！　一、二！　右、左！」男がひとり現われ、わたしに言った。「飲みたいか？」「はい、けれどもこのひとたちの後にします、この女性はわたしよりもずっと長く働いています」「いやいや、飲め飲め、遠慮するな」わたしは人生で最上のワインを飲んだ。

抑えきれない昂奮に身を任せながら、わたしはしだいに、松明に照らされた、辛抱づよく過酷な作業を続ける作業服姿の男たちに、尊敬の念を抱くようになった。彼らは、不可欠だが低賃金の雑役夫としての熱意、滅私、単純だが偉大な献身だけに突き動かされて、私利私益にならない行為をしているのだ。おしゃべりもできず、わたしのいた列のような陽気さにも加われなかった。息抜きに火事を眺めもせず、群衆に注目されて労われもしなかった。わたしは思った。今日、夜の闇の中で、この勇者たちが一番大変な作業をしているが、明日、日が昇る頃には、人知れぬまま無名の仲間たちのもとへと帰るだろう……。聖なる敬意、熱い感嘆、感謝をこめた全面的な崇敬の念が、わたしの心を強く捉え、ひれ伏さんばかりだった。彼らを手伝えるのは光栄に思えた、名士の愛想笑いや権力者のお世辞では感じられなかった栄誉だ。このとき、その晩すれ違ったカジノへ向かう馬車が思い出され、わたしの思い上がった尊大さは消え去り、彼らと違ってわたしの利己心は洗濯屋や労働者の感動的な友愛よりも味気ない無為の集まりを好まなかったという事実に、わたしはとても嬉しくなった。

読者ご賢察のとおり、わたしは役を変えたのだ。わたしはもう、あなたの知っている無感動で退屈した男ではない。面白い見世物として火事を見に来た紳士でもない。労働者に侮辱された怠け者でもない。それどころか、ここまでわたしの話を読んでいたら笑ってしまうような変わりようで、わたしの場所から見えた、何もせずに歩いている通行人に対して、最も容赦しない男になっていた。わたしは彼らに向かって叫んだ。「おい！　伊達男さん、ここだ！　場所が空いている、列に並べ。恥知らずなやつだ！　このひとたちが六時間も水に浸かっているのを見ても、腕をこまねいているのか！　さあ、番兵さん！　あの怠け者をやっつけましょう！　立派なご夫人よ、恥ずかしくないのか？　そして、お嬢さん、どうかお引き取りください。凍えてしまいます、この仕事をするには若すぎます」

わたしの話しかけた少女は、目の前に立っていた。はじめは混乱と暗闇のために見分けがつかなかった。しかし、火のまぶしさが増して彼女の顔が分かるようになると、その表情、若さ、手の繊細な白さに目を惹かれ、さらに彼女が炎のほうに目を向けるたびに、目に光る優しい憐憫にも惹かれていった。この美しい少女、まだ幼い女の子が、群衆の荒々しい働きに、弱々しい腕の力を加えようとしているのを見たときの感情に、いま述べたような印象が、知らず知らずのうちに混ざりこんだ。可哀そうになって、やめるよう彼女に勧めたが、もし彼女がいなくなったら、甘美な陶酔は失われ、思いがけず激しく感動させられた光景のすべてが色褪せるだろうとも感じていた。

少女は言葉少なに答えたが、それによると、少女は母親の迎えを待っているようだった、というのも、ごく自然な感情であるが、自分から、あるいは周囲の誰かに言われて列を抜けるのは恥ずかしくて、ここに留まっているらしいのだ。けれども、しだいに疲れてきたようで、すでに周りのひとたちは、弱った手が列の動きに対応できなくなっているのに気づいていた。そのひとり、わたしを白手袋と呼んだのと同じ男が、少女に言った。「かわいそうに、俺たちに任せなさい。家で暖かくしていなさい。送ろうか？　誰か代わりに送ってくれるか？」わたしは叫んだ。「わたしだ、わたしが送って行こう！」「ぜひ頼む、白手袋さん。お気をつけて！　さあ仕事に戻ろう。おい、つわものども！　一度にふたつの動きだ！　飲んだからには渇かない。上手いぞ！　バビさん、勲章ものだ。悪魔がくたばったら、あんたが破裂させたんだろう。お手柄だ、さあ始め！」

勇敢な男の冗談に笑いが起こる中、わたしは少女の冷えた手を握り、列を離れ、火の光の届かない暗い通りへと向かった。可愛らしい少女の唯一の保護者となったと思うと、わたしは心地よい動揺で一杯となり、送り届けるべき住所を尋ねるのをすっかり忘れていた。少女は急ぎ足で歩いていたが、だんだん遅くなり、ついに力尽きたように立ち止まった。気持ちの問題なのか、寒さで具合が悪くなったのか、わたしには分からなかったが、片方の腕で少女を支えながら、もう片方の腕で外套を脱いで少女に羽織らせ、わたしの外套がこうした素晴らしい用途に使われるのを見て感激しきりだった。しばらくして、少女は決心したように言った。若く慎ましい声で、その響きはわたしの耳を魅了した。「あの、母が来ないので、ひとりで帰らせてください……」わたしは少女に言った。「あなたのお望みどおりにしたいのは山々ですが、それは認められません。あなたは弱っていますから、あなたが家に着いて然るべき世話を受けるまで、わたしはあなたを離れられません。それまではわたしを信じてください、あなたの若さには感心し尊敬しています」

少女は何も答えず、わたしたちは歩き続けた。少女の腕が震え、恥じらいで足元が覚束ないのが、わたしにも感じられた。ある路地に差しかかると、少女は腕を引っこめて言った。「ここです、どうもありがとうございました……」「でも、あなたのお母さんか誰かを見つけられますか？」「母はすぐに来るでしょう、ありがとうございました」「なるほど、わたしは自分で確かめたいのです、いまあなたの家には誰もいないのでしょう、それにこの辺りには明かりひとつ見えません。どうか案内してください。知らないひとがあなたを連れてきたとお母さんに思われるよりも、お母さんに会ってあなたを託すのが、礼儀というものです」そう話しているうちに、臆病な少女は、通りかかったひとの姿を見て路地に入りこみ、わたしは後を追った。わたしは暗がりの中で少女に腕を差し出そうとはせず、近づいて怖がらせたくもなかった。しかし、わたしが階段の端で躓いたとき、少女は無意識のうちにわたしに手を差し出し、わたしは少女の手を握ると、真の愛にはじめてときめいたような、しかし大人の世界の作りものの感情や礼儀作法の中では遭遇したことのない、強烈な陶酔を覚えた。

四階に着くと、少女は扉を開けた。少し泣いているように見えた。「何か悲しいことがありましたか？」「いいえ……でも……どうしたら帰ってくださるのでしょう……。こんな時間にここまで来てはいけないと思います」「そんなに悲しませるなら、中には入りません。でも、お母さんが帰ってくるまで、ここで待っています。入って、灯りをつけて、休んでください、わたしが戸口にいると鬱陶しいでしょうが、どうか誰かに代わってもらうまでここであなたを見守る幸せをお許しください」少女はわたしの外套を置いて部屋に入り、しばらくすると明かりがついて、質素な部屋を照らした。きれいで整理整頓された台所のような部屋で、いくつかの上品な家具が、棚で輝く台所用品と対照的だった。

このとき、少女の顔は見えなかったが、部屋の奥にある寝室を隠すカーテンに何度も映る少女の影から、美しい体つきと、気高くも若々しい優雅な立ち振舞いが垣間見えた。影の動きからすると少女は髪の乱れを直すのに忙しいらしかった、すでに火事の明るさの下で目にしたすらりと美しい首の周りを、揺れ動く巻き毛がうねるのが見えたからだ。おぼろげながらも魅惑的な光景で、わたしは恍惚とした激しい感情にすっかり心をゆだねた。

もっとも、時間は完全な静寂のままに過ぎていった。影だけが、少女の姿を見たいと願いながらもまだ見ていないわたしの目に映った。少女は頭を手に乗せて座っているようだった。しかし何かが震えている、はじめは灯りのゆらめきだろうと思ったが、しだいに気がかりになってきた。懸命に立ち上がろうとして屈みこんでいる姿を心配しながら見ていると、苦しそうな吐息が聞こえた気がして、とうとう不安を抑えきれず部屋に駆けこむと、青ざめた、弱々しい目の少女が、疲労と不調と困惑に押しつぶされているのが目に入った。少女はたちまちわたしの腕に倒れこみ、わたしは少女をカーテンの裏のベッドへと運んだ。急いで外套をかけると、台所に散らばる道具の中から酢を探し出して、少女の額とこめかみを優しく湿らせた。

すぐさまわたしは少女の容態が心配になり、自分の現況を恥ずかしく思った。人生で最も魅力的な局面と思えたからではなく、わたしにとって大切な存在となっていた少女を実際に危険にさらして苦しめたからだ。わたしの看病で少し安心したのか、少女の可愛らしい手が、恥じらいから来る立派な警戒心に反するそぶりを見せた。わたしはベッドから離れ、母親の帰りを心から願った、母だけが若い病人の苦悶を治せるのだ。戸口のほうから母親の近づく物音が何度も聞こえた気がしたが、期待に惑わされたのであって、すぐさま再び途方に暮れた。

しばし静寂ののち、わたしがそっとカーテンを引くと、少女はすやすやと眠っていた。少女は、どうやら気兼ねしたらしく、自分にかけられた外套をどけて毛布にくるまっていた。わたしは少女の顔をじっくり眺めたいという欲望を抑えられず、明かりを近づけ、心打つ青白い顔の気取らない優雅さと優しい輝きでいっそう麗しくなった姿を、目で堪能した。穢れなき額に少し髪がかかり、乱れた長い三つ編みの上には華奢な首が乗っている。この上ない夢見心地であり、これほどまでにわたしの目を惹きつける魅力、心をひどくかき乱す昂奮ははじめてだった。とはいえ、慎ましい顔に一度でも接吻して無垢なる薔薇を枯らすくらいなら、わたしの胸を鉄剣でひと突きしたほうがましだ。ただ吐息を受けようと身を屈めた、その甘い感触だけで、わたしの心と想像力は澄みきった恋の香りで満たされた……。

「はしたない！　ここで何をしているのですか？　あなたは誰ですか？」

わたしは赤くなって振り向き、罪を犯したかのように震えた……。「奥さま、悪いことは何もしていません……。娘さん自身が話してくださるはずです、ひと眠りして病気が治ったら……」わたしは言い淀んだ。

女性は声を落として言った。「病気とは何ですか？　ここで何をしたのですか？　わたしは母親ではありません」

「もしあなたが母親でないのであれば、わたしが偶然この子を保護することになって看病していたからといって、どうしてそんなに怒るのですか？　……」

「保護！　さぞかしよく見張っていたことでしょうね！……いやらしい！　……そうやって淑やかな家に上がりこんだんですか？　……出て行け！　……」

「奥さま、どうやら下品な疑いで頭に血が上っているようですね。預かった大切な娘さんを確かなひとの手にお返しできたらすぐに帰るつもりだったのですが、あなたの言葉と空気がわたしをここに引き留めているのです……」

少女が震える声で言った。「彼女はお隣さんです、あなたの親切を知らないのです……。ふたりにさせてください、そして然るべき感謝を受け取ってください……」

「そうするつもりです、あなたの頼みですから……。でも、あなたのお母さんを探したり、あなたのことを知らせたりして、お役に立てますでしょうか？」

隣人はぶっきらぼうに言った。「あなたがいなくても見つかります。帰ってください」

この女性には返事せず、可愛い子に別れを告げ、早く元気になるよう願っていること、母親に予後を訊ねに来るつもりであることを伝えた。そして、ベッドの下に落ちた外套を忘れたまま、その場を去った。

わたしは隣人に憤慨し、ごく自然な好奇心からベッドに近づいたわずかな瞬間を見られたために深く傷ついた。しかし、部屋を離れる名残惜しさから、自分の心を置いてきたように思えた。歩いているうちに、まだ程近い過去が取り戻したい遠い夢のような色合いを帯び、わたしは今しがたの衝撃と格闘しながら、もう自分の家も火事も、時間が遅くなっているのも気にせず、通りを彷徨った。通行人の姿を見るだけで胸が高鳴った。すれ違うたびに期待し、あの子の母親を認めた気がして、早くもわたしは、大切なひとを産んだ見知らぬ人物に尊敬と愛情を注いでいた。大切なひと！　すでにわたしは心の中で少女をそう呼んでいたのだ、その秘密の聖域では、優しい言葉を妨げるものはなく、ただ愛だけが言葉を発し、一言一句に甘さと魅力と幻想を与えている。

長いこと彷徨った末、わたしは郊外の近くにたどり着いた。そこではじめて火事を思い出し、一晩の出来事が頭に蘇ってきたが、もはや印象は消えかけており、ただ何度も少女の姿を、手桶を持つ白い手を、炎の輝きを映す美しい目を思い返した。記憶をひとつひとつ辿りながら、再び少女につきそい、外套をかけ、暗闇で手を引いた。しかし何より、わたしは腕に残る少女の若い身体の痕跡に心震え、心地よい重さを抱えながら誰もいない家のベッドへと少女を運んだ瞬間に再び身を置き、無上の喜びを覚えた。そんな空想に夢中になっていたから、火事の跡を通りかかっても、ほとんど何の興味も湧かなかった。火事はついに群衆の力で鎮められ、黒煙を上げて最後の怒りを吐き出していた。焼け焦げた梁や残骸と瓦礫《がれき》の山が積みあがっているのは、数時間前まで多くの家屋があり、いまや居場所を失って愁嘆している平和な家庭があった広大な空き地だ。周りには何人か見張りが立っており、冷たい突風が焼け木杭に火をつけようとしているところ目がけてポンプが一筋の水を噴射していた。寂れた現場を離れ、わたしは街の静寂と暗闇にまぎれ、程なく自宅に着いた。

III

火事の晩、家に帰ったのは夜二時だった。夜の印象と幼子の残像で一杯のまま、内なる昂奮に捉われ、眠る気になれなかった。そこで、まだ燻っている心の火をかき立て、夢の準備をした。このときは、いつものように無為に何でもないことを夢で見るのではなく、意識的に、自分の好みで、自分の心に響くことを夢見ようとしたのだ。

おかしなことに、身の回りの些細な品々が、われわれの思考の方向性に一枚噛《か》んでいる。夢を見ているとき、目の前には暖炉の上に散らかったままの洗面道具があり、その中にはまだ仄かに薔薇の香りを振りまいている石鹸があった。この香りは、わたしが求めたわけでもないのに、上品にたちこめていつの間にかわたしの器官に届き、徐々に思考を遡らせ、まさにこの場で身支度していた瞬間、カジノの広間へ行き、華やかに着飾った女性たちの視線を浴び、優雅な流行の世界に浸るべく準備していたところへと戻された。

わたしはすぐさま豪華絢爛《けんらん》な光景を追い払って、少女の慎ましい部屋に戻ったが、正直にいえば、もはや以前のような魅力はなかった。簡素な家具は殺風景に見え、台所用品は目ざわりで、隣人の荒々しい口調は恩知らずの極みに聞こえた。こうしたことで愛情に満ちた夢想が壊されないよう、絶えず少女ばかり思い浮かべてている必要があった、その佇《たたず》まい、顔立ち、声、そして服装さえも、わたしには高貴で優雅そのものだったのだ。こうして常に同じ対象を見定め続け、変わらぬ愛情を保っていると、うとうとしはじめた。間もなくジャックの帰宅に邪魔されたが、少し目が覚めたのをさいわいに、寝ぼけながら服を脱いでベッドに入った。

よほど疲れていたのだろう、午後二時まで寝どおしだった。目を開けると、昼の明るさが甚だ不愉快で、前の晩に想像力が眠りに落ちた夜の世界とは対照的に思われた。それでわたしは、まず夜を惜しみ、とりわけ火事を懐かしんだ、というのも、次の晩に、あるいは他の晩にも、再び火事が起こるとは思えないからだ。あまりに空しくなって、ひどく落ちこんだ。

しかしこの日は少なくともひとつ面白い出来事があるはずだった。少女の家に戻らねばならなかったからだ。大いに結構だ、楽しもう、と思った。しかし十時間の深い眠りと、白昼なのも災いして、少女の心惹かれる印象がやや薄れ、目もくらむような魅力はなくなっていると感じた。すっかり快復し、母親の支えで元気になって、せっせと家事をしている少女を見るのが怖くなった。考えてみると、またとない多くの僥倖《ぎょうこう》が、わずかな間だけ、ふと少女を美しく見せ、いつまでもそうであるかのように思ったわたしは虜になったのだ。さらに、ほんの数時間前までは自然に思われた、結婚を望むという現実離れした考えを振り返ってみると、まったく常軌を逸していると思わざるを得なかった、こうして生まれかけの情念は大きく挫かれ、起こりうる結末の素晴らしさもなくなったのだ。

こうしてわたしは少しずつ前日の男に戻っていった。一瞬わたしの心に燃えあがった儚い炎は、次第に弱まり、すでにその傍らには、まだ微かではあるが再び退屈が生まれていた。とはいえ、何事も経験によって色褪せるから、戻るといっても全く同じにはなれない。どのような感動も、ひとたび経験すると心に虚しさを残し、二度と心に蘇らない。もし再び似たような出来事があっても、もはや素直な感想を抱けず、新しいものや予期せぬものとして強く惹かれもしないだろう。こうした貴重な宝物のひとつを、実を結ばないのに惜しげもなく使ってしまったという感覚は、わたしにとってあまりにも馴染みになっていて、酔ったばかりの杯の底に滓を見つけなかったためしがない。

一、二時間ほど退屈で無為な時間を過ごしたあと、わたしはそんな状態に陥っていた。またすべてがどうでもよくなった。腫瘍のことを忘れていた。いつも一日の空虚さを埋めるのに役立っていた習慣さえ力を失い、わたしは火の傍で動かず、そこにいて楽しいわけではないが、そこを離れたいとも思わないでいた。鏡の隅に貼られた一枚の名刺が、ルーズ夫人の家で夜を過ごすよう誘っていた。わたしは軽蔑と嫌悪感をもって名刺を眺め、時宜を得ない誘いに反感を抱き、とうとうルーズ夫人本人に会ったときでさえ、若い従妹（代父がわたしの妻にと考えている女性だ）のために気持ちよく歓迎してくれたのに、思わず挨拶を拒み、背を向け、耳を貸さず、ついでに代父の落胆した顔を楽しんでいる自分に気づいた。否！　わたしは皆に否と言った。昨日はまだあなたがたの親切を楽しめましたが、今日はもう駄目です。もしわたしが自分に愛する力があると感じ、少しでもこの場を離れたいと思い、あなたがたの誘いに欠伸し、あなたがたの歓迎に退屈しているとしたら、貧しく質素で無名の少女のほうがまだあなたがたよりましなのでしょう。そして、そう彼らに見せつけるべく、名刺を火に投げこんだ。

「ジャック！」

「呼びましたか、ご主人？」

「ランプを点けてくれ、それとわたしは誰の訪問も受けないと覚えておけ」

「あなたの代父さまが来ると言っていました、あなたをルーズ夫人宅に連れて行くからと」

「なるほど、ではランプは点けなくてよい、出かけるから」

「何か用事が？　……」

「何も」

「代父さまが来ます」

「黙っていろ」

「それでは……」

「ジャック、お前はわたしの知るかぎり最も耐えがたい召使だ……」

「面白くないです、ご主人のおっしゃることは」

「本当に納得できないようだな」

「いや、そんなことはありません！　しかし……」

「口答えするな。消えろ、放っといてくれ、失せろ！」

わたしはすぐさま長靴を履いて出かけ、代父から逃げようとした、代父のしつこさにひどく気分を害したのだ。わたしは呟いた。いや、この男がわたしを幸せにしようとする限り、わたしに幸せな時間は訪れない！　何と過酷な隷属か！　遺産を相続するのは何と難しいことか！　わたしは家で静かにしていたい。いや、違う、自ら家を出ねばならない！　ここで靴紐が切れた。わたしは代父のせいにし、地獄の悪魔どもに投げつけた……。

「ご主人！」

「靴紐を結び直せ。急げ！」

「あの……代父さまがお見えです！」

「畜生！　お前がわたしに逆らって代父を押しつけてくるのは分かっていた。ともかく、わたしは、わたしは行かない。分かったか？」

ジャックはおそるおそる出て行ったが、わたしが殺気立った身振りと据わった目をして、威嚇《いかく》するように長靴を振り回していたから、その手から長靴を受け取る勇気はなかった。

出て行くやいなや、わたしの代父が嬉しそうに入ってきて、鬱陶しい上機嫌を振りまいた。「さあ！　行こう！　エドゥアール！　どうした？　用意はまだか！　早くしてくれ、わたしが足を温めているうちに」

親しげな馴れ馴れしさがあなたの家に陣取り、あなたの炉端を占拠し、あなたの肘掛椅子にふんぞり返りながら、親しさによる権利を行使しているだけだと思って、住まいの安寧や自宅の気楽さを侵したら、いつだって不愉快だ。これこそ代父の態度であり、いつもそれだけで歓迎する気が失せるのだが、今回はあまりに腹が立って歯ぎしりし、はっきりと突っぱねたくなった。けれども、代父の遺産を鑑みて自制するのに慣れているから、努めて遠回しに言おうとした。わたしは慇懃に言った。「親愛なる代父さん、差し支えなければ、あなたひとりで行っていただけますか……」

「差し支える！　とくに今夜は。今夜こそ話をつけよう。身なりを整え、礼儀正しく、ほどほどに愛想よく、それだけだ。でも少し急ごう、時間どおりに行くと約束したんだ」

そうやって指図され、また愛想よくしたいと思っていないときに無理やり愛想よくさせられそうになって、わたしは甚だ傷つき、きっぱりと拒絶することにした。「代父さん、わたしはあなたと一緒に行きたくはないのです」

代父は振り向いてわたしの顔を見た。相続人は素直に従うだろうと思っていたのに、反抗的な口調で完全に当てが外れ、予想外の事態に代父は言葉を失った。

わたしの顔を見たあと、代父は唐突に言った。「なるほど！　説明してくれ」

「代父さん、わたしは考えたんです……」

「ああ！　単なる考えすぎか？　そうか、忠告しておくが、もう何も考えないでよろしい、さもなくば永遠に結婚できないぞ。考えるべきは、わたしが少年に然るべきときが来たと思っていること、そしてわたしが老先短かいことだ。もしお前がそんなことをするなら、わたしとお前の財産は第三者に渡り、家名も消える。もう考えてはいけない、それに考えても無駄だ。地位、富、美しく人当たりのよい者が揃っているなら、考察など無意味だ。わたしたちは行動し、決着をつけねばならない。着替えて、さあ行こう……」

「できません、代父さん。わたしもあまり考えたくはないのです、しかし少なくとも、結婚するなら、したいと思わないと……」

「ああ！　もちろん！　お前は結婚しないと決めたのか？　だったら聞こう、言ってみなさい……」

代父の口調は意味深長で、わたしに遺産を取るか取らないか突きつけているように思われた。どうすればよいか分からず、わたしは恐ろしい選択から逃れたかった。ちょうど前日の突飛な考えを思い出し、それを口実に、半笑いで代父に言った。「もし、わたしの心がすでに別の方向に向かっていたとしたら？　……」

「言い訳か！　いっそ率直に言ってくれ、結婚したくないと。そしたらわたしも善後策を考えられる」

「親愛なる代父さん、もしあなたが間違っていて、わたしが本当に愛していても、わたしが他の女性に心を捧げていても、あなたのいう女性と結婚するよう勧めますか？」

「それは相手しだいだ。誰を愛しているんだ？」

「可愛い少女です」

「裕福か？」

「そうは見えません」

「名前は？」

「知りません」

「大概にしたまえ！　どういうことだ？」

「どんなに素性の知れない貧しい少女でも、わたしにとっては大切な存在であり、いま結婚を考えるとしたら、他の誰よりもこの少女がよいということです」

「ああ！　そうか！　貧しく、誰だか分からず、美しい！　なるほど、ありがちな気の迷いだ」

「気の迷い？　断じて違う、違います、代父さん、断言します！」

「ふざけるのはやめろ！」

「信じてください、そのつもりはないのです」

「そうか！　ならば放っておけ！　お前のように裕福で家柄のよい者が、家名も財産もない者のことを考える……。愛人関係になることはあっても、結婚はしない」

　この代父の発言は、内気で慎み深いからこそ心動かされた少女をひどく貶《おとし》めており、わたしは激怒した。前日までわたしの心を揺さぶっていた激しい感情を呼び起こされ、富と地位だけを褒め称え、純真さの持つ神聖な魅力を見ず、そんなものは容赦なく冒瀆してよいと唆すかのような老人を軽蔑するようになった。わたしは熱くなって言った。「代父さん、あなたは愛すべき立派な少女を侮辱している……あなたの思う以上に清廉で、あなたの勧めてくる女性たちよりも尊敬に値する少女だ、蔑むどころか結婚したほうが千倍もましだ！……」

「まあ、蔑まなくてよい、けれども別のひとと結婚しなさい」

「愛しておらず、心を向けていないひとと、どうして結婚するのですか？　わたしの地位とおっしゃいますが、わたしはこの地位に飽き飽きしているのです。わたしの財産は……妻を選ぶときに、他の男よりも自由な選択ができるでしょう。それで？　もしわたしが、財産も家名もない者、蔑まれた少女、この女性のうちに、美しさや貞節や、愛だけでなく尊敬にも値する千もの資質を見出したとしたら……わたしの正直な愛情に従わない理由がありますか？　……少女の貧しさをわたしの豊かさで補い、少女の弱さをわたしの強さで支え、少女が名家の出でないならばわたしの家名を与えたいと願い、この崇高で寛大な気持ちこそが、真正で純粋な幸福、中身のない作りものの打算的な合意よりも真っ当な幸福だと思ったとしたら、誰がわたしを非難できますか？　……ああ！　代父さん、わたしは力が欲しい。すっかり無気力になって、わたしのいる社交界の処世術に冒され、わたしを窮屈に縛りつけながら幸福をもたらさない千もの軛につながれていないで、あなたに軽蔑され侮辱された慎ましい伴侶の傍で幸福を見つけたい！」

「ご高説は結構だが、まるで愚かだ。そうした考えからは醒めるものだ。小説の世界ならばよいが、人生では馬鹿げている。もしそんな愚かなことをしでかすなら、覚えておきなさい、お前が持って行くのはお前の財産であって、わたしの財産ではない。わたしが財産を守り、積み上げ、増やしてきたのは、どこぞの町娘に渡し、家を貶め、お前のせいで親戚になる下層階級のひとたちを養うのに費やすためではない」

この言葉はわたしを引き留めるには相応しくなかった。わたしはすぐさま反論した。「代父さん、ともかく今は、わたしは結婚したいと思っていません、とはいえ自分の望むときに望むひとと自由に結婚したいのです、たとえ相手があなたの軽蔑する見知らぬ少女であっても。その場合、わたしがあなたの遺産の相続権をすべて放棄するのは、いたって当然です。どうぞご自分でお使いください、そしてわたしを自由にしてください。それで互いに恨みなしとしましょう。あなたについていえば、どうか信じてください、お願いです、わたしはあなたをもっと敬えるでしょう、わたしがあなたを自分の運命を決める裁定者と思わなくなったら。あなたに支配されて、自分の意見ではなくあなたの意見に嫌々従わなくなったら。つまり、もはやわたしがあなたに愛される甥でなくなり、あなたを恐れたり反抗したりする相続人でなくなったら」

わたしが話している間、代父の顔には激しく苦々しい恨めしさが浮かんでいた。代父の目論見は崩され、意向は無視され、親切は軽んじられ、すべてが代父を憤怒させ狼狽《ろうばい》させて、代父は青くなったり赤くなったりした。ついに代父は爆発した。「ああ！　そうかい！　お前はそうしたかったのか！　わたしの親切がお前をうんざりさせた？　わたしの束縛がお前には重かった？　お前は、親しげに振舞いながら、わたしの助言、わたしの気づかい、わたしの親切を厄介払いしようとしていたのだな。もうたくさんだ。よく分かった。では、わたしとのつきあいも財産も捨ててください。どちらももうあなたのものではありませんし、わたしを思い悩ませもしないでしょう。さようなら」

代父は出て行き、わたしは何歩か見送ったあと自分の部屋に戻った。

IV

読者よ、寝ているのか？　わたしの行動をどう思うか？　理があるのは代父とわたしのどちらか？　教えてあげよう。

あなたの立場、年齢、女性か男性か、少年か少女かが分かれば、教えてあげられるはずだ。

もっとも、あなたが若ければ、わたしの味方だろうと想像できる。わたしはそれが利巧だとか賢明だとか思っているのではない、むしろ正直にいって、無分別な生真面目、軽率な無私無欲、歳を重ねて頭に打算が多くなり心に活力が少なくなったときには取らないであろう選択だ。若い友人よ、あなたが男であれ女であれ、もしわたしが間違っているとしても、間違ったままにしてくれ、わたしにとって大切な間違いなのだ。もしわたしが正しくても、あなたの間違いを取り除かずにおきたい！　間もなくあなたは慎重になり、知恵をつけ、情熱は冷め、正直な気持ちに火をつけるのをやめ、理性や損得勘定や予断による重大な教訓に従うようになるのだ。

もしあなたが老人で、もはや賢明でしかいられないが、それでもかつて温かく勇ましかった心の名残をたくさん残していたら、わたしの無鉄砲を渋々非難しながらも、衰えた手をわたしに差し伸べてくれるはずだ。あなたは笑顔でわたしを受け入れる。知恵をつけてはいても、わたしを肯定するような雰囲気で、丁重に扱ってくださる。ご老人よ、わたしはあなたを知っている、あなたがこの物語を読むと確信している……遠慮なく叱責してくれ、わたしはあなたの歳月を重ねた顔に、非難よりも未練を、忠告よりも支持を読み取る。

しかし、もしあなたが、性格や立場による自分本位、強欲や偏見による利己主義に、加齢による冷たさを重ねるがままにしていたら、もしあなたがいつも現在を将来から逆算できるとしたら、もしあなたが不確かで大胆な冒険よりも確実な幸福を常に優先するなら、もし熱い情念が虚栄心の殻をけっして破らないなら……あなたは賢者だ！　それならば、あなたは代父に味方して、相続を放棄する者を責めるだろうし、美しく純粋だというだけの少女の魅力に捉われ、自分の立場を軽んじて堕落を望むなら、いっそう責めたてるだろう。

わたしはというと、はじめは束縛を振り払った喜びだけを感じ、部屋に戻ったときは満足感と生気に溢れていた。白状すると、こうした応答のきっかけとなった気持ちを思い起こして、満足感のみならず若干の誇らしさも感じており、庇護を買って出た少女について何の見通しも立っていないのに、少女のために熱くなって発言し行動した勇気を自画自賛した。もっとも、他の感情も疼《うず》いていた。鎖を切った、自分の運命が自分のものとなった、自由だ、陶酔なしに自由は取り戻せない。わたしのささやかな財産が、これまで一時的な充足を得る資金としか思っていなかったのに、突然わたしにとって価値を持ちはじめたのだ。現実的で存在感を持った財産となり、その瞬間から貴重で大切な財産となった。少なくとも、思いどおりに使い、好きなひとと分け合える。わたしは財産を増やそうと思った、それまで無気力に育ってきたのに、野心が煌めいて、事業活動や勤労の必要性を考えても嫌でなくなった。そんな考えから、持ちものに対する意識が呼び覚まされ、いつの間にか感化されて、わたしは火ばさみを元の位置に戻し、髭剃り道具の箱を整理し、自分の部屋を慈しみのまなざしで見回すと、それぞれの物、それぞれの家具に、はじめて価値を見出した。やがて部屋への愛着を覚え、それが傷つけられたとはじめて感じて、召使ジャックに対する見方が変わり、きちんと教育し従わせようと思った。こうして、すべての資産の現状をはじめてきちんと見ると、伯父が死ぬまで手に入らない遠いものと思い続けてきた幸福を、なるべく早く自分の周りに作りたくなった。それまで頭になかった考えに浸っていると、家庭的な愛情を求める気持ちから、わたしの孤独な家を華やげてくれる伴侶を思い浮かべるようになり、昨晩の少女の姿がありありと見えた。最も幸せな結末の発端がしばしば馬鹿げた原因であるように、この新境地で結局わたしが最も喜んだのは、その晩ルーズ夫人のお茶会に行かなかったことだった。

それからわたしは高度に哲学的な考察へと移った、私的な経験から得た教訓をことごとく一般的な格言に作り変える習慣のためだ。ああ！　誰であれ自分の運命を遺産に頼っている者よ、可哀そうに！　もし向こうがさっさと死ななければ、輝かしい年頃を不毛で退屈な待機時間として無駄にしかねない。といって、早く遊びたいからと、親身に面倒を見ながらも死を願うようでは、怪物となってしまう。はて、怪物とは？

あらゆる自然な感情を仮面の下に押しこめ、自分の好みや意見、しばしば自分の正義までも犠牲にする……。いや、違う、遺産などいらない！　むしろ働きたいのだ、苦しみながらも自由に生き、独立して、自分の人格と心を自分で決める。心を捧げるのは、押しつけられた相手にではなく、愛するひとに……純粋で質素な、人知れぬ少女に、あなたは喜んで尽くすし、向こうも優しく熱心に尽くしてくれるだろう、あなたにほとんど借りがなく、多くを要求し、夫よりも地位を、愛情よりも世間体を求め、あなたが絶えず虚飾、放蕩、社交界の危険から気を逸らさせねばならない淑女よりも……。考えているうちに気が昂《たかぶ》って、わたしは続けた。いとしい友、慎ましい少女よ、わたしの見たあなたは、とても大人しく、とても気弱で、見事なほどに純真かつ上品だった。わたしが腕に抱いたとき、激しく、しかし敬意と思いやりのある愛情を抱かせてくれたあなた、あなただけがわたしにその一端を味わわせ、その魅力を垣間見せてくれた幸福を、あなたの傍で求めようというのだ、どうして恐れることがあろう！

こうして、ひどい侮辱に触発されて、わたしの心に愛が芽生え、献身という純粋な炎に、真正かつ実直な感情の勢いが加わった。この力強い飛翔は、当の人物に対する好奇心へと変わっていった、というのも、必要であれば、少女の物腰や教育が、彼女との結婚を望むにあたって、大した支障にはならないと確かめたかったのだ。ここで、はじめは気に留めなかったあれこれの記憶が蘇り、わたしは帰納的な推論に熱中した。どんな手仕事をしても華奢なままの、少女の手の白さ

H. VALENTIN
AB

が、しばしば思い出された。無力な腕には過酷すぎた列の疲れが少女を押しつぶしたのは、穏やかで落ち着いた生活に慣れていた少女が、苦しく荒々しい作業の厳しさに耐えられなかったのだろうと、振り返って嬉しくなった。わたしは女性の服を細かく観察するのは得意でないが、少女の服には質素かつ優雅な品格を感じたし、灰色の生地でできた小さな編上靴を丁寧に履いた愛らしい足の記憶には計り知れない価値があった。それから少女の家に入り、あらためて隅々まで見回すと、いくつか値打ちのある家具に出くわし、過去の栄華の名残や洗練された生活習慣の痕跡のように思われた。肘掛椅子には黒い絹の外套がかかっており、肩に同じ色の毛皮飾りがついていて、母親の服らしかったが、少女の雰囲気と装いが高貴であり、質素さは由緒正しいのだと感じさせた。そして何より、酢を探して机に目を留めると、散乱した紙の中に、美しい装丁の本が何冊か見つけられ、トンプソンの四季を詠った英詩だけが開かれていた。これらの手がかりを総合し、少女の声の響き、口調、所作、そして何より引っこみ思案と結びつけて、わたしは不完全な姿を少しずつ楽しみながら完成させ、貴族の教育や趣味や習慣からわたしが自ずと要請する条件を満たしているために、わたしは少女をさらに百倍も愛するようになった。また会いたいという思いが強くなり、時計の針を気にして躊躇いつつも、遅い時間ではあるが今すぐ向かおうと思い立った。さっと立ち上がって、わたしは外に出た。

V

道に出ると、夜の沈黙、時刻、漆黒、静寂によって、わたしはすっかり前日のように堂々とした力強い感覚を取り戻した。同じ気分になるべく同じ道を辿ると、間もなく目的地の家の近くまで来た。しかし近づくにつれて、普通でない感情が湧いてきて足が鈍り、路地に入ったところで立ち止まって、上の階に昇ろうか自分の計画を諦めようか再び迷った。

諦めさせるはずのものが、踏みこむきっかけとなった。中庭に入ると、四階に明かりがない。誰にも会えないと考えるべきところだ、しかしこの幸運あればこそ、ためらいが消え、昇る勇気が湧いたのだ。それに、暗いのは予想外だったから、好奇心にも後押しされた。まだ八時なのに、これから会いに行くひとたちがもう寝ているとは思えなかった。

そうしてわたしは階段を昇りはじめ、暗闇で何かにぶつかったり立ち止まって静寂を感じたりするたびにいっそう胸を高鳴らせた。ついに扉の前まで来たが、長いこと待って様子を窺い、おそらく返事はないだろうと確信してから、ようやくそっと戸を叩いた。叩くやいなや確信は消え失せ、少しでも物音がしたら逃げ出そうと息を潜めた。しかし何も聞こえてこない。そこで、少し強く、さらに強く叩き、間違いなく今は部屋に誰もいないと確かめてから、呼び鈴を鳴らしてみた……。すると下の階の扉が開き、わたしのいる場所にまで薄明かりが射した。

そのひとは動きも話しもせず、明るさも変わらない。わたしはどうすれば？　上の階に逃げるか？　そしたら追われるだろうし、不名誉や疑惑を引き寄せる。その場に留まるか？すでに冷や汗で力を奪われており、その状態では一秒が苦悶の百年に思われた。あえて降りるか？　勇気がなかった。決心して、再び呼び鈴を鳴らした。「あいつだ！」という声が

VALENTIN

した。程なくして前日わたしを侮辱した隣人が目の前に現われた。

女の顔には怒りが表われていた。「恥知らずだ、わざわざ戻ってくるなんて!!　……何という厚顔無恥！　……外套を取りに来た、違いますか？　……この地区の牧師さんのところにあります。そちらに行きなさい。牧師さんが全てを知っています、それにあなたが話すべき相手でもある」

激しくもたどたどしい言葉に、わたしは怒るというより面喰らった。「奥さん、わたしはあなたが誰だか知りません。ただ、あなたがわたしを罵ることで、素直な少女を軽率にも貶めているのは分かります」

女が口を挟んだ。「人でなし！　わたしがお前を見たんじゃない！　……少女が泣いているのも見ていない！　……ベッドの脇に置いてあった外套を拾ったのもわたしじゃない!!」

今度はわたしが遮った。「おっしゃっていることがよく分かりません。それに、あなたの話を聞きに来たのでも、外套を取りに来たのでもありません。もしご存じならば、少女とその母に会えるのは何時か教えてください、あなたに訊きたいのはそれだけです」

「ここでふたりを見ることはないでしょう。居場所を探さないでください……。さあ、ご愁傷さま、この家から出て行って、二度と話題にさせないで！　あなたに言うべきはそれだけです」こう言い終わると、女はわたしより先に下へ降り、しばし自分の部屋の前で立ち止まって、わたしが立ち去るのを確認した。中庭を向いた窓から、あちこちの窓で幾つもの頭が様子を窺っているのが見えた。わたしが驚き、さらに黙っているのが、衆目に恥と罪を晒しているようだった。わたしは顰蹙を買う原因となった性悪女に言った。「奥さん、多くのひとが聞いているので、わたしの名前を明かします。わたしはエドゥアール・ド・ヴォーといいます。少女とその母親がわたしのことをもっと知ってくれるかもしれないし、そうなるよう努力するつもりです。わたしはふたりを尊敬しているので、軽蔑されるのには耐えられません。そしてあなたは、いずれにせよわたしが軽蔑していると知ってください。何の根拠もなく、下衆の勘繰りで、あなたは少女に対して取り返しのつきそうもない過ちを働いたのですから」こう言って、わたしは下に降りた。とても静かだったから、この光景を見ようと窓辺に出てきた者たちの囁きが聞こえた。わたしはすぐに通りへ出た。

わたしはひどく気落ちしていた、女に理不尽に追い出されたからではなく、少女に二度と会えず、どこに住んでいるかも分からなくなったからだ。誰に訊けばよいか知らないし、どのみち夜も更けていたからその日のうちには行けないので、とても残念ながら帰宅することにした。

しかしこの出来事は、わたしの気持ちを冷ますどころか、いっそう内側から力を湧きあがらせ、ふたりの女性の予期せぬ失踪は、わたしを苦しめながらも不愉快にはさせない、神秘的で小説じみた昂奮をもたらした。わたしは母親の警戒心に感心し、早くほぐしてやろうと気が急いた。そして、汚らわしい中傷を浴びて一瞬だけ色褪せていた娘も、いっそう魅力的に見えた。もとはといえばわたしが原因なのだから、あらためて少女を守ろうという気になった。この任務は、わたしに高貴な振舞いをさせ、わたしの自尊心を高め、少女への愛情を後押しした。

家に帰ると、少し前から何者かが客間でわたしを待っているとジャックが言った。急いで入ると見知らぬ男がおり、暖炉の前から立ち上がってわたしを迎えた、その服装からして、わたしの外套を持っていった牧師だとすぐに分かった。「どうしてわたしがここに来たのか、あなたはご存じないでしょう」牧師は少し感情を込めて言った。わたしは口を挟んだ。「わたしの外套を預かっているのはあなたですか」「そうです」「それなら理由は分かります、お聞きしましょう」

わたしたちは座った。牧師が続けた。「わたしはあなたを全く知りませんし、あなたの外套の留め具に名前がなければ、ここにお邪魔する方法もなかったでしょう。それに、わたしがあなたの家を訪ねる権利は、わたしの教区のかたがたに対する義務にのみ基づいており、あなた自身がお認めになるまで、わたしが権利を主張することはありません」「認めますよ」

わたしは言った。
「では、率直にお話しします。わたしは、事態の様子、近所のひとたちの言い分、そしてとりわけ、わが子の最も美しい装飾であり唯一の財産である汚れなき花冠を傷つける醜聞と中傷を見た然るべき母親の苦しみによって、あなたを疑いながら、ここに来ました。とはいえ、最も純粋な意図と最も誠実な行動でさえ醜聞や中傷を被ることもあると知らないわけではありませんから、あなたに対する醜聞や中傷もそうであると信じる用意はあります。ただ、わたしにとっては、孤立状態にあってとくにわたしの庇護を必要としているふたりの幸福にかかわる問題で、ふたりを良識と真実に基づいて導くために、あなたを訪ねて話をし、ふたりがどれほど危険に晒されてきたか、あるいは今も晒されているかを伝えるのが重要なのです。さらに言えば、あなたに幾らか罪や軽挙があったとしても、利害関係のない老人の言葉があなたを悪から遠ざけ、少なくともわたしの教区のふたりを尊敬し思いやる気持ちを起こさせるかもしれないとの望みを失ってはいません」

わたしはすぐさま答えた。「あなたの動機も先入観も責めません。しかし、ひとつの証言が、まだわたしに味方してくれるでしょう、それは少女の証言です。もしこの子が、わたしの配慮不足を非難したら、もしこの子が、わたしの施した丁重な世話とは違うことを訴えたら、もしこの子が、少女の純潔をわたしが少しでも傷つけたと漏らしたら……わたしのところへ来る必要がありますか？　すでに糾弾されているらしい男の証言よりも、慎ましい子の証言を信じるのではありませんか？　それに、あなたの意向は尊重しますが、あなたの行動も、その原因となった醜聞も、納得できません。もう一度、少女自身に訊いてください、もし少女がわたしを非難するなら、その判断をもって、わたしは少女とあなたの軽蔑を甘受します」

牧師は答えた。「あなたの言葉は率直かつ誠実であり、あなたの引き合いに出された証言もあなたにとって不利ではありません。ただし不完全な証言です。経験不足で純真な者の証言であり、安易な質問に左右されかねません。少女は何を求められているのか分からず、何を言われても困惑し、ただ涙を流しながら、あなたの真摯な看病を証言するばかりでした。わたしとしては、少女の無邪気な直感を何より信じたい。しかしあなたは、ともすれば知らず知らずのうちに、厳密には道義を欠いていたかもしれないと、認めるかもしれません。ひとりの目撃者があなたを告発し、厄介な噂話に促されて証言を聞いた母親が心を震え上がらせていたら、あなたもわたしの行ないを不可解で無根拠だとは思わないはずです、あなたの誠実さを信じつつ進めているのです。わたしにとっても、この過程はつらいです。真心、思いやり、意図を疑う。しかるべき人物が否認しているのに疑いをぶつける。この職業に課された、最も残酷な仕事ではないにしても、最も苦痛な仕事には違いありません」

わたしはぶっきらぼうに言った。「ごもっともです。しかし、わたしの証言と女の証言を比べようというなら、わたしは侮辱されたくもなければ口を噤んでいたくもありません。何があったかお話ししましょう。しかし、あらかじめ言っておきますが、話したからには、もう疑念や不信を抱かないでください」

そしてわたしは前日に起こった一部始終を話したが、読者はもうご存じである。自分の熱意も愛情も隠さなかった。これらは、下劣な者であれば疑うべきしるしとなるが、高貴な人物ならば違うのであって、心と行為の純粋さを最も確実に保証するのだ。牧師は熱心に聴いていた。一度ならず同情や同意の表情を浮かべたように見え、許すようなまなざしに思え、手は握手を求めているようだった……。だから、話を終えても牧師が動かず黙っているのを見て、わたしは憤激し、面罵しそうになったが、そのとき牧師が口を開いた。

「どうか怒らないでください。話はしかと伺いました。あなたと女性のどちらを選ぶか、迷いはありません。ただ、わたし自身の考えに反して、あなたに尊敬と謝罪の言葉を述べられないのをお許しください。というのは、もっと強力で傾聴に値する証言、あなたを弁護しようとする人物が、ついさっき、あなたの無罪をわたしに証明しようとしたため、どんな非難の声よりもわたしの確信を揺るがしたのです……」

わたしは戸惑いながら聴いていたが、怒りと軽蔑と自尊心が激しく交錯して心を揺さぶった。

牧師は続けた。「包み隠さずにお話しします。ルーズ夫人の従妹である某S嬢は、わたしの親戚なのです。数日前、彼女の家族から相談を受け、わたしは結婚に賛成しました、お相手の家柄や財産よりもむしろ素行と品格を鑑みて勧められると思ったのです……あなたとの結婚です。あなたのために手筈を整えたのは、あなたの代父です。あなたの否定した噂の影響を心配し、もうわたしに噂も伝わり疑惑の外套も渡っていると知って、あなたを弁護すべくわたしを訪ねたのも、あなたの代父です。代父はあなたに自白されて、わたしの許しを請い、あなたの評判を下げる醜聞をかき消すようわたしに頼み、わたしの影響力を使ってあなたを恥ずべき関係から遠ざけてほしいと懇願しました……。さあ、わたしの立場になってみてください。最も熱心に探究する者にとってさえも、真実に到達するのがいかに難しいか考えてください、そして、無実のあなたが明確かつ不可侵の権利と考えているであろう完全で容易な名誉挽回にさっさと至れないからといって、もう腹を立てないでください」

いくつもの相反する激しい感情に襲われた。わたしの率直な言葉を、淫らな行ないの卑劣な言い逃れと解釈する、悪意ある代父に憤慨した。わたしに語りかける男を畏れ敬いつつも、一度に全てを答えようと焦るあまり、わたしは昂奮してしばらく黙っていたが、有無を言わせない回答、ひどく侮辱されたわたしの自尊心と身の潔白のために必要な返答をしようという考えから少しずつ離れるうちに、しだいに落ち着いた。ついに言葉を見つけた。わたしは感情を抑え、なるべく冷静に言った。「わたしはあなたにはまったく怒っていません。親戚が喜んでわたしを貶めているのに、どうしてその親戚さえ持っていない立派な見解をあなたに期待できるでしょう？　しかし、あなたの疑念を晴らし、あなたの良心を安堵させる用意はあります……そう、わたしはこの少女を愛しています……しかし、あなたが知らない、代父から伝えられていないのは、少女のせいでわたしが代父の機嫌を損ねたということです。少女のために、わたしは代父の束縛を捨て、相続を拒否し、さらに大げさに言えば、あなたの親戚の手、あなたの家族とのつながりをも拒絶しました……。そうしながらも、わたしはまだあなたの少女を見つめてはいませんでした。しかし、少女が噂の的となった今日、悪意ある言葉やお節介な言葉が少女を侮辱した今日、わたしは少女と結婚したい、少女を求める、少女が必要なのだ！　……これは、あなたの来る前から、心に抱いている唯一の考えでした」わたしはいっそう落ち着いた声になって続けた。「わたしの望みを支えてくれるでしょうか、わたしの願いを叶えてくださるでしょうか、それこそわたしがあなたに期待するものです、もしあなたがわたしの正しさを確信し、最終的にわたしを正しく評価してくれるなら……」

するとと牧師はわたしに手を差し出した。「ずっと前から、わたしは、若い友人であるあなたを信じていました。あなたを全面的に心から尊敬し、きっとあなたを遠くまで導くであろう高潔な愛に感動しています……。わたしの親戚の側に立って弁論するのは、わたしの使命ではありません、むしろ自分の名で主張したい、あなたはわたしがあなたの人となりについて抱いていた然るべき見解に対して答えてくれました。ただし、あなたが一瞬で決めたのは、あなたの人生の運命です……。あなたは千もの特権を拒否しました……心優しくあなたに相応しいひととの結婚を拒み……親戚を遠ざけ……あなたのために用意された財産を捨てる……その見返りに何を見出すのでしょうか？　おそらく美徳であり、心身の幸福でしょう、しかしまた、名もなき不幸な少女、あなたの見てきた社交界からは顧みられない子、偏見のせいで社交界に紹介するのを許されない者……」牧師は続けた。「それに、わたしに託されたひとたちをわたしが傷つけたり、そのひとたちの不幸と美徳のために摂理が用意したであろう幸福から引き離したりすることがあってはならない！　ご自身で確かめてください、わが友よ、わたしはあなたを照らしたかったのであって、あなたの立派な力を腐らせるつもりはありません。

わたしは愛の炎を消したかったのではなく、賢明な愛とするために唯一必要な思慮を加えたかったのです。もしあなたがその献身的な計画を貫くならば、どうか心配しないでください、計画を慎重に公表し、忠実に支え、今日からあなたに愛情ある尊敬を捧げ、感動的な馴れ初めの結婚を深々と神に祈るのを、わたし以外のひとに任せはしません」

この言葉に、わたしは牧師の腕に飛びこんで、牧師を抱きしめ、すっかり心を開いた。牧師は、わたしのほうが先に考え抜いており、わたしの決意が期せずして真の調和に基づいており、そして、これまであまりに好都合で安楽な境遇だったせいで得られなかった幸福を愛と義務のうちに見いだそうとする決意であったことを、見抜いていたのだ。やがて、あらゆる疑念を拭い去ると、ついに牧師はわたしの計画に加わって、温かく優しい心の持つありったけの力を貸してくれ、真の共感が年齢や身分や地位の違いを消し去ったときのように、この聖職者は、はじめて話したにもかかわらず、わたしに父親のような畏敬と旧友のような信頼を抱かせた。そこでわたしは、すでにわたしの人生と深く結びついていながら名前も知らないふたりの女性について、まず牧師に尋ねた。

少女がアデル・セナールという名だと聞くと、率直にいって、わたしはこの名前に魅了された。わたしは固有名詞の響きが平凡か上品かを考えてしまうのだ、この直しがたい奇癖のために、財産や地位といった現実的な利益よりも、わたしを不快にさせない名前のほうを千倍も好んだ。しかしアデルという愛すべき名前は、そのとき抱いた魅力に加えて、年月を経ても壊れない魅力を持っていた、というのは、わたしの心の最も柔らかい部分に刻まれて、若き日々の終わりごろに受けた感銘と、そのあとも真の幸福から味わうことのできたものを、再び心にかき集めてくれるのだ。

もっとも、それとは別に、牧師の話のすべてが、わたしの思いこみに反するどころか、むしろわたしの陶酔と満足を倍加させた。少女の父親はわたしと同じスイス人だった。若くしてイギリス海軍に入隊し、高くはないが名誉ある階級まで上りつめ、イギリスにいる間に、わがアデルの母親と結婚した。これは、どうして机に『四季』の詩集があったかを説明するのみならず、普通は外国人の女性から感じられるような魅力を少女にまとわせているように見え、少女の眩しい顔色、もの悲しい優しさを湛えた大きな青い眼、愛らしく純真な額もイギリス出身ゆえなのだと思いたくなった。数年前、将来の財産となる教育を安価に受けさせるため、母親が少女をスイスに連れてきた。そして二年前に父親が亡くなり、女ふたり、イギリスの法律によって定められた殉職士官の未亡人に支給される僅かな年金で暮らさざるを得ず、この家に住むようになった、そこへ偶然にもわたしが導かれたのだ。わたしの気づいたとおり、かつての豊かな暮らしぶりを窺わせる上品な家具が多いのは、そのためである。

すべてがわたしを喜ばせた。わたしは牧師に言った。「しかし、わたしに反感を抱いている女性たちが、わたしの願いを受けいれると思いますか？　……わたしには提供できる財産などなく、少女は謙虚だからこそ臆病で弱気な心を持っており、愛の攻撃に身を晒す勇気がありません、そんな少女がわたしを愛するようになると思いますか？　……わたしには何の手段も希望もありません、ふたりの立派な庇護者であるあなただけです、ふたりに尊敬の念を呼び起こし、偏見を打ち砕き、おそらく警戒しているであろう願いを聞きいれるようにできるのは」

牧師は言った。「それはわたしの役目です。それに、あなたが気をつけるべきはふたりの偏見ではなく誇りです。怒った隣人が騒ぎはじめたため、わたしは真っ先にふたりを彼女の影響から遠ざけました、あなたの攻撃からふたりを守るのは、わたしがあなたに会った結果、確かにこの女の言葉に根拠があると分かったらでよいのです。それで、ふたりの偏見はこじれず、ふたりはわたしの証言を待ちわびていますから、充分に安心させられるでしょう。しかしふたりは、貧しく慎ましい者であることに誇りを持っています。あなたの財産や、ふたりよりも高い地位は、ふたりの矜持を傷つけかねません。母親は、目立たぬ境遇に留まりながら娘を幸せにしたいと思っていました、ふたりの立場では唯一可能性のある、しかし教養をつけすぎると閉ざされてしまうであろう道です、わたし自身も後押ししました」牧師は加えて言った。「というのも、わたしが心から少女の言葉を聴いていたとき、あなたもご覧になった、とても簡素な部屋に住む者が、どれほど聡明で上品で、機知に素晴らしく飾られていたか、あなたには信じられないでしょう。少女は、とても内気で未熟なのに、豊富な知識を持ち、大切にしているのです。少女は音楽と絵画に熱中していましたが、何事にも天賦の才を発揮し、えも言われぬ上品な情感がありました。母親は、少女と同じ資質に加えて、経験や旅行や充実した生活を重ねており、そして何より、試練にも愉悦にも鍛えられた感受性による穏やかな優しさを持っていました。だから、訪ねるたびに新たな楽しみがあります。わたしはよく我を忘れます、そして家を出るときには、ともすれば気詰まりや困窮に陥りかねない小さな家庭に、誠実で勤勉で教養あるがゆえの気品と心地よさがいかに集まっているか、感嘆せざるを得ないのです」

会話は夜遅くまで続いた。わたしが深く関心を寄せているふたりについて、この立派な友人の知っている事柄を聞いているだけでは足りず、千もの質問を投げかけて会話を引き延ばした。次の日の朝には牧師がふたりのところへ行くと約束した。ふたりの様子しだいでは、さっそく提案してみるという。わたしの逸る心を察してか、昼前には返事を伝えてくれることになった。そして牧師は帰ろうと立ち上がったが、わたしは一緒にいたかったので家まで送って行き、親愛と歓喜と希望に満ちた心で別れた。

VI

わたしは幸せ一杯で、心機一転して帰宅した。わたしはその日から生きはじめたようなものだ、今でもそう思っている。というのも、生活が保障され将来が用意されると、心は空虚、力は不能、心は萎縮して、社交界の些細な感興や虚栄心からの軽薄なこだわりに熱中するものだが、わたしは、その後の人生で何度か困難に遭いこそすれ、無気力に戻りはしなかったからだ。わたしの属している階層では、とくに現在、このような状態がありふれており、そこに留まるひとたちの運命を見るにつけ、もしわたしが自分の人生を選び直さねばならないのであれば、幸福を見出した人生に代えるとして、青春時代の半分を費やした裕福な無為よりも、活力や努力の源となる貧乏暇なしのほうを好むだろう。

前の晩と同じく、過去に別れを告げて新しい運命に飛びこむ人生の重大な瞬間に起こる、強く激しい好奇心に満ちた動揺の只中で、わたしは考えはじめた。ときに座って火を見つめ、記憶に残っている少女の言葉や仕草に込められた愛情や、とくに友人による推薦がふたりに与えるであろう重みに、期待を募らせた。あるいは、望みは叶ったと見て、昂奮して立ち上がり、部屋を歩き回って、何日か先、何週か先、何年か先を予想し、晴れやかな幸福を想像して、いくつもの楽しい計画を考えた。そんな夢見心地の最中、わたし宛の短信が目に留まった、というのは、わたしに見えるよう暖炉の上に置かれていたが、考えごとのせいで気づかなかったのだ。

住所から代父が書いたものと即座に分かり、わたしは呼び鈴を鳴らした。「この手紙はいつ来たんだ」わたしはジャックに尋ねた。「ご主人が出て行った直後です。ちょうど返事をしたときに来ました」「なるほど」わたしは無造作に開いた。これがその手紙だ。

「親愛なるエドゥアール、
わたしはすべてを忘れ去りたい。お前と別れるというときになって、お前の過ちを知り、お前が外套をそこに置いていったと知った。わたしはすぐさま然るべき人物に働きかけ、勢いよく広がりはじめた噂を打ち消した。最も急いだのは、お前の将来の親戚であるラトゥール牧師の説得で、上手くいった。何も傷ついていない。

ひとたび少女を穢したら、もはや取り返しがつかない。お前は補償をしなければならない、わたしが立て替えよう。しかし、もう間違いない、遅れもしない。明日には片づけるから、肩代わり代（気にする必要はない）と引き換えに、愛情深い代父の遺産と好意を取り戻しなさい」

わたしは手紙に激怒し、冷酷で品性下劣な本性を表わした代父、不愉快な言葉でわたしにとって純粋で神聖なものをことごとく冒瀆する代父を、罵倒しつくした。すぐさまペンを取って、極度の軽蔑を込めた返事を書き、長いこと無我夢中になっていた。そして手紙を破り捨て、二枚目、三枚目と書いたが、もはや落ち着いて、おそらく次の日には決まるであろうわたしの運命こそ代父の屈辱的な手紙に対する明確な返答になるだろうと考えて、ついに手紙を出すのをやめ、すべての復讐《ふくしゅう》として、甘い回想の世界に戻った。

床に就いたのは深夜三時近くだった。あくる日への待ち遠しさを和らげるために何時間か寝たかった。しかし、ようやく少し目を閉じたところで、夜明けの光が部屋に差しこみ、立ち上がって服を着ると、いっそう焦りを募らせて待った。わたしは時計を見つめ、ラトゥール氏が起床し、身支度し、道を行き、ついに女性ふたりの前に姿を見せるであろう時刻を計算した。その時刻になると、わたしは牧師がふたりに会ったときの状態や場所や段取りに応じて牧師の言葉をいくつも想像した。そして、希望と恋のあらゆる幻想に支えられ、愛するひとの表情や母親の言葉に、わたしの願いを叶える雰囲気をまとわせた。結局、待ちきれなくなり、ラトゥール氏が伝えてくれるはずの返事を出迎えるべく、すぐさま出かけることにした。

前日、善良な牧師は、都会から一里離れた自分の田舎にふたりを呼んでいた。わたしが向かったのは十二月のある朝だった、そのときの印象は記憶から消えないだろう。穏やかな天気だが、恐ろしい道だった。青白い太陽が、緑のない野原や葉のない木々に銀色の光を放ち、薄っすらと霧がかる向こうに山の雪がぼんやりと輝いていた。しかしわたしの心は、凍《い》てついた自然を内なる炎で温め、来たるべき至福への希望で優しくなって、道沿いの草原に点在する小さな茅葺小屋にまで幸福と愛が注がれているのを思い描いた。座ってラトゥール氏を待っていたとき、楡《ニレ》の太い枝に埋もれそうな小屋がひとつあり、静かに煙が昇っていたのを、わたしは覚えている。この質素な茅葺小屋に身を定め、愛する人を呼び、自分の人生を送ろうと思うと、わたしの夢の生き生きとした魅力は、いつの間にか葉のない木蔭を活気づけ、しばし焦燥感は薄れて、この素朴な安息の家に考えをめぐらせた。ときに未来は、予感のように、心に夢を見せる。数年後、この場所の近くにある隠れ家で、わたしの夢は実現したのだ。

座っていると、道の先に二輪馬車が現われ、わたしは飛び上がって走り寄った。遠くから見ても空車だと分かったので、そのままやり過ごそうとしたら、御者が速度を緩めて停車し、ラトゥール牧師が迎えに来させた者ではないかと訊ねてきた……。すぐさま乗りこむと、馬車は急いで引き返した。たちまち混乱と昂奮で、さらに焦りも加わって、わたしは心ここにあらず、馬車がもっと速くわたしを運んでくれるならば何でも差し出したい気分だった。

やがて丘の斜面に建つ家が見えてきた。胡桃《クルミ》の古木に覆われた急な坂道を登ると、家に着いた。心臓が強く鼓動し、周りで何か動くたびに不安で目が泳いだ。しかし隠れ家は不動の静寂に包まれ、誰かが住んでいると分かるのは、ただ一階にあるふたつの雨戸が開いていたからにすぎない。とはいえ、斜面の終点が近づいていた。すでに生垣が迫り、建物が見えなくなっていた。玄関が見え、不意に犬が吠えて、石畳の庭に入っていた車輪の音に加わった。馬車が停まり、すべてが静まり返った。

わたしが馬車を降りると、ラトゥール氏が現われた。五十歳くらいの女性の手を取っていた。洗練された質素な身なりで、穏やかで気高い顔つきは感情に揺らいでいたが、鋭く繊細な視線はわたし個人に向けられ、わたしは心奪われながらも怖気づいた。対面してしばらく、わたしは何も言えず、向こうも黙っていた。しかし、優しい牧師がわたしに言った。「友よ、わたしはあなたの希望をご夫人に伝えました、ご夫人はいたく感動したようです。わたしにできるのはここまででしょう。あとはあなた次第、いや、あなたの手柄とすべきです、わたしの口から言うよりも聞き入れてもらいやすいでしょう」すると夫人が感極まった声で言った。「わたしたちはおかしないきさつで知り合いました……しかしラトゥールさんの言葉はあなたを尊敬するに充分でした、その太鼓判を押された要求を拒否する必要はありません……。娘はまだ何も知らないが、もう黙っておかなくてよい……ひとたびあなたの人柄を信頼したなら、あとは娘の好きにさせるよりほかない……。ともかく、どうぞお入りください……」

わたしは困惑して答えられなかった。しかし心が昂って、自制した礼節に相応しい慎みを忘れ、夫人の手を握り、のぼせ上がって唇づけすると、夫人は昂奮に気づいたようだった。顔色が変わったのを読み取ると、もはや臆病者ではなくなっていたわたしは、手を差し出して夫人の手を取り、客間へと連れて行った。その瞬間、わたしは夫人の息子になったような気がして、幸福と感謝で舞い上がり、これから老後まで誠実な愛情で喜ばせると心から誓った。

客間に入ったとたん、少女はわたしに気づき、頰を真っ赤に染めた。そして、わたしが母の手を取っているのを見て、落ち着きを取り戻し、わたしにお辞儀で挨拶した。少女は淑やかに慎ましく立ったまま、他のひとたちが座るのを待った。わたしは言った。「お嬢さん、わたしが光栄にもあなたとお知り合いになった夜のことを、あなたが辛く思っていなければよいのですが」少女がまた顔を赤らめ、思い出して戸惑っていたから、気を逸らすべく、わたしは火事の話をした。そして会話が始まったが、冷ややかでぎこちなかった、話して

H.VALENTIN

も心中の不安が露わになるだけだったのだ。しかし少女は不安とは無縁で、熱心に耳を傾け、すっかり話に聴き入りつつ、少しばかり控え目な言葉を添えた。

もっとも、いつまでもそのままでは気まずくなってきたが、といって、やや確信を深めたとはいえ、夫人の言葉からは、わたしが何と言ったらよいものか分からなかった。ついにラトゥール氏が少女に言った。「アデルさん、わたしにはひとつ願いがあります。わたしの友人、そしてあなたのお母さんの友人でもあるひとが、あなたの友人にもなるよう願っているのです」少女はおずおずと、しかし恥ずかしがらずに言った。「ラトゥールさん、あなたもご存じのとおり、わたしは母やあなたにとって大切なひとたちをみな愛しています」それでわたしは、わたしの来た理由を少女は露知らず、ラトゥール氏の言葉の意味を理解できていないと分かった。すぐさまわたしは言った。「お嬢さん、どんなに小さなあなたの愛情も、わたしにとっては貴重な好意です。でも、わたしの幸福のすべてがかかっている願いを、どうしてあなたに黙っていられましょう……どうかわたしと結婚してください、わたしの人生をあなたの人生と共にし、すでに亡きわたしの母のように敬愛できるひとを妻の母とする幸せが、わたしの願いなのです！」

こう述べていると、少女は驚き、怖くなって、ラトゥール氏とわたしと母親を順々に見た。母親は、愛する娘の運命をひとりで決めねばならない段になって、心の傷が再び開くのを感じていた。過去の記憶にかき乱され、将来の不安で一杯になって震えながら、母親は目で愛情を、支えを、憐れみを乞うており、ついに耐えきれず涙をこぼした。娘が母に寄りすがって言った。「お母さん、どうして泣いてるの？　……わたしはこのひとを愛しています、わたしはあなたに従います……どうぞ何なりとお申しつけください、あなたの幸せとなるように、そうでなければわたし自身の幸せもありません」母親は答えられなかったが、とうとう不安のあまりわたしにすがって、少女の手をわたしの手に握らせた。

その瞬間から、わたしたちはひとつとなった。真の純潔とは信頼であり、愛に目覚めたばかりの心は躊躇なく自分を捧げる。わたしがアデルの心に見つけた完全無欠の宝物は、普通ならば世間に汚され傷つけられるが、隠れ家では磨かれ保たれていたのだ。気品ある美しさで傑出しており、優雅で愛嬌に溢れ、女性の才能と素養を高める感受性に恵まれていたが、優しく謙虚な少女の魂は、愛情と献身のほかに喜びを知らなかった。そして、少女は魅力ある所作や機知を惜しみなく振りまいているように見えたが、同時に、どのような慎ましい恥じらいのためかは分からないが、美しい女性たちが無益な打算で作る婀娜《あだ》な姿よりも、少女のわずかな好意のほうが千倍も深く刺激的な魅力を湛えていた。

ふたりの女性は、親切なラトゥール氏から提供された隠れ家で一冬を過ごすと決めていた。凍てつくように寒い冬、わたしは毎日そこに通いつめ、可愛い少女の横で、日ごとに強まり、いっそう分かち合われる愛の喜びに酔いしれた。眼前の幸福と明るい希望の時代！　わたしの人生の幸せな日々！　いや、他の多くの喜びと同様、年月に運び去られて取り戻せないが、心地よい痕跡を残さずに消えたわけではない。今日わたしが味わっている幸せの輝かしい夜明けだったのだ、わたしの心が当時に戻って、そのとき見せられた甘い約束の説明を求める必要はない！

翌年の春、わたしたちはラトゥール氏のもと近くの村の教会で結婚式を挙げた。氏の慎重さと公平さの賜物である結婚を、氏は喜び、誇りに思って、わたしたちの最も変わらぬ友人であり続けた。ジャックはわたしの新しい境遇にもついてきたが、代父はわたしを許さぬまま二年後に亡くなり、遺産はわたしよりも恵まれない親族たちに与えられた。読者よ、わたしはここで終わりにする。最後までついてきてくれたか？　わたしはそう信じていた、だからここでお別れするのが名残惜しい。

H.VALENTIN

アンテルヌ峠

シャモニーの谷を出ると、次がセルヴォの谷だ。周囲の峰から雪が消え、草原が緑を取り戻し、あたりの岩を夕日が金色に染めていれば、この険しい谷ものどかなものだ。いくつかの小屋が点在し、そのうちのひとつの小さな宿にわたしが到着したのは、六月十二日の夕方だった。

　この谷を出る方法はたくさんある。街道を通って出る者もいる、それが最も簡単だ。しかし当時のわたしは若く、また観光客[001]であったから、この凡庸な道を軽蔑した。観光客は山頂や峠を求め、冒険や危機や驚異を求める。なぜ？　そういうものなのだ。驢馬だったら、製粉所からパン焼き窯まで行くのに、最も短かく、最も平坦で、最も整った道しか想像できないように、観光客は、セルヴォからジュネーヴまで行くのに、最も長く、最も険しく、最も酷い道しか想像できないのだ。行商人、チーズ売り、徴税官、老人は、驢馬のように行く。文学者、藝術家、イギリス人[002]、そしてわたしは、観光客のように行くのだ。

　そこで、セルヴォの小さな宿に着くと、真っ先に峠や道の様子を訊ねた。わたしはアンテルヌ峠について耳にした。フィズ峠とビュエ山拠点に挟まれた細い渓谷で、道は厳しく、山頂は険しく荒涼としている……それこそがわたしの道だと思い、翌日よい案内人をつけて行こうと決めた。残念ながらこの地域には案内人がおらず、代わりにシャモア猟師を紹介してくれるという。ところがこの猟師は、わたしが考えたのと同じ道でシクストへ行こうとしていたイギリス人観光客の先約があった。

　わたしは、宿に到着したとき、その観光客が宿の玄関にいるのを見た。容姿端麗、服装も清潔で洗練された、あまりに上品な態度のジェントルマンであった、というのは、わたしが横を通ったとき、わたしの挨拶に返事をしなかったからだ。育ちのよいイギリス人にとっては、これが気品と社交儀礼のしるしなのだ。しかし、アンテルヌ峠まで案内してくれる唯一の現地人が先刻この観光客に雇われたと知って、シャモア猟師の手間賃を折半にして一緒に峠越えさせてもらわねばと思い、わたしは引き返した。

イギリス人はモンブランに向かって座っていたが、目もくれなかった。欠伸したところだった。親しさを示そうと、わたしも欠伸した。それから、英国紳士がわたしの人柄に慣れるために必要だろうと思って何分か待った末、わたしは自分を見せられた、紹介できたと感じた[003]。今だと思った。わたしは小声で、誰とはなしに言った。「壮大だ！　崇高な風景だ！」

　何の反応もなく、返事もなかった。わたしは歩み寄り、ありったけの愛想を込めて言った。「シャモニーから来られたのですか？」

「ああ」

「わたしも今朝そこを発って来ました」

　イギリス人はまた欠伸した。

「途中でお見かけしませんでしたね。ということは、バルム峠を通って来られたのですか？」

「いや」

「プラリオン山ですか？」

「いや」

「わたしは昨日テット・ノワール山を通って来ました、明日アンテルヌ峠を越えようと思っています、案内人がいれば。あなたは案内人をひとり見つけられたそうですね？」

「ああ……」

　ああ！　いや！　いまいましい！　わたしは心の中で毒づいた。馬鹿げた無礼者だ！　そこで、話を急ぐことにした。

「厚かましい話ですが、もしわたしが案内人を見つけられなかった場合、半分お支払いして、あなたとご一緒させていただいてもよろしいでしょうか？」

「ああ。確かに厚かましいね」

「でしたら無理にとは申しません」わたしは言った。そして、面白い会話はもう沢山だと、身を引いた。

　旅先の楽しい時間、それは夕刻、人里離れた未開の地を、ゆっくりと当途なく歩き回りながら、ただ現われるものを見て、すれ違うひとと会話し、散歩で程よく空腹になって、間もなく夕餉かというときだ。歩いていると、わたしは廃屋に覆われたモン・サン＝ミシェルと呼ばれる岩山に行き着い

BEST. LELOIR. HOTELIN. REGNIER.

た[004]。二頭の山羊が草を食《は》んでいたが、近づくと逃げてしまったので、わたしがこの場所の主人となり、そこに生えている樺の若木の傍に腰を下ろした。

わたしは冒険に身を投じているのではない。読者よ、どうか何も期待しないでくれ。座っていた、ただそれだけだ。しかし断言するが、この時間、この場所では、それで充分なのだ。谷間にはすでに影が落ちている。しかし、近くに聳えるモンブランに面した側では、雄大な頂の氷を輝かしい光が明るく彩り、ぎざぎざの稜線が暗い紺碧の中にくっきりと浮かび上がっている。太陽が沈むにつれて、雪原や透明な深淵から少しずつ煌めきが薄れてゆく。ついに最後の針峰からも光が消えると、自然界に生命が宿らなくなったかのように思われるのだ。感覚は、この瞬間まで魅了され、研ぎ澄まされ、山々の頂につなぎとめられていたが、このとき谷を思い出す。頬に風の冷たさを感じ、川の音が再び聞こえはじめ、精神は瞑想の高みから降りてきて晩御飯について考えだす。

牧夫が山羊を集めに来た。わたしは一緒に帰った。この善良な男はアンテルヌ峠に詳しいので、翌日の案内人を頼もうかと思ったが、あまりに臆病なのが気になった。「そのへんの男ならまだしも、立派な人物は！　だめだ。雪がうず高く積もっている！　豚が二匹死んでから、まだ一週間も経っておらん。ピエールの豚、そして奥さんもだ、奥さんがサモエンの見本市に豚を連れて行ったんだ。二匹の豚はすっかり育っていた！　もし売っていたら金になったはずだ！　六月に通るには悪い道だ」わたしは、自分で持っていた旅程案内をもとに、アンテルヌ峠は海抜七〇八六ピエ[005]しかなく、万年雪限界は七八一二ピエ[006]だから、逆にとても楽な道だと言った。言葉の力だけでは牧夫を納得させられないようだったので、わたしは鉛筆を取り、旅程案内の表紙にまで異論の余地ない引き算を書いて、峠のてっぺんから雪線まではまだ七二六ピエもあり、したがって雪も氷河もないと証明した。

牧夫は土地の言葉で言った。「あてにならん！　お前の書く数字は分からん、しかし実際、二年前、ここで、同じ月に、ひとりのイギリス人が雪に取り残された。そいつは息子だった。涙を流して嘆き悲しむ父親を見たんだ。ルノーの家に迎えいれて、乾燥ナッツや肉やパイを差し出した。何の役にも立たなかったよ。欲しかったのは自分の息子だ。三十六時間後に戻ってきたが、それは死体だった」

この男が何か名前を混同しているのは明らかだった、旅程案内は確実だし、引き算は間違いないのだから。それに多少の危険は望むところであり、牧夫が臆病ゆえの誇張を入れつつも一定程度の事実に基づいて述べているとしたら、数々の峠のうちでもアンテルヌ峠はとりわけわたし向きであると思った。だから行程から外すまいと決めたが、案内人は見つからないのでつけられず、自分の持っている優れた旅程案内に頼りつつ、念のためイギリス人のすぐ後に出発し、離れて足跡を辿ることにした。

宿に戻ると、夕食が用意されていた。小さなテーブルがひとつ、わたし用になっていた。遠くに英国紳士のテーブルがあり、若い女性と食事をしていたが、それは娘で、そのときはじめて見たのだった。美しく、若々しさで輝き、貴族階級の若いイギリス人女性にありがちな、優雅さと堅苦しさの混ざった振舞いをしていた。わたしは英語を知っていたから、会話に加わらないにしても楽しく聞くことはできたが、接客や料理の質について、あるいは食器が清潔かどうか疑わしいといった、威厳ある軽蔑を幾つかの単音節で示しているだけだった。その料理は特別に用意され、さらに特別に配膳されていた。娘のほうには大きなビフテキが出され、道中で買ったと思われるワインも断らず美しい唇で何杯か口にしていた。その間、英国紳士のほうは、おそらく食事の要であろうお茶を入念に淹れていた。しかるべきイギリス人ならば心得ている細心の注意と重々しい威風を込めて準備していた。そして、お茶のために宿じゅうが立ち上がり、すっかり乗り気で、素晴らしいお茶会にすべく火の周りに集まる気になっていたにもかかわらず、英国紳士は、旅先でも宿でも大陸でも変わらず上流階級のイギリス人を特徴づける、あの硬い雰囲気で皆を迎えた。

夕食が終わると、案内人が入ってきた。「おい！　ちょっと！　聞いてくれ、早朝に出にゃいかん。いま天気を調べたら、昼ごろには嵐になるかもしれん。高地で嵐はまずい、雪になる。それに、このお嬢さんの日傘では行けん！」

無作法な口ぶりに、英国紳士は明らかに面喰らっていた。返事をする前に、娘と英語で議論しはじめた。読みやすくするため、この会話はイギリス人がフランス語で会話するときに使うような言葉で再現してみる[007]。

英国紳士から娘へ「この案内人はとても無礼な物言いをするな」

「愚か者のようですね。雲がなくならなければ出発しないと伝えてください」

英国紳士から案内人へ「わたしは空に雲がひとつもないときでないと出発したくありません」

「ああ、そんなことは起こらん！　朝早くには雲が出るぞ、予告しておく。間違いなく早朝に出にゃいかん。任せてくれ、天気も場所も俺たちが知っているんだ、俺たちが！」

英国紳士から娘へ「詐欺師だ」案内人へ「わたしは、空に雲がひとつもないときでないと出発したくない、と言ったのです」

「お好きなように、あんた次第だ。きっと九時には晴れるだろう！　あんたが九時に出発するとしよう、しかし言っておくが、昼ごろ嵐になり、正午には雪の真っ只中にいることになる。そうでなくて、早朝に出るなら、正午にはシクストにいて、そこで嵐が来る！」

英国紳士から娘へ「詐欺師だな。どういうことか分かったか、クララ？　彼は明日天気が悪くなると知っていて、わたしたちを早朝に出発させようとしている、というのは、もっと遅くなると雨が降って実入りがなくなるからだ」

「わたしもそう思います」

「この男は何と盗人猛々しいことか！」

「まったくです。あなたの意見をはっきりと伝えてください。それで当てが外れます！」

英国紳士から案内人へ「あなたのたくらみはお見通しです！　わたしは、この平らなところの空に雲がひとつもないときでないと出発したくありません……」クララへ「平《ヽ》ら《ヽ》なところとは何というのでしょう、クララ？」

クララ「皿です」

「……この皿の上に……[008]。分かりましたか！」

「分かった、分かった。けれどもそれは迂《う》闊《かつ》なんだ。ピエールを呼んでやろう。それで豚二頭を失ったんだ！……」

「豚を連れてくるのはやめてください」

「あんたに分かってもらうには……」

「やめてください！」

「もう好きにしてくれ」

「やめろ、この野郎！」

案内人は立ち去り、そのせいでわたしは、いつも前日に決めるはずの翌日の出発時刻を決められなくなった。わたしは誠実な案内人の言葉を信じかけていたが、何の決定権もないので、英国紳士と運命を共にせざるを得ず、この決定をもって眠りについた。

案内人には案内人の考えがある。言いつけに反して、夜明けに大声で英国紳士を起こし、出発を急かした。英国紳士は、猟師が仲間たちを起こすときのような騒々しい方法に繊細な心を傷つけられながら、寝床から出て、窓に鼻をつけ、空がすっかり雲で覆われているのを見て、激しい憤りを抑えられなかった。扉ごしに案内人に向かって叫んだ。「詐欺師！　ペテン野郎！　お前の策略は知っているぞ！　知っている！　……もう一度言うぞ、わたしは天空に一点の曇りもないのでなければ出発しない！　……立ち去れ！　今すぐに！　とっとと！　……」

あまりに乱暴な反応に、案内人は訳が分からず、ぶつぶつ言いながら引き下がった。それに、案内人の言っていた予報は、間もなく本当になったのだ。八時、それまで谷を覆っていた雲を太陽が突き破り、薄くなっていた霧を晴らして、澄みきった空に輝くのが見えた。ようやく英国紳士と娘は出発を決め、鞍と手綱をつけて二時間以上も宿の前で待機していた騾馬に乗り、案内人をつけて出発した。三頭目の騾馬はもっと緩やかな近道でシクストまで荷物を運んだ。ふたりが発ってから二十分ほど過ぎて、わたしも小さな背嚢を背負い、ふたりの後を追った。

　わたしたちの登った山は、絵になるし面白い。中腹までは木々に美しく覆われている。はじめは胡桃、次に橅や樅、そして銀色の細い幹に震える葉をつけた白樺が現われる。それからフィズの岩山となる。岩は雲に向かって聳え、天に近づくほどに切り立って険しくなり、サランシュのほうへ長い尾根をなして続き、ヴァランの尖峰で終わる。岩は水に蝕まれ穿たれている。度重なる山崩れによって作られた岩山だ、といって最後の山崩れは前世紀であり、今では森に覆われたなだらかな丘で、のどかな牧草地が点在し、そこに人間が、集落が、村がまるごと収まっている。時おり勇敢な猟師がフィズに登る。猟師たち曰く、厳しい山頂には深く暗い湖があり、地元では驚異が伝えられているという。

　セルヴォから登ると、最後に通る村がル・モンだ。荒廃しきった小さな集落に驚き、住民も家畜も見かけないので、わたしは泉の傍で休んだが、深い静寂の原因を訊ける者は誰も現われなかった。もし訊けたなら、好奇心は満たされるが、同時に悲しい幻滅があっただろう。実際、次の日にボンヌヴィルに入ったとき、御者がこの村の不幸な住民全員を収容している牢屋を指さして教えてくれた。

　悲惨な話だ。この集落も、谷にある他の集落と同じように、財産も美徳もあった。他の集落と同じように、労働と素朴な生活が秩序を作り、ささやかな繁栄を保っていた。世代が続き、世間に知られてはいないが一致団結して平和であった。しかし帝国戦争[009]の末期の数年間、家庭に戻るときに怠惰と酩酊の習慣を持ちこむ者がいた。他所ではいかに教会が見捨てられ司祭が嘲笑されていたかを伝えた。サヴォワ人はパリで高く評価されており、数年間さほど大変でない仕事をすれば大金を得られると言った。話に乗せられて大勢が出稼ぎに行き、数年後に戻ってきた。彼らは大金を稼いできたが、同時に、かつてない悪徳、恥ずべき淫蕩《いんとう》、遊興の知識と欲求も持ち帰ってきた。すでに以前から、古い処世訓が見下され、素朴な習慣や宗教的実践が軽蔑されて、土壌が準備されていた。腐敗が生じ、根を張り、広がり、あらゆる家庭の中心にまで入りこんだ。不節制や病気や貧困が、かつては健康で豊かだった家庭を潰瘍のように蝕み、数年後、この小さな社会は、秩序と労働の習慣を放棄して荒れはて、悪徳と欲求のみで結ばれて、近隣の村の財産を狙った忌まわしい陰謀を企てた。家畜を奪い、所有権を主張し、土地を要求し、裁判にかけられたときには、おぞましい誓いを立てて全員で口裏を合わせた偽証によって勝訴した。最終的に、罪を償うときが来た。父や母たちは牢獄に入れられ、子どもは孤児となり、悲嘆に暮れ、散り散りになって、牢屋の周りや街の路上で施しの苦いパンを食べたのだ。

さいわい、そんなことは知らなかった。泉の傍に座り、透明な水と鮮やかな苔に見とれた。善良なひとたちは、家々の戸口や牛小屋の周りには見当たらないが、森で働き、たくさんの牛たちを遠くで放牧しているのだろうと、わたしは想像していた。こうした人里離れた土地で、心地よい木蔭で、大都市の住民を苦しめる災禍に蝕まれたひとたちがいると、どうやって想像できよう！　アルプスの高山の只中で、不可侵の避難所だろうと思って探し求めに来た素朴さの魅力を、どうして諦められよう！　しかし何度幻滅しようとも幻想は常に甦《よみがえ》る、なぜなら、われわれ都会人にとっては、大自然がわれわれを感動させ、山の静寂がわれわれに語りかけて、心が高まり、清められ、まるで原初の純真さを取り戻すかのように、悪事や悪徳、下劣な情念を抱かなくなって、あらゆるものに心を酔わせる魅力を見出すようになるからだ。

わたしはその魅力を混じりけなしに体験し、登るほどに強く感じた。ところが、十一時ごろになると、深い峡谷の上に少し雲がかかってきた。モンブランは、くすんだ白の上に岩の尾根が黒々と描かれるような鈍い姿で、南から冷たい風が吹いてきた。わたしは案内人の予報を思い出したが、そのときはただ想像上の罠《わな》に嵌《は》まるまいと自らに現実の罠を仕掛けた例の英国紳士を笑うだけだった。ときどき雑木林が疎らになり斜面が急になると、頭上に二頭の騾馬が見えた。英国紳士と娘が何も言わずに歩いていると、娘の騾馬を引いていた案内人が立ち止まって娘に何かを見せ、そこから口論のようになっていた。

　この場所では、案内人が旅行者に、フィズの岩壁の高い位置に見える錆色の斑点を見せるものだと、知っておく必要がある。彼らはこの模様をフィズの男と呼んでいる、というのは、この斑点は黄色いキュロットのような姿形をしており、その周りには他の形があって、合わせると巨人の姿になっているらしいのだ。案内人が娘に指さしたのは、この奇観だった。しかし、人間の形だと説明するために、案内人は娘のキュロットを指差した。この言葉がイギリス人の耳にはいかに下品に聞こえるか、それはご存じのとおりだ[010]。そのため、娘は意に介さないといった顔になり、英国紳士は滑稽なほど怒った顔になった。

　案内人が繰り返した。「あの上の左が、黄色のキュロットだ」

「案内人よ、その単語を言うのはやめなさい！」

「こちらのひとには見えないということだな。ほら、ちょうどこの杖の先に……黄色いキュロットが」

　ここで娘は恥じらいによる不快感を倍加させ、英国紳士は再度の無礼に憤慨した。「あなたは不適切です！　その下品な単語を口に出すなと言ったでしょう！　金を払ったんだ、従うのが義務でしょう！」娘に「騾馬を進めよう、クララ」

　一行は旅を再開した。案内人は一介のシャモア猟師で、たまたま案内人を務めているだけだから、シャモニーのひとたちと同じく礼儀作法には通じていなかったし、そんなものを気にする必要はないから知らないのだった。しかし結局、手間賃だけを心配して、反論はせず、ポケットから煙草の詰まった大きなパイプを取り出し、口にくわえて、火打金を叩きはじめた……。

　クララから英国紳士へ「ああ！　ひどい臭いです、この男は煙草を吸おうというのです！」

　英国紳士からクララへ「こんなにも耐えがたい男は見たためしがない！」案内人へ「案内人よ、煙草を吸わないでください、どうして、わたしの娘が香りを嫌うからです[011]」

「香りなものか、煙草だよ、上等のね！」

「悪い香りだ、やめなさい！」

「ああ、そうかい、動物に任せて、俺は後ろを歩こう」

クララ「ああ！　ちょっと！　……騾馬から離れないでください！」

英国紳士「離れるな！　……おお！　なんて奴だ！　煙草を吸うな！　吸ったら絶対に支払わないぞ！」

「いやはや！　こんなことになろうとは！　……まだ家畜どもを見本市に連れて行くほうがましだ！」案内人はパイプをポケットにしまった。そして言い足した。「さあ、進もう！　曇ってきた。雪を越えないといけない」

実際、空一面が再び雲に覆われていた。峰はことごとく隠れ、強さを増した風が谷筋の道の土埃を巻きあげた。わたしたちはすでに三時間近く登っていたが、まだ頂上は遠くに見えた。フィズの岩山の裾に着いて以来、もはや植物の痕跡はなく、岩山を回りこむために視界が遮られてセルヴォ渓谷が見えなくなっていた。だから景色が変わったのだ。左側には切り立った岩が続く。右側には氷と岩がむき出しになったビュエ山の麓が広がる。周囲は荒涼としており、何の代わり映えもせず、ただ白い雪塊だけがどんどん増えて、やがて途切れなくなった。

英国紳士からクララへ「この胡乱な奴は本当の道を知らないのではないか？」

クララは不安げに答えた。「わたしもそう思います」英国紳士「わたしたちを悪路に案内しているな、案内人よ？」

「ここが！　ここは嘆きどころではない。もっと上まで待ちなさい。行こう、進んで！」

クララから英国紳士へ「ああ！　とても恐くなってきました、お父さま！」

「進んで、さあ！　昨日あんたは聞く耳を持たなかった。こうなったら何とか切り抜けるしかない」

「戻りたい！　絶対に帰りたい！」娘はとても怯えて叫んだ。

「無理です、お嬢さん。でも、ともかく今は向こう側に行ったほうが」

「騾馬を止めろ、案内人、止めろ！」英国紳士が言った。

しかし案内人は集中しており、命令を聞かなかった。「止まって！」娘が繰り返した。「止まれ！　今すぐ！　早く！

……」英国紳士も繰り返した。

案内人は止まらず、返事もしないで、わたしたちの後ろの空を見つめた。「まずいな」と言った。そして急いで騾馬を止めた。「ご主人、お嬢さん、降りないといけません」

「降りる！」ふたりは同時に叫んだ。

「急いで！　戻るのは無理だ。後ろから嵐が迫っている。風が猛烈な勢いで嵐を運んでくる。運がよければ嵐に捕まらずに済む。峠はまだ遠い、越えようにも着く前にくたばってしまう。斜面の左側をよじ登るしかない、それが近道だ。その先は風を受けない。降りろ！　騾馬は自分で道を見つけるだろう。だから降りろ！」

英国紳士は男の冷静さに圧倒されたが、同時に、話を聞いてたいそう不安になった。何も言わずに騾馬を降りた。わたしは追いついた。娘はすっかり震えていた。わたしは一言断るのも忘れて騾馬から降りる娘に手を貸し、安心させる言葉をかけた。娘の華奢な足が雪に沈みこむのを見て、父は恐怖の表情を浮かべた。わたしはすぐさま、大急ぎで鞍《くら》に鐙をつけている男に言った。「案内人さん、わたしたちをここから救い出せるのは、あなたなのです。あなたの勇気と力は聞いています。フェリザさん、あなたは谷で一番の狩人ですね。わたしたちは、あなたにお任せします」そして英国紳士のほうを向いた。「怖がらないでください。わたしも山にはとても慣れています。このひととわたしのふたりで娘さんを支えましょう、もし疲れすぎて倒れてしまったら」動揺して上の空の答えが返ってきた。「ありがとう」

わたしはイギリス人ほど動揺してはいなかったが、不安は同じくらいあった。前日に聞いたばかりの牧夫の話が思い出され、わたしたちが非常に危険な状態にいると思わせた。牧夫は、イギリス人の若者の死、そしてピエールの妻の死にまつわる事情を、すべて細かく話してくれた。わたしには、それらが恐ろしい現実としてことごとく再現されているように見えた！　不幸な女性は、仲間とともに山頂近くまで来ていたが、逃げる力もなく、ついに嵐に呑まれて死んでしまった。この風は、狭い谷間の窪みに吹きこみ、激しく渦巻き、巨大な雪の塊を動かして、風の吹きつけたあとを雪の下に覆い隠してしまう。その種の旋風が、まるで谷底から来たかのように背後に迫り、たちまちわたしたちに追いつきそうだった。つむじ風を見つけた案内人は、わたしたちが危機を察知するよりもずっと前から、目を離さず、距離を洞察し、方向を予測し、的確かつ素早い一瞥《いちべつ》で、死にたくなければ先に示した斜面を急いで登らねばならないと判断したのだ。

わたしたちは出発した。自由になった騾馬たちは、頭を高く上げ、鼻をつき出して、たちまち勢いよく走り出した。本能に導かれて、騾馬はわたしたちの来た道から外れ、吹雪から離れようと左に走り、暗い谷に消えて、間もなく見えなくなった。「進もう！　こっちだ！」案内人がしきりに叫んだ。しかし傾斜はとても急で、足元に積もる雪がなければ、どんなに機敏な猟師でも立っていられないほどだ。この有利な条件があったところで、わたしたちはほとんど前進できず、案内人に追い立てられても、心強いどころか不安になるばかりだった。娘は恐怖をこらえ、立ちすくんでいる父親を余計に怖がらせないよう、かつてない努力で立ち上がろうとした。しかし体力が尽きており、わたしの手助けを受け入れるのは些か恥ずかしいといった持ち前の慎ましさを示したものの、もはやわたしの腕にしがみついて、しばしば凭れかかり、ほとんど身を預けていた。わたし自身も疲れきって、何度も力尽きそうになったが、娘が重大な危機に瀕していると思うと、勇気を奮い起こして再び力を振り絞った。ついに娘が斜面を登りきった。父親が助けを求めてきたので、わたしたちは娘を頂上に残した。

特別な事情が、可哀そうな紳士をいっそう苦しめていた。雪斜面の険しさを和らげようとジグザグに歩いているとき、雪の下で踏みしめたのが、たまたまぐらつく岩だったのだ。体重をかけたら大きな岩が少し動き、英国紳士は不意打ちでたいそう驚かされ、耐えきれずに膝を震わせて倒れた。顔は青ざめ、憔悴していた。それを見た娘が頂上で絶望して泣き出し、わたしたちも困り果てた。英国紳士が「わたしは置き去りにして、わが子を助けてください！」と言ったのだ。案内人は「頑張れ、勇気ある紳士よ、何でもないぞ」と応じた。

そしてわたしに言った。「彼を運ぼう！」わたしたちは力を合わせ、多大な困難とともに頂上へ登りつめた。

頂上には何ピエか空地があり、絶えず風に吹かれているために雪がなかった。そこに四人が集まった。嵐はどんどん近づいていた。案内人が言った。「ここに長居はできない。俺がこのひとを運ぶ、重いからな。あんたは娘さんを頼む。あとは降りるだけだが、二十ピエ以上も雪が積もっている。あんたたちは、俺の足跡に自分の足を重ねてくれ。忘れちゃならん、岩の周りにある穴を避けるためだ。頑張れ、勇敢な紳士よ。頑張れ、お若いの。頑張れ、お嬢さん！　何てことはない！　こいつで気つけだ……」

そう言いながら、案内人がポケットから取り出した古い革袋には、この土地の粗悪な酒が数滴まだ残っていた。「戦時には戦時のように[012]」と言いながら、革袋を娘の口に差し出した。娘は酒を味わい、感謝の微笑みを浮かべて革袋を返した。次に案内人は英国紳士に飲ませ、そしてわたしに渡した。軽い酒だった。「案内人さん、あなたも」とわたしが言うと、案内人は「ひとりで飲みな、もうほとんどないだろう」と言いながら出発する準備を整えた。そして頭上を見渡し、空の様子に驚いたかのように、突然「さあ行くぞ！」と叫んだ。実際、巨大な柱のような吹雪が傾きながら進み、上のほうはすでにわたしたちのいる場所に張り出して、左手のフィズ山頂を隠していた。

酒の一滴でわたしたちは少し気力が湧き、下山を開始した。しかし足を踏み出すと、さっそく困難が立ちはだかった。こちらの斜面の雪は、逆側に吹いている冷たい風から守られ、柔らかくなっていた。わたしたちは腰まで雪に埋まった。やがて、雪に触れてすっかり濡れた服が足に張りつき、娘は寒さに凍りついて、まったく動けなくなった。娘はたびたび立ち止まったが、わたしは何に困っているのか分からず、助けようもなかった。案内人がそれを見つけ、咄嗟に叫んだ。「馬鹿もん！　……頂上で言っといてくれよ。そうだ！　土地の女たちみたいに、スカートをキュロットのようにしておかないと！　……」この数時間で情勢はかなり変わっていた。それで、若いイギリス人女性は、確かに恥ずかしくないわけではなかったが、今度は慎ましさを装おうとはせず、さっと自分の手で服の前端を後ろに回してピンで留め、膨らんだズボンのようなものを作ると、楽に距離を歩けるようになった。

英国紳士は、娘の心配で頭が一杯だった。「ありがとう！　ありがとう！　ああ！　神さま！」と、一歩ごとにわたしに語りかけてきた。「案内人さん、こんな道がまだ続くのですか？」案内人は言った。「もう助かった、でも見てみな、皆で通ってこなければならなかった道を！」

案内人の言葉に、わたしたちは示し合わせたように互いに離れ、振り返って、黙って見つめた。吹雪が恐ろしい音をたてて打ちつけていた。巨大な雪の柱が岩に当たって空中に舞い上がり、風が雪煙を摑まえて互いにぶつけ合うので、大きな雲が突風で引き裂かれたように見える。とてつもない光景を目の当たりにした英国紳士は、娘が恐ろしい死をかろうじて免れたと思うと、心底感動して娘のほうを向き、腕に抱こうとした……しかし娘もまた感動と寒さに襲われて、気を失ったところだった。

わたしはすぐさま自分の服を脱いで娘に着せ、腕に抱いて起こすと、父親はわたしの背囊から数枚の布を取り出し、娘の両脚や凍えた足先に巻きつけた。娘は再び目を開け、わたしの腕に抱かれていると気づいて顔を赤らめた。わたしは英国紳士に言った。「もう大丈夫そうですね。さあ、案内人に摑まってください、出発しましょう。もっと休める場所まで、お嬢さんをお運びします」このとき、娘が弱々しい声を漏らした。「ありがとうございます……お父さん、歩いてください、お願いします」そして、わたしの首に腕を回しつつ、なるべく重荷にならないよう踏ん張った。「それなら右へ行こう、あばら屋があるはずだ」と案内人が言った。確かに、二十分もすると、この純朴な男は、厚い雪の上に煙突だけ覗かせている粗末な山小屋を見つけ、わたしたちに示した。小屋は深く埋もれていた。案内人が雪を払い、屋根に穴を開け、最初に降りて、わたしの腕から娘を受けとめ、すぐに全員が家に隠れたが、中に入ってみると梁は煙で黒ずみ、床は湿った土で、その様子からして、前の夏には大勢が滞在していたことがありありと分かった。

この惨めな、しかしわたしたちにとっては大切な住居がなければ、わたしたちの若い仲間がどうなっていたか、想像もできない。嵐はわたしたちに追いつく前に止んだが、雪混じりの冷たい雨が続き、篠突く水滴が顔を刺し、視界を遮り、数歩先しか見えず、案内人でさえ山道の傾斜だけを手がかりにわたしたちを先導していた。嵐の残りが頭上を通っていたのだ。それに、娘は軽かったが、もはやこれ以上はどうやっても運べなかった。といって案内人には頼めない、厳しく険しい道でわたしたち一行を先導するには、全神経を集中させ、自由に動けるようにしておかねばならないからだ。そのことは、突然「あばら屋があるはずだ!」と叫んだ案内人のほうこそ、わたしたちよりも先に感づいていた。入ってすぐに案内人が扉を揺すって蝶番《ちょうつがい》を外したので、わたしは戸板の向きを変えて湿っていない面を表にし、その上に背嚢の中身を全部広げて、娘を寝かせた。英国紳士は黙っていたが、内心とても動揺しており、片腕で娘の頭を木に触れないように支え、もう片腕でわたしたちの持っている乾いた服を冷えた体にすべて被せた。

一方、フェリザは屋根の内側から何枚か春の雪解けに湿っていないこけら板[013]を選んで積み、山小屋の桁の間や梁の下から一本ずつ集めた藁を下に敷くと、ポケットから火打金を取り出して、英国紳士を見ながら言った。「ご心配なく、今度はパイプのためではありません!」猟師の意図ではないものの手厳しい非難を含んだ言葉に、イギリス人は心底反省したように頬を赤らめた。口では何も言わなかったが、この年頃の男の身には応える羞恥心が目に表われており、わたしはその表情から、娘の命の恩人となった男にかつて辛く当たった自分を許していないのだと分かった。

すでに暖炉には火が熾《おこ》っていた。わたしたちは身を寄せあった。優しい温もりに娘は息を吹き返したようで、美しい顔に色が戻ってきた。かじかんだ手足は少しずつほぐれ、わたしたちの世話に対する感謝の言葉を漏らすと、暗い家の只中、温かい暖炉の明るい炎で思いがけない輝きを放っていた美しい娘は、いっそう素晴らしい気品をまとった。英国紳士は、

ついに娘が戻ってきたと確信した瞬間、極度の不安から強烈な喜びへと変わり、言葉を発する前に涙で顔を濡らした。時おり娘から手を離してわたしや案内人の手を握ったが、案内人のほうは簡単に「言っただろう、何でもないって……」と答えた。いや、大きな危険を冒し、この今の二時間のように死線を彷徨ったあげく、不安の果てに希望が生まれ、温かく生き生きとした幸福が不意に現われ、喜びが心に溢れ、外に広がり、全体の喜びや個々人の喜びと融合する、この比類なき瞬間の価値は計り知れない。わたしは、人生でいくつも経験した、我を忘れる喜びや顔のほころぶ楽しみを忘れてしまうだろうが、煙の昇る山小屋で、雪の中、嵐の音を聞きながら、見知らぬ三人と過ごした時間は、けっして忘れないだろう。

案内人はいつでも精力的で先見の明があり、火の傍に物干台のようなものを作って、わたしたちの服を掛けたり裏返したりしていた。娘の服は着たままで乾いており、もう体を起こして、出発できると自信を持っていた。わたしたちが屋根に開けた穴は、フェリザが燃料を取ったために広がっており、そこから一筋の光が差しこんで揺らめき、わたしたちの安心感は頂点に達した。案内人が言った。「寒さの前兆だ、雪が来る。なあに、俺の靴なら岩の上でも歩けるぞ！」それは木製の靴の底敷のことで、ちょうど娘のために小刀で削りあげたところだった、というのも、娘の上品な靴はすでにかなり傷んでおり、湿った雪にも、もっと下山したときの荒れた道にも耐えられる状態ではなかったからだ。わたしたちが出発の準備を終えると、案内人も装備を整え、さっさと山小屋を発つべく雪で火を消した。

宵は晴れていた、しかしわたしたちの目には、これまでに流れた時間のために、どれほど魅力的に輝いて見えたことか！　夕暮れの見事な穏やかさは、わたしたちの魂の、多くの不吉な動揺を経たあとの静けさに、どれほど調和していたことか！　わたしたちは一緒に歩いた、さいわいもう恐怖はなかったが、ついさっきまで危機を共有し皆で支え合っていたという記憶によって結ばれていた。娘はわたしの腕に寄りかかっていた。娘が恥ずかしがって躊躇っていたところ、父親が促したのだ。わたしに対して払うべき敬意であると、父親は考えた。わたしとしては、その貴重な仕草に密かな喜びを感じた。四十五分で雪から抜け出した。英国紳士が叫んだ。「今、わたしは幸せだ、とても幸せだ、神に感謝する！……」そして、わたしに向かって言った。「あなたはわたしの友人です！　他に言いようがない！　……案内人さん、何でも申しつけください、ありったけの感謝と好意を捧げます。あなたは優秀で立派なかたでした。昨日、わたしはあなたを誤解していました、とても後悔しています！　……どうぞパイプを吸ってください、わが友よ、わたしのためと思って！」「どうってことないよ！」とフェリザは答えた。そしてさっそくパイプを吹かしはじめた。

残りの下り道は楽だった。暗くなる前にシクストに着いた。イギリス人と娘はそこに旅行鞄を送っており、やっと着替えられた。このときふたりは疲労困憊で休みたかったはずだが、それでも心の動きに従って、わたしを食事に誘った。夕食後、案内人が呼ばれた。英国紳士が彼を称えて乾杯し、金貨をいくつか手渡しながらも、金銭よりも尊敬と厚い感謝によって報われる仕事もあるのだと身をもって示した。

翌日、わたしたちは別れた。わたしには一日が長く感じられ、道は険しく思われた。これ以上に何を言おう？　それまでわたしは娘を腕に抱えていた。しばらくの間、娘の命、気品、美しさを、わたしが注意ぶかく優しく見守っていたのだ。これから何日も、行く先々で彼女がいないために張り合いのなさを感じなければならないのか！

ジェール湖

シクストから、クリューズとサランシュの間に連なる高い山列を越えて、アルヴ渓谷に行ける。この経路は、この地方にたくさんいる密輸業者以外にはほとんど知られておらず、使われてもいない。大胆な男たちが、ヴァレー州のマルティニーで物資を仕入れ、重荷を背負って近寄るのも困難な峠を越え、サヴォワ内の谷に下りてくるのだが、一方で税関吏は国境で見張っている。

税関吏は制服姿で、手は汚く、口にパイプを咥《くわ》えている。馬車が来るまで日なたに座ってのらくらしているが、税官吏の見張る前を通ろうという馬車は、密輸品など一切ないからこそ通るのだ。「申告するものはないか?」「ありません」はっきりと返事したにもかかわらず、税関吏は行李を開け、白い下着、絹のドレス、ポケットチーフに手を突っこむ。この作業をさせるために国は税関吏に金を払っているのだ。わたしはずっとおかしいと思っていた。

密輸業者は完全武装で、自分たちのために確保した道を歩こうとする税関吏に、いつでも銃弾を撃ちこめる。さいわい、税関吏のほうも分かっているから、そこを歩かずに別の道を通る。わたしは税関吏の抜かりなさだと思っていた。

税関と密輸、われわれの社会のふたつの癌だ。税関境界は、国を囲む悪徳と放縦の帯だ。密輸は、強盗や殺人の名門校であり、毎年優秀な生徒を輩出し、あとでそいつらを牢獄や徒刑場に住まわせ養う費用は社会が支払うのだ。

わたしは税関吏と接することが多かった。わたしの下着は、きちんとした国であれそうでない勢力であれ、あらゆる政府の役人によって、あらゆる国境で触られる栄誉に浴してきた。禁止事項は何も見つからなかった。下着といえば、こんな話もある。リヨンへ行くところだった。ベルガルドで、わたしは行李を調べられ、またジュネーヴが近いために時計類を探す身体検査をされた。わたしは大人しく身を任せるつもりだったが、旅人たちの中にいたひとりのイギリス人将校が、何をされるのか説明されると、静かにポケットから小刀を取り出し、遠くからでも自分を触る素振を見せたら「最初の者も、二番目の者も」真っぷたつにすると宣言したのだ。

大騒ぎになった。税関吏はあくまで所定の手続きを求めるだけだったが、背の高いワーテルローの男は、鋼鉄の短剣を持ち、堂々たる威圧感を与えていた。しかし長官は頑として「この男を調べろ！」と繰り返した、だが相手もますます昂奮して「来てみろ！　わたしは一人目を真っぷたつに切り、二人目も、三人目だって同じようにするぞ！」と繰り返した。三人目とは長官のことだ。

　誇り高き紳士の激昂ぶりに、このままでは惨劇になりかねないと、わたしは思い切って口を挟んだ。「このひとから税関吏に衣服を渡すようにすれば、このひとの尊厳を些かも傷つけずに、命令を実行できるでしょう」わたしがそう言うと、すぐさまイギリス人はこの条件を受け入れ、さっと服を脱いで税関吏の顔に投げつけた。素っ裸になって肌着を長官にかぶせたときの形相は忘れられない。「ほら！　ろくでなし!!見てみろ！」

　密輸業者との事件は少なかった。しかし、シクストからサランシュまで、先に述べた山々を通ってひとりで行こうとしたときに、ちょっとした出来事があった。わたしは行路を確認していた。山頂に到達する一時間前にジェール湖という小さな湖を通過し、そこから先は氷河の平原を横切る岩の尾根に沿って進み、それからサランシュ側へ、アルパナの滝を囲む森に向かって下る。三時間の厳しい登攀の末、わたしは小さな湖を見つけた。湖を囲む緑の斜面が暗い色調で映りこみ、透明な水は底に広がる鮮やかな苔まで見せてくれる。わたしは湖の縁に座って、ナルキッソスのように、そこにいる自分を見ていた……鶏の腿肉[001]にかぶりつきながら、そして自分の姿に見惚れて口をとめたりなどせずに。

　水の中には、わたしだけでなく、近隣の山々や森、美しい自然のすべてが逆さに映っており、空高く飛ぶ二羽の鴉《からす》が鏡の中では深い水底に見えた。このような眺めを楽しんでいると、男か女の、あるいは獣の頭、少なくとも何かしら生きているものが山の斜面で動いたように見えた。わたしが登ろうと思っていた斜面だ。実物を見ようと素早く目を上げたが、それきり何も見えないので、水面の波のせいかと思い、やはりこのあたりには自分ひとりしかいないと確信して、再び出発した。しかし、確かに何かを見たとも思ったので、たまに立ち止まって左右を見回し、頭を見たと思った場所の近くまで来ると、用心していくつかの岩を回り、いっそう警戒を強めた。

この岩の道について、わたしは下界で話を聞いていた。ここにそれを記しておこう。十八人の密輸業者が、めいめいベルンの火薬袋を持って、道を進んだ。最後尾の者が、自分の袋が明らかに軽くなっていると気づき、思わず喜ぼうとしたところで、もしや軽くなったのは荷物を失ったからでないかと賢明な疑いを抱いた。そのとおりだった。後ろの道に長い火薬粉の線ができていた。損失である、しかし何より、一行の行路を露見させる致命的な手がかりである。彼は止まれと叫び、他の十七人はいっせいに荷物に腰を下ろして酒を一杯やると額を拭った。

その間、もうひとりのほうである悧巧者は、火薬粉の線の元を辿っていた。二時間歩いて端まで辿ると、パイプで火をつけた。手がかりを潰すためだ。二分後、彼は大きな爆発音を聞いたが、その音は山々の絶壁に反響し、谷を駆けまわり、峡谷から登ってきて、彼をいたく驚かせた。線の先にあった十七個の袋が、上に座っている十七人の男ともども、空中に飛び出したのだ。この話について、ふたつのことを指摘しておく。

第一に、この物語は実話であり、楽しく、愉快で、充分にもっともらしく、言い伝えからも、また今でもその道が存在し誰でも行って自分で確かめられることからも明らかである。わたしはハンニバルのプチ・サン＝ベルナール越えと同じくらい確かだと考えている。ハンニバルがプチ・サン＝ベルナール峠を越えたと、どうやって証明するのか？　まず山のふもとにある白い岩を見せ、そのカルタゴ人が山頂に着いたときに酢で溶かした岩だと説明する[002]。

第二に、この話では十七人の男が死んでいる。だが注意してほしい、経緯を伝えるためにひとり残っているのだ。これは、わたしの思い違いでなければ、模範的物語の特徴であり条件である。戦争や災害や惨禍では、死者が少ないと、大事件でない。全員が死ぬと、闇に消える。しかし、とてつもない破滅の只中で、ある者が、事の顚末を伝えるためだけに、唯一難を逃れるというのが、この種の話の肝であり、好事家を喜ばせるのだ。だからこそ、ギリシア史もローマ史も近代史も、そうした話で溢れている。

わたしの通った道はとても暑かった。ただ、この標高では、冷たい空気が暑さを和らげてくれる。さらに、眼下の美しい光景が魂を魅了し、不毛な平原では往々にして耐えられないこまごまとした煩わしさを忘れさせる。振り返ると、氷で覆われたビュエ山の丸い頂がすぐ近くに見えた……だけでなく、そう遠くないところ、今しがた通り過ぎた樅の木々の後ろで、何かが動いたように見えた。もしかしたら、先ほど見た頭の足かもしれないと思い、歩みを続けながらも警戒を強めた。

生憎わたしは生まれつきとても怖がりである。英雄は危機を楽しむというが、わたしは嫌いなのだ。徹頭徹尾、翼の先まで完璧に安全であるのが一番好きだ。決闘になったら右目の前に剣先を見ると思っただけで、活発な性格が用心深くなり、くすぐられやすい自尊心が鈍くなるのが常なのだ。さらに、ここでは決闘よりも悪いことに、金か命か、あるいは両方とも奪われかねない。恐るべき破滅を迎えかねない、しかも事の顚末を伝える者がいない！　ひとたび頭をよぎると、もはや他の考えなど浮かばず、頭が一杯になって、結局、岩の間に隠れて後ろの様子を見守った。

半時間ほど観察していると（観察は骨が折れる）、悪い顔つきの男が樅の木蔭からゆっくりと出てきた。わたしの隠れている岩のほうを長いこと見つめてから、手を二回叩いた。それを合図に男がもうふたり現われ、大きな袋を肩に担いだ三人は、パイプに火を点けなおして吸いながら、静かに登りはじめた。間もなく三人は、わたしが身を潜めて見張っているまさにその場所に来て、ちょうど例の十七人と同じく、袋の上に座った。さいわい三人はわたしに背を向けていた。

思う存分に観察できた。男たちは完全武装のようだった。

三人で小銃一丁と拳銃二丁、さらに大きな袋があり、かの伝承から学べるとおりベルンの火薬粉を入れているに違いないと想像できた。すでにわたしは火薬粉の線を思い出して震えていたが、そのとき、ひとりが火のついたままのパイプを袋の上に置いて立ち上がり、何歩か踏み出した。それを見たわたしは命を天に任せ、どうにか恐怖で叫ばないよう隠れている岩にしがみついて爆発を待った。

歩き出した男は、高台に登って進路を観察し、仲間のところへ戻って言った。「もう奴の姿は見えない」別の男が言った。「ともかく、あのごろつきは俺たちを売ったんだろう！」三人目の男が割って入った。「それで奴は急いで先に行ったんだ。変装した税関吏といったところか。臭いを嗅ぐように立ち止まり、あちこち見回し……。ああ！　この好都合な誰もいない一角に、見たことも聞いたこともない奴を送りこまなければよかった！　帰ってこないのは死んだ奴だけだ」

二番目に話した男が言った。「だからジャン＝ジャンは帰ってこなかった。ちょうどこの斜面の下に、奴の死体を埋めた穴がある。俺たちが奴を捕まえたとき、一般人のふりをしようと、奴は小銃を投げ捨てたところだった。その小銃がこれだ。奴の裁判はすぐに終わった。とっ捕まえたら、ラメッシュが奴を木に縛りつけ、ピエールがこめかみを撃ち抜いた。お茶目な奴だ、撃った後に言ったんだ。ジャン＝ジャン、最期の祈りを捧げよ！　とね」恐ろしい話に続き、ぞっとする笑いが起こったあと、話をした男が立ち上がって出発の合図をした。男はわたしを見つけて叫んだ。「おい！　見つけたぞ。俺たちをつけ狙う奴だ！」その言葉に他のふたりが飛び上がり、わたしは頭に無数の拳銃が向けられるのを見た、あるいは見た気がした。

わたしは言った。「皆さん、わたしは……あなたがたは勘違いしておられる……どうか……まずは銃を下ろして……。皆さん、わたしは世界一正直な男です……（彼らは眉を顰めた）お願いです、銃を下ろしてください、暴発するかもしれませんから……わたしは作家です、税関吏なんかではありません……結婚しています、一家の父親なんです……。頼むか

ら銃を下ろしてください、頭が真っ白になってしまいます。どうぞわたしを気にせず行ってください……。わたしも税関吏は嫌いです。あなたがたの大変な仕事に共感しているくらいです。あなたがたは、忌まわしい税金に苦しむ者たちに富をもたらす立派なひとです。ご挨拶できて光栄です」

「俺たちを見張るためにここにいるんだろう?」三人のうちで一番柄の悪い男が、カルトゥーシュ[003]の口調で言った。

「滅相もない! 違います! わたしはここで……」

「俺たちを観察し、売り渡そうとしていた。知っているぞ。見たんだ、お前はそこで見張って、眺めていた……」

「……美しい自然です、それだけです」

「美しい自然だと? ……言ってみろ、あの角に潜んで、薬草でも摘んでいたのか? お前がやっているのは悪い仕事だ。この山は俺たちのものだ。くたばれ、俺たちを嗅ぎつけに来た野郎! 最期の祈りを……」

男が拳銃を構えた。わたしは地面に倒れた。他のふたりも近寄ってきたが、止めに来たのではなく、三人でひそひそ話をしたあと、ひとりがわたしの肩にさっと荷物を載せた。「さあ!」その男が叫んだ。気づいたらわたしは密輸業者の一員になっていた。生まれて初めてだ。その後は二度と巻きこまれないよう常に用心してきた。

わたしの運命は密談で決まったらしい、というのも男たちはもはやわたしを気にしなくなったのだ。無言のまま、ふたりずつ交互に荷物を順番に運んで歩いた。もっとも、わたしは再び潔白を証明しようとしたが、言葉に偽りがないのは、わたしが自己弁護するよりも、男たち自身が鋭い目で見抜いていた。ただ、ひとりでいるらしいわたしが、どうして用心深く歩き、周囲を見回していたのか、男たちは理解しかねていた。わたしは、湖を見ているときに幻が見えたと言って、謎を解く手がかりを与えた。悪党は言った。「潔白だろうがそうでなかろうが同じだ、お前は俺たちを売れる。歩け。もうすぐ森に着く。そこで片をつけよう」

この言葉にわたしが不吉な意味を読み取ったと、分かってほしい。近くの森まで歩いて三十分、引かれ者の不安を正しく理解するには充分な時間だった。じつに同情すべき不安だと、わたしは断言できる。ただ、そもそもわたしは潔白であり、誰かとすれ違えば好都合だし、上手いこと右側が崖になっているから荷物もろとも飛び降りてもよかった。しかし誰ともすれ違わず、飛び降りたくもなかったので、わたしたちは無事に森へ着いた。そこで男たちはわたしから荷物を取りあげ、唐松の大木にしっかりと縛りつけ……ジャン＝ジャンのときのようにわたしをぶちのめすのではなく、こう言ったのだ。「俺たちには二十四時間の安全が必要なんだ。喜べ。明日、帰るときに解いてやる、ありがたく思うなら口外するな」そして荷物を取ると去っていった。

このときほど自然が美しく輝いて見えたのは初めてだった。おかしなことだ！　唐松の木は何の苦にもならなかった。二十四時間が一分のように思えたし、男たちは正直者だから、必要に迫られて些か無愛想だが、信頼できるし礼儀も弁えている。本当に命を取り戻した！　数分ののち、甚だしい不安のあとの強烈な喜びが来て、まるで茫然自失となり、我に返ると涙が溢れていた。このとき去来した心の動きを笑い話に終わった杞憂のように思われたくはなかったが、安心したらすぐさま懸命に神に感謝し、われわれの人生を握っておられる御方への敬愛と深謝から甘美な涙を流したのを、どうして隠す必要があろう！　わたしは千回感謝した、そして感謝の祈りに続いて最初に考えたのは、家族のもとに帰りつく幸福であった。わたしは早く家族の中に飛びこみたくなって、身体が唐松に縛られている不自由さを再び感じるようになった。

午後二時だった。あと二十三時間だけ待てばよい。雪に近い荒地で、旅人の通る場所ではない。それに、縛られて間もない時間に誰か来たとしても、それほど遠くには行っていないであろう、わたしを苦しめた者たちに対する深い尊敬の念にすっかり満たされていたから、解かないでくれ、近づかないでくれ、と懇願しただろう。ところが四時ごろになると尊敬の念は時間の二乗に比例して薄れ、同時に、しっかりと傍にある唐松が、わたしの背中で何とも言えない嫌な感触になりだした。だが唐松からは全く身を離せず、おとぎ話の鼠が

きっとわたしを助けてくれると思いはじめたとき、土地の者がひとり現われた。

この男は、存在そのものがとても素晴らしかった。穴のあいた帽子にキュロット姿で、靴下は履かず、鼻の下にはおそらく密輸入の煙草を嗅ぎすぎたために黒い森のようなものができていた。「おい！　どうだ？　助けてくれ！　そこのひと」わたしは叫んだ。男は、駆け寄ってくるのではなく、やにわに立ち止まって、大量の煙草を嗅いだ。

サヴォワの農夫は、狡猾ではないが、慎重なのだ。何事にも飛びつかず、はっきりと見えているものにしか手を出さず、当局との揉め事や隣人との喧嘩、王国の憲兵との衝突が透けて見えないときだけ、問題に立ち入る。わたしに言わせれば世界一の男だ、これは真剣に、何度も経験した上で言っている。

その男は、だから世界一の男だったわけだが、唐松の木に縛られた男が何者なのかは、よく分からなかった。当局か、あるいは誰かや何かのせいでそうなっているかもしれない。だから、男からではなく、わたしのほうから歩み寄ってほしかったのだろう。

ついに男がわたしに叫んだ。「今日はたいそう素晴らしい天気ですな！」意味ありげに笑みを浮かべ、まるでわたしが散歩を楽しむためにそこにいるかのように、叫んだのだ。「いやはや素晴らしい！」

「さあ、解いてくれ、天気がどうこうなんて冗談はよしてくれ！」

「誰かが解いてくれますよ。ずっと前からここにいるんですか？」

「三時間前からだ。さあ！　やってくれ」

男は二歩進んだ。「あなたをこんな目に合わせたのは、悪い奴ではないのですか？」

「全部話す。とにかく解いてくれ」

男がさらに三歩進み、わたしはようやく苦難が終わると思った、そのとき男が小声で怪訝そうに言った。「教えてくれますか？　密輸業者はいないのですか？」

「まさしく。ご明察だ。悪党どもがわたしをこの木に縛りつけた、明日奴らが戻ってきたらわたしは死ぬだろう」

この言葉に土地の者はいたく反応した。怯えて後じさり、わたしをそこに据えつける仕草を見せた。わたしは怒りを抑えられなくなり、男を罵って、人間の顔をした、いや人間の顔をしていない最低のろくでなしだと言った。男はわたしの侮辱に動じなかった。「そのうち誰かが見つけるだろう、誰かが解いてくれるだろう！……」そう呟いて、ゆっくりと引き下がった。そして、しだいに足を速め、道を曲がって姿を消した。わたしは罵声を浴びせ続けた。

何を考え、何をしたらよいか、分らなかった。男に喋りかけたせいで情況はさらに悪くなったようだ、本人が一味のひとりでないとしても、わたしを密輸業者に告げ口しかねない。わたしの想像力はすっかり曇った。じゃれ合う二匹の栗鼠《リス》に気を逸らされなかったら、甚だ気落ちしていただろう。可愛らしくも臆病な動物たちは、森の中に自分たちしかいないと思い、恐怖心があったら持てない気ままな自由と優雅な動きで遊び、木から木へと追いかけっこをしながら、俊敏な跳躍と柔らかな身のこなしでわたしを驚かせた。わたしが唐松と一体になっているため、一匹がうっかりわたしの体をつたって降り、隣の木に登ると、もう一匹が枝から枝へと追いかけ、てっぺんまで登っていった。突然、二匹が示し合わせたかのように動かなくなったので、わたしは二匹が上から誰か近づいてくるのを見たのだろうと思った。

思い違いではなかった。太った男が現われ、黒い森をつけた土地の者を従えていた。太った男は三重顎で、満月のような顔をして、小さな目は残念ながらひどく疑り深く、三角帽と燕尾服をつけていた。わたしを見ると、しげしげと観察しはじめた。「誰ですか、あなたは！」わたしは叫んだ。

「村長だ」男は一歩も近づかずに答えた。

「そうですか、村長さん、わたしを解くか、隣で煙草を嗅いでいる部下にわたしを解かせるかしてください」

「誰かが解いてくれるだろう！」二人は同時に言った……。

村長が言い足した。「どういうことか、ちょっと説明してくれ！」

わたしは経験から学び、密輸業者については一言も漏らすまいと決めていた。「経緯ですか？　ごく簡単な話です。山賊に襲われ、身ぐるみ剝《は》がされ、この木に縛られたんです、だからさっさと解いてください」

「ああ！　そうだったのか！　山賊か？　君が言ったのは……」

「そう、山賊です。騾馬に荷物を持たせて山を越えていました。奴らは騾馬も荷物も奪い……」

「ああ！　なるほど！」

「間違いない、お話ししたとおりだ！　分かったら早く解いてくれ。さあ！」

男は進み出るのではなく、言葉を重ねた。「なるほど！　教えてくれるか？　書類がたくさん必要だろうから……」

「まず解いてくれ、どうしようもない奴だな！　わたしが何の書類を書かせるというんだ!!」

「ほら、たいてい文字にしないといけないから」

「後で書いてくれ。さっさと解いてくれ」

「できないな。わたしの手落ちだ。まず書いて、それから解く。証人を呼ばせよう。署名できる者が二人必要だ。揃えるには時間がかかる、君も分かるだろう。それに手間賃も支払わないと、しかし君は手持ちが……」そして部下のほうを向いて言った。「マグランまで降りていって、ペルネットさんに会いなさい。公証人の旦那さんの居場所を教えてくれるはずだ。探して、ここまで登ってくるよう言ってくれ、それからサン＝マルタンに行くと教会管理人のベネトンがいるはずだ、今日はショゼ夫婦の結婚の鐘を鳴らすために来ているから。登ってくるよう言ってくれ。それと、公証人に、火曜日に通夜で使った筆箱と、公文書用紙を持ってくるよう言ってくれ。さあ行け、急いで。正直者なら後払いでよい、何も損しない。行ってくれ、あとヴェルーを通るときジャン＝マルクに伝えてくれ、奴の雌馬が鼻水を垂らしていたから火に当てた、でも秋には治るだろうと。行け」

「無茶苦茶だ！　ジャン＝マルク、そいつの雌馬、お前！……愚かな役人！　人でなし！　……分かった、さあ、解いてくれ、そしたら金貨をくれてやる」

この提案に、はや発ちかけていた男は、欲望で目を見開いて立ち止まった。しかし村長が言った。「書類代と手間賃を支払ってから、好きなだけ心づけを与えたまえ。心づけが多かろうと誰も文句は言わない。ただ、先に買収しようというなら、金貨に金貨を重ねても無駄だ。君は知っているか、村長という職は、わたしの先祖アントワーヌ＝バティスト以来、父から息子へと受け継がれてきたのだ、賄賂のやりとりなど未来永劫《えいごう》ありえない、アルヴ川が枯れ果てようとも！」そして男に向かって叫んだ。「行ってくれるか？　待ちたまえ、赤ワインを一ショピーヌ[004]持ってきてやる、それで元気を出せ」そう言うと立ち去った。

　この有難迷惑な人のよさは、形式主義と相俟って、わたしのためにはならなかった。わたしはまたひとりきりになった、そして今度こそ翌朝まで解放されないと確信した、この考えに慣れようとしたのだ。さいわい、この日の夜は暖かく、風もなく心地よかった。すでに傾きかけた太陽が、日中は蔭になっていた森の中に横から差しこみ、唐松の木々が苔むした地面に長い影を落として、生き生きと鮮やかな色彩で輝いた。頭上を飛んでいた鷲が姿を消した。鴉が鳴きながらアルヴの谷を越えて夜の塒に戻り、山頂は少しずつ色褪せて、生命の営みから眠りの静寂へと移ってゆくようだった。夕暮れの平穏、暗闇に包まれて夜の眠りにつく自然の景色は、魂に密かな力をもたらし、甘い憂愁の魅力で恐怖や懸念を消し去る。困難な状態に置かれながらも、そうした印象からは逃れられなかった。わたしの心はそっと揺さぶられ、波乱の一日を振り返った。朝の不安の余韻を見つけると、夜の穏やかな静けさと、すぐには無理でも間違いなく近いうちに解放されるという確かな希望が、いっそうはっきりと感じられた。

　しかし、日が沈みきる頃、遠くのほうに、男や女や子ども、ひとつの村の全員が現われるのが見えた。太陽とわたしの間に現われた人影は、唐松の下のほうの透ける枝葉を背景に、動く影絵として浮かび上がっていたため、当初その中に一ショピーヌのワインを持った村長がいるとは気づかなかった。けれども村長がいたのだ、そして横には、わたしの冒険

の噂を聞きつけた教区司祭がいた。聖職者の来訪は、わたしの希望を再び燃えあがらせ、司祭が持っているであろうキリスト教のあらゆる美徳を、わたしの解放のために使おうと待ち構えた。

司祭はたいそう年寄りで、体が弱かった。ゆっくり登ってきた。わたしを見るなり言った。「ああ！　あの悪党どもが手荒く縛ったんですね？　あなたを尊敬いたします」

老人の率直な口調と物分かりのよさそうな雰囲気に、わたしは喜んだ。「手荒く、そのとおりです。そのせいで、司祭さんに頭を下げるのも帽子を取るのも叶いません、ご容赦ください。少しだけ個人的にお話しできますか？」

司祭は答えた。「最も急ぐべきは、あなたを解き放つことでしょう。その後、もっと楽に、あなたとお話しできるでしょう」そして村長に言った。「さあ、アントワーヌ、やってください！　わたしに代わって縄を切ってください、すぐに終わるでしょう」

わたしは何度も感謝の言葉を述べた、本当に心からの感謝だった。アントワーヌは小刀を抜いて縄を切ろうとしたが、土地の者が縄を欲しがり、元の長さのままで貰いたいと、小刀を押しのけて結び目に飛びつき、程なくして解いた。自由の身になったわたしは司祭と握手し、喜びのあまり真っ先に司祭の両頬に口づけした。しかし、たちまち手足に激痛が走り、しびれた足を動かせず、その場に座りこんだ。アントワーヌが杯を手に近づいてきた、そして司祭はわたしのために、檀家のひとりに騾馬を連れて来させた。指示を出すと、司祭は言った。「あなたのお話を聞く準備ができました」女、子ども、羊飼い、村長、教会管理人、村じゅうの者がわたしたちを取り囲んだ。ちょうど日が沈みきった。

わたしは自分の話をありのままに伝えた。ジャン＝ジャンの死をめぐる残酷な場面は、善良なひとたちを恐怖に陥れ、密輸業者の笑いを誘った「ジャン＝ジャン、最期の祈りを捧げよ！」なる冒瀆的な言葉を再現すると、司祭も檀家たちも神妙に静まり返って、皆が十字を切った。それを見て心動かされ、わたしも素朴な感情の発露に混ざりたくなって、考えるまでもなく帽子に手をかけて脱帽した……。檀家たちは驚いた様子で、司祭は重々しく動かず、わたしは……わたしは戸惑っていた。優しい老人が言った。「さあ、どうぞ、続けてください」わたしは、土地の者の行き過ぎた慎重さも、村長の素晴らしい無私の心も忘れずに述べて、物語を終えた。

わたしが話し終えると、老人は「よく分かりました」と言った。そして檀家たちに向かって言った。「皆さん、お聞きください。あなたがたが悪党を前にして震えあがるからこそ、彼らは何でもするのです。臆病者がいるから大胆な者がいるのです。さらに悪いことに、唾棄すべき商売で利益を得ている者もいます。アンドレ、あなたは今、煙草の濫用、手持ちの財産では賄えない度を越した消費があなたに何をもたらしたか、分かりますか？　鼻は腫れ、靴下さえ持っていない。靴下がないのは仕方ない、けれども、この煙草は密輸業者から買っていますね。そして彼らと揉めたくないから、キリスト教徒らしく困っている者を助けるのではなく、苦しんでいる者を解放しなかった！　しかし、アンドレ、盗賊たちは地獄で焼かれ、悪魔に四つ裂きにされるのです……奴らを助けた者には、わたしは何もしてやれない！　どうかわたしを信じてください、煙草を減らし、また公社で買うのです。アントワーヌは、自分が正しいことをしていると信じていたし、さらにいえば、正しいことをしました。欲望ではなく規則に従ったのです」そう言って司祭がアントワーヌの肩を優しく叩くと、アントワーヌは自分の慎重で無欲な行動が村中のひとたちの前で認められて嬉しくなり、片手にワイン、片手に角帽を持ったまま、素直に笑っていた。

説教の間に、騾馬が到着した。わたしは騾馬に乗せてもらい、ようやく唐松とおさらばできた。わたしたちは山を下りた。村長が手綱を持ち、司祭はわたしと喋り、そして檀家たちが続く、この絵に描いたような行列は、澄んだ黄昏の明かりの中を、あるときは森の苔の上に広がり、あるときは谷底に集まり、またあるときは細く曲がりくねった道を列になって進んだ。三十分ほどで開けた牧草地に到着すると、アルヴの谷の向こう側はとっぷりと夜に沈んでおり、少し離れたと

ころに畑と橅林、そして古びた鐘楼の傾いた尖塔が見えた。そこが村だった。村に入ると、司祭が皆の前で言った。「こんばんは、皆さん！　あなたには寝床と夕食を提供します。小斎の日ですが、これまで見たところあなたはカトリックではないようですから、精一杯ごちそうします」そして司祭館に近寄って叫んだ。「マルト！　急いで鶏肉を用意してくれ、それから地下室の鍵をくれ」

わたしはこの優しい人物と二人きりで食事をしたが、わたしが鶏肉に喰らいつく間、彼は何も食べなかった。わたしのために開けてくれた古いワインを一本空けたところで、わたしはとても眠くなって、暇乞いをした。

翌日、わたしはマグランへ下った。シャモニーへ行くのが目的だったが、あまりの感動と過酷な冒険の後では、もうこの地を歩き回る気になれず、山に背を向けて、最短距離で帰途についた。

トリヤン渓谷

三年前のある朝、シャモニーを出発し、ヴァレー州のマルティニーへ向かった。この日は多くの観光客が同じ行程を辿った。誰もが騾馬を持っており、わたしだけが徒歩だった。しかし、徒歩ならば速さを自由に変えられるし、この山がちな地方では歩いたほうが速く旅できる。

そういうわけで、様々な団体が互いに距離を取りつつ進み、道中は賑わっていた。わたしは、ひとりであることをどう生かすか、じっくりと考えた。選択肢はみっつあった。ひとりで後衛になるか、全員を追い越してひとりで先頭を歩くか、ある一団から別の一団へと知り合いになって会話しながら楽しく歩くか。最後の選択肢がよさそうだった。

わたしは一番近くの一団に追いついたが、あやうく一日じゅう居つくところだった。その一団には確かに若い女性がひとりいたのだ、可愛らしく、美しく、魅力的な……少なくともわたしにはそう映った。しかし、ひとつ気づいたのだが、旅先では若い女性がことごとくわたしにそのような印象を与える。だから、この女性が他の女性よりも魅力的だとか美しいとかいうわけではなかったのだろうというのが、わたしの結論だ。

旅していると、心はうっとりと冒険的な空気に包まれ、陽気になりやすく、また明らかに感じやすくなる。女性、あるいは伊達男に倣って言えば美人を、いつも以上に称えたくなるのだ。たいてい、こうした偶然の出会いでは、真面目な計画や結婚の目論見が適度な重石となって純粋な感情の昂りを抑えることなく、まっさらな感情が直ちに飛びたち、たちまち途方もない高さにまで昇りつめる。

そうした心の動きだけでなく、旅先では、若い女性が、社交場では得られない、環境による魅力のようなものを身にまとうのも確かだ。そもそも彼女はひとりなのだ、もっと美しかったり同じくらい可愛らしかったりする女友だちはいない。ある花が、どれほど珍しいか、どれほど素晴らしいかは、花による。しかし、豪華で眩い花束の中にあったら何でもない花、埋もれてしまう花が、人里離れた芝生の上で、一輪だけ、景色に花を添え、香りを振りまくとき、まったく同じ花が、麗しく、琴線に触れ、魅力的で優雅に見えるのだ。つまるところ、花束ほど馬鹿げたものがあるか？　愚かな主人が美に美を重ねたために、各々が台無しになって、煌びやかだが品のない集団となっている、くだらない後宮なのだ。それぞれの繊細な香りが、ひどい悪臭になる！　どうぞ、お好きなように、下品な皇帝よ、みずみずしい千もの薔薇を汚し、枯らし、お前の快楽に捧げたまえ……。わたしはといえば、孤高の花が揺れる場所を探し求め、慎ましい気品を羨み、仲間と混ぜるどころか、花を摘みさえしないだろう。

まだある。若い女性は、旅先では、あなたにとってより身近となる。すでに心を決めており若い男の目を避けているか、あるいはあなたの存在に自ずと興味を持つか、いずれにせよあなたの気配りは彼女にとって心地よく感じられる。女性があなたに及ぼす影響は無にならないし、あなたが傍で幸福を味わっていても女性を不快にはさせない、少なくとも、あなたの繊細で敏感な感情が、ひけらかされるのではなく漏れ出ているにすぎないうちは。そして、何かが起こったり現われたりしたために、気風のよい親切心を見せたり、同じ考えを抱いたり、一緒に感じ入ったり、年齢や興味や抗いがたい引力によって若いふたりの心に共感が芽生えたりといった機会が、どれほど多くあることか！　共感は数時間、はたまた一日は続くだろう。しかし、いっときの共感であっても、生き生きとして、純粋で、名残惜しさよりもむしろひたすら美しい思い出を残す。

それに、この谷、この森、無数の山々、果てしない氷河、つまりはこの偉大なアルプスが、ときに朗らかで、ときに崇高な自然があなたの目に映るとしたら、どうなることか！もし、心惹かれる光景が瞬間ごとに溢れんばかりの感嘆を引き起こし、心のうちに留めておけない迸る感情を分かち合いたくなる、その宗教的な純粋さが慎み深い恥じらいの縛りを解くとしたら？　うら若き娘が、昂奮の只中で、乗っているのが田舎くさい騾馬なのも忘れ、歩みを定めて気移りを調える嬉しい世話役をあなたに任せたら？　あなたが手綱を握り、騾馬と崖の間に立って防壁となっているとき、彼女は感嘆し、感動し、生気に顔を輝かせ、山から吹く朝の風に頬を紅潮させ、外套をはためかせて気品ある姿を見せる。ああ！　若者よ、あなたの心、あなたの目は、山々を裏切って、この魅力的なひとの周りを恋しく彷徨う。彼女は可愛らしい、違うか？　美しい、うっとりさせられる……言いたいことはこれで全部だ。

その日、わたしは今しがた述べた感情をことごとく経験した。手には手綱を握っていた。身を挺《てい》して防壁となった、もっとも残念ながら崖はなかったのだが。トゥール氷河の近くで、わたしたちは立ち止まった。シャモニー渓谷が終わり、バルム峠の斜面を背にして、急峻で荒涼とした谷を眼前に見つけたところだった。まだ日陰に入っていたのだ。ところが、わたしたちの後ろでは、同じ谷が見事な朝の輝きを放っていた。峡谷の上に昇った太陽は、青みがかった靄ごしに光を放ち、氷河の頂上から奥底まで鋸刃のような峰を限なく照らして、ボワ、ボソン、タコニーと連なる無数の尖峰を森の暗幕の上に煌めかせた。そして、アルヴ川と緑茂る川中島を日陰にしたまま、ブレヴァンの岩壁のふもと、ル・プリュレの山小屋が点在する静謐な芝生を金色に染めた。連れ合いとなった娘が言った。「何という光景でしょう！　降りてみたい……」わたしは早くも彼女を助けていた、片方の手で鐙を外し、もう片方の手で彼女の手をそっと受けとめ、地面に軽く飛び降りるのを支えたのだ。わたしたちは花《か》崗岩《こうがん》の塊に腰を下ろし、騾馬は[001]路肩の草を食んでいた。

たとえ容易でなくとも、目を見据えねばならないときがある。見つめる、ただそれだけのために、わたしたちは座っていたのだ。しかし、牧歌的な習慣にあまり馴染みのない娘は、おそらくふたりきりでそうしているのを気まずく感じ、わたしのほうは、彼女の存在に気をとられて、山についてあれこれ話すどころではなかった。努力はしたのだ。けれども、我ながら愚にもつかない常套句を並べたのち、わたしは何とかして朝の輝きよりもよほど重要な話題に戻った。「お気づきでしょう、ここで道が分かれています。お尋ねしますが、ご両親はテット＝ノワールとバルム峠のどちらを選ばれました

か？」「知らないのです」と彼女は答えた。そして赤面したのを見られまいと顔をそむけた。「あちらに見えるのが両親だと思いますが……」

確かに、一行の他のひとたちを置いてきぼりにしていたが、徐々に近づいてきた。若い娘の父と母が、他の旅人たちよりも先に立って、まだわたしたちには気づかず、騾馬を急がせるのが見えた。わたしたちに追いつくと、父親が言った。「あ あ！　今こそ決めるときです」そしてわたしのほうを向いた。「あなたはどちらへ行かれるのですか？」

罠にかけるような質問に、わたしは驚くよりも腹を立てた。わたしは前日、この人物に、自分はテット＝ノワールを越えるつもりだと不覚にも喋ってしまったが、それでも上手く事を運んでいるつもりだった。というのも、この道は他の道よりも楽なので、女性の多い団体がよく選ぶのだ。もっとも、この人物は前日、まだどちらの道を選ぶか分からないと、わたしに念押ししてもいた。したがって、慎重な父親があらゆる不測の事態を避けたがっている、とりわけわたしが通らないほうの道を娘に通らせたがっているのは明らかだった。そこで、質問の意図を充分に理解し、せめて自分の威厳だけは保とうと、わたしは答えた。「ご存じのはずでしょう、わたしはテット＝ノワールを越えるつもりだと……」父親がわたしの話を遮った。「それは残念、わたしたちはバルム峠を通りたいのです。じつに心苦しい。どうぞよい旅を。今朝はご一緒できて楽しかったです」わたしは同じくらい慇懃な挨拶をして、一行と別れた。

わたしは悲しみに打ちひしがれ、美しい自然を前にしても、もはや美しいとは思えなかった。ル・プリュレは色褪せて見え、ボソンは目障りだった。わたしは花崗岩に座り、父親の偽善的な専横、また悪いことにしばしば優しすぎる娘のせいで増長する暴君ぶりを、恨めしく思った。そのとき別の一団が通りかかり、他にあてもなかったわたしは、傷心を紛らわせるため、その一団に加わった。

この団体は、徒歩の男が三人と、石を積んだ騾馬一頭で構成されていた。男たちは地質学者だった。地質学者の集まりほど楽しい団体はない、とりわけ地質学者にとっては。すべての石に足を留め、あらゆる地層で予測を立てるのが、彼らの流儀だ。石を割って持ち帰る。地層を削ってひとつずつ層序を決める。とても時間がかかる。想像力がないわけではないが、その想像力は、海底や地底を専門としている。地表に出てくると消えるのだ。美しい頂に連れて行けば、岩石中の気泡を見る。氷に覆われた渓谷に連れて行けば、火山の作用を考える。森に連れて行くと、もう興味の対象外だ。ヴァロルシーヌへ向かう途中、わたしの腰かけた岩がいびつに割れ、三人の地質学者は色めき立った。わたしは急いで立ち上がり、席を譲らねばならなかった。三人が岩を割っている間に、わたしはそっと離れ、三人の視界から消えた。このようにしてアポロンはわたしをお救いになった[002]。

もっとも、ときに地質学者を避けはしても、わたしはいつだって地質学が好きだ。とりわけ冬に暖炉の傍で楽しく耳を傾けるのが、夏に訪れた美しい山々の形成について、洪水や火山について、大規模な解氷や気泡について、そして何といっても化石についてだ！　化石の話になると、わたしは必ず、誰の説かは分からないが巨大なマストドンや、キュヴィエの説によるメガロサウルスを、一座のひとたちに紹介する。メガロサウルスは全長一二〇ピエ[003]の大トカゲだが、今では骨と皮しか残っていない[004]。しかし、この堂々たる獣が古代の世界を歩き回り、象を羽虫のように食べて小所帯で暮らしている姿を想像してみよ！　画趣万歳！　絵になる光景が科学を広め、普及させる。わたしが地質学を学んだのもすべてそこからだ。

それに、画趣がなくとも、まったく地質学に興味を持たない者などいるだろうか？　山のあちこちで起伏や驚異を目の当たりにして疑問を抱かない者がいようか、この淵はどうやって裂けたり穿たれたりしたのか、この峰はどうやって天に聳えたのか、どうしてこの斜面は緩やかなのか、どうしてこの岩は歪んでいるのか、平原に埋まっている巨大な花崗岩や、山中に隠された海洋生物の痕跡は、どこから来たのか？　こうした疑問は純然たる地質学であり、単純だが鋭い。地質学

者は、こうした疑問しか抱かない。しかも、どう答えるかは、けっして意見が一致しない。水だ、火だ、侵食だ、気泡だ。いたるところ学説があり、どこにも真理はない。玄人はたくさんいるが、専門家はいない。神官はいるが、神はいない。誰でも自分の仮説を祭壇の炎に近づけ、自分の仮説が祭壇に灯っていると言えるのだ。煙には煙を、わたしの煙もあなたの煙と同じくらい価値がある。

そして、まさしくそれゆえに、わたしはこの学問が好きなのだ。地質学は無限で、茫漠として、まるで詩のようだ。あらゆる詩がそうであるように、謎を探り、謎を呑みこみ、謎の中に漂いながらも溺れはしない。幕を取り除くのではなく、幕を揺さぶって、たまたま開いた穴から何筋かの光線が差しこんで目を眩ませる。苦労して理解力の助けを求めずとも、想像力を友として、一緒に暗黒の地底へと向かう。あるいは世界のはじまりの日に遡って、若く青い大陸に想像力を散歩させるのだ、混沌から生まれたばかりの、原始的な姿で輝く大陸を闊歩するのは、すでに絶滅した、しかし巨大な痕跡が今日その存在をわれわれに明かしてくれる種である。地質学は、世界の果てに到達しなくとも、最果てを目指しながら楽しい道を歩くし、二次的原因について絶えず的外れな戯言を述べるが、あちこちで、非力であるからこそ、われわれを第一原因に向き合わせてくれる[005]。ゆえに、常に愛され、常に研究され、人類と同じだけ古くからある学問なのだ。『創世記』は、最も古く、最も崇高な地質学の概論である。優れた詩人であるギリシア人は、最古の時代から多くの神統系譜学や宇宙発生論を持っていた。それ以来、今日まで変わらず、ウルカヌスを信じる火成論者とネプトゥヌスを信じる水成論者が互いに口論しているが、実のところ学者の世界で賛同を得たいのではなく、知的で信心深い群衆からの素朴な讃嘆、何の役に立つでもない好奇心、詩的な感情をめぐって競っているのだ[006]。

ヴァロルシーヌでは三人の観光客と合流した。フランス人ひとりとイギリス人ふたりで、互いに何のかかわりもないが、必要に迫られて一時的にかかわりを持ち、同等の身分と考え

る者どうし、他の場所だったら親しくしないであろうが、一種の貴族的な親近感によって道を同じくしていた。

イギリス人は、背の高い美男子ふたりだった。学生ではなくなったがまだ大人ではなく、ケンブリッジを出てすぐ、貴族の父親によって、靴を磨いたりシャンパン代を支払ったりする世話係のような者とともに、大陸観光に送り出されたのだ。わたしは前にもふたりに出会っていた。ホテルで食事をしているとき、彼らはイギリス紳士の礼儀作法をすべて備えているように見えた。道中ふたりでふざけたり通行人とはしゃいだりするのも見た。ついさっきまで真面目にしていた大きなニューファンドランド犬が、陽気に飛び跳ねたり、大陸の小犬と遊んだりしているようだった。

フランス人は上品な青年で、意見も言葉づかいも口髭もシャルル十世派だった[007]。裏で糸を引いたと自認し、ヴァンデで戦ったと信じ、西洋が平和になった今、一家も落ち着いたので、スイスへ旅に出て、一家の過去の大胆な行動を政府に見逃してもらおうと考えている、サロン政治家のひとりだった。


そのうえ、快活で、最上流階級の男で、白い手袋をしていた。

ふたりのイギリス人は、口数少なく、動きはぎこちないが、この地の美しさをよく分かっていた。みずみずしい草、清らかな水、そしてとりわけ鋭い峰は、ふたりに内なる満足感を与え、言葉を控えるべき身分でありながら、つい漏らすほどだった。「美しい《ビューティフル》！」ふたりは時おり目を見合わせて呟いた。さらに、いかにもイギリス人観光客らしい、便利で高価な、小ざっぱりとした装いをしていた。美しい鍔広の麦藁帽は、申し分なく誂えられ、しかし使いこまれて皺が寄り、無造作に頭に乗せられていた。灰色の布地の上着は、動きやすいように切れこみが入っており、深いポケットにはドロンドの望遠鏡[008]や銀の葉巻入れ、山国での旅に必要または有用な道具類が入っている。服装も同じく簡素で実用的で、やや重々しく不器用な動きをしていても、自分の目的に適った装いをしている若い貴族は、服のおかげで動きやすく、美貌のおかげで一目置かれ、金貨のおかげで大陸の宿屋から尊敬され丁重にもてなされると確信しているのだ。

逆に、フランス人のほうは非常に話し好きで、自由闊達に動き、アルプスの美しさにも熱中していたが、感傷的ではなかった。イギリス人と同じく澄んだ水に魅入られていたが、それはパリで飲む生ぬるい水にはない冷たさだったからだ。山々の頂にも魅入られていたが、それはシャモアが頂から頂へ飛び移るときの驚異的な跳躍を見たから、とくに、急ぎで頼んだルパージュ製の高級猟銃[009]がパリから届き、間もなくシャモア狩りができると思ったからだ。「最初に仕留めた獲物はプラハに送る！」と言っていた。そして身なりはというと、ロビンソン[010]が婦人服屋に着せてもらったような恰好をしていた。小さな羽根のついた防水性の小洒落た帽子が、艶やかな髪に、気取った様子で被せられていた。首には、これも防水性のネクタイが巻かれていた。丈長のビロードの上着は、歩きやすいよう前側の裾に優雅な[011]切れこみがあり、軽やかさを出すために腰の位置は低く、絞られ、ポケットにも内ポケットにもこまごまとしたがらくたが詰まっており、そのほとんどは、本質的に、あるいは持ち運べるよう小さく作られているために、役に立たないものだった。わけても傑作だったのが杖だ。この杖を展開すると椅子になり、快適に景色を楽しめる。開けば日傘になり、太陽の暑さを防げる。閉じれば杖になって、山登りに使える。杖は小梁のように重く、日傘は蝙蝠《こうもり》の翼のようにへこみ、椅子は藁の入っていない腰掛ほどの座り心地だったが、それでもこの傑作は必要不可欠な快適さを保証してくれるというので、持主は満足しており、誇らしげだった。

この紳士たちは能天気な騾馬から遠くない場所に座って話していたが、少なくとも二十中十九はフランス人が喋っているようだった。実際、このフランス人は、王政について、共和政について、純理派[012]について徹底的に論じ、アンリ五世について話していたところで、山頂のほうから銃声が聞こえ、シャモアの話になった。この四足獣についても、政治についてと同様、知識はひととおり揃っており、意見は定まっていて、彼なりの公理がきっちりと作られていた。確かにアレクサンドル・デュマやラウル・ロシェット[013]といった有名な理論家たちの本でシャモアについて勉強していたが、先生の先を行く小学生のようなもので、実地で得られる理論に比べれば、開陳された理論などたちまち玩具や貯金箱でしかなくなる。分別を持っているから信じこみはせず、礼節をわきまえているから反論はせず、しかし脈絡のない早口で無尽蔵の駄弁にすっかり閉口している冷静なイギリス人ふたりを相手に、落ち着きのない演説家がまくし立てるのを見るのは、何より楽しかった。イギリス人たちは、たいして注意を向けず、葉巻を吸いながら「フランス人は何と愚《フーリッシュ》かで、饒舌で、踊りの達人のような格好をしていることか[014]」と気楽に考えていた。

フランス人はふたりに言った。「お二方は知らないでしょう、驚くべき事実を……ある猟師が一年間に二十頭のアイベックスと九十九頭のシャモアを仕留めたそうです、何と二頭を一発で仕留めることもあった、この話はまたあとでしますが……わたしが唯一やったことのない、この種の狩りだけで起こる出来事です。わたしは獐鹿《ノロジカ》や猪を狩ったことはあるのです。狩りをする栄誉に浴すべき王がいなければ、わたしが仕留めていたでしょう……面白いことに、山鷸《ヤマシギ》と違って、シャモアは真っすぐ正面からは撃ちません。シャモアは敏感で、警戒心が強いのです。銃の先が見えたら、さらば！　追いかけねばなりません……。では、どうするのか？　シャモアが岩の先端にいます。さて、待ち伏せしていた猟師は、場合に応じて、隣の、近くの、遠くの岩に狙いを定めます。撃つと弾が跳ね返って、どこから飛んできたか分からないままシャモアは斃れる……上手くできたものです！」ここでイギリス人のひとりが割りこんだ。「案内人さん、急いでください。雨が心配です。先を急ぎましょう」この言葉に、わたしたち四人が立ち上がって出発しようとすると、ちょうど地質学者たちがヴァロルシーヌに入るところだった。この集落を越えると、谷はいっそう狭くなる。そして間もなく、テット＝ノワールの荒々しい隘路に入るのだ。

朝には晴れわたっていた天気が、はっきりと変わっていた。白く薄い霧がどんどん流れてきて、紺碧の空を覆い、太陽の輝きを鈍らせた。この時間帯になると、霧は重々しい雲となり、ざわざわと山頂の周りに集まった。ローヌ渓谷から吹く熱風が峡谷を勢いよく吹きのぼり、砂を巻きあげ、草を寝かせ、樅の枝葉を吹きぬけた。わたしたちは話すのをやめた。早足で歩いていると、ときどき道端の地面に立てられた小さな十字架を通り過ぎた。十字架は、冬のあいだ、あるいは寒さの緩んだ春先に、冷気に襲われたり雪崩に巻きこまれたりして、土地の者が亡くなった場所を示している。哀れな女が十字架の下に跪いて死者の冥福を祈っているとき、わたしたちの接近に驚いた山羊は石から石へと飛び移り、小さな谷の縁からわたしたちをじっと見つめていた。程なくして嵐が起こり、雨が降ってきた。しかしわたしたちはピエール・デ・ザングレ[015]に着いていたから、そこで雨宿りとした。

この石は道の上に突き出た巨大な岩だ。最も目立つ場所に刻まれた碑文には、あるイギリスの夫人がこの岩を村から正式に買い取ったと記されている。遠くから碑文を見つけたフランス人は言った。「へえ！　記念碑か？　墓か？」しかし碑文を読むと、驚きの声を上げ、笑い出した……「お人よしの女がいたもんだ！　こんな宝物があるなら教えてくれ……地質学者をそそのかして運ばせよう！　すると、村のほうは馬鹿でなかったんだな……。ともかく、わたしたちはイギリスにいるというわけだ」そしてイギリス人ふたりに向かって言った。「おもてなしをありがとう、わたしはイギリスではローストビーフとボルドーワインがあれば充分」

そのような礼を欠いた口調をまったく楽しめずにいたイギリス人ふたりは、つまるところ突飛であれば「じつにお国柄の表われたことだ！」、奇抜であれば「立派なことだ！」と思うのだろう、とフランス人に図星をつかれ、軽蔑と狼狽のうちに黙りこんだ。ほんの少し努力して、彼らの内に秘めた考えを上手くおだてて表に出させてやれば、たちまちイギリス人たちは「美しく神がかり的な」輪郭に昂奮し、イギリス人を「地上で一番の国民」と宣言し、もしかしたら、低く厳粛な声で「国王陛下万歳《ゴッド・セイヴ・ザ・キング》」[016]を歌い出しただろう……今の沈黙よりもはるかに愉快だったに違いない。もっとも、イギリス人たちは侮辱されたと感じたらすぐにやり返した。われらが相棒は、景色を楽しむために、折畳椅子を広げたところだった。腰を下ろすやいなや、三本の足が一度に折れてひっくり返り、背中は土埃まみれ、頭を水たまりに突っこんだ……。いやはや、イギリス人ふたりが、これほど一斉に大声を上げて喜んで笑うのを、わたしははじめて見た。フランス人はというと、悪態をつきながら立ち上がり、装置の残骸を川に投げ捨て、何とも素直にわたしたちの笑いに加わった。

しかし、雨は止むどころか、ますます激しくなった。フランス人が言った。「イギリスにいると、どうもわたしは調子がよくない……。ともかく、乾いたまま留まっているより、びしょ濡れで歩くほうがよい。わたしについて来たい者は来たまえ!」そして元気よく出発した。さっそくイギリス人たちが後に続き、わたしもそれに倣った。

若くて健康で、何より徒歩の旅に慣れ親しんでいれば、嵐に立ち向かって旅を続けるのは、意外なほどに悲惨でない。濡れてしまうが、パニュルジュ[017]の言うように、水は襟元から入って踵《かかと》から出る、これはわたしたちを待ち受ける大きな喜びの前払い金なのだ。宿に着き、濡れた服を脱ぎ、かじかんだ手足を暖炉の明るい炎に当て、そして最後に、立派に御膳立てされた食卓を囲んで疲れを癒し力を回復する。それに、大いなる光景を座して見ていても仕方ないのではないか？そこでは魂は何の魅力も味わえず、絶えず動いたり感じたり考えたりしたがるのではないか？湖の水鏡のように、朝の爽やかな静けさと昼の照りつける輝きを映したあと、今度は灰色の雲を映し、荒ぶる風に皺を寄せ、自然の猛威で一杯になる、そうして昂奮した魂は、激動の只中で、気だるい安寧のうちには感じられない神秘的な喜びと出会うのだ。

その感覚を味わいたくて、わたしは最後尾についた。わたしはひたすらテット＝ノワールだけを見据え、雨に打たれ、激流の轟音や、ぶつかり合って谷底を転がる石の音、鋭い稲光とともに遠くや近くで、ときには頭の真上で響く雷鳴に圧倒された。あまりに壮大な光景にすっかり夢中になっていたから、まだ遠いと思っていたトリヤンの山小屋が近くに見えたとき、がっかりしたくらいだ。山小屋の廊下で笑い声が聞こえた。先ほどのフランス人が、わたしを迎えに出てきた。「ここにワインがある、君は水浸しだな、少しワインで割りたまえ」わたしは山小屋に入った。

トリヤンの山小屋は小さな谷の真ん中にあり、印象的で個性的な姿をしていた。谷はどの方向にも一里もないが、とてつもなく高い峰の間に深く切りこんでいるため、太陽が谷底を照らすのは真昼の数時間だけである。トリヤン氷河は、片方の端では迫りくる花崗岩の壁に挟まれ、軋む音を響かせ、底を覗かせ、まるで紺碧の口から吐き出すかのように、黒く渦巻く流れを噴き出しているが、その川も草原を下るときは緩やかな流れに変わっている。もう一方の端では、山が根元まで垂直に割れているため、奔流は人目の届かない暗い深淵に消え、ヴァレー州のマルティニー近くで再び現われてローヌ川に注ぎこむ。こうした谷の姿、永遠の日陰、氷河、水は、見事な新鮮さを保っている。谷底を覆う芝生は、はじめて山の上から見ると、比類ない緑の輝きを放っている。知られざるエデン、この地の原住民が何世紀も隠れ住んできた場所を発見したかのように思われるのだ。谷に降り、清冽な木陰に立ち入り、深呼吸で英気を養い、寄せては返す水の絶え間ない音に耳を傾ける。新鮮な輝きが目を楽しませ、心を優しく揺さぶる。

テット＝ノワールからの道とバルム峠からの道は、この谷で終わりとなる。ふたつの道は、フォルクラのふもとで合流し、さらに登り降りがあって、マルティニーに到着する。じつのところ、泊まれる宿は、先ほどわたしが入った山小屋だけだ。一階は家畜舎と干草置場、その上が酒飲みの部屋となっている。樅の階段を数段上がると、フランス人がわたしを呼んだ廊下に出る。ときどき夜や嵐のためにトリヤンに足止めされる旅人がいるので、山小屋の住人はこの部屋に小さなベッドをふたつ置いている。わたしが入ったとき、イギリス人ふたりは、悪天候の中マルティニーより先に進むのを諦め、自分の場所を確保して、下着もろとも服を着替えて、葉巻に火を点け、すでに寛いでいた。

嵐が激しくなり、わたしは午前中に別れた一行が心配になった、しかも既に峠を降りてトリヤンを通過したというから、いても立ってもいられなくなった。宿の主人に聞こうとしたとき、まばゆい稲光が走り、同時に雷鳴が轟き、わたしたちは震え上がった。主人は十字を切り、おかみは窓に駆け寄って叫んだ。「マニャンの森に落ちた！」わたしたちも見た。ひとりの男が森から飛び出し、全速力でこちらへ逃げてきた。近くに来たので、わたしたちは声をかけた。午前中に若い娘の両親と一緒にいた男だと一目で分かり、わたしは不安になって問いつめた。何の情報も得られなかった。山頂あたりで、先に行ってマルティニーで宿を確保するよう言われたというのだ。一時間後、雨が降り出し、嵐になって、雷が鳴った。「雷はプリヴァの山小屋に落ちたんだ、今も燃えている、家畜たちは散り散りになった、俺が横を通った雌牛は心臓が破れるくらい鳴いていた……。雌牛はずっと俺についてきたが、そこで俺と雌牛のあいだに雷が落ちた、この世の終わりかと思ったよ！」

話を聞いていたフランス人が、いきなり割って入った。「女性たちが森の中に！　……嵐の只中に！　そうだ！　わたしが助けなかったとは言わせないぞ。一緒に来る者はいるか？」わたしは言った。「わたしとあなたは一心同体だ。さあ行こう！　壁に掛かっている二着の羊皮は貰ってゆくぞ」「わたしはこの気つけ薬を」フランス人はそう言って瓶から自分の水筒にワインを移した。そのまま、わたしたちは出発した。そのとき三人の地質学者が到着した……ひどい状態で！　肘から、ポケットから、鼻から、五本の指から、とめどなく水が落ちている。まるで轍の激流に浮かぶ黄金虫、洪水に溺れながら方舟めざして泳ぐ者だ！　……それでも小石に注目し、横目で地層を眺めている。三人は小屋へ入っていった。

わたしたちは間もなくバルム峠の登攀に取りかかった。フランス人は言った。「この雨合羽を売った奴は詐欺師だ、雨がことごとく帽子を通り抜けてくる！　……ところで、あなたの言うご夫人たちは別嬪さんですか？」またもや雷が鳴り響き、恐ろしい轟音がして、わたしは答えずに済んだ。そうでなくとも互いの声が聞こえにくいのだ。道は激流の川底になっていた。四方から滝のように水が流れ、登るにつれていっそう寒さが身に応えた。マニャンの森には霙まじりの冷たい雨が降っていた。一時間後、わたしたちは雪の中にいた。水の音や、森を揺さぶる風の音が、ふいに静寂へと変わった。

もはや道は分からず、時おり叫んでも何も返ってこない。もはや諦めかけたとき、上のほうに峠を下ってくる騾馬が見えた。騾馬だけだったが、確かに鞍をつけていた。手綱は地面に垂れていた。わたしたちは突き出た岩の後ろに隠れ、驚かさないようにして、近くに来たところで相棒が足止めし、わたしが手綱に飛びついた。それは朝に握っていた手綱だった。エミリーの騾馬だ！　わたしたちは最も不吉な事態を予想しはじめた。間髪を入れず、フランス人が騾馬に飛び乗り、わたしは後ろから鞭を入れて歩かせ、わたしたちを案内させた。しかし、周りが開けた平原に着くと、騾馬が急に左へ飛び、人間を振り払おうと全速力で逃げはじめた。優れた騎士であることを誇りとするフランス人は、上手く乗りこなし、間もなくわたしの視界から消えた。こうしてわたしは独りきり、不安の極みで、どちらへ進むべきかも分からなくなった。しばらく歩き回ると、騾馬の足跡が雪に残っていたので、辿ってみた。これはよい思いつきだった、というのも、四半時間ののち、同じ足跡を辿ってきた男と出くわしたからだ。

案内人が騾馬を追いかけていたのだ。わたしは叫んだ。「あなたの騾馬を捕まえました。しかし、あなたと一緒にいたひとたちはどこに？」「どこに、どこにいるか、だって？　俺が知っているはずがあるか？　いま降っている雪も、一時間前の嵐のあとでは、太陽のようだ。道もない、視界もない、樅の森に吹く風、ひっきりなしに落ちる雷。めいめい自分の騾馬がおり、俺は驢馬の口にぶら下がっていた。それきり会っていない。さいわい、そう遠くない洞窟まで娘を連れて行けたから、そこに避難させたが、つらいに違いない、可哀そうな娘だ、騾馬がないから連れ出せないのだ」

わたしは最後の台詞までやきもきしていたが、そう聞くと溢れる不安から一転、喜びで一杯になった。エミリーが無事なだけでなく、わたしは絶好の時間に到着したのだ。「親切にありがとう、あなたは全員を見つけるまで一帯を探してください、わたしはあなたが来るまで洞窟にいます。洞窟はどこですか?」案内人は少し離れたところの黒い岩を差して言った。「まっすぐ下だ。迷うことはないだろう」そして去っていった。

わたしは岩のほうへ歩き出した。しかし読者よ、この事態をどう思うか? 旅の境遇が、若い娘を仲間たちから遠ざけ、あなたに近づけ、あるいは会話の機会を作るだけでも、彼女はいっそう魅力的に、淑やかに、美しく見えるのだから、あなたが娘を助けるべく駆けつけたとき、洞窟の暗がりでひとり震える彼女が、近づいてくるあなたに安堵し、救出を急ぐあなたを感謝の微笑みで迎えたら、どうなることか! あなた自身が快感に惑わされ、強い立場であるために気が大きくなって、その場にそぐわない過度の好意を見せるのは、厳に慎まねばならない。わたしはそう自分に言い聞かせて岩へと向かった。

もっとも、然るべき礼節を守るために何をしようと、洞窟の入口に若い男が現われたら、避難している若い娘は、いくら孤独のせいで羞恥心が薄れていても、やはり恥じらいを覚えざるを得ない。わたしの姿を見ると、エミリーは頬を真っ赤にし、奥まった場所に座っていたのに素早く入口まで出てきて、御天道様に助けを求めたかのようだった。ごく自然な動作ではあるが、わたしにとっては不愉快だった、たとえ一瞬でも警戒感を抱かれたら繊細で誠実な心は傷つくのだ。ただ、この不快感のおかげで、わたしは礼儀正しくつまらない体裁を保てた。わたしはエミリーに、自分がどういう経緯で彼女のもとに来たかを話した。彼女を両親と早く再会させるべく何をしてきたかを伝え、両親のもとにはすでにわたしの相棒が到着して安心させているに違いないと言った。この朗報に娘が目に見えて喜んだので、わたしは勇気づけられ、思いがけないふたりきりの短かい時間を不安や恐怖に脅かされないよう、充分な安心感を与えられる話をした。するとエミリーは微笑み、ほろりとして涙ぐんだ。本当のところ彼女がまだ少し戸惑っていたとしたら、痛切な感謝の気持ちを示すのが恥ずかしかったからにすぎない。

このとき、雪はやんで、峠や高台を吹く風が重い雲を空高くに浮かせていた。悲しく暗い太陽が台地の表面を照らし、湿った暗闇が峡谷を支配し、谷底から灰色の薄ぼんやりとした靄が切れ切れに上っていた。わたしたちは出会ったところにそのまま座りこみ、景色を眺めながら、今日の冒険、嵐の猛威、数時間のうちに眼前で展開された甚だしい明暗について語りはじめ、離れていても等しく感じていた千もの感情を穏やかに語りあうと、より打ち解けた言葉を交わし、親しい仲になった。エミリーはわたしに、両親と合流したら、多くの感情、恐怖や歓喜を味わった今日という日は、最も美しい日のひとつになるだろう、と言った……。わたしは、彼女とふたりきりで会い、わたしの心を満たす感情を打ち明けられたこの瞬間は、かつてなく、また彼女と別れたら二度と味わえないであろう瞬間だと、思い切って答えた。その言葉に、彼女はひどく動揺した。落ち着かせるため、また高地の寒さに凍えてもいたから、わたしはトリヤンから持ってきた羊皮を着させた。この地方の羊飼いに独特の、武骨な上着のようなものだ。彼女は笑ってわたしの勧めに従い、わたしは片手で羊飼いの服を持ちながら、もう片方の手で袖口から彼女の手を取った。田舎のおかしなの服をまとっても、優雅で優しい顔はいっそう明るく輝いており、恋にのぼせたわたしは握ったままの手に口づけした。エミリーが困惑して震えながら手を離したとき、声が聞こえた。ふたりとも飛びあがった。案内人……の後ろに父親がいた！

父親の、娘を見つけた喜びと、ひとりでないところを見つけた怒りが、これほどまでに混ざりあっているのを、わたしは見たことがない。エミリーは顔が赤くなるのを隠そうと父親の腕に飛びこんだ。わたしは、この幸せな再会に自分がどれほど貢献したかを急いで父親に伝えたが、娘には優しさを、わたしには感謝を示さねばならない場面にあって、父親の言葉も態度も、わたしたちへの歩み寄りはまったくなかった。父親は、わたしたちにも伝わるほど明らかに狼狽していたが、平静さを装おうと、エミリーの田舎じみた服を笑いだした。これは見事な方策で、誰ひとり笑う気もないのに三人とも競っ

て笑い、気まずさを脱した。そして、一日の出来事を互いに説明した。わが相棒のフランス人は素晴らしい活躍をした。案内人に出会い、父親と母親を見つけ、娘は一時間前から洞窟の奥でわたしに保護されていると伝えて両親を安心させたのだ。それを聞いたデサール氏（エミリーの父）は、大喜びするのではなく、一刻も早く合流しようと急いで立ち上がった。

ひとつ言い忘れていたが、わたしはずっと以前、ジュネーヴの冬の集会で、この娘に目をつけていた。春のはじめ、若い女の子たちが毛糸や毛皮の冬着から薄手の服とひらひらした肩掛けに衣替えし、輝きを隠す嫉妬深い覆いを取り去って咲いたばかりの花のように見える頃にも、注目していた。彼女が八月に氷河を見ようと出発したときも、わたしは気づいており、後をつけたのだ。彼女のほうもわたしを見ていたかどうか、あなたは訊かれるだろうか？　わたしには分からない、しかし確かに、彼女の両親はわたしをとてもよく見ていた。わたしがずっと後をつけているせいで、一家は休憩中も気が気でなく、満足に景色を眺められず、とりたてて見たくもないのに美しい自然を見ようと移動し、先に述べたとおりテット゠ノワールの楽な道よりもバルム峠の難路を選ぶ破目になったのだ。この手短な説明で様々なことが分かる。物語の妙味を失ってでも、そう遠くない未来を先取りして、この詩的な冒険を幸福だが平凡な六カ月後の結末へと行き着かせれば、説明は完全になる。閑話休題。

天気は相変わらず暗かったが、もう荒れてはいなかった。少し降っていた雪も収まり、穏やかな夜を予感させた。洞窟を出て、唐松の森の向こうに上る煙、わたしたちを待っている場所を目指した。フランス人は席を外していたが、立派に整えられた野営でくつろいでいるデサール夫人が見えた。夫人はわたしを見るなり「あなたの友人は素晴らしいひとね！」と言った。実際、フランス人は困っている女性を見るとすぐさま親切な助け舟を出すもので、わたしの相棒も、乾いた苔で覆われた石を並べ、あっという間に長椅子のようなものを作り上げると、その上に唐松の枝で雪よけの庇を組んだのだ。

そしてデサール夫人のために小さな火を熾し、離れたところには太い枝を積んで大きな炎を燃やし、その周りに手近な唐松で支柱を立てて竿を渡し、一行の荷物を吊るして乾かしていた。若くない女性に対するこうした配慮や、わたしたちが快適に過ごせるよう先回りした段取りは、皆に感謝の気持ちを抱かせ、最も困難な局面を喜びに満ちたひとときに変えた。しかし、三つか四つの部品が精巧に組み合わされた小さな銀色の道具に、沸騰した液体が入っているのを見て、わたしは思わず笑ってしまった。ヴァロルシーヌで相棒が見せてくれた多目的機械式コーヒーポットだ、そこにバルム峠で集めた一握りの雪を入れ、パリで買ったコーヒーエキスを数滴垂らしたところだったのだ。

そのとき、わたしたちが通ってきた丘の上に、母牛を手なづけて引き連れた相棒の姿が見えた……。わたしたちが全員集合しているのを見て、彼は叫んだ。「素晴らしい！　皆さんの分を持ってきました。ただしコーヒーは女性だけ。お嬢さん、はじめまして。どうぞ皆さん、肩掛けや上着を竿にかけてください。あとはわたしがやっておきます」そして携帯用の小さな砂糖入れを開けて女性たちの傍に置くと、泉を飲むときに使う椰子の木の茶碗ふたつに雌牛の乳を搾り、コーヒーを注いで、親切かつ誇らしげに飲みものを披露し、笑いを誘った。わたしも笑ったが、今回は陽気で楽しい笑いであり、ヴァロルシーヌのときのような悪意ある笑いではまったくなかった。確かに、このときわたしはようやく単純な事実に気づいたのだ、旅先でも、他の場所と同じように、持主にだけ似合って他の者には使えない服こそ、醜い服に他ならない。

不安のあとでは、心はいとも簡単に、寛容、幸福、気さくな親愛の情へと開け放たれ、あらゆる遺恨を追い払う。すでにデサール夫妻は、洞窟での一件も、それ以前の迷惑な出来事も覚えていないようだった。わたしのほうも、優しい歓待に感謝しつつ、娘に積極的な様子を見せて両親を困らせないよう気をつけた。当の娘は、動揺こそ収まったものの、内心まだ落ち着かず、朗らかな雰囲気で不安を隠そうとしていたが、わたしの新しい友人であるフランス人は、調理器具をポ

ケットに戻し、案内人と一緒に出発の準備をしていた。

わたしたちが出発したとき、太陽が地平線上で再び姿を現わし、それまで頭上にあった灰色の雲の覆いは、燃える夕日で一瞬のうちに紫色となり、荘厳な天蓋に変わった。少しずつ輝きが薄れ、空のあちこちに星の青白い光が煌めき、下山の途中で夜になった。このままマルティニーまでは行けないが、かといってトリヤンで寝るのも絶望的な選択と思われた。案内人が勧めなかったのだ。「寝床になるものは何もない。そして食べものは、卵……」フランス人が口を挟んだ。「卵！　よし、夕飯はわたしが用意しよう……」そして少し考えこんだ。「……ベッドもだ！　女性用のベッドも。そうすると、先に行って準備しなければ。それでは、気をつけて、また後ほど」引きとめよう、せめてお礼を言おうとしたときには、すでに視界から消えていた。わたしたちは一時間半ほどでマニャンの森を出た。一軒の家の窓が輝いていたから、遠くからもトリヤンの集落を見つけられ、相棒が仕事中だと分かった。向かっていると、驚いたことに、こんな夜更けに旅人ふたりがフォルクラの道へ入ってゆくのが見えた。例のイギリス人ふたりだった。宿に着いたフランス人は、イギリス人たちを起こし、彼らの礼儀正しさを信じて、これから到着する女性ふたりにベッドを約束したという喜ばしい知らせだけを、急いで伝えた。イギリス人たちは明らかに怒っていたが、黙ってベッドから起き上がり、干草置場で寝てはどうかと提案するおかみに腹を立てて、出発を決めたのだ。

宿についてはもっと前に説明したとおりだ。わたしたちは十時ごろ宿に着いた。調理場の入口の前を通ると、料理人たちが行ったり来たりしてるのが見え、真ん中ではフランス人が竈《かまど》の火に照らされながら、鍋のようなもので煮えたぎる料理を見て指示を出していた。「どうぞ上へ！　上がっていてください！　わたしはサバイヨン[018]から目を離せないのです。わたしの自信作、あなたがたのデザートです」上の部屋に入ると、三人の地質学者が宴会に招かれており、快く迎えてくれた。部屋はずいぶん模様替えされていた。二台のベッドは移動できなかったようだが、きちんと整えられており、フランス人が家中のテーブルクロスを集めさせて、カーテンのように窓に掛け、白い布の余った幅を使って両端に襞飾りを作っていた。こうした装飾は、山小屋の部屋本来の用途を忘れさせ、かしこまった清潔な見た目を作り出し、一同を、とくに女性たちを喜ばせた。しかし感心すべきはテーブルである。上手いこと瓶に収められた蠟燭が六つ置かれ、素朴な食器や風変わりな道具の並んだテーブルクロスを照らしていた。真ん中には湯気の立つスープ。端には何種類かのオムレツ。周りには錫《すず》の瓶が対称的に配置されていた。ある瓶にはヴァレー産のミュスカ[019]が、別の瓶には氷河の水が入っていた。わたしたちは大喜びで席についた。到着した喜び、多くの食事を見つけた驚き、そして何より、それらが最も愛すべき親切心による杖の一振りで地面から湧いて出たように思われたために、深い満足感を味わい、同時に心から感謝の念を覚えた。

　間もなくフランス人が現われた。その後ろから、率先して手伝っているおかみが、サバイヨンを運んできた。予想外のごちそうの喜びと手際のよい段取りに賛嘆の声が上がった。

「どうです？」フランス人が言った。そしておかみのほうを向いた。「地下室を開け、卵を提供し、テーブルクロスをくださった素晴らしいひとたちのおかげです。さあ、おかみさん、男衆はもう寝かせてください、そしてワインが沸騰したらわたしを呼んでください」それからわたしたちに言った。「ニーガス[020]です。さあ、食べましょう！　デサール夫人はこちら、エミリー嬢はそちらへ。デサール氏は上座に、わたしは下座に、そちらの紳士たちは間に座ってください。トリヤンの宿、万歳！」わたしたちは声を揃え、とくにわたしはエミリーと母親の間に席を確保できたので高らかに唱和した。

　晩餐《ばんさん》は、誰もがお分かりのとおり、魅力的だった。澄んだ美味しいスープから始まって、一品ごとに感嘆の声が上がった。もちろん準備してくれた者に対してもだ、山で疲労困憊の一日を過ごした者は皆、平凡なスープにどれほど価値があるか、最も簡単な食べものを美味しくいただけるのがどれほどありがたいかを知っている。しかし、サバイヨンが運ばれてくると、歓声が大きくなった。フランス人はわたしたちよりも喜び、まばゆいばかりの陽気さで歓声に応え、讃辞に笑いが続いて賑やかになった。ニーガスの到着で、場が静まった。杯が揃うと、フランス人のみならず皆が一斉に乾杯の音頭を取ろうとした。しかし年功序列でデサール氏が選ばれた。「われらがアンフィトリオン[021]の壮健を祈って、乾杯！　わたしたち全員、とりわけわたしの家族にとって大切なお名前を存じませんゆえ、このように呼ぶことをお許しください。あなたは、疲労と不安に満ちた一日を、喜びとくつろぎに満ちた一日に変えてくれました。心をこめて、深い感謝を捧げます」わたしたちはフランス人に向けて一斉に杯を掲げた。フランス人は饒舌に答えた。「名乗るほどの者ではありませんが、帽子の底に書いてあるのがわたしの名前です。わたしにも喋らせてください。わたしは、旅するようになって以来、今日ほど楽しかったことはなく、こうした親切な仲間に出会ったこともありませんでした。皆さんのために、乾杯！」

　その後、女性たちと別れ、簡素な寝床に入ったが、一日の疲れのおかげで、夜明けまでぐっすりと眠った。

渡航

本作品には、先天性脊椎後弯症（本文中の表記では傴僂《せむし》〔bossu〕）について、今日の観点では差別的に思われる表現が含まれていますが、その差別こそが本作品の主題となっているため、当時の時代背景を鑑み、原文に沿った表現で訳しています。

わたしは昔、第一級の軍人の素質を見せていた子と知り合いだった。残念ながら、その子は傴僂だった。わたしも当時は子どもだったから、観兵式、パレード、演習、太鼓が鳴り制服が行進するところ、どこへでもつき添って行った。どうしても軍隊を見たかったのではなく、友人が好きで、一緒に過ごしたかったからだ。

つまり笛や太鼓の音に夢中なのは傴僂の子だった。騒がしい鼓笛の音楽が、より表情豊かな管楽器の音楽へと替わると、どれほど強烈な印象が彼の魂を揺さぶり、武勇の誇りや闘志の熱気が彼の顔に広がったことか。そして銃の隊列が続き、大砲の轟音が平原に響く。連隊が交互に行進し、攻撃や勝利、帰営といった、戦争のあらゆる光景を模倣すると、傴僂の子は熱心に見つめ、渦巻く煙に駆け寄った。狙撃兵に混じり、砲兵隊に随行し、騎兵隊の翼側を走り、縦隊に踏み潰されたり進路を邪魔された兵士たちに苛められたりする危険に身を曝《さら》し続けた。観兵式の終わりには、歩調を合わせて大隊の先頭の隣を行進し、指揮官に目を据えて、すべての命令に服従し、すべての過程を心の中で実行しているかのような身振りをした。こうした仕草は人混みの中で目立ったため、笑いものになった。しかし彼は真剣な気持ちで、嘲笑にも動じず、栄光と祖国愛と闘争心の昂奮に酔いながら、隊列に合わせて行進を続けた。

夕方、ふたりきりで街を歩いていると、傴僂の子はわたしに言った。「大人になったら、軍隊に入りたい！　平原を駆けまわる司令官を見たか！　……騎兵隊を指揮して！　有刺鉄線に突撃する！　栄光を勝ち取るんだ、死を待つのではなく、死を求めて、死をもたらすために飛びこんで！　壊し、散らし、追いかける！　……ルイ、ぼくの部隊は騎兵隊だ！」

あまりの熱意に少し気圧《けお》されて、思わずわたしも想像で壊し、散らし、追いかけた……。傴僂の子は話を続けた。「まだまだ！　奴らが逃げてゆく、傷ついた者や死んだ者をその場に残して……。だからぼくは、埃と汗と血にまみれた竜騎兵を集めて、救われた町に帰るんだ……。遠くから、城壁に殺到し、家の屋根を覆いつくすひとたちが見える……。近づいて、行進する……。勇者たちの先頭で傷を負った隊長が馬で跳ねる……。皆のまなざしが隊長を称え、皆の心が隊長に飛びつく！　……ルイ、ぼくの部隊は騎兵隊だ！」

わたしは激しい感情のこもった熱弁を楽しんだ。それに、傴僂よりも友人として見るようになって久しいから、この可哀そうな子が高貴な駿馬に跨っている異様な姿がまったく思い浮かばず、華々しい場面は輝きを失わなかったのだ。だから笑うどころか真剣に聴き入った。そして、力強く熱っぽい気質に感化され、わたしは大将の下で兵士となり、命令どおり巧みな作戦を遂行したあと、鼓笛や楽曲に合わせて足踏みしたり早足になったりしながら、町へと戻った。童心の美しい無邪気さ！　不具の身体、目に見えて明らかであるにもかかわらず、真摯な心で互いに愛しあい団結している愛すべき子ども、恥ずべき有害な嘲笑に未だ狂わされていない戯れだ！

この子の態度は、われわれの存在を構成するふたつの要素が別物であるという確かな証拠に思えた。何と！　か弱く不格好な身体、その中では騎士の心が栄光や勝利の気配に酔いしれている！　可哀そうに、その身長ゆえ、慎ましく、黙って、感傷や歓喜や熱情のほとばしりを抑えねばならない……魂は最高に美しく、感動、誇らしい昂奮、輝かしい献身を欲している！　まったく関係ないふたつの本性が無理やり結びつけられている衝撃的な姿、純粋な精髄を封じこめた俗世の粗末な包みではないか？

　もっとも、傴僂を頼らなくとも、同じような教訓を得られる。周りを見てみよ。どれほど多くの、険しく、陰鬱で、醜い顔から、穏やかな優しさと繊細な愛情が漏れ出ていることか！　どれほど多くの弱々しい肉体が、鉄の魂を宿していることか！　どれほど多くの筋骨隆々の巨軀《きょく》が、軟弱で無気力な魂を宿していることか！　それに、他人を見なくとも、自分と同居している余所者の客、狭い牢獄の壁に閉じこめられた高貴な亡命者を、自分のうちに感じない者がいるだろうか！　そいつ自身が悲しみや喜びを覚えていると、感じない者がいるだろうか！　身体が眠っているように見えるときにそいつが熱狂や歓喜に昂奮し跳躍し震撼したり、身体が無上の恍惚で荒ぶっているときにそいつが眠ったりしているのを、感じない者がいるだろうか！

　優しく純粋なデズデモーナが舞台に現われ、オセロがデズデモーナと信頼に満ちた熱い愛情を交わし、まだ幸せで心穏やかなふたりの周りを邪悪なイアーゴーがうろつくとき……すでにムーア人[001]の静脈に毒が回り、血を燃やし、目を光らせ、復讐したい一心にさせるとき……階段桟敷で、何千人もが並んで、静かに、まるで命を奪われたかのように座っている姿を見てみよ、肉体は入れものであり、現世の屍である……。上演中の劇と関係なく、大勢で動かずに階段席を埋めている間に、魂は飛び出したのだ。熱狂し、昂奮し、騒ぎ、恐怖で震えたり同情で心を痛めたりしながら、舞台上を雑然と漂う。イアーゴーに大量の罵声を浴びせ、ムーア人に騙されているぞと叫び、危機に曝された純粋な恋人に同情し肩入れして、取り囲んで守る。驚くほど対照的に、巨大な劇場の中のあらゆるものが静かで動かないのに対し、目に見えないところでは熱と動きと嵐がすべてであり、魂は激しくひしめき合っているのだ！

　傴僂に戻ろう。可哀そうな子は、早すぎる経験から幼少期のうちに教訓を得て、心で簡単に思い浮かべられる幻想をひとつひとつ失う運命にあった。勇ましい昂奮は長続きしなかったのだ。成長するにつれて、笑いやからかいで感受性をすり減らせ、人目を恥じて趣味を抑えるようになった。騎兵隊は自分の部隊ではないと、苦くも理解したのだ。しかし、性格が変わるには時間を要するもので、アンリ（これがわたしの友人の名前だ）は観兵式には行かなくなったが、自分ひとり抜きん出て大衆から賛同を得たいという願望を完全に捨てたのではなかった。ただ方向性が変わったのだ。ある日、弁護士の名声を目の当たりにして、すぐさま自分の前には弁護士の道が開けていると思い、その業界で名を成したいという希望に燃えて、それ以来、幼いころあれほど想像力をかき立てた兵士の栄光を欲しがらなくなった。まだ子どもながら勉強に励むようになり、教師には理由を明かさなかったが、将来の仕事の重大さに胸打たれて、無邪気に熱中し、何かにつけて若さゆえの大袈裟な口ぶりで弁論を試みた。それ以来、わたしたちは話すたびに弁論ばかり行ない、散歩の定番となった。人混みを離れたところまで来たら、急に叫ぶのだ。「君は告発された。何の罪か、教えてあげよう。座りたまえ。こちらには裁判官、あちらには陪審員、ここには聴衆（彼には聴衆が必要だった）、では始めよう」

　丘の上から勿体ぶって弁論するのを、わたしは芝生に寝そべってつきあった。「裁判官！　裁判官の皆さん、血なまぐさい惨事によって不名誉な法廷に立つこととなったこの不幸者を見て、わたしは深く苦悩し、不安に震えている……。しかし彼の主張は立派だ！　わたしは自分の力が怖い、依頼人の運命、あるいは命さえ、今からわたしが限られた僅かな時間のうちに発する言葉によって左右されると思うと、図らずも不安を感じずにはおれない……」

「日差しがきついんだ」わたしは話を遮って場所を変えた。

　弁護士が本気で怒った。「動くな！　弁護してやらないぞ！」

「わたしが事実をお話ししよう。隠しも誤魔化しもしない。

真理を忠実に提示するのが、わたしの弁論の強さなのだから。陪審員の皆さん、よく聞いてください。わたしには皆さんの関心、知性、良心による助けが必要なのです、そして、今わたしの勇気の源となっているのと同じ確信が、やがて皆さんの心にも伝わるに違いないと、自信を持って皆さんの最終判断を期待します。

わたしの依頼人であるルイ・デプレ（これがわたしの名前であり、裁判では実名が使われた）は十二年前、この裁判所でもしばしば弁論を行なった弁護士の娘であるエレオノール・ケルサンと結婚した。結婚して最初の数年間は幸せで、五人の子が生まれた……」

ここで、大きな笑い声で弁論が中断された。このあたりを歩いていてわたしたちを見つけた一団だった。傴僂が丘から下りてきた。すぐさまひとりが丘に登って、話者の外見、痩せた顔、ぎこちなく不自由な身振りを、大げさな声色と対比させて、あざ笑うかのように真似した。友人は青ざめて狼狽し、心にくる振舞いを無理やり笑おうとしたが、このとき大切な希望が消え失せたのだ。自分が嘲笑の的にされたとき、いつか自分が賛同を求めるべき聴衆に与えるであろう印象を確かに見たと思って、すっかり失望し、それからは弁護士という道を考えなくなった。しかし、弁護士を諦めてからもしばらく、頻繁にではないものの、ごく普通の思いやりを欠いた内輪の馴れ馴れしさによる嘲笑や揶揄に、まだ耐えねばならなかった。

しかし、このときも別のときも、傴僂にありがちな、よく言われるように冷ややかな性格になることはなかった。絶えず嘲笑を浴びながらも、投げつけられた武器を摑み、復讐心で研ぎ澄まされた武器を投げ返す。この悲しい訓練によって、傴僂たちの目は、一瞥して敵の弱点を見抜き、迅速かつ確実な手つきで、正確かつ強烈に当たる一撃を放つよう鍛えられる。下層階級の傴僂たちは、何にも守ってもらえず、何にも束縛されず、まさしくこの悲しい試練によって、下品な悪意、捻《ねじ》くれた笑い、無愛想で妬みがましい視線、皮肉屋の精神を身につけるのだ、俗に言われるとおりである、ただし卑しく意地悪な攻撃に対する正当防衛の武器にすぎない。アンリはというと、共和国の中学校で、常に嘲笑と皮肉に曝されながらも、気高く善良な心を失わなかった。傷を無関心や諦念の仮面で隠し、仕返しは何の慰めにもならないからと、投げつけられた悪口を拾わなかった。怖がられて無視されるという悲しい特権を得るより、からかわれつつも仲間たちから関心を持たれ、あるいは愛されたかったのだ。魂の気高さは顔に表われており、愛想のよい顔立ちと穏やかで憂いを帯びた表情は、背格好の悪さを消しはしなかったが、皆に忘れさせるものだった。

こうした険しい青春時代を経て、アンリはあらかじめすべての威信を奪われた若者となった。少しずつ目が覚めていった。自分が活動を許された領域の限界を理解し、嘲笑の厳しい試練を待たずとも予測して、嫉妬心が生まれるのを抑え、熱烈で外向的な性格による衝動を制御すべく努力した。賢明である。しかし、それに成功した状態というのは、いっそう悲惨だった。それまで彼を魅了していた勉強や学問は、努力を重ねるほどにどうでもよくなり、もはや積極的で公的な仕事によって立身出世する手段ではなく、無益な暇つぶし、不毛な気晴らしとしか思えなくなった。塞ぎこんで何年か過ごしたのち、ついに無名の人生を受け入れ、それまで反発していた両親の、辛いには違いないが先見の明のある考えに従うようになった。両親は商売の道を進め、以来この若者は会社の奥に籠って、同じ境遇の仲間たちに無償で捧げるつもりだった知性と才能を、金を稼いで増やす方法を学ぶために使ったのだ。

だが、これはより切実な不幸の入口に他ならなかった。アンリは、自分自身が立身出世して名声を得るのとはまったく異なる、もっと当然の差し迫った願望が心に生まれる年齢に差しかかっていた。愛し、愛され、愛を分かち合う喜びを知り、親密で優しい結びつきの幸福を知る、これは自然な願いであり、あらゆる人間にとって逆らえない性向である。この性向から逃れるには、自分を偽るしかない。抑圧し、克服しようとすれば、長いこと苦しむ羽目になり、年齢が苦しみを和らげるにしても、終わらせるのは死のみである。しかし、不具の人間は皆、こうした運命に苛まれるのであり、長い内なる苦しみからいっそう強く愛情を求め、強いられた独身生活は永遠の忌まわしい孤独で痛めつけられる。

だからこそ、不幸者は最も哀れまれ、その姿を見ると憐憫で心が痛むのだ。ある日、部外者が工場見学に来た。労働者たちの中に、元兵士がいると聞かされた。その男の顔は、恐ろしい傷跡でひどく醜くなっていた。それを見た部外者は、いたく動揺した。結婚しているのか訊ねた。肯定の答えが返ってくると、すっと落ち着いたようで、「それなら、思いやりは他のひとのために取っておきましょう」と言って去った。わたしはその場にいた。この言葉は、奇妙で冷酷な言葉として、わたしの記憶にずっと残った。今日、わたしはその意味を、公正で人間味に溢れたものと考えている。

熱烈で高邁な魂が、大人になるにつれて、群集からの称讃や同情を求めるのではなく、狙いを変えて、他人からは得られないであろう愛と尊敬を伴侶に求めるようになるのは、ごく普通のことだ。青春時代には英雄だった者の多くが、名声を得る夢を諦め、名を残す希望を捨て、無名で平穏な結婚という港に着いた。そうしたひとたちに同情する必要はない。愛に出会い、自分が生まれ変わったことに気づいて、老後を家庭で過ごす、それで自分の運命を全うするのであり、少なくとも、万人に約束されているらしい貴重な財産から自分の分け前を手に入れている。しかし、この財産を知り、自分の周りで見せつけられ、心から熱望しながら、けっして手に入れられない！　一目で惚れこんでしまう若い娘たちの中にいながら、喜ばせたり愛されたりする幸せなど永遠に得られないと感じる。どんな女性にとっても、侮辱し嘲笑するだけの怪物でしかない……。ああ！　最も不幸な者よりも同情すべき存在だ。だから、先ほどお話しした部外者が、同情を示さず別のひとに向かったのは、人間的で、適材適所の感覚を持つ立派な人物だったからだと、よく分かるのだ。

さいわい、恐るべき孤立の予感は唐突に現われるのではなく、また予測されるほど不幸とも限らない。したがって、運命の不当な厳しさに絶望して挫けるのではなく、少しずつ受け入れながら、甘くない人生の重荷を最後まで背負ってゆくのだろう。友人が世に出たとき、先立つ経験から様々な幻滅を味わったとはいえ、自分と同じ心ある者のひとりからも尊敬を受けられないとも、結婚という道が弁護士や軍人のように閉ざされているはずだとも、思ってはいなかった。ただ、結婚について幻想を抱いていたにしても、失望を経験しすぎて臆病になり、女性を恐れていた。愛想のよい洗練された精神的な楽しみだけで喜ばせようとし、心中に渦巻く激しく生々しい感情を露わにして気を惹こうとはしなかった。この立場は自縄自縛の連続だった。皆に苦しめられながらも、取引を求められ、本人を求められもしたが、そのためには常に先述の立場に留まっていなければならなかった。しかし彼は、常に立場をわきまえ、愛の言葉を求めも発しもしないよう、努力で疲労困憊しながらも自重し続けるかなかったのだ、さもなくば、態度や台詞に少しでも好意のしるしが現われるのを許したら、残酷な侮辱を受けるに違いなかった。

当時わたしは腹心の友となっていた。彼はよく涙を流していた。わたしは原因を知っていたが、癒す術も知らないのに傷を見せろとは言えなかった。彼じしん、苦しみの原因となっている卑俗な理由を突き詰めたくはなかったから、あけすけに苦しみを語るよりも、わたしに推測させようとした。それでも、ついにこう言ったのだ。「ぼくが好きなのは、美しいひと、女性のうちで最も可愛いひとだ！……しかし、君に誓って言うが、独りでいるくらいなら、最も美しくないひと、最も可愛くないひと、他の誰にも愛されないようなひとだと分かっていようと、ぼくを求め、愛してくれるならば、ぼくはそのひとを伴侶にしたい！」わたしは、控えめな願いを持つ彼を励ましつつも、まさに落ちこんでいるところを利用して、不可能な選択へと向かわせる情念の萌芽と戦うべく、自分の欲求を抑え、魅惑的だが虚しくもある見た目の美しさを諦めれば、いつか幸せになれないことはないだろうと、わたし自身も希望を持って、よく彼に考えさせた。

このような慰めは屈辱的で、彼をひどく苦しませた。しかし分別があるから無視はできず、少なくとも嘲笑されて気分を害したという振舞いを表に出さなかった。

しかしアンリは、ここでもまた、笑いものにしてくる厳しい世界からの攻撃を逃れても、失意と悲嘆が必ずや別の経路をたどって来て、手に入ったと思ったものさえ奪われるのだ。彼が新たな道で頭角を現わすのに時間はかからなかった。すでに世間の注目を集めていた。前途には輝かしい運命の未来が開けており、人格を高めて仕事を磨き、この職業を高貴なものとするのが、他ならぬ彼の使命だった。しかし、自分の好きな相手に財産を捧げるのは不可能だと理解するにつれて、財産を持つ意味も失われ、心から野心の炎が消えていった。やがて、それまで颯爽《さつそう》と歩いてきた道で立ち止まった。食い扶持を稼げる程度にまで商売を抑え、多くの人間関係を断ち、足しげく通っていた社交界にも赴かず、とうとう寡黙で孤独な生活へと引きこもった。

ある特異で奇妙な一場面が、この時期に友人の魂の置かれた状態をよく表わしており、身を焦がす苦しみによる激しい混乱を示していると思う。ある日、ふたりで歩いていると、少し離れたところから、ふたりの女の声が竪琴の音とともに聞こえてきた。音楽好きのアンリは足を止めて聴いた。そして声の聞こえるほうへとわたしを引っぱった。出どころは豪華な邸宅の静かな中庭だった。流しの歌手がふたりいた。

ふたりの女は、古びた民謡を歌っていた。服装や所作からは礼儀正しく誠実な様子が窺えた。ひとりは幼く恥ずかしがり屋の子で、もうひとりの女の娘と思われた。淡い亜麻色の絹のような髪が日焼けした額にかかり、鹿毛色の睫毛が伏し目がちのまなざしを覆っている、その顔には優雅な美しさと野性の荒々しさが混在しており、放浪と冒険の生涯を送る女だけが持ちうる詩的な魅力を帯びていた。幼いままに群衆の無遠慮な視線に曝されているのを見ると同情を禁じえず、暴風に吹かれ、生まれた土地から離れて咲き、雨に打たれ、道行く者たちに踏まれる若草を見ると、ある種の哀愁を感じるものだ。

もっとも、大多数の者にとっては束の間の印象だが、ときに病んだ心を深く揺さぶる。わたしの傍でじっと立っていた友人は、この子を優しく憐れんで見つめていた。代わりばえのしない、しかし甘美で素朴な調べに、感情を露わにし、涙で睫毛を濡らした。生き生きとした歌によって魂の真ん中に鮮やかな夢や理由のない恍惚をかき立てられ、行きずりに強烈な喜びを与えてくれた少女への感謝で心躍ったらしかった。こうした感動は、たいてい後で彼の悲しみを深くするだけなので、わたしは早くその場を離れて感動を止めたかった。だが友人は、わたしを引き留めるでも、わたしについてくるでもなかった。女たちは一曲終わると別の曲を歌った。幼い子が顔を赤らめながらわたしたちの投げ銭を受け取りにきた。そして場所を変えて歌いはじめた。わたしたちは夕方までふたりをあちこち追いかけた。

ふたりと別れるとき、アンリはしばらく黙って考えていたが、ついに口を開いた。ふいに喋りはじめたのだ。「誰がこの子を、卑しく苦しい仕事から解放してやれるのか？　……彼女に相応しい場所、必ずあるはずだ、そこに導いてやれるのか？」さらに続けて言った。「……いや、まさか、誠実で純粋でなければ、あんなに赤面しない、あんなに恥ずかしそうな眼をしない、あんなに慎ましい顔をしない！」

こう熱弁しながら、アンリはわたしをじっと見つめ、わたしの心中の反応を探ろうとした。わたしが真意を測りかねて返事を躊躇っていると、強い口調で言った。「ぼくが！　ぼくが彼女を、しかるべき身分にしてやりたい！　……でも向こうはぼくを求めていない、そして君はぼくにそう告げる勇気がないんだ！」言い終わる頃には声も枯れ、涙を流していた。

わたしは言った。「アンリ、君は混乱しているようだ。分かるかい？　ぼくもあの女たちは真面目だと思う、けれど、そんな物議をかもす結婚を世間が許してくれるだろうか？」

この言葉に友人は激怒し、絶望した。軽蔑の念で青ざめながら話を遮った。「世間！　世間の犠牲になるのだ！　ぼくが！　どういう名目で？　ぼくが世間に何か負っているとでも？　……世間！　ぼくは世間を憎み、軽蔑し、立ち向かう……世間のために苦しみたくない、死にたくない、そうだろう、ルイ！　……世間？　物議？　ああ！　それだけが問題だったら！　……いや、しかし、本当のことを言ってくれ、ぼくが道で出会った女の子は、ぼくにとっては、それでも贅沢に過ぎるから、望んではいけないと……言ってくれ、ぼくは独り惨めに生きて死ぬ運命にあるのだと……言ってくれ、君もまた、一緒になってぼくを止めざるをえないのだと……」それ以上は言葉を続けられず、嗚咽で声を詰まらせた。

こうして会話は終わった。もはや女たちは問題でなくなり、やがてアンリはまた暗く落ちこんだ。ところが、その日を境に、わたしたちはあまり会わなくなり、話してもよそよそしくなった。わたしの言葉、さらには沈黙さえもが、残酷に思われたのだ。わたしの無理解な友情について考えを改めねばならないとでもいったふうに、彼の友情は冷めていった。数カ月後、わたしに内緒で、容姿も財産も恵まれない若い女に声をかけたらしい。断られると、身辺整理をして、自分の計画を隠すでも知らせるでもなく、この街を去ったようだった。密かな出立には様々な噂があったが、わたし自身は友人の行く末を知らず、七年間の沈黙ののち、これから皆さんも読まれる手紙で経緯を知って、それを契機にここまでのページを書いたのだ。

「ルイ、君が愛し、支え、慰めた、可哀そうな傴僂を覚えていますか？　彼は今、結婚し、父親となり、幸せです……瘤のないひとと同じくらい。君に手紙を書いているのは、彼なのです。

不幸は人間を苛立たせ、盲目にします。街を去ったとき、ぼくは自分が嫌いで、もう君のことも好きではなかった。今日ぼくは、君の長年の忍耐強い友情を無下にしたのではないかと泣きながら考え、ぼくの恩知らずな心を許せずにいます。ルイ、ぼくには伴侶がいます！　久しく夢見ていたこの幸せを、ぼくは存分に味わっています！　神は、絶望で奈落の底に沈んだぼくを引っぱり上げ、かつてぼくが思い描いていた夢想のすべてを満たす至福の男、父という境地へと昇らせてくださったのです。ぼくらのもとで三人の子が育っています、わが子の姿を見ると喜びで一杯となり、わが子を産んでくれひとを愛しく思うのです。ルイ、君のところの女子たちにも、伛偻と結婚するよう勧めなさい。ぼくは本当に信じているのです、伛偻は最も献身的で、最も素晴らしい夫になります。伛偻の妻は、伛偻にとって妻というより恩人なのです。伛偻は自分を、妻と対等の存在ではなく、妻に感謝すべき人間だと思っています。何より、一番！　忘れてはなりません、望むべくもなかった愛情を注いでくれ、奪われていた天上の喜びを与えてくれた妻を愛するには、心を尽くしても足りないのです。

出発するとき、ぼくは自分の計画を君に伝えませんでした。計画はなかったのです。これほど苦しんだ場所からとにかく逃げたい、なるべく遠くへ行きたい、それだけでした。それで、しばらくパリに滞在していたとき、ある大規模な事業を完成させるためにアメリカへ行かないかと言われ、ぼくは急いで乗ると、数日後には大西洋へと漕ぎ出しました。

船は客でごった返していました。その中に二十五歳くらいの若い男がおり、重々しく悲しげな雰囲気にぼくはたちまち共感しました。彼のところへ行って話をしました。何か病気を患っているようでしたが、静かな勇気で耐えていました。病気は長く辛い渡航のあいだにかなり悪化し、陸地の見える頃には、生きて上陸できる見込みは薄くなっていました。若い妻は、片時も彼の傍を離れませんでした。優しく看病されているのを見て、ぼくは瀕死の男を羨み、持っている財産や希望をすべて捧げてでも、天使のような女性の腕に抱かれて死ぬ喜びを買い取りたいと思ったものです。

このひとは信仰と献身の心に溢れた若い聖職者で、西部の僻地にある、できたばかりの教会に赴くところでした。その地に何年か前から住んでいた兄が、彼を呼んだのです。そう彼自身がぼくに語ってくれました。ある日、夫人に聞こえないように、こう言いました。「しかし行けるとは思えない！　神がわたしを連れて行こうとしている、だから神にお願いしたい、妻を兄のもとに送り届けるまで待ってほしい……」最後の言葉で感情的になりつつも、どうにか抑えようと、単純な台詞と素直な信仰で神に祈りを捧げていました、それでぼくが目の前にいるにもかかわらず会話をやめて祈りはじめたのですが、ぼくは不思議には思いませんでした。

　彼は生き長らえ、上陸できました。孤独な夫妻はぼくを必要とし、ぼくは苦しむふたりの役に立とうと思っているうちに自分の悲しみを忘れ去りました。倹約せねばならない夫妻に合わせて、ぼくはニューヨークで最も質素な宿を選び、そこに夫妻と住みました。安静にし、また腕利きの医者による治療もあって、数日間病気は進行しませんでしたが、不幸者が快癒と生存の望みを持つには至りませんでした。ぼくは夫人と交代で枕元に立ち、ふたりきりになったときには、間もなく若い妻を見捨てて去るという彼の苦悩を慰めました。ぼくは、ニューヨークでの仕事が済んだら、すぐさま夫人を彼の兄のところへ連れて行き、もし夫人が兄のもとに留まらないと決めたならば、ヨーロッパに連れ帰って夫人の家族に送り届けると約束しました。この約束で、彼は落ち着きました。妻については、来るべき別離の準備だけを考えるようになったのです。そして、最期の瞬間まで信仰の光に支えられ、数週間後に安らかに息を引き取りました。

　こうしてぼくは、未亡人の庇護者となりました。傍目には曖昧な状態に見えたでしょうが、ぼくたちふたりにとってはきっちりと決められた状態でした、というのも、そのジェニーという名の若い女性は、夫から直々に、ぼくと彼との約束、それに対する彼の承諾を、言い含められていたからです。毎日未亡人と会いました。すぐさま湧き起こった感情について、ぼくが説明しなくとも、ルイ、君は当時のぼくの心の状態を見抜いているでしょう。ただ、そのときは、以前と同じように、感情を表わさないようにして、約束を守るのに専念し、ただ密かに心の中で崇めている女性を庇護し扶助できるだけで幸せだと思うようにしていました。

　こうして、ぼくの仕事が済むまで一年間、ひと月ごとに出発を延ばして過ごしました。それから、西の荒野へ、九百里を超える旅に出ました。ジェニーはぼくの思いやりに気づき、しばしば心からの謝意を示してくれました。そして、彼女の将来のこと、家族のこと、いま横断しようという国のことなどを話し、ぼくらの間には、彼女にとって穏やかで争いのない親密な結びつきが生まれました。彼女は素朴な心と豊かな知性を兼ね備えていたのです。だからぼくは彼女と話すのが楽しく、彼女の傍にいると、自分は彼女にとって何者にもなれないという恐ろしい考えを忘れられました。しかし彼女はぼくの内なる苦しみを見抜いており、ぼくのほうも、彼女がある話題を避けているので、感づかれているようだと分かりました。

ジェニーの義兄が住んでいたのは、砂漠の端のあちこちに作られ、無人の荒野へと進み続ける野心家の入植者たちがどんどん後ろに置き去りにしてゆくような、小さな村のひとつでした。到着すると、ぼくらは絵のように美しい集落の住人に囲まれ、目当ての家を教えてもらいました。しかし同時に、もうそこに家主はいないとも言われました。兄は弟と同じ病気で二カ月前に亡くなっていたのです。彼はジェニーの夫に財産を遺しましたが、そちらも亡くなったため、遺産はヨーロッパに残っていた別の弟に移り、若い未亡人は何の財産もなくなってしまいました。

そう聞くとジェニーは落胆しました。この僻地の真ん中で、天にも人にも見捨てられたように感じ、甚だ絶望して、ぼくの腕に飛びこんで涙を流したのです。ぼくの庇護を懇願し、地上に残された唯一の友人としてぼくに身を委ねる若い女性の振舞いに、ぼくはかつてなく強烈に心打たれました……幸福と混乱で言葉が出ず、息もできないほどでした。ぼくの心に芽生えた希望の光が、千々に乱れた心に歓喜の錯乱をもたらしました。その瞬間、ルイ、ぼくという存在は変わったのです。乗り越えられない障壁が崩れ落ちました。長年ぼくの心を重く縛っていた恐怖と恥辱の鎖から解放されたのです。間もなくふたりとも落ち着いて、ぼくは思い切ってジェニーに気持ちを打ち明け、もっとしっかりした不安定でない境遇になったら結婚しようと提案しました。彼女はぼくの話に感動し、しかし驚いたわけではなく、ぼくの行動が彼女の困窮に対する同情ではなく真摯な愛情によるものと確信して、簡潔にこう述べたのです。「わたしはあなたの妻になります、アンリさん。あなたのよき伴侶となれますように！　心からそう願います、喜んで」

友よ、この瞬間から、曇りなく続く幸福な日々が始まったのです。ぼくは神慮に感謝します、不可知の方法と奇妙な成りゆきによって、ぼくが熱望していた唯一の幸福へと導かれ、かつてなく幸福から遠ざかっていると思ったときに幸福をもたらしてくれました。こうした思召しによって、今日ぼくの心は愛情と感謝と喜びで満たされ、現在のぼくは過去の苦悩や困難にも名状しがたい味わいを感じています。

ジェニーは父と母を喪っており、ヨーロッパにいる身内は家庭を持つ叔父だけでした。だから愛着というより必要があれば帰ったでしょう。ぼく自身は帰るにしても渋々だったでしょう。しかし、ぼくはむしろ、せっかく幸せな日々を開いてくれた新しい社会の中に、このまま留まりたいと思いました。ぼくらのいた場所は壮大で、人間の手がほとんど入っておらず、すべてが未開で無言で、しかしいくつかの地点では文明の胎動によって活気づいていました。ぼくはその動きに加わって、素朴で原始的な暮らしを生きなおしたい、君たちが習俗や社交の快楽によって薄めさせている家族愛が、濃縮され、凝集され、滋味あふれる完全な状態で味わえる生活を送りたいと思いました。ぼくがジェニーに自分の希望を伝えると、ジェニーもすぐに同意し、ふたりでどうやって実行に移すかだけを考えました。ぼくは義兄の家と財産を手に入れるために出廷し、わずかな金額で取得できたので、のちに相続人たちに返される保証金を預けました。

これがぼくの物語です、親愛なるルイ、あとは想像できるでしょう。町を拓き、土地を開墾しました。ぼくは一匹の働き蟻です、歩き回り、壊し、運び、微力ながら絶え間ない働きによって広大な陸地の表面を変えるのです。選挙し、投票し、あらゆる政治的権利を持っています、ぼくの性格と気質からすると、この素晴らしい土地でぼくを疲れさせる負担はそれだけです。ただ、それは一時的な苦労であって、丸一日叫び、選挙し、投票したら、ぼくはジェニーや息子たちと再会して、妻と三人の子とともに暮らす国の政治機構は立派で崇高なものだと思うのです。

　ぼくのいる入植地には、他に三人の傴僂がいます。ぼくに仲間ができたと祝ってください、しかし、ルイ、傴僂たちを哀れまないでください。いまのぼくと同じく、三人にとって傴僂であるのは辛くないのです、そのうち二人はまだ結婚していませんが。しかし好きなときに妻を見つけるでしょう。この地に存在しないのは、貧乏人、つまり怠け者だけです。結婚とは、優雅な恋や小説じみた熱愛の結果ではなく、単なる定着です。伴侶と一緒に生活し、一年にひとり子が産まれれば充分です。最も醜い姿であっても、裕福で勤勉で商売上手で健康な男ならば、まともに取引できず土地を開拓できず儲けを予測できないアドニス[002]に勝って、国いちばんの美少女を選べるのです。もしぼくが商才を持ったままこの地に生まれていれば、ここの上流階級になって、数多の苦難を被らずに済んだでしょう。けれども、自分の運命に文句を言うつもりはありません。苦しんだからこそ、より楽しめるのです。ぼくが嫉妬よりも喜ばしさを覚える幸せな人間たち、そのひとりだったら、ぼくの生きがいとなっているいくつもの強烈な感情を知らなかったでしょう。

　だから、君たちのところの傴僂を送ってください、妻を見つけて差し上げます。もっとも、それで思い出したのですが、かつて君たちがぼくを脅すために持ち出した世論なるものは、何とつまらない意地悪を言うことか。この国では、傴僂でも、活動的で勤勉で実直であれば、凡才の傴僂でさえ、何の問題もなく自分の人生を歩めます。夫になり、父になり、裁判官になり、大統領になり、あとは何があるでしょう？　けれども、民主主義と自由と平等を信奉し誇っているこの国でさえ、立派で勇敢で正直で、しかし黒人だったら。善良で寛大で親切で、しかしムラート[003]だったら。活動的で勤勉で器用で積極的で、しかしカルテロン[004]だったら。その男は、消せない汚点があると看做され、拒絶され、軽蔑され、白人たちの愛情の輪や、社会的あるいは家族的なつながりから永久に排除されるのです。白人の娘と結婚せず、白人の席に座らず、町でも劇場でも教会でも閉じこめられている……。ここではそれを、自由かつ共和主義そのものの世論、民主主義と平等の理論を誇って鼻にかけている世論が、正しく、普通で、自然だと考えている！　何と野蛮で矛盾した、根拠のない非人間的な狂気か！　……こうした差別的で残酷な扱いが、君たちの礼儀正しい社会では、今なおぼくのような不幸者に向けられ、見た目の醜い不具者を攻撃している！　世論を持ちだす者は、寛大で人道的だと自負しているのではなく、犠牲者を苦しめ痛めつけて、優しさを自慢したり慈悲を誇ったりしていない！

いや、悲しい話題から離れましょう。この長い手紙を終わりにせねばならないとしたら、もっと楽しい話があります。ルイ、君のような友人との交際は、ぼくにとって、興味深い光景に満ちたこの地では尚更、どれほど貴重なことか。過去から来た人類が新しい運命を築きつつあるのです。目の前で社会が作られています。君たちのところの思想家が何世紀も論争を続けてきた多くの問題が、未開の地で、前例のない国で、日々実践と実験にかけられています。あらゆる思いつきの結末に、目に見える形の、考えさせられる、賑やかで活発で好奇心旺盛な調査の題材となる事実があります！　昔の習慣に立ち戻り、都会を離れて田舎を散策するとしたら、天地創造からこのかた自然に支配されていたこの環境こそ、楽しく素晴らしい散歩となるに違いありません。暗く緑がかった静寂、雄大で神秘に満ちた孤独の只中で、目は次々と驚異を見つけ、思考は広がって浄化され、弱く儚い人間は、不滅の力による御業と対面して、宗教的畏怖に震え、永遠の善の翼の下へと、畏れ敬いながら避難するのです！　ああ！　友よ、この砂漠を独りで彷徨い、そうした感情に満たされたとき、ふたりで分かち合えたら！　ぼくの周りにいるひとたちは、まったくそのように感じていません。冒険好きだが感受性はなく、敬虔だが詩情はないのです。生粋の入植者《ヤンキー》たちは、行ったり来たりして見て回りながら、最も崇高なものを見ても利用価値のある材料としか思わず、本当に美しい眺めを見ても死ぬほど退屈するに違いありません。だからぼくは、何年も前から、かつてのように毎日君に会える幸せだけを願っています。ぼくはとうに騎兵隊など忘れました。弁護士席から見た景色のせいで弁護士席が嫌いになりました。かつてあんなに激しい感情を抱いた子の面影もぼんやりとしか残っていません。しかし生きているかぎり、運命によって君と離れ離れになったのを残念に思うでしょう、そして、いつかぼくがヨーロッパを旅するとしたら、それは君が、君こそが、ぼくの大切な友人が、ぼくを引き寄せたのでしょう」

グラン・サン＝ベルナール

わたしたちはグラン・サン＝ベルナールの宿坊[001]で、火に足を当てて、小修道院長と一緒にいた。小修道院長は、わたしたちの質問に答えて多くの話をしたあと、こう言いはじめた。「それに、皆さん、われらがサン＝ベルナール山は、有名ですが、よく知られているのではありません……」

暖炉の右側に座っていた、それまで会話に加わっていなかった太った男が、口を挟んだ。「神父さん、理由は俺が言おう。しょっちゅう描かれるからこそ、きちんと知られていないんだ。その有名な山も、今日の有名作家たちと同じで、俺ら大衆は新聞小説や伝記や版画で知る。新聞小説は面白おかしく書き、伝記は事実を偽り、肖像画は美化する。ことごとく墓碑銘のように嘘っぱちだ！」

男は黙った。しかし、大衆のひとりであり、大衆について自分の考えや意見を持っているわたしは、男のぶっきらぼうな言葉にむっとした。わたしは「失礼、しかし墓碑銘というのは……」と言ったが、男は最後まで聞かずに言った。「墓碑銘！ ひょっとして墓碑銘を弁護するのか？ だったらペール・ラシェーズ墓地[002]を一時間でも歩いてみたまえ（わたしは震えた、目から火花が散ったに違いない）。あの土の下には悪魔しか眠っていない、あんたも否定しないだろう？ でも墓碑銘には天使が眠っているとしか書かれていない」

わたしは言った。「そうかもしれません。もっとも、残されたひとたちが悲しみのあまり……」男はまた遮った。「あんたは若い、若すぎる。そうした嘘を書かせ、嘘に金を払っているのは、悲しみではなく、気どり、見栄、喜びであると知るには、まだ時間が必要だ」わたしは叫んだ。「見栄はそうでしょう。しかし喜びとは、墓地にある喜び、墓石に刻まれた喜びとは！」「喜びだよ。歓喜と言ってもよい。多額の遺産が転がりこんだときの、ひそかな大喜び……。ごく自然な、しかし悲しみとは縁もゆかりもない感情から、手に入れた財産に何かしら感謝の意を示したいと思うと、墓碑銘が頭に浮かぶ。どんな方法よりも便利で、安価で、だから最古の方法だ。彫れ、石材屋よ。深く彫れ、いつでも彫れ。美徳を語れ、何度でも語れ。報酬を受け取れ……しかし何の？ 諸君、それは故人への深い感謝、心からの満足、喜びではないか、心中より激しく燃えていればこそ、しばらくは公言できない……」

わたしは憤慨した。「そういう怪物もいる、そいつらはそうするでしょう、しかし……」「そんな言葉は撤回するんだ、もっと嫌なことのために取っておけ。人間本来の惨めさが怪物と呼ばれるのは不当でしかない。俺はあんたに一般的な事実を話している、ともすれば邪悪よりも醜い利己心について話している、偽善のうちでは慎ましく真っ当な偽善の話をしている。たとえば、あんたや俺のような怪物に何ができるか。怪物であっても、本当に悲しんでいるなら、霊廟や墓碑銘は何の足しにもならないと、俺は言いたい。悲しみは自分に没頭する。臆病で、怖がりで、謙虚だ。慣例で着る喪服さえ、人目を引くなら邪魔なのだ。悲しみは人間を丸ごと悼み、欠点を許し、美徳を懐かしみ、苦い溜息と人知れぬ涙を捧げる。悲しみは、本物で、深く、見びらかしもしなければ、奇を衒いもしない。そして俺は、恩知らずの息子だとしても、悲しんでいるから、母の墓に大理石を立てなどしないと信じたい！」

男の話に、わたしは気を悪くした。小修道院長は、口調は悲痛なほど真剣だが意味は曖昧で逆説的な話にわたしが引っぱられている様子なのを、よく思わなかった。さりとて反論はせず、話を逸らした。「墓碑銘については分かりました、ところで、先ほど作家の描写や伝記や肖像画の話をしていましたね？　……」

「俺はそれらも墓碑銘と同じくらい信じている、これは、それらをまったく信じていないという意味ではない。聞いてくれ。ペール・ラシェーズの悪魔たちは、じつは、よい悪魔だったのかもしれない。そいつらに素質があったのは間違いない、墓碑銘は、書くことではなく、書かないことで嘘をついている……。有名人の肖像画も同じだ。似ていないわけではないが、またしても不完全な真実よりも偽りの美なのだ。人間の顔ではなく神の顔を描いている。それは、かつてのフェヌロンのような、鬘に埋もれた冴えない顔ではなく、大衆や後世に見せるために、皺を刻み、髪を整えたり逆立てたりした、壮麗な仮面なのだ……。昔は、著作に表われた精神を、冴えない顔の上に見いだすのが、読者の役目だった。今日の大衆は、肖像画に描かれた天賦の才や独創性、親しみやすさ、人道主義を、著作の中に探さねばならない。墓碑銘！　石版画や銅版画や彩色画による顔のすべてに、大きな文字で書いてある。これが偉大な詩人だ！　これが至高の抒情詩人だ！　瞑想でやつれた者、沈溺して痩せこけた者、才能で肥え太った者！　墓碑銘！　墓碑銘こそすべて！　……しかし、グラン・サン＝ベルナールに話を戻すと……」

そのとき、宿坊の下、戸口のほうで何か騒ぎがあり、太った男の声は犬の咆哮にかき消された。「誰か到着したようです」と小修道院長が言って、出迎えるために中座した。太った男とわたしはふたりきりになり、どちらも何が起こっているか考えるのに夢中で、もはや墓碑銘は頭になかった。しばらくして、ひとりの男が入ってきた。

この男は三十歳くらいの観光客で、身なりもよく、とてもおしゃべりだった。椅子に座ろうとしたので、わたしたちは位置をずらして場所を空けた。「皆さん、はじめまして。恐縮です、しかし雪崩から抜け出したあとの暖炉は格別です……」

「雪崩？」太った男が言った。

「この時季に？」わたしが続いた。

「そう、夏に。少なくとも四分の一里はありました」

男の言う雪崩とは何なのか、わたしには分からなかった。実際、そのときは七月末であり、つまり周りの山々には雪など皆無で、雪崩の起きようがなかった。わたしはあえて反論せず、ただ男に冒険譚を頼んだ。

男は言った。「喜んで話しましょう。わたしたちは六時に食堂を出ました（食堂というのはヴァレー州側の最後の人家で、次はこの宿坊となる）。わたしの十五歩前に集団がいました。着いたのはその一団です。ふたりの男、ひとりの若い娘、確かに可愛い！　しかし肺病持ちなのです。冬をイタリアで過ごさせるそうです。ふたりの男のうち片方は彼女の父親です。もうひとりは彼女の婚約者で、長身で物静かな、ま

るで彫像のように外見のよい奴です。そうしたスイス人の集まりです。そして雪崩に着くと……」

ここでわたしは口を挟もうとした。「すみません、普通は、雪崩があなたに到達する……」

「ちょっと待ってください。雪崩に着くと、お嬢さんの騾馬が腹まで雪崩に埋まっており、男たちは騾馬を引き抜けずにいました、案内人が騾馬の扱いかたを知らないからです。そこで、わたしは近寄って、案内人の田吾作を押しのけ、手綱を取り、騾馬を歩かせたのです、刮目せよ！　……ところが、お嬢さんは怯え、父親は怒り、婚約者は叫び、そのせいで駄馬は暴れ、案内人は巻きこまれながら、わたしが騾馬を殴ろうとするのを止めました。もちろん！　わたしは案内人に、その騾馬を取り戻せと言って、手綱を投げました。案内人の阿呆は手綱を取り損ね、わたしは平手打ちし、そいつは倒れ、お嬢さんは雪崩の底に転がり……」

わたしは再び口を挟もうとした。「すみません、普通、雪崩がお嬢さんの上を転がる……」

「ちょっと待ってください。怒鳴りだす臆病者ふたり、悪態をつく案内人、助けを求めて叫ぶお嬢さん。わたしは全てを放りだし、神父も犬も見当たらなかったので、雪崩に身を投じると、一直線にお嬢さんに駆け寄り、案内人の助けもあって無事に道まで連れ戻しました。これがいきさつです」こうして彼は話を終えた。そして咳きこんだ。「雪崩で風邪をひいたんだ。おやすみなさい、皆さん。わたしも温かいものを飲んで寝ます」そう言うと、わたしたちが雪崩の勘違いを訂正してやる暇もなく立ち去った。

よく知られているとおり、雪崩とは高いところから剝がれた雪玉で、雪の上を転がるうちに大きくなり、たちまち恐ろしい塊となって、高速で落ちる通り道のすべてを壊し、ひっくり返し、粉々にする。急斜面の雪であれば雪崩はどこでも偶発的に発生しうるが、通りやすい経路は変わらないから、普通は毎年同じ道筋や同じ箇所で発生する。真夏のアルプスを旅していると、雪崩の回廊がよく分かる。木や岩が根こそぎ消された大きな斜面の底には数世紀来の岩屑が堆積しており、そこに植物が進出して覆ってゆくと、積み上がって防壁となる。夏の短かい高地の谷では、冬に積もった雪が回廊の底で溶けきらずに万年雪となる、この正確にいえば雪崩の跡を指して地元の者は雪崩と呼んでいるのだ。はじめてこの谷を訪れた、旅程で頭が一杯の観光客は、アルプスの高地の恐るべき災難を華麗に切り抜けたのだと深く信じており、それで誤解が生まれた。

　時間があれば男の誤解を正しただろうが、しかし、男が自分にとって誇りとなるものを固く信じているとき、それを否定するのは厄介かつ迷惑である。わたしの従弟のエルネストが決闘したとき、正直な証人であり善良な親戚であるわたしたちが火薬を装塡した。相手が狙いを定めると、エルネストは空に向けて発砲し、それから一同は朝食に行って、名誉は保たれた。しかし武勇伝を語る従弟のエルネストは、弾丸が耳をかすめたと言い、弾丸の風切り音を真似た。サラ叔母さんは震え、一同は震え、わたしたちは……正直な証人であり善良な親戚であるわたしたちは、一同や叔母と一緒に震えるしかなかった。従弟を説得するのが厄介かつ迷惑でなかったとしたら、わたしたちは震えただろうか？

　観光客が帰ったところで、父親と婚約者と思われる男ふたりが入ってきた。食卓につき、美味しい夕食をいただく準備万端のようだった。わたしはその食欲に驚き、安心しきっているのを見て不愉快になった。年取ったほうの男は、肺病持ちの娘を雪の中で半時間も過ごさせたばかりの父親にしては、あまりにも冷静だった。婚約者については、一口ずつ食べるたびに、病気と苦痛に苛まれている佳人を侮辱しているようで、怒りを覚えた。わたしは、かの観光客と同じく、この光景からスイスの感傷主義とは真逆の結論を導き出したのを覚えている。

　わたしがその結論に夢中になっていると、使用人がお盆にお茶を載せて入ってきた、そして間もなくお嬢さんも現われた。父親は立ち上がり、娘の額に口づけして、これほど早く回復したのを大いに喜んだが、無礼な婚約者は、昂奮したり、生き生きとした幸せや思いやりの喜びを心から表わしたりせず、食事を続け、じつに落ち着いた代わりばえのしない口調で言った。「ルイーズ、そこに座って、冷めないうちにお茶を飲みなさい」確かに、これはジュリーに対するサン＝プルーの熱を込めた親しさとは違った[003]。冷ややかな馴れ馴れしさは、わたしには冒瀆のように見えた。

お嬢さんは本当に可愛らしく、また、今しがた危機を逃れてきたというのが、わたしの目に、整った顔と優しい表情をいっそう際立たせた……。ただ、婚約していながらふたりの男に見られて戸惑う恥じらいも、か弱く脅えた娘にありがちな心打つ憂愁の雰囲気もなかった。しかし、それ以上にわたしが驚いたのは、打ちひしがれ悲しんだ顔をしていると思ったのに、わたしたちにも遠慮せず満面の笑みを浮かべていたためである。笑いは、まず婚約者に、次に父親に伝わり、こらえきれなくなった父親がわたしたちのほうを向いて言った。「すみません、皆さん、場違いな笑いでしょう。しかし抑えられないのです、ご容赦ください」すると三人とも心置きなく笑い出し、見ていたわたしたちは心底驚いた。

わたしは立ち去ったほうがよいと判断し、すでに腰を浮かせ、これほど楽しげなひとたちに同情したのは無駄だったと後悔していたが、そのとき父親がわたしに言った。「笑っている理由をお伝えしたいのは山々ですが、あなたには不思議に思われるでしょう。ある男のせいで……」

「さっきここにいた男ですか？　……」

「まさしく。世界一親切なひとですが、わたしの知るかぎり最も危険なひとです。底のほうの雪を見て、雪崩の危機に直面していると思いこんだ者など、はじめて見ました。純粋な自己犠牲から、猪突猛進、案内人を押しのけ、騾馬を蹴りとばし、わたしの娘を谷のほうへ突き飛ばしました……」笑いで話が途切れた。つまり、ひどく不安だっただけに、懸念が去ったあと、こうした顚末の滑稽な側面が三人の旅人の心にありありと浮かんで、わたしが見た、そしてすぐさま加わった笑いを呼んだのだ。さらに、観光客の頭の中では、お嬢さんは肺病持ちで、そのお兄さんは婚約者ということになっており、冷淡な小人物だと非難していた、とわたしが教えると、いっそう笑いが大きくなった。

　太った男は、ずっと暖炉の傍に座っており、会話を聞いていたが、話にも笑いにも加わらなかった。とうとう自分の部屋へ戻るために立ち上がった。「愚か者だ、俺の同国人のひとりだろう。俺の同国人、そいつだけが、この心地よい気温のときに、浅はかだが厚かましく、己惚れているが物知らずで、自分を疑うどころか、肺病持ちと思っていた若い女性を雪崩に投げこんでしまう者がいる……。皆さん、おやすみなさい」太った男は灯りを持って立ち去った。わたしたちもすぐあとに続いた。

　グラン・サン＝ベルナールの宿坊の、旅人のための部屋は、木の壁で仕切られた小さな個室である。灯りを消すと、壁の隙間から寝床の上に光が差しこんでいるのに気づいた。このような場合、とても無遠慮な、しかし激しい好奇心から、隙間の最も広がっているところに目を近づけないではおれまい。わたしもそうしたが、物音で非礼がばれないよう、細心の注意を払った。すると、観光客がベッドに座って、布団と帽子で暖かくし、ペンを持って、執筆に没頭している様子だったので、わたしはとても驚き、そして少し当てが外れた。ベッドの横には、湯気を上げているポットとさくらんぼ酒の小瓶があった。ときどき筆を止めて読みなおし書きなおし、顔には素朴な満足の笑みから真剣な感嘆までさまざまな表情を浮かべていた。そのうち、自分の文章を小声で朗読して楽しみたくなったようで、読み上げられた一節からは、大型犬と紫、そしてエマという娘の名だけが聞き取れた。わたしは、この観光客は作家で、おそらくアレクサンドル・デュマ流の旅人で[004]、その日の印象や記憶や災難を書きとめるのに忙しいのだろうと思った。それで、好きに仕事をさせておこうと、わたしは眠りについた。

　次の日、わたしが朝食をとっていると、観光客は一時間前に出発したと分かった。一方、太った男はマルティニーへ行く準備をしていた。そこでわたしは、前日に親しくなった三人と一緒に、アオスタ市に下りようと決めた。観光客は三人のうちひとりを冷淡なスイス人と思っていたが、三人ともシャ

ンベリの者だった。一家はシャンベリの宿屋で、その娘が、かねてより許婚だったピエモンテの宿屋の息子とようやくイヴレーアで結婚式を挙げるというので、イヴレーアへ行くところだった。ついでにワインと米を仕入れ、用事を済ませたらプチ・サン＝ベルナール経由でサヴォワに戻るという。サヴォワ人らしい陽気で人懐っこい気さくさで父親が道すがら説明してくれ、わたしが興味を示すと、父親はわたしを結婚式に誘い、娘も無邪気に勧めてきた。わたしははっきりとは断らなかったが、快諾したのでもなかった、理由はこうだ。

わたしは前日から娘の雰囲気に強く惹かれていたが、今日わたしは娘を好きになりはじめていた。早すぎる。しかし旅先では心が大胆で自由だから、すぐに熱くなって、普段ならば感じないような魅力や自分にとってははじめての優しさの些細な兆しにも敏感になる。聖心女子修道院で育ったこの娘は、まだ修道院を出て数週間だったから、経験不足で世間知らずで初心であり、純真な振舞いと、何だか分からないが温かく淡い色をした喜びと希望の穢れなき開花によって、輝いていた。娘は優雅に騾馬に乗り、騾馬は本能のままに道の端を進んだが、娘は勇気というより根拠のない自信から安心して断崖絶壁に身を乗り出し、ずっとはしゃいでいた。ただ、米の品質やワインの値段についての議論が、興味のある話題に移ると、娘は会話に加わり、ときに明るい冗談を言い、ときに真剣に耳を傾けていた。二、三度、許婚の話が出た。娘は許婚と一度しか会っておらず、困惑も熱意もなく、結婚とは楽しい永遠の宴に違いないと思っているようだった。いたいけな子！　わたしは娘を見つめながら、この先の娘の運命、遠くない幻滅を想像し、まだ決まったわけではない結婚生活の中で娘にどんな失望が待ち受けているかと思うと、わたしは、いつも優しく、愛と思いやりに満ちた心で気づかいのできる男として、娘を結婚から救い出したかった。けれども、そのような男にはなれないのだから、叶うはずのない望みに苦しむ感情を膨らませたくない。それで、心の中では、ピエモンテ人の結婚式に出席する気になれなかったのだ。

　四時間後、わたしたちはアオスタ市に到着した。縁日だった。円形競技場の跡や、あちこちの古代ローマの門の周りで、山から下りてきた農民たちが食べものを並べていた。こちらにはチーズが山積みされ、あちらでは雌牛が唸り、もっと向こうでは臆病な羊が屋台の周りで鳴き、荷馬車の陰で子羊に乳を吸わせていた。到着すると、たちまち得意先の商人たちが男ふたりを取り囲み、わたしとも旧知の間柄のように接し、娘をわたしに任せきりにした。宿に入ったが、人が多くて騒がしかった。娘と外へ出るため、わたしは癩病者の塔を見ようと言った。娘は二つ返事で喜んで賛成したが、塔に向かう途中で、癩病者とは誰なのか訊いてきた。わたしは、すぐに分かると言って、書店に入り、ド・メーストル氏の本を買った[005]。そして、その本によって不朽のものとなった古い塔の建つ人里離れた囲い地のほうへ行った。塔を見終えると、隣の草原に行き、座って読書できる日陰を探した。樫が茂っており、遠くないところに樺もあった、癩病者が夫の胸に頭を凭せる若妻を見て、心を締めつけられるように感じ、恐ろしい絶望に魂を引き裂かれたのは、その樺の傍だっただろう。

娘は聖心女子修道院で育ったから、ほとんど宗教書しか読んでこなかった。重々しくも心惹かれる文章、心に染みいったり心を締めつけて哀れみを抱かせたりする揺さぶりと雄弁に満ちた文体を、はじめて聴いたのだ。最初は落ち着いて、ほとんど気も漫ろだったようだが、この塔、この山々、この渓谷を交互に見て、しだいに物語の面白さに魅せられ、驚いたような様子をしてから、若々しい魂で詩情を受け入れ、少しずつ夢中になりはじめた。顔は喜びで輝いていた。しかし、癩病者の苦しみが描かれ、話がどんどん暗くなると、娘の目は涙に濡れた。この不幸者が妹と死別する場面に近づくと、ついに憐れみで涙を零した……。わたしに読むのを止めるよう言った。わたしは本を閉じ、あとで最後まで読めるように、この小さな本をわたしの思い出として貰ってくれと頼んだ。娘は固く約束してくれたが、赤面していた。わたしたちは確かに一緒に共感し、一緒に感動し、ふたりの心は密かに近づき、若い娘の中で、前日の無邪気な誘いが恥じらいの動揺に代わった。

わたしたちは宿に戻った。男ふたりは再び出発するまでに用事を済まそうと忙しなくしていた。そのため、娘がすっかり変わったのにも気づかなかった。わたしはといえば、軽率にも娘の心の平穏を乱し、最も神聖かつ最も日常的な契約を結ぼうというまさにそのときに、娘を詩情に目覚めさせて悪かったと、よく自覚していたので、娘が可哀そうになった。悪事を取り消せはしないが、娘と一緒に歩き続けると欲望に駆られて余計に悪さをしてしまうかもしれず、娘の潑溂《はつらつ》とした姿に罪悪感さえ覚えはじめた。それゆえ、父と兄の親愛に満ちた頼みと、恥じらいつつも切実な娘の願いを何とか振り払って、わたしは誘いに感謝しつつも一行と別れた。しばらくすると一行は発っていった。わたしはアオスタに留まり、群衆の只中にあって孤独を痛感し、心は憂鬱で一杯になって、朝わたしたちが樫の下に座ったのと同じ場所で休もうとした。

翌日も翌々日も、わたしは上の空で、せっかく通った地域や町を観察する好奇心をほとんど持てずにいた。早朝に通過したイヴレーアでは、せいぜい数時間しか留まらないよう自

制せねばならなかった。通りには誰もおらず、空気は冷たく、ドーラ川は夜明けの光でようやく白くなったところだったが、この地域はイタリアで最も魅力的に映り、この町だけは何日か泊まりたいと思った。歩いて回りたかったのだ。いくつもの宿屋の前を通り過ぎながら、この宿屋が娘の家だろうかと立ち止まった、娘はこの時間ではまだ眠っているだろう、夢の中で前日の感覚を思い出しているだろう、若者は夢の主人公にはならないにしても登場人物ではあろう。我を忘れて何度も立ち止まっていると、町の出口で待っているよう命じておいた二輪馬車の御者が戻ってきて、わたしを呼んだ。わたしは御者に従い、馬車は走り出し、車輪が舗装路の石畳で鳴らなくなったとき、わたしは言いようのない悲しみを覚えた。もっとも、数週間も経つと、気がかりは徐々に薄れ、やがて強い思いは穏やかな記憶に変わっていた。わたしはジェノヴァ、フィレンツェ、ローマ、ナポリを訪ねた。そして帰路を考えねばならない段になって、わたしはアルプスを越えるのにシンプロン峠を選んだ、というのも、もはや執念の晴れた心はイヴレーアを通りたいと思わなくなっていたからだ、それにイヴレーアを通ったら温かく純粋で鮮やかな思い出が色褪せてしまいそうで怖かったのだろう。

昨年の秋、ジュネーヴに着いたわたしは、いつものようにサラ叔母さんを訪ねた。先ほど従弟の決闘のところで出てきた叔母だ。サラ叔母さんは田舎に住んでいる。市門の傍にある小さな庭で、隣の庭とは壁で隔てられている。庭にはブランコがある。乾季でなければポンプから水が出るので、それで水やりをする。北東の角には従弟のエルネストが美しい丘を築き、中国ふうの東屋を建てて緑色に塗り、そこから入市税関や町の城壁を見渡せるようにした。

サラ叔母さんは立派な夫人で、今は高齢だが、人生で一度だけ不幸を経験した、というのも、本人の率直に語るところによれば、四十年前、ふたりで水入らずの幸せを三カ月間謳歌したあと、夫を亡くしたのだ。悲劇から半年後、忘れ形見の息子を産み、それ以来、叔母の愛情は息子のみに注がれた。この息子が従弟のエルネストで、若いころ教師だった叔母が優しい母親となり、ひとり息子を女手ひとつで育てたのだ。幼い頃は、道理や慣習、礼儀作法を教えた。そののち、心を磨くために、格言、四行詩、範となる道徳、勧善懲悪。そののち、精神を鍛えるために、都会の流儀、会話、そして思春期のはじまりから、手袋、乗馬用の鞭、燕尾服、ダンスの足さばき、儀礼の型。そののち……もう何もない。十五歳になった従弟のエルネストは、立派な、完璧な、模範的な男となり、母親の喜びの種となっていたが、叔母が嫌うような言葉づかいをする陽気で垢抜けた友人たちにも好かれていた。今日、従弟のエルネストは、やはり父のいないひとり息子で、加えて几帳面で身ぎれいな独身者であり、カーネーションを育て、チューリップに水をやり、毎日、夏は八時、冬は正午に街へ出かけて、読み終わった新聞を引き取り、貸本屋で、叔母の読んでいる小説の上巻を下巻と交換する。道路が濡れていたら厚底の木靴を履く。埃っぽかったら黄色い革靴を履く。雨が降っていたら、あるいは気圧計が不穏ならば、乗合馬車で行く。乗合馬車がなければ決闘もしなかっただろう。

おかしなことだ！　わたしは軍人で、活発な性格で、名誉に敏感だが、まだ決闘の経験はない。従弟のエルネストは、善良な老婦人たちに囲まれて暮らしている。社交界や公共の場にはあまり赴かない。お人よしで、ひとり息子で、忘れ形見で……そして決闘する運命となった。なぜなら、つまるところ従弟のエルネストにとっての慣習は他のひとにとっての情念に等しいのだ。八時の乗合馬車で八時に出発する権利は、他の頑固者にとってのラ・マルセイエーズを口ずさんだり伯爵夫人の鼻先で煙草を吸ったりする権利に等しいのだ。ある日、従弟が八時発の乗合馬車で出発しようとしたとき、見知らぬ若者が運転手に発車を何分か遅らせるよう頼み、連れあいの女性が着くまで待たせた。この一件は従弟を悲しませた、今や自分の一日のやりくり全体が大きく乱れていると思ったのだ。十五分経った。従弟は、この女性のせいで規則が次々とずれてゆくと思った、夕食の時間がずれ、コーヒーの時間がずれ、昼寝の時間がずれ……。二十五分経ったところで、耐えきれず不平を言った。「なんて女だ、消え失せろ！」すぐさま若者が従弟に住所を教え、従弟の住所を聞き、翌日八時に決着をつける次第となり、若者は「八時ちょうどだ」と言い足した。その日、従弟は相手を待たせた。言い訳を述べ、怒られはしなかった。だから、正直な証人であり善良な親戚であるわたしたちは後始末をつけ、名誉は保たれた。

昨年の秋、サラ叔母さんを訪ねたときの話に戻る。わたしが庭に入ると、叔母は中国ふうの東屋に座って、近所の善良な女性たちに本を読み聞かせていた。相変わらずひとり息子で父のいない従弟のエルネストだけは、アカシアの木陰の簡素な長椅子で、物憂げに煙草を吹かしていた。皆に挨拶し、叔母と抱擁したあと、お気になさらず読書を続けてくださいと女性たちに言って、わたしもアカシアの木陰の簡素な長椅子で一服しようとした。叔母は、若いころ教師だった優しい母親として、教育的に抑揚をつけ、論理的原則どおり、最も厳格に綴字の規則に従って正確に読むので、聞き心地よかった。叔母は眼鏡を鼻にかけ直すと、朗読を再開した。

「……この少女は、内なる悲しみによって、夕暮れの帷のように青みがかった後光に包まれた、女性の白い影のひとつだった。心の深淵を埋めて自己の存在を完全にしようとする魂の密かな願望を理解できない父親の権威に苦しめられる運命で、痛みを抱え嗚咽を押し殺して憔悴していた。アペニン山脈の明るい斜面で咲くはずだった植物が、ヘルヴェティアの寒い斜面の只中で芽吹かねばならなかったため、輝かしく花開こうとしたところで、高地の冷たい風に当てられ、固く包みこむ青白い花萼に閉じこもるしかなかったのだ」

「従弟くん！　その植物とは何だい？」わたしは横で煙草を吸っていた父のいない独身者に尋ねた。「それは……それは美しき女性です（従弟は母親の選んだ言葉づかいで話すよう訓練されていた）」「それで、この本は何だ？」「旅行記です」「楽しい本ではない？」「楽しくはありません」「悲しい？」「とても……」そして従弟は、もちろん女性の白い影の押し殺された嗚咽ではなくわたしの質問によって静寂を乱され、そこからは聴くのを止めてしまったが、それでも放っておいてほしそうな雰囲気で再び煙草を吹かした。

「……そして、少女は身の周りの具体的な物事から、荒れ果てた心の宮殿を開いて愛で満たしてくれる物を探そうとしたが、無駄だった、父親（「従弟くん！　誰の父親だい！」「少女の父親ですよ」）は俗な性格で、人生の全てを金儲けに捧げている男のひとりであり（「商人、でしょう？」「そうです」）、少女の父親は、火山のようなイタリア激動の時代にアルプスを越えてきた亡命貴族（「チアーニか？　マッツィーニか？[006]」「分かりません」）、ナポリやゴンドラの町（「ヴェネツィア……か？」「さあ」）が今も生み出している立派で熱心な人物を少女に勧めるのではなく、太った体格、膨れて冷たい頬、金髪、くすんで活気のない魂を青白く体現したような若いスイス人に目をつけた。こうして、色を失った花は冷たい風に絶えず揺さぶられ、仲間の花たちに混じって柔らかく支えられるのではなく、花々を庇おうとして殺しているふたつの花崗岩の塊の荒々しい側面に額を打ちつけていた」

　ここで、若いころ教師をしていた叔母は、この本がいかに美しく書かれているかを指摘せずにはおれなかった。叔母は、繊細な魂の千もの響きに呼応した文体に無限の階調を見出し、とりわけ、主人公の無味乾燥な境遇を様々に照らし出す対比が不意に現われると指摘した。老婦人たちは皆、叔母の意見に同調し、ふたつの花崗岩の塊をあからさまに軽蔑し、そのうちひとりが不遇の女性の苦しみを声高に述べ立てたので、わたしはそのひと自身が分別のない男による愚かな無関心にひどく苦しめられてきたのかと思いはじめた。わたしは小声で従弟に訊ねた。「あのひとは結婚しているのですか？」「していません」この萎れた植物がアオスタで会った娘で、岩の塊がシャンベリの宿屋の主人だとは思いもよらなかったが、従弟こそ静かなままだったものの女性たちの心を揺さぶり、文体に劣らない立派な発言をする原因となった朗読に、わたしは興味津々だった。

　叔母は朗読を続けた。「わたしが彼らに会ったとき、彼らはイタリアの平原へ向かって歩いており、よい香りのする穏やかな風が、運命に失望した傷心を鎮めてくれるのではないかと、むなしく願っていた。しかし、心で心を理解し、すでに掘られた墓に向かって糸杉並木[007]を歩いているかのような娘を見たわたしは、年取った魂でも娘の計り知れない苦しみの重さを感じた。娘の横では、金髪で恰幅《かっぷく》のよい婚約者が、煌々とした光の中を進んでいたが、若いのにくすんでおり、内なる輝きに彩られておらず、つまらない動きで淡々と歩いていた。この男は、鉛の鎧のように厚く愚鈍な心で覆われており、恐ろしい雪崩（ここでわたしは耳をそばだてた）に近づいても、ごく普通の利己的な警戒心を抱かなかった。

しかし夜が迫り、黒い峰々は夕焼け雲に噛みつき、サン＝ベルナールの峡谷は巨大な口で黄昏の最後の光を呑みこんでいた。そこに雪崩があった、ぱっくりと開き、底知れず、死装束のように白く、墓のように貪婪だった！　突然、白い影が飛び出し、くるくると回りながら奈落の底へ落ちていった……。エマだ！（エマ！　わたしは叫んだ……心の中で）稲妻よりも早く、わたしは娘のあとを追って投びこみ、転がり、跳び、虚空から虚空へと突進して、迫りくる死を逃れようとした、そして死闘に勝利し、青白く凍てついた娘の傍にたどり着いた……。娘は深淵に飛びこんで自分の苦悩を終わらせようと思ったのだ！　わたしは、よそ者の、見知らぬわたしが、娘の思いを察したと、はっきりと見せつけた。ようやく理解した娘は、おそらくはじめて歓喜の炎に瞼を輝かせ、紫（!!）の唇に晴れやかで言葉にならない微笑みを浮かべた。そのとき宿坊の大型犬（!!!）も到着し、気つけの酒を背負って、救出を求めて吠えた。上の道からロープが下ろされ、神父たちが迎えに来て、わたしは天界の者たちに下界の犠牲者を引き渡し、娘を任せたあと、必死の足取りで抜け出した！」

わたしは大声で笑ってしまった……女性たちが怒って立ち上がり、従弟は母親を見、叔母はわたしを見、わたしは涙を流しながら一同を見、その光景で余計に笑いが嵩《こう》じて抑えられなくなったので、一同に別れを述べて、このようなしでかしを謝罪しつつ退散した。

宿に戻りながら、わたしは太った男の言葉を思い出した。

墓碑銘！　墓碑銘こそすべて！

恐怖

ジュネーヴの町の門前で、サヴォワの氷河から下ってきたアルヴ川の濁流が、透明なローヌ川に合流している。ふたつの川は、しばらく水が混ざらないまま流れるため、見慣れていない者にとっては、ひとつの川筋を濁った水と紺碧の水が並行して流れる光景が興味を惹く。

ふたつの川が合流する地点[001]の近くには小さな三角の砂洲があり、長さ数百歩たらずの底辺の近くに町の墓地がある。墓の裏手には様々な野菜の植えられた菜園があり、ローヌ川の水を大きな水車で汲みあげ、格子状の水路で灌漑している。柳の林と無人の浜で縁どられた狭い平地に、農夫が数人だけ暮らしている。河岸の端でふたつの川が合流し、地平線を区切る多孔質の岩の間に流れこむ。

人口の多い町の近くにもかかわらず、ひっそりとした寂しい場所である。確かに、ときどき賑やかな小学生の一団が川辺を走り回り、誰もいない場所の自由に惹かれて、上述の河岸に野営しに来た。しかし、たいていは独りきりの散歩者だけ、人目を避けて自分で夢想するのが好きなひとたちにしか出会わない。生きるのに疲れた不幸者が川に身を投げようとしに来るのも珍しくない。

　この小さな場所を祖父に手を引かれてはじめて歩いたのは七歳くらいのときだった。大きな橅の木蔭を歩くと、祖父は枝から枝へと飛び移る小鳥を杖で指した。「遊んでいるんだね」とわたしは言った。「いや、あたりの平原に子どもの餌を探し、餌を採ってきて、また飛び立つんだ」「雛はどこに？」「わたしたちには見えない巣にいるよ」「どうして見えないの？」

　そんな子どもじみた質問をしているうちに、並木道が終わり、大きな石造りの門に着いた。半開きの門の向こうには糸杉や枝垂柳が見えた。しかし門の破風には白い大理石に大きな碑文が黒々と刻まれていた。子どもにとっては珍しい構造物で、わたしの目を引いた。「これは何？」わたしは祖父に言った。「自分で読んでみなさい」「いや、読んでください、おじいちゃん」そう言ったのは、何か怖そうな感じがしたからだ。

「これは墓地の門だよ、死者が運ばれる場所だ。この銘文は、聖書の一節だ。

　　主にあって死ぬ者はさいわいである、
　　彼らは労苦を解かれて休み、
　　そのわざは彼らについてゆく[002]。

何を言っているかというと……」「でも、どこに運ぶの？」わたしは口を挟んだ。「土に埋めるんだ」「どうして？　苦しめたいの？」「いや、死者はこの世では何も感じない」

　門をくぐり、わたしはもう何も訊かなかった。時おり白い石のほうを振り返り、死者や墓、そして、街でよく見かけた、布で覆われた棺を運ぶ黒い外套の男たちといった、不吉な知識のあれこれを、門に結びつけた。

　しかし太陽は輝いており、わたしは祖父の手を握っていた。他のものを目にするうちに印象は弱まり、ローヌ川の岸辺に着いたときには、川の水面や、とりわけ釣人の姿に、すっかり目を奪われた。

川は浅く、大きな革の長靴を履いた男は流れの真ん中まで入っていた。「見て、おじいちゃん！　水の中にいる！」「あれは魚を釣っているひとだよ。ちょっと待ってみよう、釣糸の先に何か感じたら釣人が動くはずだ」

わたしたちは立ち止まって男を眺めた。しかし男は動かなかった。わたしは少しずつ祖父に体を押しつけ、強く手を握った、動かない釣人が不気味に思えてきたのだ。糸の先を見つめる視線、怪しく水中に沈む糸、静寂の情景、それらすべてが、黒い文字で書かれた碑文を見て揺さぶられていた微かな想像力に作用した。とうとう、ごく普通の、しかしわたしにとっては目新しい錯覚で、釣人は川を下り、対岸は流れを遡っているかのように見えた。わたしは祖父の手を引き、ふたりで再び歩きはじめた。

土手に沿って柳の木蔭を歩いた。柳は虫に喰われて腐っていた。根元では苔が生気を振りまいていたが、末端は朽ちて曲がった枝が川に垂れていた。右手にはローヌ川、左手には先述の庭園があった。水車が小さな樋で水を汲みあげて水路に落としており、いたく興味を惹かれた。とはいえ、ひとりで巨大な回転機械を眺めたい気分ではなかった。相変わらず釣人は同じところにいて動かなかった。ついに釣人は視界から消え、わたしたちは砂州の先端の浜辺に着いた。祖父が砂利の中にたくさんある平らで丸い石を指さし、水切りの方法を教えてくれたので、わたしは門も釣人も水車もすっかり忘れ去った。

川辺には、澄んだ水を深く湛えた小さな入江があった。祖父はわたしに水浴びを勧め、わたしの服を脱がせて川に入れた。祖父は川辺に座って、古い杖の金色の柄に顎を乗せ、わたしが遊ぶのを眺めていた。わたしは何気なく祖父の蒼古とした顔に目をやり、それからというもの、なぜだか分からないが、祖父はその姿でわたしの記憶に刻まれている。

岬を回り、わたしたちはアルヴ川のほうへと戻った。わたしは安心感を取り戻し、水浴びで元気になっていた。祖父の服の端を引っぱって遊んでいると、祖父は急に振り返り、声を荒げてわたしを追いかけるふりをした。柳の森に着くと、祖父は木蔭に隠れるようになり、わたしははしゃぎ回って祖父を探し、隠れ場所を見つけたり、杖や帽子の先で騙されたりすると、喜びを爆発させた。

ふいにわたしは祖父を見失い、木から木へと探し回りながら森の奥へ進んだが、見つからなかった。呼んでも返事はなかった。わたしは足を速め、森の暗くなさそうなほうを目指したが、道を間違えて川辺に出てしまい、震え上がるような物体を目の当たりにした。

それは砂の上に横たわる馬の死骸だった。落ちくぼんだ眼、穴の開いた鼻、肉の削げた下顎、地獄の欠伸のように開いた口から覗くおぞましい歯列に、わたしは唐突かつ強烈な印象をつきつけられ、力いっぱい叫んだ。「おじいちゃん！　あ、おじいちゃん！　……」祖父が現われた。わたしは祖父に飛びつき、恐怖の場所から遠ざかった。

夜になって、寝床に入らされると、わたしはとても不安で落ち着かず、独りになる瞬間を恐れた。両親が夕食をとっている部屋に通じる扉を半開きにしてもらうと、程なくして眠りがわたしを恐怖から救ってくれた。

翌年、祖父が亡くなった。祖父の他界は、衝撃的な光景でわたしを驚かせたわけではないので、わたしはむしろ、弱って悲しんでいる父の苦しみに動揺して涙した。わたしは黒い服を着せられ、帽子に喪章を巻かれ、埋葬の日には、わたしと同じく黒い長丈の外套を着た親族の男たちと一緒に棺について行かねばならなかった。

家を出るとき、わたしは父に行先を訊かなかったが、それは悲しむ父に遠慮しただけでなく、祖父には懐いていたが父とはそこまで親しくなかったのだ。子どもとはそういうものだ。祖父から聞いた、死者と死者の運ばれる場所についての話を忘れていたので、不安よりも好奇心をそそられて歩いた。後ろの祖父母が通りすがりのひとたちに挨拶しながら世間話をしているのを聞くと、式は陰気に思えなくなった。

町の門で番兵が腕を掲げると、隊の兵士たちも並んで同じように腕を掲げた。わたしたちのためとは知らなかったが、とても楽しい気分になった。ところが、軍隊式の光景に夢中になっていると、兵士のひとりがわたしの顔を見て微笑んだ。わたしは自分の服を見て笑われたのだと思いこみ、すれ違うひとたちがわたしに目を留めるたびに赤面するようになった。

ほかにもこまごまとしたものがたくさん目に入って気を散らされ、わたしは一行の進んでいる方向に気づかなかった。いつの間にか、わたしは楝の並木道の、大きな門の前におり、前年の印象が蘇って、自分が死や墓にまつわる一場面に出演しているのを疑わなくなった。

その瞬間から祖父について考えるようになった、祖父が棺の中にいるのは分かっていた。わたしは、死者に対する習慣として祖父から聞いていたとおりに、祖父が土の下へ運ばれているのだと気づき、まだ死体を想像できなかったわたしは、狭い棺の中に祖父が生きたまま横たわっている姿を思い浮かべて、祖父が何をされるのか、不安とともに見守った。恐怖の中に少し好奇心が混じっていたが、すべては遠くで行なわれ、門から先へは進まないと思っていた。しかし、そうではなかった。

　わたしは墓地を見たことがなかったので、おどろおどろしい様子の不吉な場所と思っていたが、中に入ると、木々や花々、そして晴天の太陽に輝く広い草原が見え、とても安心した。わたしの心には温かい思い出がたくさん去来し、とりわけ、前年に小さな入江の端にいた祖父の姿が、はっきりと浮かんだ。わたしは、祖父がこの草原に住み、七月や八月の晴れた日に、日課のごとく太陽の下で休憩しているところを思い浮かべた。それまであまりに動揺していたから、自然な反動として、たちまち心に平穏と静寂が戻った。

　しかし、やはり様々なものが心を揺さぶった。わたしたちは時おり、碑銘の刻まれた石や、黒い柵で囲われた小さな土地を通りすぎた。そのひとつの傍で物思いに耽る女が、遠目に見えた。わたしは、横を通るときにその女がこちらを向くと思った。しかし女は囲われた土地に身を屈めたまま目を逸らさず、跪いている女のほうから聞こえてくるらしき鈍い鳴咽に、わたしはひどく動揺した。実際、しばらく動かない女を見ていると、囲われた土地の草の下から嗚咽が聞こえてきたように思え、土の重みで呻き声をあげる死者を想像して[003]、恐怖に身が凍った。

　衝撃も冷めやらぬ中、わたしは葬列の前方にわたしたちを待つ男がふたりいるのに気づいた。近づくにつれて、男たちの日焼けした顔、無骨な表情、寡黙な雰囲気に、いっそう不吉な印象を覚えた。しかし、ふたりの前に着いて棺桶が止まり、シャベルやつるはし、そして地面に大きな穴が

開いているのを見たとき、わたしは目が霞んで足がふらつくのを感じた。恐ろしい男たちは棺の両端を持って穴に入れると、シャベルを手にして、穴の横に盛られていた土を棺にかけた。小石や骨片の板に当たる音が響き、わたしは嗚咽や叫びや唸りが混ざって聞こえた気がして、音が小さくなると、祖父のくぐもった呻きがまだ聞こえるように思えた。

しばらくして、わたしたちは帰路に就いた。父は激しい悲しみに呑まれており、わたしも悲しみを共にしながら、可哀そうな祖父が土の下で押しつぶされて苦しんでいるから父は泣いているのだと思った。

わたしは生まれつき臆病者なのだろう。あれこれの印象は消えないまま残り続け、夜に独りでいるとき、とくに何も考えたり感じたりせず手持ち無沙汰にしていると、隙を見ていつでも心に入ってきた。しかし数年後、もっと強く心を揺さぶる出来事があった、その話をしよう。

思春期に入りたての頃だった。この年頃の常として、恋は初恋の激しさで若い心を捉えた。わたしはすっかり恋の虜になって、絶えず都合のよい空想に耽り、夢見がちで口数の少ない昼行灯になっていた。父には嘆かれ、教師にはラテン語の才能がないと断言された。

思春期の恋、と言った。実際、わたしは焦がれていた、まさしく母となってくれるはずのひとに。だからこそわたしは内なる炎を誰にも見られないよう気をつけた、秘めればこそ清く激しく燃えるのだ、からかわれたら消えてしまう。

わたしの想いびとは、わたしたちと同じ建物に住む、美しいひとだった。彼女はしばしばわたしの両親の部屋に来ていたが、わたしは年齢のおかげもあって、いつでも彼女の部屋を訪ねてよかった。わたしはどんどん夢中になり、通いつめて長居する口実を探した。とうとう一日じゅう過ごすようになった。何か針仕事をしている彼女の傍に立つも、囁く勇気はなく、無駄話をし、糸束を持ち、床に転がる糸玉を追いかけた。家の用事で彼女が部屋を出ると、その隙にわたしはうっとりしながら彼女の触れたものに口づけし、彼女の手袋に手を通し、彼女の髪に載った帽子をわたしの髪に載せ、婦人帽をかぶった珍妙な姿になったが、絶対に目撃されまいと思い、赤面するほどいっそう恥ずかしさが募った。

ああ！　これほど美しい情念が、不幸を招くのだ。彼女は冗談でわたしを可愛い夫と呼び、わたしは本気にした。この呼び名は、わたしだけの、他の誰も与れない特権であり、それだけでもうわたしにとって限りなく貴重だった。ある晩わたしは、上品で洒落た格好をして、意中の女性の家に行った、というのも彼女が直々に家族の夜会に招待してくれたのだ。わたしは意気揚々と広間に入った。大勢が集まっていた。わたしは、親戚の重鎮たちを怒らせるほどあからさまな選り好みで、美しい隣人にだけ挨拶し、敬意を払い、あらん限りの親切と愛想を向けていたが、ちょうど紹介された長身の青年が、わたしの想いびとの注意を奪ってわたしを大いに不愉快にさせたあと、こう言ってきた。「ああ、あなたが可愛い旦那さんですね。わたしは大人の……。ぜひ仲良くしましょう」

わたしがむっとして手を引っこめ、虎のような目つきで睨むと、皆が笑った。わたしは笑われた悔しさと恥ずかしさと戸惑いで息苦しくなり、急いで外に出た。

そのまま父の家に帰る気分ではなく、ただ誰にも見られないところで苦しさに身を任せたかった。独りになって人家を離れた途端、涙が溢れた。

わたしは愚かだった、哀れですらあった。わたしの情念は、自分の目にも、的はずれで望みなしだったはずだ。しかし、無邪気で早熟な情念は、純粋で、誠実で、若々しい活力に溢れ、しばらく前から人生を形作っていた。わたしは結婚を考えるよりも先に学校を卒業せねばならないと知っていたから結婚までは考えなかったが、あれほど喜んで身を捧げてきた女性が別の男と結婚するのは、わたしの幸福を破壊する最も致命的な出来事だった。

わたしは悔しさと忌々しさと嫉妬と怒りに捉われ、夜が更けているのも、普段ならば夜の散歩に選ばないような場所へと向かっているのも気づかなかった。しかし、雷に打たれたように我に返ったのは、時鐘が鳴りはじめ、数えたら十二回

となったときだった……。町の門は一時間前に閉ざされていた。
数え違いであってほしいと願いながら、早くも全力で走り出すと、遠くから村の鐘が聞こえてきた。わたしは激しい不安に締めつけられながらも鐘を数えた、九回、十回、十一回……十二回まで聞こえた。時計ほど冷酷なものはない。

正直にいって、わたしはもはや恋など忘れていた。だからといって落ち着いたのではない、家族の不安を思うと心苦しさが極まったからだ。家族はわたしを亡くした、喪ったと思うだろう、そして、わたしの失踪を恥や絶望による出奔だとする周囲の噂に家族が晒されるのではないかと、浅はかにも危惧した。
しかし、わたしはどこへ向かっていたのか？　柳の下、小道、六年前に釣人を見た場所である。そこでわたしは、どうしてよいか分からずに泣きじゃくった。とはいえ、まだ気分としては家族に属していたから、恐怖に捉われてはいなかっ

た。それに、涙ごしには確かにわたしにつきそってくれる対岸の光が見えたのだ。

やがて光が消え、わたしははじめて孤独を感じた。光が消えると、無意識のうちに嗚咽も止まり、静寂と漆黒の世界が戻った。暗いなりに身辺を見回すと、小さな光の輝きに霞んでいた物の形がぼんやりと見えはじめ、目を凝らしているうちに瞼の涙も乾いた。

わたしはたちまち家族を忘れた、もちろんわざとではない、周囲の闇にまぎれて浮かんでくる恐ろしい考えを必死で抑えていたのだ。刻一刻と恐怖が深まりそうだったので、庭園を見ないよう垣根の下にゆったりと体を伸ばし、眠ってしまおうと決めた。

発想はよかったが、実行は難しい。確かにわたしは目を閉じていたが、頭は昼間よりも冴えていたし、耳は開いたままだから、些細な物音からおどろおどろしい光景が伝わってきて、瞼から眠気を奪った。それで、努力は無駄と悟り、何か

に集中して幻影を追い払う方法を編み出した。百まで、二百まで、千まで数えるよう自らに課したのだ。しかし課題をこなしたのは口だけで、心は口に課題を任せきりにしていた。

　二百九十九まで来たところで、二歩先から木の葉のざわめきが聞こえた。わたしは数える速さを上げて、冷たい蛇や睨みを利かせる蟇蛙といった考えに心が向きつつあるのを、さっさとやり過ごそうとした。動揺は増すばかりで、やがて戦慄は奇妙で不愉快な形となり、まだ蛇に戻ったほうがましかというほどになった。わたしは自分に言い聞かせた。「そもそも、そこまで蛇を忌み嫌う必要はない。蛇に悪気はない、それに……（ああ、何と都合のよい考えだ！）もしただの蜥蜴たったとしたら尚更だ」ここで再び、もっと近くからざわめきが聞こえた。喰われ

た、丸呑みされた、潰されたと思って、慌てて飛び起き、垣根を越えたが、自分で立てた音や動きに怯えて、棘が肌を引っかくのをほとんど感じなかった。

反対側に出て、とても安心した。気がつくとレタスやキャベツや水路のあるところにおり、あらゆるものが人間の仕事を思い起こさせ、わたしの孤独感を和らげた。わたしは、まさしくこの場所でしばしば見た耕作の様子を細かく思い浮かべて、最もよい感覚の状態を引き延ばそうとしたのを覚えている。太陽の下で畑を耕す男たち、野菜を摘む女たち、雑草を抜く子ども、すべてが田園そのものだ。ただ、そのとき近くで動いていた大きな水車まで思い出したくはなかったから、あえて水についてては考えなかった。

わたしは空の下にいた、夜には空だけが恐怖を感じさせなかった。わたしの周りは開けており、見通しがよかった。そいつが来るなら、来るところを見ようと思った。

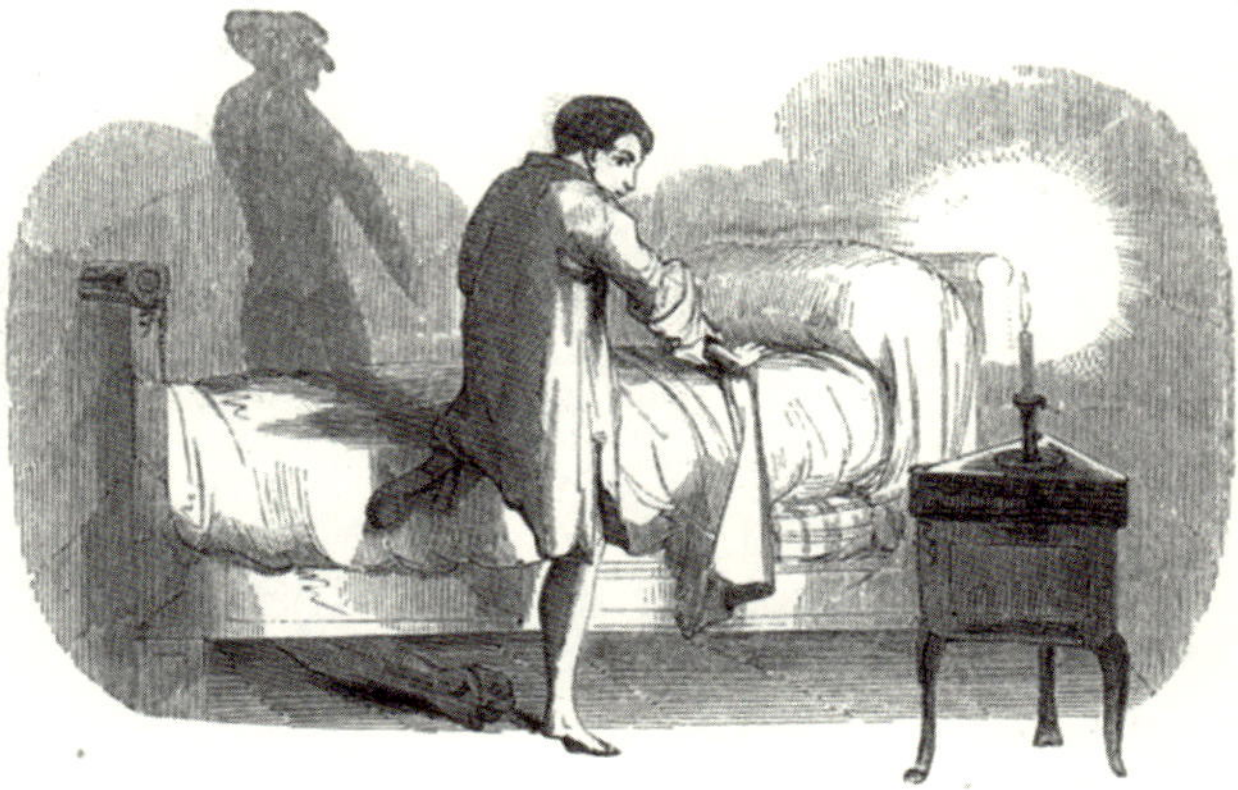

そいつが来るなら！「誰かを待ち構えていたのですか？」「間違いなく」「では、誰を？」「怖いときに予感するものです」

あなたは恐怖を感じたことはないか？　夕方、教会の近くで、あなたの足音の響きに。夜、軋む床に。寝ようとして、片方の膝をベッドについたとき、下から手が出てくるのを恐れて、もう片方の足を離せなかった……。明かりを取って、よく見てみよ。誰もいない。明かりを置いて、見るのをやめよ。またそこにいる。そういうことだ。

だからわたしは平原の真ん中で動かずにいた。しかし、わたしの周囲に空間があると思うと、はじめは安心したが、だんだん落ち着かなくなってきた、といって前方の空間のせいではない、見えないものは何もないからだ、後方や側方、つまり見えないところ全部のせいである。そいつが来ると感じるときは決まって見えないほうから来るのだ。そこでわたしは、そいつの意表を突こうと、しばしば急いで振り返った。そして、反対側を無防備にしないよう、すぐさま向き直った。

奇妙な動きをしていると余計に怖くなり、わたしは腕を組んで一直線に歩きはじめた、それでキャベツやレタスを踏み荒らしたが、何としても木立や小道のほうへ逸れたくはなかったのだ。

まして、この小さな平原の反対側まで道を逸れたくはなかった、そこはまさしく幼い頃に見た場所だからだ、海岸に横たわる……。だから、そちら側の空間には横目で特別な注意を払いつつも直視しないようにしていたし、何より自分が避けているものについて考えないようにしていた。

ところが、努力は裏目に出た。怪物を追い払おうとしたために、怪物に弱点をさらけ出していたのだ。考えないようにしたために、かえって招いてしまった……すでに心のうちに忍びこみはじめていた。骨と歯のおぞましい集合体、視線をなくした目、肋骨と背骨だけの獣が、わたしのほうへ走ってきて、動きながら崩れた。そちらに気を取られていると、道を進んだせいで、大きな水車の巨大な腕が、暗闇の中でおど

ろおどろしく回転しながら、突然わたしの数歩先に現われた。このままでは恐ろしい衝突が起こると予測できるだけの時間はあった。そこで、かろうじて残っている冷静さを取り戻し、そっと引き返すと、口笛で軽快な曲を吹いた。怯えた者が口笛を吹くと、とてつもなく小さな音になる。

わたしが引き返すよりも早く、水車と骸骨の怪物が迫ってきた。怪物の疾走が聞こえ、息の匂いがして、背中に乗っかられたと思った。そいつを脅かそうと、毅然とした態度でゆっくりと闊歩し

たかった。しかし、わたしの力では踏んばりきれず、歩みを速め、走り、駆け、道を塞ぐ壁の下に着いた。わたしは息を切らしながら振り向いた。

　こうした場合、壁は貴重だ。まずは壁なのだ。白く、硬く、不確かでない。見かけばかりの漠とした空間、幽霊の領域を、手で触れられる現実に変える。それに、壁に寄りかかって成行を見定められた。わたしはそうしたのだ。

　振り返ると、暗闇と虚空しか見えなかった。しかし想像の中では獣はまったく衰えておらず、闇夜と物陰のせいで見えない場所のあちこちから襲いかかってきそうに思えた。そのため、寄りかかっている壁の裏まで恐怖心が達し、壁の裏から聞こえてきたらしき物音に不安が集中した。

　梟の鳴くような音だった。あの獣に違いなかった……。わたしは獣の気配を感じた、石の隙間に指の骨をかけながら壁の裏をよじ登るのを見た。わたしの視線は壁の上に釘づけになり、獣の頭がゆっくりと進み出て、ふたつの眼窩が虚ろな据わった

視線をわたしに向けるのを、一秒また一秒と待ち構えた。

　この状態に耐えきれず、わたしは不安に駆られてそいつに会いに行った。幻に惑わされて震えながら待つくらいなら、こちらから会いに行ったほうがましだ。そこで、壁に凭れた桃の枝をつたって、壁の上に登った。

　獣がいない！　まったく予想どおりではあったが、確かに驚いて大喜びした。臆病者は、恐怖の声と常識の声という相反するふたつの声に耳を傾けるので、あるときは一方に、あるときは他方に、あるいはどちらも同時に聞き取り、おかしな矛盾に陥る。

　獣ではなく、城壁に囲まれた平原が見え、さらに遠くには木々が生い茂り、その向こうにはサン＝ピエール大聖堂の高い鐘楼を中心に街が広がっていた。

　街が見えると、わたしは嬉しくなった。しかし家々には明かりがなく、サン＝ピエール大聖堂の塔も心強くはなかった、すると時鐘が聞こえてきた……。

　不安はすっかり消え去った。聞き慣れた音で真昼のような気分になり、わたしと一緒に時鐘を聞いているひとたちがいると思うと、孤独感もなくなった。わたしは再び冷静になり、勇気を取り戻し、大胆になった……しかし束の間だった。時鐘が鳴りやんで二時と告げると、それまでわたしと一緒に時鐘を聞いていたように思えた自然が、壁

の上にいるわたしに再び注目しはじめた。わたしは身をかがめ、気配を消し、狭い頂で横になった。視線から逃れるのは不可能だった。キャベツ、そう、長い列をなして植えられているキャベツが、並んだ頭、あざ笑う口、わたしを見つめる何千もの目に思われた。降りたくなったが、大きな水車があるので、壁の反対側に下りた。

何歩か楽しく進んだところで、わたしは暗闇と見分けのつかない物体にぶつかった。突然の衝撃に、わたしは例の獣だと思って叫んだ。しかし、その第一印象から気を取り直し、黒い柵に触れたとき、全身から冷汗が噴き出した。墓地にいたのだ！

ふと気づくと、たちまち千もの恐ろしい幻影がわたしの前に現われ、青い炎の中から出てきたかのように不吉な蒼白さをまとっていた。虫に喰われた亡霊、髑髏《どくろ》、骸骨《がいこつ》、黒服の女、恐ろしい墓堀人たち……。しかし、最も恐ろしい光景、最終的に他の諸々を霞ませた心象は、半身が土に埋もれた祖

父だった。変わり果てた姿で、痩せこけた骨、空っぽの眼窩が見えた。歯の抜けた口は鈍く呻いているようで、肉の落ちた両腕で穢らわしい土を懸命に押しのけていた。

　そんな雑念から逃げるために、また、黒い柵から離れるために、わたしは必死になって早足で歩いた。しかし、歩いていると、墓穴から祖父の亡霊が出てきた。虚ろな目で平原を見渡し、わたしに気づいたのだ。すでにわたしの足跡を音もなく密かに辿っており、刻々と近づいてきていたから、わたしの心臓は激しく脈打った。突然、わたしの帽子が落ち、亡霊の冷たく硬い手がわたしの頭に触れたように感じた……。「おじいちゃん！　ああ！　やめて、おじいちゃん！」　わたしは叫び、恐怖に錯乱しながら全速力で逃げた。

　わたしが頭をぶつけたのは柳の下枝だった。

　わたしの逃げる動きと足音が、さらに千もの亡霊を呼びよせ、一団に追われるのを感じながら、ついに門を越え、そのまま町の門まで走り続けた。番兵が叫んだ。「動いているのは誰だ！」

　この人間の声で、幽霊や妖怪や怪物や蛇とはおさらばだ。

わたしはほとんど昂奮した調子で答えた。「味方です！」一時間後、わたしは家族のもとに戻った。

この危機は大いに役立った。恋の悩みを忘れたのだ、そして帽子は見つけられた。

註

伯父の書斎

001――シャルパンティエ版では章題はなく、単に「I」となっている。

002――［原註――この地区は、ジュネーヴの大聖堂教会の隣である［ギヨーム・ファレル通りのこと］。この家はフランス証券取引所の家と呼ばれている、というのはプロテスタントのフランス系ジュネーヴ人を支援する慈善団体が所有しているからだ。］

003――宗教改革を経てジュネーヴの司教館が牢獄に転用された。

004――ジローGiraudはごくありふれた姓。

005――シャルル＝ユベール・ミルヴォワ（一七八二―一八一六）、前ロマン主義の夭折詩人。

006――ラ・ロシュフコー公爵フランソワ六世（一六一三―八〇）の著した『箴言集』のこと。

007――フランツ・ヨーゼフ・ガル（一七五八―一八二八）、脳の各機能をつかさどる部位の大きさを頭蓋骨の形から知ることで本人の性格や能力が分かるという骨相学の創始者。

008――ユーカリスはフェヌロン『テレマックの冒険』の登場人物で、テレマック（ギリシア神話ではテーレマコス）の恋人。ガラテアとエステルは、それぞれを表題にしたジャン＝ピエール・クラリス・ド・フロリアン（一七五五―九四）の田園小説の登場人物。

009――ホメロス『オデュッセイア』で、テーレマコスはトロイア戦争に出征したまま帰ってこない父オデュッセウスを探す旅に出る。フェヌロン『テレマックの冒険』の筋書も同様だが、旅立ちに際してテレマックは恋人ユーカリスと別れる。

010――原文ラテン語。

011――メントルはオデュッセウスの友人で、オデュッセウスがトロイア戦争に出征した際には家財の管理と息子テーレマコスの教育を任された。とくに『テレマックの冒険』ではメントルに大きな役割が与えられ、指導者・助言者という意味の「メンター」の語源となった。

012――病を治すために神託によって奴隷となったヘラクレスを、リュディアの女王オンパレが買い受けた。

013――ジョセフ・ド・ジュヴァンシー（一六四三―一七一九）、パリのリセ・ルイ＝ル＝グランで修辞学を講じ、イエズス会史の執筆や聖人伝のラテン語訳、ギリシア語・ラテン語・フランス語による教本の作成などを行なった。

014――小カトー（前九五-前四六）のこと。

015――ラ・フォンテーヌ「二羽の鳩」から。

016――キケロという名前（コグノーメン）の原義は「ひよこ豆」で、先祖に鼻に疣のある者がいたことに由来する。ナシカという名前（アグノーメン）の原義は「先のとがった鼻」。

017――アルノー・ベルカン（一七四七-九一）、子ども向けの教育的な絵本『子どもの友』を著した児童文学の先駆者。

018――十九世紀まで一般的に使われていた黒インクは硫酸鉄と没食子酸を混ぜて作る没食子インクだった。

019――実際にビュフォンが『博物誌』で述べているのは馬である。

020――エルゼビア家は十六世紀から十八世紀にかけてライデンやアムステルダムを拠点に出版を家業としていた印刷業者。現在「セル」などの学術誌を刊行しているエルゼビア社の名前はそれに由来するが、あやかっているだけで直接のかかわりはない。

021――一世紀頃の古代ローマの寓話詩人。ファエドルスとも。プラトン『パイドロス』の登場人物とは別。

022――ルイ十四世（一六三八-一七一五、即位一六四三）のこと。

023――シャルパンティエ版では、この段落の前ではなく後に区切りがある。

024――ピエール・ベール『歴史批評辞典』のこと。

025――シャルパンティエ版「それで、作家にとって」。

026――ジュネーヴの南にあるポミエのカルトジオ会修道院のこと。

027――エロイーズはノートルダム大聖堂参事会員フュルベールの姪。

028――カトリックの女子修道会。

029――九世紀の半ばに在位したとされる伝説上の女性教皇。

030――シャルパンティエ版は「水入れ」なし。

031――シャルパンティエ版ではイタリックと感嘆符で強調され「無能な肖像画家だ！」となっている。

032――ここでは、自ら目を潰した父オイディプスにつきそってアンティゴネが諸国を放浪したことに基づく。

033――シャルパンティエ版では、この段落の前ではなく後に区切りがある。

034――この台詞は原文英語。

035――紀元前二世紀の古代ローマの政治家兄弟、ティベリウスとガイウスのこと。

036――オデュッセウスの妻、テーレマコスの母。夫がトロイア戦争に出征している間、再婚を迫る男たちを退け、貞淑に待ち続けた。

037――シャルパンティエ版「アトリエ」。

038――コペはジュネーヴ州ではなく隣のヴォー州にある。

039――章題のないシャルパンティエ版では「次の章では」。
040――シャルパンティエ版「II」。
041――フーゴー・グロティウス（一五八三―一六四五）、オランダの法学者。ザムエル・フォン・プーフェンドルフ（一六三二―九四）、ドイツの法学者。ジャン＝ジャック・ビュルラマキ（一六九四―一七八四）、スイスの法学者。
042――一八三〇年に開業した世界初の営利鉄道路線であるリヴァプール・アンド・マンチェスター鉄道のこと。
043――ラ・フォンテーヌ「兎と蛙」の「なぜといって、寝床にいたら、夢見ないことがあろうか？」のもじり。
044――ヨハン・ブクストルフ（一五六四―一六二九）、スイスの旧約聖書学者。ゲラルドゥス・クレシウス（一六四二―一七一〇）、オランダの牧師、初期のクェーカー教徒。
045――中世フランス詩の一分野。ある対象の細部、とくに女性の身体の一部分について、比喩を用いて特徴を列挙する。名前はクレマン・マロ「美しい乳房についての紋章 Blason du beau tétin」（一五三五）から。
046――古代ギリシアの修辞学者。
047――教皇クレメンス十一世は一七一三年、ジャンセニスムを弾劾するウニゲニトゥス勅書を出す。当時ジャンセニスムはガリカニスム（フランスのローマ教皇からの独立）とも結びついていたため、勅書は教義上の問題にとどまらず、フランスから大きな反発を招いた。
048――この引用は原文古仏語。
049――シャルパンティエ版「III」。
050――ラ・フォンテーヌ「二羽の鳩」から。
051――いずれも庶民の生活情景を描いた十七世紀フランドルの画家。
052――オウィディウス『祭暦』によれば、ディドはキプロス島の王ピュグマリオンの妹で、ピュグマリオンがディドの夫を殺したため、キプロス島を去って北アフリカの岬に上陸し、現地でガエトゥリ族の王イアルバスに土地を求め、カルタゴを建国した。ディドはイアルバスに求婚されるが、夫と死別するときに再婚しないと誓っていたディドは求婚を拒み、自らの命を絶った。
053――原文ラテン語。ウェルギリウス『アエネーイス』第一巻第三一五―三二〇行。
054――古代ギリシアの彫刻家。
055――ラファエロの作風は、ペルジーノの影響の強い初期（一五〇四年まで）、フィレンツェ派の影響を受けつつ自身の作風を確立した中期（一五一四年まで）、それすらも乗り越えた晩年、の三期に分かれるとされる。
056――テプフェールの父ヴォルフガング＝アダムが一七六六年生ま

れ、テプフェール自身が一七九九年生まれだから、やや年代としてはずれている。

057——原文ラテン語。ウェルギリウス『アエネーイス』第六巻第八八二‐八八三行。

058——原文ラテン語。『アエネーイス』第二巻第四九行。トロイアの木馬を踏まえた警句。

059——原文ラテン語。一行ずつ出典が異なる。それぞれ、テレンティウス『自虐者』第二幕第二場第一一行、ウェルギリウス『アエネーイス』第四巻第五六九‐五七〇行、同・第五巻第六行。

060——原文ラテン語。ホラティウス『書簡集』第一巻第一歌第八八行。

061——髪を細く編んで顔の両脇や頭の後ろに垂らす髪型。とくに十八世紀の歩兵に流行した。

062——原文ラテン語。ホラティウス『カルミナ』第二巻第一歌第二三‐二四行。正しくは「変えられた」ではなく「平定された」となっている。

063——原文ラテン語。ホラティウス『カルミナ』第三巻第二四歌第二一‐二二行。

064——原文ラテン語。ホラティウス『諷刺詩』第一巻第三歌第七‐八行。

065——原文ラテン語。キケロ『カティリナ弾劾演説』の冒頭。

066——原文ラテン語。ホラティウス『カルミナ』第二巻第一七歌第九‐一〇行。

067——原文ラテン語。ホラティウス『カルミナ』第三巻第一歌第一行。

068——原文ラテン語。ホラティウス『詩論』第二六九行。

069——原文ラテン語。ホラティウス『諷刺詩』第一巻第三歌第四一行。「このような過ち」とは、恋は盲目、あばたもえくぼ、といった類のこと。

070——原文ラテン語。註060参照のこと。

071——原文ラテン語。註066参照のこと。

072——ラ・フォンテーヌ「老人と三人の若者」から。次の引用も同じ。

073——原文ラテン語。ウェルギリウス『アエネーイス』第六巻第八八四行。

074——アリストテレス『詩学』にいうペリペテイアのこと。それまでのなりゆきと逆方向への急転。

075——砂金を産する川。ギリシア神話によれば、ミダス王はディオニュソスに願って触れるもの全てを黄金に変える力を授かったが、その能力は強欲さに対する呪いであったと気づき、ディオニュソスに力を取り消すよう願うと、パクトロス川で行水するよう告げられた。こうして力はパクトロス川に移り、砂金を産するようになった。

遺産

001――吉草根とはヴァレリアン（セイヨウカノコソウ）の根を乾かした生薬で、ドイツやスイスでは不眠や神経症に効くとされている。

002――十九世紀には何度かコレラの世界的流行があり、とくに一八二六年ごろインドで始まった第二次の流行は一八三〇年代はじめにヨーロッパで多くの感染者を出した。

003――アイルランドの大司教ジェームズ・アッシャー（一五八一－一六五六）による暦法。聖書の記述から天地創造を紀元前四〇〇四年に起こったと計算し、この年を紀元とした。

004――エドゥアール・オカール（一七八九－一八七〇）、地図や事典や実用書などを多く出版した。

005――ピエール・ムション（一七三三－九七）、ジュネーヴの牧師。ディドロとダランベールによる百科全書を研究し、項目を整理した。

006――最後のエジプト人ファラオとなったネクタネボ二世のこと。

007――サント＝ブーヴの評伝にあるとおり（本書四二二頁）、ややフランス語として違和感のある言葉づかいのため、シャルパンティエ版ではイタリックで強調されている。

008――シャルパンティエ版「質素な骨つき肉」。

009――シャルパンティエ版「喋っていたせいだけはない」。

010――以下二段落はシャルパンティエ版では一段落で、「わたしは爪楊枝を取った。わたしにとって爪楊枝は煙草だった。こうしてわたしは気晴らしをしつつ、」とつながっている。

アンテルヌ峠

001――このtouristeという語は、英語のtouristを借用する形で、十九世紀初頭からフランス語で使われはじめた。

002――イギリス貴族の子弟が修養のためイタリアへ旅するグランドツアーの習慣に、ルソーの描くアルプス山景への憧憬も相まって、十八世紀後半から十九世紀にかけて、イギリス人が大挙してスイス観光に押しかけていた。

003――「自己紹介する」の意味でintroduireを使うのは、英語のintroduceに影響された語法のため、強調（原文イタリック）となっている。

004――セルヴォにあるサン＝ミシェル城の廃墟のこと。モン・サン＝ミシェルはサン＝ミシェル（聖ミカエル）山という意味。

005――約二三〇二メートル。なお現在の資料ではアンテルヌ峠は海抜二二五七メートルとされている。

006――約二五三七メートル。なお現在の資料では、アルプス山脈の雪線（万年雪の境界）は、場所にもよるが二五〇〇‐三二〇〇メートル程度とされている。

007——以下の会話はフランス語で書かれているが、ふたりのイギリス人の台詞のみ英語訛りを表わす綴りとなっている。

008——フランス語の「plat（平地、大皿）」あるいは「plateau（台地・高原、皿・盆）」、英語の「plate（皿）」、フランス語の「assiette（皿）」が混同されている。

009——ナポレオン戦争（一八〇三‐一五）のこと。

010——キュロット（culotte）は、フランス語では半ズボンの意だが、当時の英語では尻を意味した。

011——「臭い odeur」のつもりで「香り・香水 parfum」と言っているものと思われる。なお原文では英語訛りを表わして perfume となっている。

012——非常時には手段を選べない、不自由な状態で何とかするしかない、の意。

013——［原註——山小屋を葺くための樅の木片。］

ジェール湖

001——シャルパンティエ版「手羽先」。

002——カルタゴの将軍ハンニバルはアルプス越えの際、道を塞いでいた岩を火で熱したあと酢をかけて砕いたとされる（リウィウス『ローマ建国史』第二一巻第三七章）。

003——ルイ＝ドミニク・カルトゥーシュ（一六九三‐一七二一）、十八世紀初頭のパリで大規模な盗賊団を率いた悪漢。車裂きの刑に処せられたが、義賊として伝説になり、モーリス・ルブランによる怪盗ルパンの着想源にもなった。

004——ハーフパイントに相当する単位。

トリヤン渓谷

001——シャルパンティエ版「騾馬はわたしに手綱を握られたまま」。

002——原文ラテン語。ホラティウス『諷刺詩』第一巻第九歌第七八行、さらに遡ればホメロス『イーリアス』第二〇巻第四四三行のもじり。

003——約四〇メートル。

004——メガロサウルスの化石は一七九七年にイギリスの採石場で発掘され、比較解剖学者ジョルジュ・キュヴィエの提言により巨大な爬虫類とされた。これが最初に発見された恐竜となる。なお現在ではメガロサウルスは全長七～九メートル程度と考えられている。

005——アリストテレスによれば、第一原因とは、あらゆる運動や変化の原因を辿ってゆくと行きあたる万物の根本原因であり、自身は何者にも動かされないが他のものを動かす存在で、これが神である。のちにトマス・アクィナスによってキリスト教における唯一神へと読み替えられた。

006――ウルカヌスは火の神、ネプトゥヌスは海の神。火成論とは、地球内部の火の力で岩石が生成されているとする説。水成論とは、あらゆる岩石は海底に沈殿して生じた水成岩であるとする説。今でいう火成岩と堆積岩であり、並立できない説ではないが、十八世紀末には対立していた。

007――シャルル十世は復古王政でルイ十八世の跡を継いでフランス国王となった（在位一八二四－三〇）。

008――ジョン・ドロンド（一七〇六－六一）はイギリスの光学技師で、色収差レンズを発明し高性能な屈折望遠鏡を開発した。息子のピーター・ドロンド（一七三一－一八二〇）が光学機器の会社を興し、ドロンド製の望遠鏡は人気となった。

009――ジャン・ルパージュ（一七七九－一八二二）はパリの鉄砲工で、従来のフリントロック式に代えて、雷汞（雷酸水銀）を起爆剤に用いたパーカッションロック式の銃を開発した。

010――デフォー『ロビンソン・クルーソー』から、人間社会と隔絶されて生きる者のこと。

011――シャルパンティエ版「等しく」これは dégammentを également と誤植していたのでないかと思われる。

012――復古王政期に、絶対王政でも共和政でもない中庸の政体として立憲王政を唱えたギゾーらの一派のこと。

013――デジレ・ラウル・ロシェット（一七八九－一八五四）はフランスの歴史家、考古学者。政治家に転身したギゾーの後任としてパリ大学で近代史を講じたのち、考古学・貨幣学研究に進んだ。スイスを訪れ『ヘルヴェティア革命史』を執筆している。

014――イギリス人の台詞は英語訛りの綴りで書かれ、「愚か foolish」は英語となっている。

015――「イギリス人の石」の意。

016――イギリス国歌。

017――ラブレー『ガルガンチュワとパンタグリュエル』の登場人物で、自由奔放だが臆病でもある。第四之書で海を旅する。

018――卵黄に酒と砂糖を加え、泡立てて温めた、ピエモンテ名物のデザート。イタリア語ではザバイオーネ。

019――マスカットから作られたワイン。

020――ポートワインに砂糖やレモンなどを混ぜて温めたイギリスのカクテル。フランスのヴァン・ショーやドイツのグリューヴァインに相当する。

021――モリエールによる同名の喜劇、およびその主人公から。食事を振舞う主人役のこと。

渡航

001——オセロのこと。シェイクスピア『オセロ』の副題は「ヴェニスのムーア人」。

002——愛と美の女神アプロディテから見惚れられた美貌の青年。ここでは美男子の意。

003——白人と黒人の両親を持つ混血。

004——祖父母のうち三人が白人で一人が黒人の混血。

グラン・サン＝ベルナール

001——十一世紀、アオスタの司祭ベルナルドゥスが、アルプス越えで遭難した旅人を救うため峠に修道院を開き、宿坊を設けた。この聖ベルナルドゥスから名づけられたのがグラン・サン＝ベルナール峠である。また、この修道院で人命救助のために飼われていたのがセント・バーナード犬である。

002——パリ東部（二十区）にある広大な墓地で、モリエール、ラ・フォンテーヌ、バルザック、ネルヴァル、アポリネール、プルースト、ペレックなど作家も多く埋葬されている。

003——ルソー『新エロイーズ』のこと。

004——多くの旅行記を『旅の印象』という題で著した大デュマ（一八〇二－七〇）のこと。

005——グザヴィエ・ド・メーストル『アオスタ市の癩病者』のこと。

006——ジャコモ・チアーニ（一七七六－一八六八）はイタリア系スイス人の銀行家・政治家で、亡命先のスイスからイタリア独立運動を支援した。ジュゼッペ・マッツィーニ（一八〇五－七二）はカヴールやガリバルディと並ぶイタリア統一（リソルジメント）三傑のひとり。

007——ヨーロッパでは糸杉は死の象徴とされ、墓地によく植えられる。

恐怖

001——シャルパンティエ版「橋」これはpointをpontと誤植していたのではないかと思われる。

002——「ヨハネの黙示録」第一四章第一三節。

003——墓碑銘の定型句「あなたにとって土が軽くありますように Sit tibi terra levis」を踏まえている。

サント＝ブーヴ「ロドルフ・テプフェール略伝」

彼はジュネーヴ出身だが、フランス語で書く、由緒正しい正統なフランス語だ、フランスの小説家といわれるかもしれない。現在パリでは模造版が出まわっている、★01 合意による少部数の模造だが、目下検討されている文学的所有権についての重要な法★02とは関係なく、また正直にいってわたしも法律のことは全く分からない。グザヴィエ・ド・メーストル氏が二年前にパリへ立ち寄った折、テプフェール氏のことを匂わせ、仄めかした、といって当時まったく知られていなかったわけではない、スイスを訪ねたとき素描による機知に富んだ面白い画集を偶然めくってみたひともいたからだ。しかしメーストル氏は、文筆家や小説家として紹介してくれた。目利きの出版者に、また『アオスタ市の癩病者』や『コーカサスの捕虜たち』のようなものをと頼まれて、代わりにテプフェールを勧

★01――〔原註――シャルパンティエから『ジュネーヴ短編集』という表題で刊行。〕
★02――いわゆる著作権はフランス革命期に法制化され、十九世紀に整備されていった。

めたのだ。それで今日ここに見本刷がある。現代小説に飽き飽きした読者にも、二週間のシャモニー遊山のような息抜きとして、売れてほしいものだ。

とても素敵なページを読み進めるほどに、このジュネーヴの作家は、息詰まる生活から逃れた、清涼な山の空気を感じさせてくれた。心地よく健康的な香りが、人工物や虚飾に侵されていない自然のよさを持つ果実とともに、味覚を取り戻させてくれた。凝りすぎて病的なフランスの本とは真逆の模範だと思った。しかし気をつけよう！　駄弁はよくない。堕落した文学界に『ジュネーヴ短編集』を刊行し紹介するとき、タキトゥスが『ゲルマン人の習俗』★03に施したような装いをさせたら、何より作品を危険にさらすことになる。だから、よろしければ、とりとめのない雑記、少しばかりの味つけ程度に読んでもらいたい。

われわれのように自国のことしか考えない者にとって、フランス人でないのにフランス語で書く作家というのは、考えもしない奇妙な境遇だ、われわれは生来の権利として、乳母や先祖から受け継いだものとしてフランス語で書いている。フランス語圏スイス全体が、そのような境遇にある。もとはロマンス語圏の国で、中世には中間言語を取り入れて自由になり、そして十六世紀には、当時それなりに活発だった宗教論争において、われわれと同じくらい声が通るようになった。この小さな国は、わが国から分離したわけではなく、古来より言葉によって重要な地位を保っており、やや特異な、独自の、大切に育まれてきた、確固たる風俗慣習に見合うフランス語を持っていた。われわれから学んだものではなく、もしその響きが耳に入ったら、残念ながらあなたのフランス語は下手ですねと言わざるをえない。違う単語、違う語調を聞くたびに、こちらのほうが偉いと思っているわれわれは、尊大に肩をすくめてみせる。不当なことだ。強者の論理を濫用している。隣り合う者どうしの大きいほうが小さいほうを威圧する。われわれこそ唯一の中心だという振舞をする。確かにフランス語についてはやや中心となっているが。

十六世紀、豊かで力強い分散の時代には、そうでなかった。カルヴァン、アンリ・エティエンヌ、〔テオドール・〕ド・ベーズ、〔アグリッパ・〕ドービニェといった、ジュネーヴに集い、その地に深く馴染んだ偉大な雄弁家たちに比肩しうる者は、ほとんどいなかった。しかし十七世紀は、ルイ十四世とヴェルサイユのフランス語を作り上げ、それが下々のフランス語、よく言えば市場や学生街の俗語にもなってゆく過程で、宗教改革派であるスイスのフランス語を生きた輝かしいフランス語圏の外に追いやったため、スイスのフランス語はしだいに孤立し、レマン湖畔に閉じこめられ、その中でも分裂を続けて、すっかりばらばらになった。だからジュネーヴ言葉はローザンヌ言葉やヌーシャルテル言葉とは違うし、小さな州それぞれの文学も同様に根本的な特徴が異なっており、ほとんど対照的である。とはいえ、いずれも基底や始祖を探ってみれば、ヴェルサイユ庭園の緑の絨毯とい

★03――『ゲルマニア』のこと。当時の頽廃したローマ人に対し、ゲルマン人を高貴な部族として称揚した。

う地ならし機の通る前、自由に広々と茂った草原のような十六世紀、この言い回しは別のところでも使ったように思うが、そのはっきりとした痕跡を言葉づかいのうちに見いだせる。この豊かな痕跡は、その地で再発見できる興味深いものであり、その地を香しくする花のようでありながら、文学に使われたことはほとんどなく、地元の作家たちもほとんど使いこなせていない。テプフェール氏は花から花へと集め回った、量だけでなく質もよい、だから（かの地では珍しく）美しい文体となっているのだ、それを見てゆこう。

スイスに留まりながら、フランスで聞かれるような、フランスで要求されるようなフランス語で書く、というスイスのフランス語作家の困難を、よく想像してみてほしい。たとえばジュネーヴ生まれだったとしても、そうでないように、単なる一地方の出身者であるかのように振舞わないといけない、完全にパリ言葉でなければならない、身の回りからも思い出からも地域色のあるものを汲んではいけない。しかしジュネーヴは一地方ではない、れっきとした祖国であり、独自の根づよい風習を持つ都市である。簡単には離れられないし、離れてはならないだろう。歴史の根は深いのだ。土地の景色は魅力的であり、進んで籠りたくなるところだ、そしてレマン湖がこだまを返してくれる。

ジュネーヴやヴォーのレマン湖のほとりで、どれほど多くの詩情ある若者が、外には声の漏れない平穏だが窮屈な場所で、甘美だが崇高な景色を前に、幸福と美徳の只中で、すべてを祝福しながら、たびたび息の詰まるような思いをしてきたことか！　自分のために、神のために、身近なひとのために歌うが、大いなる祖国はなく、盛大で高慢で軽薄なアテネの耳には何も届かない。わたしは、いま述べたような気高い詩人によって、ある晩その湖畔の最も美しい場所で書かれ、しばらく前に出版された詩の中に、穏やかな諦観と優しさによって、こうした感情が表現されているのを見つけた、よく響く岩々の間をめぐったが、フランスでは読まれたことのない詩だ。

けれども、おおわが祖国よ、山の国よ、
細石の岸辺に青い湖の眠る国よ、
かつて野原を飛び回った妖精も、
暖炉の片隅に隠れていた天使も、
言葉を理解できた者も、
雲の覆いを見通せた者も、
わたしほどにはお前を愛さなかった、自由で自然な、
しかし月桂樹が育つこともない国を。

わたしは見た、栄光の樹の小枝が何本か
力いっぱい果敢に枝を伸ばして
記憶を持たない波、本当にそうなのだ、

モントルーを圧倒するヴォーのレマン湖の波に身を乗り出しているのを。
けれども何だか分からぬ風が嵐を呼び、
アーヴェル山やジャマン峠の頂に雷が落ち、
月桂樹は悲しくも梢を曲げ、
美しい湖が涙をこぼした。[★04]

実際、見事な自然に囲まれた涼しいレマン湖に栄光めいたものはない、だが詩というのはどこであれ、豊かな土地で生まれた詩でさえも、栄光という些か人工的な太陽が必要なのだ、それがなくとも詩の果実は熟れるが、充分に輝くことはない。

もっとも、フランスでは三つの小さな州といってわざわざ一緒くたにしているが、その中では最も重要であるジュネーヴに注目するのは、難しくなかろう。間違いなくヨーロッパにおける出会いと往来の場所であり、おのずと名士たちの舞台である。それに、確かにジュネーヴは小さな州だが、偉大な都市であり、優れた〔ジャン・〕セネビエが『文学史』で誇りをもって書いたように、世界で最も輝かしい学校のひとつなのだ。その三巻本の歴史書は一七八六年で終わっており、十八世紀末の濃密な期間については書かれていないが、どうかそれを読んで、有名かつ尊敬すべき人士たちを見つけてほしい！　神学、公法、科学、哲学、文献学、倫理、あらゆる分野において、細そうな幹とは不釣合いに見えるほど見事な枝に実をつけている。一本だけでひとつの果樹園となっている梨の小木なのだ。実際、〔ガブリエル・〕クラメール、〔ジャン＝ルイ・〕カランドリニ、〔ジャン＝ジャック・〕ビュルラマキ、〔アブラハム・〕トランブレー、〔シャルル・〕ボネ、〔オラス＝ベネディクト・ド・〕ソシュールの祖国は、最も強大な国々にも劣らない、そうした出身者たちに加えて、乳母や養母としても多くの者を育み、あるときは聖人としてカルヴァンを、あるときは賢人として〔ファーミン・〕アボジットを擁してきたのだから猶更だ。ジュネーヴでは、都会的かつ家庭的な気質ゆえ、ゴドフロワ家やルクレール家、ピクテ家といった、勤勉で尊敬すべき学者の家系や一族が生まれ、早くから交流が行なわれており、顕彰されるのではなく、慎ましく目立たぬよう匿われ守られることによって、不朽の名声を得てきた。ジュネーヴは、堅実で影響力のある優れた人物を世界に送り出し、いわば世界に与えてくれた国である。一世紀のうちに、イギリスに〔ジャン＝ルイ・〕ドロルムを、ロシアに〔フランソワ・〕ルフォールを、フランスにネッケルを、そして世界にジャン＝ジャック〔・ルソー〕を与え、さらには〔テオドール・〕トロンシャン、エティエンヌ・デュモン、ほかにも多くの人物を送り出すと同時に、いつの時代も様々な国から数々の傑出した人物を受け入れて住まわせてきた。ところが、これほど豊かでありながら、ジュネーヴの文学史を見ると、そこだけがほぼ不作であり、セネビエによる一覧や、あとを補う記憶の中にも、ジャン＝ジャックを除いて、有名な小説家や偉大な詩人

★04――〔原註――ジュスト・オリヴィエ、カロリーヌ・オリヴィエ『ふたつの声』。〕

はひとりも見あたらないのだ。

藝術、あるいは少なくとも実用美術のほうが、まだ栄えている。琺瑯絵師として名高いジャン・プティトは、十七世紀を代表する作品のうちに立派な位置を占めている。もっとも、ジュネーヴ的な美術とは、一般的にいって、どちらかといえば物持ちのする実用的な製品といった性格だ。利便性と分かちがたく結びついた藝術であり、藝術家といってもほぼ職人である。

つまりジュネーヴの文化には、まさしく詩や文学にとって誇りとなるような、娯楽のための軽やかさが欠けている。それはセネビエ自身も認識しており、理由を知りたがっている。「多くのジュネーヴの作家は、自分の考えを思いつき詳述するには長けているが、生彩に乏しく、鈍重な文体である。こうした欠点は、自由であるという感覚から来る生真面目さや思慮深さ、政治的に重要なことを話したがる性向のためではないか？★05……」ジュネーヴの作家たちが、文体を意識している者でさえ、自身の言語で書いていても、座り心地のよさを十全に感じていないからだと、わたしには思われる。この言語の本当の広がり、本当の水位は、いくら流動的といっても、レマン湖畔には達していない、セーヌ河岸までだ。それを充分に自覚して彼らが遠くからここまで来ようと努力し奮闘しているのは分かる。ジャン＝ジャックでさえ、ヴォルテールと比べれば、不自然なのだ。何度も自作に手を入れている。けれども、作為が見えすぎてしまうのは、たとえばネッケル氏のような、優れてはいるが二流の作家に特有のことだ。文章を推敲しすぎ、一言一句にこだわりすぎ、できすぎている。

喋っているのを聞くと、書き言葉のように話している。クインティリアヌスがテオプラストスについて言うには、彼はあまりに雄弁なので、ある言葉を使ったとき、すぐさまアテナイの老女に外国人だと言われたそうだ。「どうして分かったのか?」と訊かれると、老女はこう答えた。「あまりに上手く喋るからだ、あまりにアテナイ的に喋ったのだ★06」

テプフェール氏は、あとで見るとおり、そのような困難を自らに課してはいないようで、だからこそ困難を上手く克服しているのだろう。フランス的あるいはアテナイ的になろうとせず、愛をもって、素直に、些か田舎っぽく、自らの技巧を秘めたまま、祖国に属していた、それが偶々フランス人にとっての塩気や風味となったのだ。

もっとも、知っておかねばならないが、すべてが変化している。ジュネーヴは不相応なほどに変わりつつあり、古い習慣や独自性を失いつつある。われわれもまた変化している、フランスが魅力の中心であるかは甚だ不鮮明となり、絶対的でなくなっているようだ。十七世紀は鳴りを潜め、再び十六世紀めいてくる。各々が自らの長所を見つけ、特性を持つ。分類は保たれなくなり、あちこちで例外が割って入ってくる。ジュネーヴの小説家に注目せねばならないというのは、驚くべきことなのか?　最も官能的なフランスの彫刻家プラディエは、ジュネーヴ生まれではないか?　最も

★05——〔原註——ついでに言えば、これ自体が、そうした重々しさの一例になっている。〕
★06——原文ラテン語。『弁論家の教育』第八巻第一章。

イタリア的なフランスの画家レオポール・ロベールはヌーシャルテルの出身だ。

その土地について、全体的な特徴なり現代文学では考えられないほど多くの産物なりを、間近から多少なりとも注意深く眺めてみれば、あらゆる点で詩的かつ小説的な、まさしく文学的なジュネーヴが、五十年前から、重要度も知名度もはるかに劣る、田舎っぽい、しかし文学的なことに関してはもっと趣のある隣のヴォー州よりも、どれほど下位に留まっているか、気づかされるに違いない。

テプフェール氏がわれわれに見事な反例を見せてくれる、というのも、単にジュネーヴ出身であるだけで他の国について書いている小説家ではなく、地元の小説家であり、本当に地域に根差しているからこそ素晴らしいのだ。だから、以前〔イザベル・〕ド・シャリエール女史について見たのと同じように、もう少し掘り下げてみよう。

ロドルフ・テプフェール氏はジュネーヴで一七九九年二月十七日に生まれた、土地の言葉でいえばここのそとせあまりここのとせだ。★07 その何年か前から一八二八年にかけて、ジュネーヴやローザンヌではロマン派の世代が活躍しており、ジュネーヴにはふたりの詩人オリヴィエ、★08 そしてジュネーヴからパリへ来て亡くなった〔ジャック＝〕アンベール・ガロワと、イタリアへのグランドツアーに出たシャルル・ディディエ氏がいる。テプフェール氏の両親は苗字のとおりドイツ系で、その痕跡を息子の素朴で情緒的な性格のうちに見出せよう。しかしジュネーヴには、他国に併合されると素早く心から同化するという特性があるようだ。小さいが強力な集積地であり、併合されるや否や同化がはじまる。言語において、こうした混淆の効果は今でもはっきりと感じられ、あらゆる文体が絶えず広められ互いに弱めあっているため、表面的には些か均質な、正確に言えば悪い意味でごた混ぜの文体となっているように思われる。

しかし、若きロドルフ・テプフェールは、元来まさしくジュネーヴ市の、由緒ある始祖の子どもだったかのようだ。山手に生まれ、サン＝ピエール大聖堂の裏、司教館牢獄の近くに住んでおり、このフランス証券取引所と呼ばれる家を舞台に書かれた『ジュールの物語』という魅力的な作品では、彼の最初の思い出、アカシアの枝葉ごしに大聖堂の尖塔や向かいの牢獄や静かな通りを眺めたという窓辺の夢想が語られている。彼の父は今も存命で、機知に富んだ尊敬すべき画家であり、パリの古株の藝術家たちにも知られている。この優れた父親は、経験によって見識を積み、自ら獲得した教養を早くから息子に伝えようと考えたが、幼い息子がほとんど藝術にしか興味を示さないために難儀した。実際、息子は画家を自任し、すぐにでも学びはじめようとした。それは父も分かっていたが、画業に専念する前に学業をひととおり終わらせるよう命じた。ゆえに若きロドルフは十八歳まで勉強を続けたが、ジュールのように、それでも本に挟まれながらたくさん絵を描き、しば

★07——フランス語では九十九をquatre-vingt-dix-neuf（四×二十＋十＋九）と表わすが、スイスのフランス語ではnonante-neuf（九十＋九）という。

★08——先の引用にあるジュスト・オリヴィエとカロリーヌ・オリヴィエ夫妻のこと。

しば窓辺で物思いに耽った。『伯父の書斎』の冒頭を飾る遊歩についての数章は、楽しげに語られるとおり、青年時代の最も重要な出来事についての、きわめて忠実な物語である。「そう、遊歩とは、少なくとも人生で一度はすべきもの、とりわけ十八歳で学校を卒業するときにすべきものだ……だから、丁寧な教育の合間に、ひと夏をまるごと費やしても、長すぎるとは思わない。それどころか、立派な人物になるにはひと夏では足りないだろう。ソクラテスは何年も放浪していた。ルソーは四十歳になるまで。ラ・フォンテーヌは一生だ」さまざまな証拠から、ジュールは感受性や心持ちにおいて、ただし色恋は別だが、まさしく若かりし頃のロドルフと言ってよかろう。

初期の読書経験、まだ充分に柔らかい心のときに読んだものは、彼の著作において、ジュールとともに、『牧師館』のシャルルにも見て取れる。誰にとってもそうであるように、最初は〔ジャン＝ピエール・クラリス・ド・〕フロリアンだ、フロリアンは自身の仏訳が『ドン・キホーテ』の魅力を削いでいると思っていたが、それでも辛辣な諧謔を呼び覚まし楽しませるものだった。続いて『テレマック〔の冒険〕』とウェルギリウスが同じ時期に郷土愛や山紫水明の素朴な魅力を教えた。たまたま手にしたホガースの作品は「よい弟子と悪い弟子」★09の物語を展開してみせ、この人間研究家が奮迅と額に皺を寄せて描く罪と徳についての表現は、子どもが何より好きな混乱まじりの魅力というものを教えてくれたという。それからというもの、いつの日かそんなふうに版画による文学という豊かな表現によって大衆の感情や道徳に役立てるようになることが、ひそかな願い、野望となった。

人間観察の面白さを教えたのも、のちに彼の中でホガースと並び立つようになるシェイクスピアを愛読するよう導いたのも、そしてリチャードソンやフィールディングといったイギリスの偉大な人間研究家や小説家たちの虜にさせたのも、ホガースであった。当時は『アタラ』が流行だったが、『ポールとヴィルジニー』を知って以来、（スタール夫人など多くの同時代人とは逆に）シャトーブリアンを好きになることはなかった。ここにはすでに彼の性向が見いだせる。自然、道徳、素朴さ、繊細さ、率直さ、こうしたもののほうが、詩的で偉大な理想よりも大事なのだ。

とはいえジャン＝ジャックからの感化も大きく、十六歳から二十歳という時期に、情念というものの性格すべてを魂に植えつけた。ルソーの著作だけでなく人間そのものが、この若い同邦人に影響を与えたのだ。風景、習俗、生き生きと迫ってくる描写が、夢想を誘った。テプフェール氏が「二年か三年の間は、他の誰とも生きなかった」と書くのも尤もである。正確にいうと、それはジュリーのルソーであり、[★10]山歩きやさくらんぼ摘みといった『告白』のはじめを彩る数々の心地よいページのルソーであり、シャルメットのルソーである。

他にも、意図していないだけにいっそう幸福な影響を挙げるとすれば、ブラントーム、[★11]〔ピエール・

★09——ホガースの銅版画集『勤勉と怠惰』のこと。
★10——『新エロイーズ』のこと。
★11——ブラントーム修道院長ピエール・ド・ブルデイユのこと。

ベール[★12]、モンテーニュ、ラブレーといった、父の部屋のあちこちから拾い読みした本、行き当たりばったりに眺め、充分に理解できなかったものの、文彩や、フェヌロンすら羨む平明さにすっかり魅せられた本、そうした読書経験を鑑みれば、テプフェール氏の来歴がいかに正真正銘フランス的であるか、どれほどフランスの作家といってよいか、お分かりになるだろう。

父の望んだ学校教育を終え、憧れの職に就くときが来た。絵画が門戸を開き、進むべき地平を眼前に広げると、若者は写生や素描や模写に励んだ。近々イタリアへ行くつもりでいたが、目の病気で中止となり、はじめは一時的な疾患と思われたが治らないため更なる延期となった。むなしい希望と苦しい試みが二年つづいた。とても楽しみにしていた者にとって、残酷な二年間だった。絵画は決定的に彼のもとを去った。この頃、藝術家の教えを乞いに行くという口実で、しかし実際には勉強で不安を紛らわすため、パリへ赴き、そこでは誰に助言を求めるでもなく、ひっそりと涙ながらに画業を諦め、再び文学に戻って、教養ある教育者を目指した。パリ滞在は一八一九年から一八二〇年にかけてである。昼は公開講座を聴き、夜は〔フランソワ＝ジョゼフ・〕タルマを聴きに行った。それからは古典と近代文学を学ぶこととなった。すでにシェイクスピアの虜となっており、新たに現われつつあった文学概念に心の中で賛同していた。ルーヴル美術館で、ひそかにジェリコの「メデューズ号の筏」を支持し、〔アンヌ＝ルイ・〕ジロデの「ピグマリオンとガラテア」には反対だった。いささか熱っぽい危機の時期は、すぐに終わった。ジュネーヴに戻ると、まずは寄宿学校の助教員となり、次いで自ら寄宿学校を開いて校長となり、一家の父となり、ついには文学アカデミーに招かれて会員となり、幸せで満ち足りた、レマン湖の静けさと一致したかのような人生の只中にあった、そこから少しずつ衒いのないさまざまな著作が匿名で生まれてきて、ひとつならずわれわれを楽しませたのだ。

ジュネーヴでは、寄宿学校生は家族のように人生や道徳を共有する。多くの子どものいる教室で毎日何時間も過ごすという職業柄、テプフェール氏は絵筆でできなかったことをペンで埋め合わせるようになっていった。そもそも作家になるつもりではなかったのだ。生徒たちに愛される親しみやすい先生になるべく、はじめに描いたのは生徒の気晴らしになるささやかな喜劇だ。毎年、夏になると、少年団の先頭に立ち、夏休みを利用して、リュックサックを背負い、長く険しい徒歩旅行で、いくつもの州を踏破し、高い山々を越えてアルプスのイタリア側まで生徒を連れて行った。旅から戻ると、冬の夕べ、生徒たちに挿絵つきの詳細な旅行記を書いてやった。すでに公刊されているいくつかの小説、『アンテルヌ峠』や『トリヤン渓谷』は、ウォルター・スコットのモートン一家[★13]のように、大人向け『サンドフォードとマートンの物語』[★14]としての効果、謙虚な自信と生来の織

★12――〔原註――ジュールが（『ジュールの物語』第一部で）エロイーズの物語を見つけたのは、他ならぬベールの辞書である。〕
★13――『古老』の主人公ヘンリー・モートンとその家族のこと。
★14――トーマス・デイによる児童向け冒険小説。

細さを持つ健全で気品ある若々しさを与えてくれるように思う。

もっとも、完全に画業を諦められたわけではなかった。絵具で描こうと思っていたことのうち、ある程度は線でも描けた。上機嫌のとき、テプフェール氏は生徒たちの前で、わずかに真面目なところも混ざった突飛な物語を考え、絵に描いた（『ヴィユ＝ボワ氏』『ジャボ氏』『フェステュス博士』『ペンシル氏』『クレパン氏』）。この滑稽な画集は手から手へと渡り、ヴァイマールまで届くと、誰かは分からないがある友人がゲーテに見せた。人間の作るものは何であれ軽んじない、この偉大なる藝術家は、画集に興味を示し、他の作品も見たがった。全ての画集が列をなしてヴァイマールへ向かった。ゲーテは『藝術と古代』誌のある号で画集に触れている。そこで、この大家からのお墨つきがあれば皆が納得するだろうとテプフェール氏は考え、暇を見ては作品を増刷した。出版した五作[★15]は素人にも玄人にもよく売れたが、見ていないひとには説明できない。この種の諧謔は言葉ではほとんど伝わらないのだ。称える方法はただひとつ、楽しみ笑うことである。

誰が最初に言ったか知らないが、一般則として、ある国の笑いはその国で好まれる食べものや飲みものに似ている。だからスウィフトの笑いはプディングであり、テオフィロ・フォレンゴの笑いはマカロニ、ヴォルテールの笑いはシャンパンである。ヴォルテールはモカにも似ているだろう。ドイツ人はヨハン＝パウル〔・フリードリヒ・リヒター〕の料理に名前をつけられるだろう。〔ガブリエル・〕ノーデの『マスキュラ』を何度も読むと、上質の脂身で和えられた古代ガリア料理に溺れているような、あるいはあまりに上等な鰊の燻製にときどきうんざりしたような気分になる。それでわたしは、テプフェール氏の転写石版にちりばめられた、また文学作品を見てもいくつもの章に上手く配分されている諧謔に相当する郷土料理を探した。まずは高地の渓谷の濃厚で混じりけのないチーズをいくつか思い出して味見したが、違うようだった。さらに探した。確かなことは、彼の面白さは彼のもの、まさしく彼自身のもの、学者ふうに言えば独自性〔sui generis〕であるということだ。

以下の銘句は、諷刺画による数々の短かい正劇すべての序文として用いることができる。「行け、小さな本よ、自分の世界を選び取れ。おかしなことを見て、笑わない者は欠伸する、身を任せない者は抵抗する、考える者は間違える、真面目でいたい者は押さえつけるからだ」[★16] ただわたしは、理屈ではなく、ここでは自らの感覚のみを頼りにして、いま目の前にあるテプフェール氏によるふたつの旅行記[★17]のほうが好きだと言おう、迷うことなく勧めたい、それは彼が愉快な一団の先頭に立って行なった直近ふたつの旅行であり、ひとつは一八三九年のミラノやコモ湖への旅、もうひとつは一八四〇年のゲンミ峠やオーバーラント地方への旅だ。各ページが機知に富む生き生きとした挿絵で飾られ、滑稽と真実の混ざり合った文章である。これこそ旅の正直な印象だ。ここでは、先ほど

★15――〔原註――ここパリではオベール氏が三作を複製しているが、そこから判断してはならない。〕
★16――『フェステュス博士』序文からの引用。
★17――〔原註――ジュネーヴ、フルティガーによる印刷。〕

述べた空想的な物語のように諷刺画が間断なく続くのではなく、自然や生活の情景ごとに挿まれ、それに応じて描かれている。子どもが訪れ愛したスイスを、これほど見事に描いたものは他に知らない。ふたつの画集でテプフェール氏は、いくらか〔デイヴィッド・〕ウィルキーの技法を持ったロビンソンのようである。

しかし、文字どおりの意味での本について話そう。一番のきっかけであり、主題でもあるのは、やはり絵画だった。一八二六年、ジュネーヴのサロンについて、絵画展の講評を述べようと思うまで、何も公刊していなかったのだ。展覧会評を、いわゆるガリア式の古臭い文体で書かれた小冊子にした。確かに、若いころ読んでいた本がテプフェール氏に十六世紀の言葉を教えたのであり、すでに説明したとおり、いわばフランスよりもジュネーヴにおいて身近な言葉なのだ。アミヨふうの文章に対する子どもっぽい好みは、もっと筆達者なルソーでさえ持っており、時代を下ったテプフェール氏は、再発見されたポール＝ルイ・クーリエの文体の崇拝者、いささかまがい物めいてはいるが上手く書かれた理論のいくつかの信奉者となった。わたしは彼の小冊子のある章[★18]に、まさしくロンサールが登場し、高く評価され、その章の中心に置かれているのを見つけた。ともかくテプフェール氏は、われわれと同じように始めた。よりよく跳ぶために後ろへ下がったのだ。そのフランス語は、もとより些か後天的であろうが、よく学ばれた、理想的なほど学ばれすぎたものである。最初の著作となった、一八二六年の展覧会についての小冊子は、よく売れた。何年か続けているうち、古風で衒学的すぎる専門用語は少しずつ減っていった。また、個別具体的な批評を問題にすることも減り、藝術についてもっと一般的な論点を扱うようになった。これが『あるジュネーヴの画家による考察と雑談』と題する小冊子シリーズの出発点であり、一部は『ジュネーヴ万有文庫』に掲載されている。シリーズの中でも特筆すべきは『中国の水墨画についての概論』という最初の四冊だ。専門的な題名に怖気づかないでほしい、中国の水墨画というのは藝術や詩の原理について自由に探究するためのきっかけ、口実にすぎない。自身も絵画を愛し、絵画を描き、絵画の技法や化学まで研究していたグザヴィエ・ド・メーストル氏は、かつてナポリでこの概論の第一巻を読み、著者に最上級の敬意を表して美しい硯を贈った。それでテプフェール氏にとってゲーテに次いでふたり目の、同じく絵画についての庇護者となったのだ。のちに、『アオスタ市の癩病者』の愛すべき著者は、彼の著作の妹分とでもいうべき心動かす短編、『伯父の書斎』や『牧師館』の第一章を読み、評論をきっかけに惹かれた人物について知ったとき、ある種の性質において大きな親和力が間違いなく働くこと、ふたつの魂の間に遠くからでも分かる類似性があることを、喜びとともに知った。

水墨画についての四冊の本は、確かに〔ローレンス・〕スターンを読むように心地よい読書であり、人柄のよさに溢れ、絶えず余談に中断されるが、余談こそ真の主題であり、理論というより景象な

★18――〔原註――『中国の水墨画についての概論』第四巻第十九章。〕

のだ。たとえば、人間と同じかそれ以上に長生きする仲間となり親友となるよい墨選びについて、優雅で感傷的なだけにパリ版には収録されないであろうページを、ここにいくつか引用したい。あとでテプフェール氏について存分に語るためには、まず直接知ってもらうのが、わたしの買いかぶりでないと示す最もよい方法である。だから引用するというわけだ。

「……実際、時とともに、数年のうちに、あなたの墨条は、はじめは単なる知人だったのが、仲間となり、仕事の道具となり、そして全ての思い出と結びついた、あなたにとって大切なものとなり、いつしか甘美な習慣の魅力が墨とあなたの存在とをつないでいるだろう。だから、あとになってこの友人の短所や欠点が見つかり、もう始まった関係を壊して新たに別の関係を結ぼうとしても、最初のときのような魅力も瑞々しさもないのは、何と悲しいことか！」

「フランクリンがどこかで、生きていないものに対して抱く愛着、友情とも恋心とも違うが確かに心の中にある感覚について語っていた。それは自己本位の愛情のひとつであり、替えの利かない召使に対して抱くものだ、というひともいる。わたしは、それはわれわれの資質の誇らしい特徴のひとつであり、いくらか心を失いでもしなければ完全には消えないだろうと思う」

「それは優しさのようなものであり、一種の敬意でもある。道具を愛するのは、ただ楽しく簡単に操れるからではなく、むしろ他のものと比べて何かよいところがあると思うから、とりわけ長く使ってきたということに附加価値を見ているからだ。単純な道具も、それを使っている職人にとっては、青年期や壮年期や老年期があり、異なる時期に応じてさまざまな感情をかきたてる。青年期には、力強さや素早さといった、青年期を特徴づける性質を好きになる。壮年期には、年を重ねることで出てきた長所や、直ったり和らいだりした欠点を楽しむ。老年期には、老いてなお捨てられなかった特徴を好きになり、新しい道具と比べて劣るようになっても愛着をもって使い続ける（そういうのを見たことのない者がいるだろうか？）」

「もし徒歩旅行をしたことがあれば、日々の仕事のかたわら、衣類を入れたリュックサック、ごく単純だが歩く助けとなり足取りの支えとなる杖、そうしたものを焦がれる気持ちが生まれ、次第に膨らんでゆくのを、感じたことはないだろうか？　その杖は、ひょっとすると見知らぬひとたちの只中にあって友人のようであり、孤独の只中にあって仲間のようだったのではないか？　死の切迫を予感させる困難に次々と遭遇して、その杖が与えてくれる力や効果の証を感じなかったか、杖を手放すときが来たら、大通りに投げ捨てるよりはどこかの茂みの目立たぬ木蔭に置きたいと思わなかったか！　いや、思わなかった、とおっしゃるならば……まことに残念ながら、読者よ、わたしを読者へと向かわせるこの小さな共感の種は消えてしまうだろう」★19

「観察してみれば容易に気づくことだが、こうした特徴は、貧しい者、忙しい者、悠々自適の者、裕福な者、と階級を上がるにつれて薄れてゆき、無為の者にあっては贅沢と怠惰に囲まれて完全に消えてしまう。ならば、その特徴は善良さと何かしら関係があると考えるのは、誤りだろうか？

人間の性質の誇るべき一側面、魂にとって大事な特徴だと言ったら、間違いだろうか？　仕事や活動、経済、ささやかなゆとりの中で感じられ、贅沢な浪費、怠惰、無為徒食といった中では消えてしまう感情は、良識あるひとにとってどうでもよいものだろうか？　否！　だから卓越した良識人であるフランクリンは、それを重視したのだ」

「また、そうした性向が、暇を持て余している階級の者よりも勤勉な階級の者によく見られるのは、時間の使い方、活動、仕事といったものと不可分だからで、したがって、文明の成熟しつくした社会よりも若い社会において、いっそう一般的である。ホメロスはいつも馬銜や盾や戦馬車や杯や甲冑について仔細に描いた。生きていないものであっても持ち主には分かる美徳が備わっており、それによって兵士たちから尊敬され愛されているのだと、いつも考えていた。騎士の時代には、騎士の精神があるのだ。ウォルター・スコットもまた、真に迫った、描写するに相応しい特徴を、ないがしろにはしなかった。クーパーが、小説『大草原』で、みずから森の生活に戻った都会人を描くとき、毛皮猟師がカービン銃に友情を抱いていると書いたのも、事実に即している。その神聖な武器には、表情や性格があるのだ。カービン銃はひとりの登場人物となり、われわれが大草原の年老いた猟師に興味を持つとき、カービン銃もまた然るべき位置を占める」

そして話は墨へと戻る。「これはわたしたちの私生活にかかわることだ。だから皆に話すのは少し抵抗がある。けれども、わたしと墨とを結びつける純真な関係を知ってほしいという気持ちには逆らえない。それに、秘密は話さないつもりだ」

「この関係は長い、二十年前からだ。それに、父から貰い、使い方や謂われを教わった墨だから、

★19──〔原註──イングランドの慎ましく優しい女性詩人、同名の偉大な詩人〔ロバート・サウジー〕の妻、愛すべき詩人〔チャールズ・〕ボウルズの娘、キャロライン・サウジー夫人の作品の中に、わたしはテプフェール氏の考えを補うであろう小さな一編を見つけたので、道端の蔓日々草を摘むごとく、ついでに載せておきたい。

ソネ

わたしは花を捨てたことはない
ひとたび友だちになった花を
──小さな花、枯れた花でさえ──
どうしても心ならず捨てるのでなければ。
年季の入った家具や
使い古された道具を
もっとよいものに換えたことはない
何の苦しみもなしには。
わたしが「さよなら」と漏らすときは
いつも弱々しい息で
痛みのこもった声だ。
地上の不幸に苛まれながら
ひそかに願う
どうかこの言葉が神に召されて消えるときが来ますように」

いっそう尊い。この墨は、円柱形で、金色で、中国語が刻まれており、贔屓目かもしれないが比類なき完璧さである。ある朝、墨条がふたつに折れているのに気づいた。わたしは驚いた、わたしが使うとき以外に過ちが起きることなどなかったのだから……だから、それは墨が悪いのではなかった。わたしが結婚したのだ」

「もっとも、わたしにとって墨をいっそう愛おしくさせたその事件の他にも、どれほど多くの甘美なひとときを一緒に過ごしたことか！　平和で穏やかな時間に耽ったことか！　悲しく不安な忙殺の日々を打ち消す静かで朗らかな日々があったことか！　かつて幸せを味わった場所が好きだとか、木々や畑や森、幸せな歳月の証となるごくささやかなものを見て温かい気持ちにならないはずがないとかいうことがあるならば、喜びの証というだけでなく喜びの道具でもあった墨に対する感謝を、わたしが認めないことなどあろうか？」

「そして、何という喜びだろう！　わたしのはじめての喜び、最も茫漠とした実感と同じくらい古い喜びだ。というのも、それは最初から最後まで生き生きとした、大きくもならないが決して衰えもしない、特別な喜びだからだ。今でも、その喜びを味わいたいときは、墨を手に、絵を思い描きながら丹念に磨る、とても心地よい幻想や魅力的な想像、うっとりするような美しい考えというわけではないが、少なくとも変わらぬ喜びではある、瑞々しく鮮やかで満ち足りた喜びが、二十年を経ても見つけられるのだ！　二十年のうちに色褪せて壊れる喜びがどれほどあることか！　友情だけが、もし本当のものならば、豊饒なワインのように、年を重ねることで熟成され洗練される」「二十年も日常的に使っていながら、墨条は三リーニュ★20しか短かくならなかった。素材のよさ、長持ちするよう作られた証である。わたしは長いことその墨を同世代のように思ってきた。しかし流れる年月によって、墨よりもわたしのほうが多くを失ったと知ったときから、墨はわたしよりも先に生まれ、わたしよりも長生きすると思っている。だから少しばかり悲しいことを考える、というのは、恵まれた性質を羨むからではなく、その可哀そうな墨が人間に若い姿や年老いた姿を心置きなく見せることはないからだ……」★21

それに続く絵筆についての章は、じつに刺激的である。テプフェール氏によれば、絵筆は気まぐれだという。忠実な友である墨とは逆だ。素晴らしいひとときもあれば、ひどいひとときもある。持ち主を引きずりまわし、いたずらを仕掛ける。絵筆に用心せよ。

方法と技巧の限界、各々が藝術を再開できる状態であるのが望ましいということ、古代絵画と近代絵画の根本的な違い、明暗法とレンブラント、自然と向き合うときは最も模倣的な者こそ最も偉大であったということ、ゆえに最も謙虚な者が最も成長するということ、とはいえ絵画は模倣ではなく表現の方法だということ、こうした教育的かつ味わい深い章が続き、思考と技術が均衡しなが

★20——約七ミリメートル。
★21——［原註——『中国の水墨画についての概論』第二巻。］

ら互いに上手く支え合い、写実性やフランドル派への好みが理想への意識を損なうこともなく、カレル・デュジャルダンが虚勢なしにラファエロに対抗している。気を配りつつもさりげなく、全編に亘って何度も驢馬を登場させ、理論の分かりやすい実演に使い、ついにテプフェールの友たる実直な動物は、また別の友であるラ・フォンテーヌに中傷された自身の恨みを晴らす。この名誉回復の章は勝利を収め、人類史に残るだろう。[★22] とはいえ、のっけから全文引用はできない。

挿絵つきの精彩なページを読み、その上に光がゆらめき、作者じしんは経験することのなかったその国の藝術の未来が結末で語られ、こう叫ばれるのを聴いたら、作者と同じ希望を持たざるをえまい。「しかしスイスよ、わが美しく愛しい祖国よ、おそらく時は来た！　あなたを愛し、感嘆のあまり尊敬するだけでは足りないひとたち、あなたの美しさを学び、偉大さを理解し、知られざる魅力を見出す心を持ったひとたちのおかげで、わたしには分かるのだ」谷間の霧は遅くに晴れる、今日では晴れているように見える。あまりに近くで、あまりに愛しすぎたのだ。気持ちが強すぎて語れなかったのだろう。今度こそ彼らの語る番だ。

ドイツ語圏スイスでは少し事情が異なると思われる。少なくとも詩によって、また文学によって、すでに〔アルブレヒト・フォン・〕ハラーや〔ザロモン・〕ゲスナーの頃から、ドイツ語圏スイスは充分に表現されてきた、フランス語圏スイスが未だそうでないにもかかわらず。フランス語圏スイスにもルソーがいる、どうして忘れよう？　しかしルソーは、スイスを描くときはいつも、できるかぎり見放して描いた。ヘルヴェティア★23の偉大な歴史家、近代で最も偉大な歴史家のひとり、真の画家にして古代の叙事詩人のようなジャン・ド・ミュラーは、ドイツ語圏フランスの人物であり、信仰や純潔主義において、ドイツとドイツ語圏スイスとの障壁は、フランスとフランス語圏スイスとの障壁と同じではない。わたしがテプフェール氏を非難するとしたら、この点においてである。

藝術に関する記事や水墨画についての興味深い章とは別に、多くの分野に亘る、〔ピエール・〕ベールに次いで立派な編集者ジャン・ルクレールを生んだ都市に相応しい、優れた選集『ジュネーヴ万有文庫』にも、多くの記事を書いている。しかし、『ジュネーヴ万有文庫』の文学記事の大半がそうなのだが、テプフェール氏の記事★24でも、しばしばフランスが異国と看做され、フランスの流行作家が攻撃され、対立させられ、海峡の向こう側かのように扱われているのは、残念に思う。こうした反目は無意味だし、何より野暮である。フランスでフランス人の偏見を減らすには、これほど不適切なことはない。フランス人はジュネーヴに純潔主義を感じている。純潔主義には厳格主義で応じ、フランスの純潔主義はジュネーヴへの軽蔑を増すようになる。こうした攻撃性は、趣旨としては道義にかなっていても、甚だ不正確な些事にこだわるようになり、硬直した党派的な状態や防御

★22――〔原註――『中国の水墨画についての概論』第三巻第八章。〕
★23――古代ガリア東部、現在のスイス西部。
★24――〔原註――いくつかは既に『小説と雑録』(ジュネーヴ、シェルブリエ、一八四〇）の一冊に収録されている。〕

的な制度を長引かせがちで、それこそわたしがテプフェール氏に求める自由で詩的なスイス自らの表現とは全く相容れないように思われる。

批評はもうたくさんだ。テプフェール氏が小説家としての姿を現わしはじめたのは一八三二年、『伯父の書斎』という素敵な小品によってである、この作品は今日では『ジュールの物語』の中ほどに挿入されている。[★25] 翌年には『牧師館』の冒頭部分を発表した。[★26] 彼によれば、それで大いに楽しんだあと、二作品の続きを書くのではなく、二作品を部分に持つ絵画を構想したという。『エリザとウィドマー』は、『牧師館』の結末に相応しい感動的な文体を見つけるための習作にすぎなかった。一八三四年には『遺産』を書き、その琴線に触れる文体は、奇妙な着想と対照をなして、いっそう際立っている。一八三三年から一八四〇年までの作品も挙げておきたい、『ジュネーヴ万有文庫』誌上あるいは他のところで書かれた『渡航』『恐怖』、それから『トリヤン渓谷』『グラン・サン＝ベルナール』『ジェール湖』『アンテルヌ峠』といったいくつかの小旅行記だ。[★27] 小旅行記の短かい物語についていえば、わたしはその単純な真実、素朴で自然な上品さ、美しい雰囲気、皮肉なしの冗談が好きだ。たいてい、滑稽な観光客、取り澄ましたイギリス人、大胆なフランス人、しばしお供するも早々に別れることとなる可愛らしい娘が登場する。わたしはそこに、頭でっかちな旅行の感想、フランスの大作家たちの闊歩に対する、地方に住む者からの、あれこれ言われるがままにされたあとで自分も口を開こうと決意した、ささやかな抗議と奪還運動を見る。実際、毎年ある月になると、スイスは見渡す限り旅行者に埋め尽くされ、ムクドリの大群に襲われたようになる。古代の野蛮人の侵略が、文明化された形に変わったのだ。旅行者の軽薄さに心中苦しみ、その地の信仰を守ろうとして旅行者に悩まされ、さらに、才能の多寡によって、ただの泥棒だったり侵略者だったりする。のちには見下してくる者をからかってみせる、しがない庶民や（ジョルジュ・サンドの言うように）土着の者は、泥棒や侵略者を正確に鋭く見抜く。そうした地元感情に、テプフェール氏は率直で見栄や誇張のないグワッシュ画で応える。

とても奇妙な事態だ、話ついでに少しばかり教訓を得よう！　われわれフランス人は、自国であるフランスで、ガスコーニュ人を完全に区別し、地域に固定したつもりでいるが、ひとたび外国に行けば、ほとんど効果はなくなる。

『恐怖』は、子ども時代の印象について丹念に書かれた心揺さぶる物語である。およそ七歳の小さな子が、街の墓地からさほど遠くない寂れた道を歩き、立派な祖父が、好々爺ラーエルテース★28からゲランじいさん★29まで偉大な祖父はそうするものだとでもいうように、仲間のごとく仕えている。し

★25――『ジュネーヴ短編集』では「ふたりの囚われ人」「書斎」「アンリエット」の三作をまとめて「伯父の書斎」となっているが、その中篇の「書斎」のこと。
★26――［原註――今日では五部構成のうちの第一部になっている（『牧師館』全二巻、一八三九）。］
★27――［原註――すべて前出の『小説と雑録』に収録。］
★28――オデュッセウスの父、テーレマコスの祖父。

かし、ふざけて遊んでいる最中、海水浴で小さな入江を跳ね回るのをやめようとしたとき、ひとつの死骸、正確に言えば砂浜に伸びる馬の骸骨が、不意に目に入って、はじめて死の概念を覚えた。その日一日、震えが止まらなかった。翌年、祖父が亡くなり、よく分からないまま葬列に並んだ少年は、同じ場所へ来たところですっかり動揺していることに気づく。さらに何年か経ち、十二歳のころ、突然の強烈な悲しみ、早熟な恋の恨みを感じ、行くあてもなく街を出ると、また同じ不思議な場所に立っていた。時を忘れていると、市門が閉まり、一晩じゅう恐怖に捉われて過ごさねばならなかった。物語の山場の描写は、展開のすべてを、まさしく実寸大に、一瞬一瞬ごとに作者がなぞっている。綺麗だが意地悪な光景は、チャールズ・ラムの筆で点描されたようでもあり、フランドル派の大家の絵筆で描かれたようでもある。

『渡航』は『ウーリカ』[★30]や『アオスタ市の癩病者』と同じ素材の、つまり障碍による小説である。若い傴僂が、騎士道精神を持ち、雄弁に喋りたいと思っており、とりわけ優しさを求めて、愛されないことに苦しんでいる。物語の前半は悲痛だが洗練されており、また真実でもある。わたしはあえて結末について批判したい。小さな傴僂は、アメリカ合衆国へ渡航しているとき、ある病気の旅人と、もうすぐ寡婦となる若い妻の世話をして、注目を浴びる。上陸してからも傴僂は夫妻を支え続ける。妻は身寄りを失う。傴僂は彼女と結婚し、父となり、幸せになる。スイスの友人に、かつての苦しみを手紙で打ち明ける。「だから、君たちのところの傴僂を送ってください、妻を見つけて差し上げます……」これはわたしには衝撃的だった。この若い男は、いくら無念が晴れ、幸せになったからといって、その種の冗談を言うべきではなかった。誇り高き心、騎士道精神を持つ男なのだ。よく言われるとおり、誇り高き心を持つ者が恋人やその幸せを望むのは、何を得られるかよりも何を与えられるかによってなのだ。それに、アメリカまで持ってくることとなった、長いこと苦しめられてきた逃れようのない障碍を思い出したり口にしたりするのは、つらいだろう――もっとも、完全にアメリカ人になるなら話は別で、それは大いにありうるものの、愉快ではあるまい。

パリ以外の方には信じられないだろうが、ごく些細で表面的な上品さの欠如にさえ、われわれがどれほど格別に敏感か、それこそわたしが『遺産』を代表作と看做すのを躊躇う唯一の理由（もし理があるとしたら）である、着想はとてもよい、表現もほぼ素晴らしく、常に明快だ。二十歳の孤児の若者が、庇護者である伯父から莫大な財産を受け継ぐことになっており、退屈で日々に倦んでいる。自分は偏執狂だと思い、やむを得ず上品に繕っている。くだらないことに若さを費やし、心が干乾びそうになって、ある晩カジノへ行くと、はじめ絵のように眺めていた火事が、危険なほど

★29――［原注――有名な老弁護士ロワゼルは、最期にヴィルジュイフ近くのシュヴィイに隠棲し、孫のみを友として、美しい二行詩を遺した。

もしあなたが、シュヴィイが人里離れて匿っているのは誰か、と訊ねるならば、
それは老ラーエルテースと幼テーレマコスだ］

★30――クレール・ド・デュラス作。セネガルに生まれパリの貴族社会で育てられた黒人娘ウーリカの悲恋を描く。

身に迫ってくる。白手袋のまま手桶の受け渡しをせねばならず、最初は苛立ったが、しだいに新たな感情に襲われた。勇敢な民衆の献身と友愛に心奪われたのだ。人間の血を取り戻し、まがいものの自己愛は消えた。受け渡しの列に驚いている若い娘を見かけ、慎み深く送り届けると、娘は落ち着きを取り戻す。そして彼は気品ある貧しい見知らぬ娘に恋した。それを知らされた伯父は、別の婚約者を考えていたため、若気の至りだろうとからかったが、真剣だと分かると腹を立て、しまいには勘当してしまう。身軽になった彼は若い娘と結婚し、幸福を見出す。魅力的で深みのある着想だということは分かる。ただ、初っ端から、スイスでは上品だという若者が、フランスではそのように感じられないのだ。礼儀作法や服飾の問題だろう、しかしわれわれの最高級の上品さにとっては最も重要な問題なのだ。その若者は、髭剃りの道具（まだ髭を剃っているのか？）や仕上げの石鹸、それに爪楊枝、食事には骨つき肉、といった話をしすぎる。それらは何にもならない、われわれからすれば目障りなのだ、作者が間違いだらけというわけではないが、ただ街の気取り屋を描くだけなのに、何もフランスの中二階に住む当代の伊達男を思い描く必要はない。

『遺産』について、時代遅れの上品さを並べ立ててきたところで、テプフェール氏の文章に頻出する、文法的に独特の、古めかしいフランス語に属する言い回しの数々についても、指摘してよいだろうか？　彼らの面前で欠伸する、というところを、彼らに対して欠伸する、と書く。折悪く代父が来たのを告げる召使に「畜生！　お前がわたしの上に代父を押しつけてくるのは分かっていた」

と言う。★31 モリエール『強制結婚』第二幕で、ジェロニモが帽子をとってうやうやしく挨拶すると、スガナレルは「どうか上に置いてください」と言う。これは帽子をかぶってくださいという意味だ。ヴォーに特有の方言では、わたしは考えたというところをわたしは自ら考えたという、それでボナヴァンチュール・デ・ペリエ『笑話集』第二巻第六五話には「この摂政は自らよく考えた、そのようなご夫人のところへ赴くには、不如意であってはならない……」と書かれているのだ。こうした正当な例があるからといって、ジュネーヴやヴォーに特有の言い回しが全て正当化されるわけではあるまい。そのことはテプフェール氏も充分承知の上で、全面的に選択したのだ。ポール＝ルイ・クーリエの真の弟子として、流暢な筆運びに見えるが、いつもそうではない。いささか行き当たりばったりに出てくる地元言葉、その土地の言い回しは、彼の筆によって、シャンパンという『牧師館』の登場人物による手紙の中で、確かに藝術の域にまで高められている。「われわれの土着の言い回しが、純フランス語的に話されているものと分かるだろう、そして、現代フランス語では用いられないものの生粋のフランス語であるには違いない言葉や、表現力に富んだ姿の下に奇妙な語源を隠している言葉、いずれにせよわれわれの耳には自然に聞こえ、馴化の魅力を感じさせる方言の数々を、正書法のために捨てるのは難しいとも分かってもらえるだろう」と、見事に述べている。その

★31――これは『ジュネーヴ短編集』刊行時に修正されたらしく「わたしに逆らって」となっている（本書二一四頁）。

ような馴化と関係ないフランス人にとっても、いくらか魅力的なところはある。味に飽きた末の気まぐれにすぎないのか？　わたしが言えるのは、思慮と推敲によって素朴な文体の中に配置された地域的特徴は、わたしにとってクルミの薫る黒パンのように感じられる、ということだ。

　方言は消えてしまう、取り戻せたら僥倖だ。とりたてて努力しなくとも身の回りにあり、ただ取り出すだけでよいなら、いっそう嬉しい。これこそテプフェール氏の境遇である。それで、もし選べたとして、どういうときに方言による文彩や詩の試みをするのがよいか？　かつてわたしは、何よりも作者が自制し、まともな内輪の同好会でのみ行なうという配慮と必要性があると考えていた。しかし今日ではどうか？　選りすぐりの読者や同好会が、どこにあるのか？　ばらばらの読者個々人、あちこちで沸き立って砕け散るときにこそ輝く言葉と称される泡、文学者と称しながら競って略奪をはたらく海賊しか、目に入ってこない。この混乱から逃げられる者は逃げよ、奪いたい者は奪え！　これが、歩みが速かれ遅かれ、自らの勇敢な道を行く者の事情である。十六世紀末のモンテーニュの情況である。小さなモンテーニュたちを好きにさせよ。

『ジュールの物語』[★32]は、『部屋をめぐる旅』と同じく、分析するような作品ではない。三部から成り、その度に仕切り直しのようになるのが唯一の欠点だが、ごく簡潔だから、自ずと許容できよう。そもそも時期が違うのだ。「ふたりの囚われ人」と題する第一部はジュールが学童の頃で、まだ青年ではない。すでにルーシーに惚れている。「伯父の書斎」と題する第二部では、知的で美しいユダヤ人の娘に何故だか惹かれるものの、彼女は死んでしまう。「アンリエット」と題する第三部では、結婚したルーシーが感じよく再登場し、若者は成長して、藝術家であり一人前の男になっている。華美ではないが真摯な愛情が、永遠の結婚へと至る。

まるでノディエの書く潤色された若かりし頃の思い出のようだが、潤色は少なく、技巧も控え目である。慎ましい品のよさへと溶けこむ一種ゆったりとした調子、無垢な心の実直さ、機転の利く陽気ないたずら、程よい自然が、心地よい文章の中に息づいている。ページに表われている倫理観は、われわれの最も大きな敵、すなわち虚栄心を消し去ることを目指している。冒頭から、小学生のジュールは、鼻先に特徴的な疣のあるラタン先生をいたずらでからかう。疣について長々と語られ、そこに生えた和毛や、しつこくとまろうとする意地悪な蠅と先生との闘いが描かれる。小学生は笑いこけ、ラタン先生は生徒の哄笑と無礼に憤慨する。「それ以来、この疣について考え、わたしが思ったのは、気難し屋は皆、肉体的あるいは精神的な欠点、つまり目に見えるか見えないかの疣を持っていて、それを周りから馬鹿にされていると思いこむ傾向がある、ということだ」と、われらが語り手は言う。様々な疣の中には、自分が馬鹿にされていると思わず、尊敬されていると己惚れ、気取っている疣もある。テプフェール氏が二重の意味で芽と呼ぶのは、この病、各々の虚栄

★32――［原註――ジュネーヴ、一八三八年。］

心という弱さなのだ。じつに上手い言い方である。多くの欠点、多くの悪の萌芽を、正しく見抜いたのだ。あるがままと装い、受けを狙いたいという欲求を潰して取り去ることこそ、倫理にとって最も大事だと考えている。「おかしな話だ！　ある限度を超えると、努力は逆効果となる。芽を潰そうとして、隣に新たな芽を作る。あなたが「もう己惚れなどなくなった」と言うなら、それこそ己惚れなのだ。だから、全部は無理でも、急を要するものには対処してきた。虚栄心が絵や本を書いて楽しむのは放っておいたが、いくら唆されても序文を書くのは禁じてきた、とはいえ、もっと重要な、虚栄心の害から守らねばならないものがある。第一には友情だ……」また、葡萄棚の下で食べる日曜の夕食、ひとびとのふれあい、鋭い観察の尽きせぬ源は、素直な藝術家にとっての楽しみ、健康的な喜びであった。「わたしは葉蔭に、光と影の心地よい戯れ、元気で目を惹く一団、そして人間の顔に千差万別の表情で描かれる喜び、酔い、安らぎ、積年の気がかり、子どものような陽気さ、慎み深い恥じらいを見つけた」ジャン＝ジャックも同じことを感じていた、多くの芽に苦しめられた可哀そうな偉人よ！　『ジュールの物語』の作者は、ジャン＝ジャックのように、しかし難なく自然や群衆とつきあう。道すがら画題となる小さな光景をいくつも摘んでゆく、テニールスやオスターデの絵のように明快な光景だ。一例を挙げよう。「右手には噴水があり、青い水を囲んで、召使や見習いのパン職人、下男、おしゃべりな女が集まっている。桶で水を汲む音に混じって楽しく喋り……」この何気なく書かれた平易かつ達意の一節だけで、すでに調和と色彩があるのではないか？

しかし、ここまで言わずにおいたが、テプフェール氏の真の傑作は『牧師館』の第一巻だろう。第一巻に限るのは、最初に公刊された部分であり、それだけで既に完全であり、最良の題材をわれわれに与えてくれ、この精華こそジュネーヴ文学において問題や論争となってきたからだ。続く巻も大いに価値ある重要なもので、言及すべきではあるのだが、土地に深く根差しており、いつもせっかちで軽薄なフランスの読者には向いていない。

ジュネーヴやスイスは現代の田園詩の故郷だ。雄大な山々のふもと、少しめかしこんだ小さな庭で、日々田園詩が作られている、これは傑出した田園詩が書かれない理由でもあるだろう。実践や生活の中にあるものは、理想化されないのだ。描くためには、多少なりとも対象と距離をとる必要がある。愛しすぎるあまり上手く言い表せないというのは、よくある話だ。いずれにせよ、これこそ本当の、サレーヴ山の娘としてその地で生まれた田園詩であり、すべての始まりにして最も神聖な『ナウシカア』★33から『ヘルマンとドロテーア』まで花開いた田園詩を慎ましく引き継ぐに値する。

シャルルが小さな池のほとりで真昼に寝そべり、三羽の泰然とした登場人物、幸せに眠る鴨たちを眺めている。意地悪な欲望に駆られ、池に小石を投げて幸せな三羽を叩き起こす。彼もまた人生

★33——ゲーテの悲劇。ナウシカアは『オデュッセイア』に登場するスケリア島の王女。

で似たような経験をすることになる。シャルルは夢想にふけっている、少し前からかなり夢見がちになっている。聖歌隊長の娘であるルイーズに恋しており、もし貴重な手がかりを信じるならば、あるとき山を下りながらルイーズがそっと手を差し出して繋いでくれた、つまり彼女のほうも密かに好意を抱いていた。しかし聖歌隊長は厳格で真面目で容赦ない人物である。怒ったときに発せられた一言から、シャルルは残酷にも自分が孤児であると知った。可哀そうな少年は、そのときまでそんなことなど考えもしなかった、立派な牧師であるプレヴェール氏は彼にとってよき父だったのだから。孤児がルイーズと結ばれうるだろうか？　その日はまさしくシャルルが池のほとりで夢見ていた日、石で鴨を驚かせた日であり、嵐が轟こうとしていた。プレヴェール氏が牧師館の窓辺で考えこんでいる。シャルルを何年か遠ざけ、友人の住む街に送って勉学を続けさせ、もし神の思召しに適うならば、聖職に就く準備をさせようと決めたのだ。呼びつけられて出立を命じられる前に、何か言われるらしいと察したシャルルは、ちょうどやってきた愛犬ドゥラークに導かれてプレヴェール氏の前から姿をくらました。池から数歩の、牧師館の高台を支える壁に近づくと、茂みの隙間から、横になって昼寝をしている聖歌隊長が見えた。半開きの手紙がポケットから覗いていた。シャルルはその手紙に気づいた！　……誰からの？　シャルルもまたポケットに手紙を詰めこんでいた、六カ月のあいだ常に書き続け、ひとりで読み返し、出さなかった手紙だ。ルイーズの書いた手紙で、それを聖歌隊長がプレヴェール氏に話し、そのせいでプレヴェール氏が物思わしげなのだとしたら？　……シャルルは好奇心に駆られた。寝ている聖歌隊長に近づいたが、眠りは終わりかけていた。傍に這いつくばって読み取ると、確かにルイーズの手紙だった。しかし何の？　突然、予期せぬ動き、眠っている聖歌隊長の震動〔tressaut〕[★34]に遭い、捕まって逃げられなくなった。ドゥラークが間に入ってきた。聖歌隊長は完全に目が覚め、大いに立腹した。ともかく、プレヴェール氏と逍遥しながら話したのち、シャルルがその晩にはジュネーヴへ発つこと、しばらく牧師館を去ること、ルイーズとは永遠に別れ望みを絶たれることが決まった。しかしその夜、途中で道を引き返した。かの場所を訪ね、住まいの最後の物音を聴き、ルイーズが明かりを消すのを見たかった。疑り深く見回っていた聖歌隊長にまた見つかりそうになり、かろうじて教会に逃げこんだ。そこに閉じこもり、一晩を過ごし、疲労と昂奮に押しつぶされて深く眠りこんだ。翌日、起きたら日曜だった。大勢のひとたちが入ってきて、こっそり逃げ出す暇がなかった。さいわい（シャルルは折よく思い出した）パイプオルガンが修理中で、その日は弾かれないはずだ。そこに身を隠した。祈禱が始まった。プレヴェール氏は聖書を開き、これから説教する一節として読み上げた。だれでも、このようなひとりの幼な子を、わたしの名のゆえに受けいれる者は、わたしを受けいれる。[★35]　実際、聖歌隊長

★34——〔原註——身震い〔soubresaut〕、突発〔sursaut〕、といった意味の見事な言葉で、語源は古く、動揺〔tressaillement〕では替えが利かない。〕

★35——「マタイによる福音書」十八章五節、「マルコによる福音書」九章三十七節。

に追い出されてシャルルが去ったという噂は、教区に広まっていた。ひとびとはシャルルに同情し、プレヴェール氏に賛同した。プレヴェール氏は心を痛め、皆の面前でキリスト教的な愁訴を漏らした。雄弁で寛大な説教を聴いたルイーズは、終わるのを待たずに抜け出し、聴衆みなを涙に暮れさせ、厳しい性格の聖歌隊長もほだされた！　三日後、隠れ場所を出てジュネーヴへ来ていたシャルルに手紙が届いた。それは母国の言葉で書かれており、婚約の証に家族の懐中時計が附されていた。

　簡単なあらすじだけでも、興味深い真実へと開かれた構成を見て取れる。自然な描写の基底に、作者の幼いころの記憶があることを、その証拠として述べる必要があるだろうか？　この教区とはサティニーの街だ。幼少期の淡い記憶で描かれるプレヴェール氏のモデルは実在の人物である。今日でも存命であり、確かな話によれば〔ジャン＝イザク＝サミュエル・〕セルリエ氏といって、年齢と職務のため今では腰が曲がっており、現在の大学長の父で、その説教は何度も印刷されたためプロテスタントにはよく知られている。もっとも、プレヴェール氏の見事な説教は、むしろ率直で力強い弁舌の、よきフランスの学派を思い出させるレギュイを参考にしているようだ。[★36]全体的な文体は、わたしが田園詩と呼んでいるものに含まれ、自然かつ清新、些事と偶然に満ち、声音も色調も豊かだ。丈夫な文体である。風景を感じさせる。ふいに出くわす言葉づかいの乱れは、池を囲む緑の葉叢の上の土埃のごとく、容易に拭い去れるだろう。

　『牧師館』の続巻は、独特かつ長大なため、これを読んでいる方々の多くには向いていないし、われわれ批評家にとっても、ずっと興味を保ち続けるのは難しく、それ以降テプフェール氏が才能の頂点にまで至ることはない。ジュネーヴに来たシャルルは、ダーヴェイ牧師の家に住んで勉強を続け、ルイーズやプレヴェール氏や聖歌隊長のレイバズに手紙を書く。返信の中でもとりわけルイーズの手紙は素晴らしく、際立って洗練されている。シャルルの住まいの門番であるシャンパンという者が、かつて親しくしていたレイバズと旧交を温め、間もなく厄介な小説の才能を発揮しはじめる。このシャンパンは土地柄をよく表わしており、かつてのジュネーヴのジャコバン派のような人物だ。作者はシャンパンの手紙によって、市街で一般的な古い言い回しをありのままに描こうとし、他方レイバズの手紙では、都会よりも古くて生き生きとしたフランス語が残っている人里離れた村落の老人たちの言葉を描こうとした。村の言葉こそ「自分の言葉を選ぶとしたら、わたしにとってはこれが最も自然な言葉です」と作者は言う。したがって、婚約者ふたりの展開する物語の裏には文体についての高度な研究があるのだ、作者も一度ならず頭に浮かべたであろうマンゾーニ『婚約者』のようだといえよう。ただ、田舎っぽくもあり都会らしくもあるジュネーヴ言葉を細かな意味

★36――〔原註――レギュイは、フランス革命の少し前の時代に、オーセール教区の主任司祭、次いでガップ教区の主任司祭を務めた。彼の名はフランスの人物伝にはいっさい登場しない、プロテスタントにしか知られていないのだ。力強さと柔らかさという点において、キリスト教の偉大な説教師としての性質を持っている。説教は『牧師の声』という二巻本（ジュネーヴ、一八二九年）で出版されているが、宗教改革派の信徒たちを導くのに相応しいよう、文章には手が入れられている。〕

合いまで再現しようというこだわりゆえ、評価は限定的なものにとどまっている。しかし、一見いささか突飛な提案と思われるだろうが、アカデミー・フランセーズが古語辞典を作ろうとしている今、『牧師館』に集められている昔の田舎の話し言葉は、参照先のひとつとなりうるだろう。いくつかの言葉のたどった数奇な運命について、間違いなく有用な考察を引き出せるはずだ。——感情のほとばしるままにシャルルがルイーズに書き送った多少なりとも真面目な観察記の中には、その土地の歴史的な名士について述べたものもある。エティエンヌ・デュモン氏邸での夕食（第五九の手紙）について書いておこう。国にとって重要な人物に今なお注がれる、世代を越えた紐帯となる尊敬の念が、奥行のある澄んだ色で描かれている。真実を描いた文章を読み、内容を頭に入れていると、フランスと比べたくなる。そんなことは、すべてを呑みこむような浮ついた速さ、流行とか名声とか呼ばれている凡庸さが、美徳を枯れさせ失わせるようなことのなかった社会においてしか、起こらないし保たれないだろうと思うのだ。フランスでは、ある程度の地位に達するや否や、たちまち人間を一通り見てしまう。醜い側面までことごとく知りすぎる。どうしても捨てられない幻想を抱いているか、あえて楽観して大胆になるのでもないかぎり、もはや人間を信じられなくなる。悪く言えば、フランスの有名人の大半は、気をつけないと本当に心を浪費した状態で亡くなる。あちらでは、まだ物事の調和が保たれている。よい側面があまり損なわれていない。謙虚さ、自身と他者に対する尊敬、ある種ゆるやかな生き方が残っており、守られている。ときに窮屈に感じ、劇場が足りないと思う。しかし欠乏感は同時に活力でもあり、劇場にいてさえ満足できず、風に吹かれたら自分が消えそうに感じるような魂の倦怠にとっては、どれほどありがたいことか！

最後に、『牧師館』から、わたしが美しいと感じ入った二通の手紙（第八、第九の手紙）を特別に引用しようと考えた、一通はシャルルの、もう一通はルイーズの手紙だ。ふたりは嵐のときにそれぞれが感じたことを語り合っている。いまルイーズは、牧師館で、湧き立つ雹雲の下で、何をしているだろう？　ある昼下がり、窓辺に肘をついて、シャルルはそう自問する。想像で書いて楽しむ。ルイーズは返信で、嵐がふたりを驚かせていたとき、本当は何をしていたか語る。素敵な一致と不一致！　シャルルの推測は間違っていたが、些細なことだ。出来事については間違っていたが、気持ちについては間違っていなかった。微笑ましい雰囲気は、続いて届いた聖歌隊長からの手紙で、恋人たちの空想を育んでいただけの嵐が、穀物を台無しにし、ある鐘楼に雷を落として、おそらく鐘つき男は亡くなったのだと知らされると、すぐさま重苦しく変わる。生活の卑俗な側面に引き戻されるのだ。もっとも、確かに心惹かれる部分ではあるけれども、わたしがこの一節を挙げるのは、冗長に堕する過ちを避けるためだ。それに、あまりに悲しい、とはいえあるところまで読み進めたら充分に予見できる、この物語の結末は、本で読んでほしい。

およそ文学は民俗の気風と生活の場から生まれるという土地の作者を読み終えるにあたって、これは当初考えていたような純粋に批評的な結論だろうか？　テプフェール氏に対して、一度は藝術の域に到達したのだから留まる努力をすべきだったとか、さらに言えば、あらゆる藝術家の悪い傾向として、とりわけ表舞台に乗らず目利きの熱心な読者を欠く場合、どんどん自制が利かなくなりがちである、と指摘するつもりだったのではないか？　ああ！　違う、何でも言ってやろうとか、あれこれ提案してやろうとかいうお節介は、例の芽にくれてやろう。それよりも、わたし自身が心の中で、彼の描いた穏やかな土地の、さまざまな場所や美しい片隅を思い返す。ひとたびその場所を知った者には、けっしてそこに住めないという無念が残る。慎ましい友情の輪の中、たゆまぬ勉学の只中、多様かつ変わらぬ自然の面前にいたら、実のところ何が欠けているだろうかと問うてみる。最も洗練された見識豊かな場所と掛け値なしに信じられている、場末の小空間がないことは確かだ。それが何だというのか？[★37]　そうした生活で機知や感性が少しでも錆びつくだろうか？　キケロがキリキアで都市だ、都市に留まれ、わが友ルフスよ、その輝きのもとで生きよ[★38]と言ったとおりの情況だろうか？　つまるところ、結局、わずかな語調が台詞を特徴づける。——最大限に強調しても誰も気づかない、わずかな語調だ。基礎があり、幸福かつ賢明で、心の乱脈が治まるならば、どうでもよいことではないか？　レマン湖の女神が名詩人ミツキェヴィチに授けた、実感のこもった詩句が思い出される、先頃フランスがその詩人を慎ましい州と争ったとき、その州は詩人を守ることを諦めなかった。[★39]

われらの果樹園ではすべてが夢となる、
跪いて守られるささやかな幸福となる、
さわやかな思い出となる、田園詩の種となる、
生垣に囲まれた畑も、草原も、
心だけが楽しめるさまざまな喜びとなる、……
立ち直れ！

ここではまさしく田園詩が問題となっていた。これより上手い田園詩の終わり方はあるまい。

★37――ダランベールとルソーの、ジュネーヴに劇場は必要かという論争のこと。
★38――原文ラテン語。キケロ『友人宛書簡集』第二巻第十二章。
★39――アダム・ミツキェヴィチ（一七九八－一八五五）はロシア帝国領に生まれ、パリやローザンヌなどに亡命しながら、失われた祖国を復活させるべくポーランド語で文藝活動を行なった。

ロドルフ・テプフェール［1799–1846］年譜

▼——世界史の事項　●——文化史・文学史を中心とする事項　**太字ゴチの作家『タイトル』**——〈ルリユール叢書〉の既刊・続刊予定の書籍です

一七九九年

一月三十一日（革命暦七年雨月十二日）、フランス領ジュネーヴのサン＝レジェ通りで生まれる。父ヴォルフガング＝アダム（一七六六－一八四七）もジュネーヴ生まれで、シュヴァインフルト出身の家系だがドイツ語を書いたり話したりすることはなかったとされる。ヴォルフガング＝アダムはパリ留学で水彩画を学ぶもフランス革命の勃発により帰国、しばらくは革命による混乱で不如意の生活を送るも、十九世紀に入るとフランス皇后ジョゼフィーヌ・ド・ボアルネやロシア皇后マリア・フョードロヴナにも絵画を買われるほど国際的な画家となる。母ジャンヌ＝アントワネット（一七七四－一八四五）はザクセンの針師の娘。

▼ナポレオンによる、ブリュメール十八日（十一月九日）のクーデターにより、統領政府が成立〔仏〕●C・B・ブラウン『アーサー・マーヴィン』（〜一八〇〇）、『オーモンド』、『エドガー・ハントリー』〔米〕●W・ゴドウィン『サン・レオン』〔英〕●**Fr・シュレーゲル『ルツィンデ』**〔独〕●シュライアマハー『宗教論』〔独〕●リヒテンベルク歿、『箴言集』〔独〕●チョコナイ＝ヴィテーズ『カルニョー未亡人と二人のあわて者』〔ハンガリー〕

一八〇三年　▼一七九八年にフランス総裁政府の後押しで成立した中央集権的なヘルヴェティア共和国が崩壊、ナポレオンの仲裁により以前の盟約者団が復活〔スイス〕▼ナポレオン法典公布、ナポレオン皇帝となる〔仏〕●スタール夫人、ナポレオンによりパリから追放、第一回ドイツ旅行（～〇四）〔仏〕●フォスコロ『詩集』〔伊〕●クライスト『シュロッフェンシュタイン家』〔独〕●ヘルダー歿〔独〕●ポトツキ『サラゴサ手稿』執筆（～一五）〔ポーランド〕

一八一〇年［十一歳］

両親とともにレマン湖を旅し、下ヴァレー地域（ヴァレー州の西側、レマン湖に近い地域）を訪れる。

▼ロシア、大陸封鎖令を破りイギリスと通商再開〔英・露〕▼オランダ、フランスに併合〔蘭〕●**シャトーブリアン『殉教者たち』**〔仏〕●スタール夫人『ドイツ論』〔仏〕●スコット『湖上の美人』〔独〕●W・フンボルトの構想に基づきベルリン大学創設（初代総長フィヒテ）〔独〕クライスト『短篇集』（～一一）〔独〕

一八一二年［十三歳］

父ヴォルフガング＝アダムがパリのサロン（官展）で金賞を獲得する。

▼ナポレオン、ロシア遠征。第六次対仏大同盟〔欧〕▼米英戦争（～一四）〔米・英〕▼シモン・ボリーバル「カルタヘナ宣言」〔ベネズエラ〕●ウィース『スイスのロビンソン』〔スイス〕●ガス灯の本格的導入〔英〕●バイロン『チャイルド・ハロルドの巡礼』（～一八）〔英〕●グリム兄弟『子供と家庭のための童話集』（～二二）〔独〕●**ド・ラ・モット・フケー『魔法の指輪――ある騎士物語』**〔独〕

一八一三年　▼十二月三十日、ナポレオン軍の敗北によりジュネーヴからフランス駐屯部隊が撤退。翌三十一日、ジュネーヴ共和国として独立を回復［スイス］▼モレロス、メキシコの独立を宣言［メキシコ］●オースティン『高慢と偏見』［英］

一八一五年　▼ワーテルローの戦い［欧］▼穀物法制定［英］●バイロン『ヘブライの旋律』［英］●スコット『ガイ・マナリング』［英］●ワーズワース『ライルストーンの白鹿』［英］●ベランジェ『歌謡集』［仏］●Fr・シュレーゲル『古代・近代文学史』［独］●ホフマン『悪魔の霊酒』［独］●アイヒェンドルフ『予感と現在』［独］●ブーク・カラジッチ『セルビア民謡集』［セルビア］

一八一六年［十七歳］

父ヴォルフガング＝アダムが有力な後援者を訪ねるためイギリスへ出張、その間の家長を任される。

この頃から目の不調（飛蚊症のようなもの）に気づく（幼少期からとする伝記もある）。

▼金本位制を採用、ソブリン金貨を本位金貨として制定（一七年より鋳造）［英］▼両シチリア王国成立（～六一）［伊］●コールリッジ「クーブラカーン」、『クリスタベル姫』［英］●P・B・シェリー『アラスター、または孤独の夢』［英］●スコット『好古家』、『宿家主の物語』［英］●オースティン『エマ』［英］●コンスタン『アドルフ』［仏］●グロッシ『女逃亡者』［伊］●ホフマン『夜曲集』［独］●グリム兄弟『ドイツ伝説集』（～一八）［独］●ゲーテ『イタリア紀行』（～一七）［独］●インゲマン『ブランカ』［デンマーク］●フェルナンデス＝デ＝リサルデ『疥癬病みのおうむ』（～三一）［メキシコ］●ウイドブロ『アダム』、『水の鏡』［チリ］

一八一七年［十八歳］

夏から秋にかけて、フランス人の友人ミシェル・ドメルグとともに、シャモニーやグラン・サン＝ベルナールを旅する。

▼全ドイツ・ブルシェンシャフト成立［独］●キーツ『詩集』［英］●バイロン『マンフレッド』［英］●スコット『ロブ・ロイ』［英］●コールリッジ『文学的自叙伝』［英］●レオパルディ『ジバルドーネ』（〜三二）［伊］●プーシキン『自由』［露］

一八一八年［十九歳］

父とともにアヴァンシュやベルンを訪ねる。

この頃いっそう眼病に悩まされ（この頃に発症したとする伝記もある）、父のような画家になりたいという夢を諦める。

▼アーヘン会議［欧］●キーツ『エンディミオン』［英］●スコット『ミドロジアンの心臓』［英］●P・B・シェリー『イスラームの反乱』［英］●M・シェリー『フランケンシュタイン』［英］●ハズリット『英国詩人論』［英］●オースティン『ノーザンガー寺院』、『説得』［英］●コンスタン『立憲政治学講義』（〜二〇）［仏］●シャトーブリアン、「コンセルヴァトゥール」紙創刊（〜二〇）［仏］●ジョフロア・サンティレール『解剖哲学』（〜二〇）［仏］●ノディエ『ジャン・スボガール』［仏］●グリルパルツァー《サッポー》初演［墺］

一八一九年〔二十歳〕

九月にジュネーヴを発ち、リヨンやクレルモン＝フェランを経由してパリに到着、十月から翌年六月まで一年間の留学。眼科の専門医を受診するも改善せず、画家の道を完全に棄て、教師を目指すため古代ギリシア・ラテン語の勉強に励む。パリ大学ではジャン＝フランソワ・ボアソナード（お雇い外国人として日本に近代法学をもたらしたギュスターヴ＝エミール・ボアソナードの父）に師事。

▼カールスバート決議〔独〕●W・アーヴィング『スケッチ・ブック』（〜二〇）〔米〕●P・B・シェリー『チェンチ一族』〔英〕●バイロン『ドン・ジュアン』（〜二四）〔英〕●シェニエ『全集』〔仏〕●ユゴー、「文学保守」誌創刊（〜二一）〔仏〕●レオパルディ『カンツォーネ集――イタリアについて、フィレンツェで準備されているダンテの記念碑について』〔伊〕●ゲーテ『西東詩集』〔独〕●ショーペンハウアー『意志と表象としての世界』〔独〕

一八二〇年〔二十一歳〕

ジュネーヴに戻り、古典文学の研究を続ける。

▼ジョージ三世没、ジョージ四世即位〔英〕▼ナポリで、カルボナリ党の共和主義運動（〜二一）〔伊〕▼リエゴの革命（〜二三）〔西〕●P・B・シェリー『縛めを解かれたプロミーシュース』〔英〕●スコット『アイヴァンホー』〔英〕●マチューリン『放浪者メルモス』〔英〕●ラマルチーヌ『瞑想詩集』〔仏〕●ノディエ『吸血鬼』〔仏〕●ホフマン『牝猫ムルの人生観』、『ブランビラ王女』（〜二一）

〔独〕●テングネール『フリティヨフ物語』〔スウェーデン〕●プーシキン『ルスランとリュドミーラ』〔露〕●小林一茶『おらが春』〔日〕

一八二二年［二十三歳］

ジャン・エイユール牧師の寄宿学校で助教員となる。

●ベドーズ『花嫁の悲劇』〔英〕●ド・クインシー『阿片常用者の告白』〔英〕●バイロン『審判の夢』〔英〕●スコット『ナイジェルの運命』、『ピークのペヴァリル』〔英〕●スタンダール『恋愛論』〔仏〕●フーリエ『家庭・農業組合概論』〔仏〕●ノディエ『トリルビー』〔仏〕●マンゾーニ『アデルキ』〔伊〕●ミツキエヴィチ『バラードとロマンス』〔ポーランド〕●プーシキン『カフカースの捕虜』〔露〕

一八二三年［二十四歳］

十一月六日、妹ニネットの友人であるアンヌ＝フランソワーズ・ムリニエ（一八〇一－五七）と結婚。

▼モンロー主義宣言〔米〕●クーパー『開拓者』〔米〕●ロンドン（リージェンツ・パーク）でダゲールのジオラマ館開館（〜五一）〔英〕●スコット『クウェンティン・ダーワード』〔英〕●ラム『エリア随筆』（〜三三）〔英〕●クレール・ド・デュラス『ウーリカ』〔仏〕●ミツキエヴィチ『父祖たちの祭り』（〜三二）〔ポーランド〕

一八二四年〔三十五歳〕

古代ギリシア文学の専門家であることを示すべく『デモステネス政治演説集』(共著) を刊行。エイユール牧師の寄宿学校を辞め、妻の持参金をもとにサン＝タントワーヌ通りに自身の寄宿学校を開く。スイスに多くあった国際寄宿学校と同じく、生徒の大半は外国人だった。

▼イギリスで団結禁止法廃止、労働組合結成公認〔英〕●クーパー『水先案内人』〔米〕●ランドー『空想対話篇』〔英〕●M・R・ミットフォード『わが村』〔英〕●ホッグ『疑いのはれた罪人の私的手記と告白』〔英〕●レオパルディ『カンツォーネ集』〔伊〕●ライムント《精霊王のダイヤモンド》上演〔墺〕●**ティーク『旅人たち』**〔独〕●ハイネ『ハールツ紀行』〔独〕●W・ミュラー『冬の旅』〔独〕●コラール『スラーヴァの娘』〔スロヴァキア〕●インゲマン『ヴァルデマー大王とその臣下たち』〔デンマーク〕●アッテルボム『至福の島』(〜二七)〔スウェーデン〕

一八二五年〔三十六歳〕

自身の生徒たちと最初の徒歩旅行。以後この徒歩旅行は一八四二年まで続く。旅行記を生徒たちのために挿絵つきで書いたのが、のちのマンガの原型となる。

▼ニコライ一世、即位〔露〕▼デカブリストの乱〔露〕▼外国船打払令〔日〕●ロバート・オーエン、米インディアナ州にコミュニティ「ニュー・ハーモニー村」を建設〔米〕●世界初の蒸気機関車、ストックトン〜ダーリントン間で開通〔英〕●ハズリッ

ト『時代の精神』［英］●盲人ルイ・ブライユ、六点式点字法を考案［仏］●ブリア＝サヴァラン『味覚の生理学（美味礼讃）』［仏］
●プーシキン『ボリス・ゴドゥノフ』、『エヴゲーニー・オネーギン』（〜三三）［露］

一八二七年［二十七歳］

友人や生徒たちに見せるため、最初の絵物語『ヴィユ・ボワ氏』を描く（出版は一八三七年）。
▼ナバリノの海戦［欧］●クーパー『赤い海賊』［米］●ド・クインシー『殺人芸術論』［英］●スタンダール『アルマンス』［仏］
●ネルヴァル訳ゲーテ『ファウスト（第一部）』［仏］●レオパルディ『オペレッテ・モラーリ』［伊］●マンゾーニ『婚約者』（改訂版、四〇–四二）［伊］●ベートーヴェン歿［独］●ベデカー、旅行案内書を創刊［独］●ハイネ『歌の本』［独］

一八二九年［二十九歳］

二作目の絵物語『フェステュス博士』を描く（出版は一八四〇年）。
▼カトリック教徒解放令の成立［英］▼アドリア・ノープルの和［露・土］●ロンドンで初の乗合馬車（オムニバス）営業開始［英］
●「両世界評論」「パリ評論」創刊［仏］●サント＝ブーヴ『ジョゼフ・ドロルムの生涯と詩と意見』［仏］●バルザック『ふくろう党』、『結婚の生理学』［仏］●ノディエ『大革命覚書』［仏］●サン＝シモン『回想録』（〜三〇）［仏］●フーリエ『産業・組合新世界』［仏］●ユゴー『死刑囚最後の日』［仏］●グラッベ《ドン・ジュアンとファウスト》初演［独］●プラーテン『ロマン的オイディプス』［独］●ゲーテ『ヴィルヘルム・マイスターの遍歴時代』［独］

一八三〇年〔三十歳〕

「ジュネーヴ万有文庫」誌の共同執筆者となる。

絵物語『クリプトガム氏』を描く（出版一八四六年）。

▼ジョージ四世歿、ウィリアム四世即位〔英〕▼七月革命〔仏〕▼ギリシア独立〔希〕▼十一月蜂起〔ポーランド〕▼ベルギー、独立宣言〔白〕▼セルビア自治公国成立、ミロシュ・オブレノビッチがセルビア公に即位〔セルビア〕●ライエル『地質学原理』（〜三三）〔英〕●コント『実証哲学講義』（〜四二）〔仏〕●ドラクロワ《民衆を導く自由の女神》〔仏〕●フィリポン、「カリカチュール」創刊〔仏〕●ユゴー《エルナニ》初演、古典派・ロマン派の間の演劇論争に〔仏〕●スタンダール『赤と黒』〔仏〕●メリメ『エトルリアの壺』〔仏〕●**ノディエ『ボヘミア王と七つの城の物語』**〔仏〕●クロアチアを中心に南スラブの文化的覚醒をめざすイリリア運動〔クロアチア〕●リュデビット・ガイ『クロアチア・スラボニア語正書法の基礎概略』〔クロアチア〕●ヴェルゲラン『創造、人間、メシア』〔ノルウェー〕●チュッチェフ『キケロ』、『沈黙』〔露〕●プーシキン『ベールキン物語』〔露〕

一八三一年〔三十一歳〕

絵物語『ジャボ氏』（出版一八三五年）、『ペンシル氏』（出版一八四〇年）を描く。

友人のフレデリック・ソレがゲーテにテプフェールの旅行記と絵物語の草稿を送る。ゲーテから熱烈な讃辞を貰い、出版を決意する。

▼マッツィーニ、青年イタリア党結成〔伊〕●ピーコック『奇想城』〔英〕●ユゴー『ノートル＝ダム・ド・パリ』〔仏〕●レオパルディ『カンティ』〔伊〕●グラッベ『ナポレオン、一名百日天下』〔独〕●フィンランド文学協会設立〔フィンランド〕●ゴーゴリ『ディカニカ近郷夜話』（～三二）〔露〕

一八三二年〔三十二歳〕

「ジュネーヴ万有文庫」誌に短編小説「**伯父の書斎**」（一月号）、「牧師館」（十二月号）掲載。

ジュネーヴ・アカデミー（のちのジュネーヴ大学）の修辞学教授となる。

▼第一次選挙法改正〔英〕▼天保の大飢饉〔日〕●リージェンツ・パークに巨大パノラマ館完成〔英〕●エ・マーティノー『経済学例解』（～三四）〔英〕●ブルワー＝リットン『ユージン・アラム』〔英〕●F・トロロープ『内側から見たアメリカ人の習俗』〔英〕●ガロア、決闘で死亡〔仏〕●パリ・オペラ座で、パレエ《ラ・シルフィード》初演〔仏〕●ノディエ『パン屑の妖精』〔仏〕〔英〕●クラウゼヴィッツ『戦争論』（～三四）〔独〕●ゲーテ歿、『ファウスト』（第二部、五四初演）〔独〕●メーリケ『画家ノルテン』〔独〕●アルムクヴィスト『いばらの本』（～五二）〔スウェーデン〕●ルーネベリ『ヘラジカの射手』〔フィンランド〕

一八三三年〔三十三歳〕

「ジュネーヴ万有文庫」誌に短編小説「**恐怖**」（四月号）、「退屈した男」（十二月号）掲載。

▼オックスフォード運動始まる〔英〕▼第一次カルリスタ戦争（～三九）〔西〕●シムズ『マーティン・フェイバー』〔米〕●ポー『瓶

から出た手記』〔米〕●カーライル『衣服哲学』(〜三四)〔英〕●バルザック『ウージェニー・グランデ』〔仏〕●ラウベ『若きヨーロッパ』(〜三七)〔独〕●ホリー『スヴァトプルク』〔スロヴァキア〕●プーシキン『青銅の騎士』、『スペードの女王』〔露〕●ホミャコーフ『僭称者ドミートリー』〔露〕

一八三四年〔三十四歳〕

ジュネーヴの評議会委員となる。

「ジュネーヴ万有文庫」誌に短編小説「**遺産**」「エリザとヴィドマー」(三月号)、論説「ド・ソシュールの旅行記における絵画的《ピトレスク》な部分について」(九月号)掲載。

▼ドイツ関税同盟〔独〕●エインズワース『ルークウッド』〔英〕●ブレシントン伯爵夫人『バイロン卿との対話』〔英〕●ブルワー＝リットン『ポンペイ最後の日々』〔英〕●マリアット『ピーター・シンプル』〔英〕●シムズ『ガイ・リヴァーズ』〔米〕●ミュッセ『戯れに恋はすまじ』、『ロレンザッチョ』〔仏〕●バルザック『絶対の探求』〔仏〕●スタンダール『リュシヤン・ルーヴェン』(〜三五)〔仏〕●ヴァン・アッセルト『桜草』〔白〕●ララ『病王ドン・エンリケの近侍』〔西〕●ハイネ『ドイツ宗教・哲学史考』〔独〕●ミツキエヴィチ『パン・タデウシュ』〔ポーランド〕●スウォヴァツキ『コルディアン』〔ポーランド〕●フレドロ《復讐》初演〔ポーランド〕●プレシェルン『ソネットの花環』〔スロヴェニア〕●レールモントフ『仮面舞踏会』(〜三五)〔露〕●ベリンスキー『文学的空想』〔露〕

一八三五年［三十五歳］

「ジュネーヴ万有文庫」誌に論説「進歩について、小市民と学校教師との関係において」（二月号）掲載。

▼フェルディナンド一世、即位［墺］●モールス、電信機を発明［米］●シムズ『イエマシー族』、『パルチザン』［米］●ホーソーン『若いグッドマン・ブラウン』［米］●R・ブラウニング『パラケルスス』［英］●クレア『田舎の詩神』［英］●トクヴィル『アメリカのデモクラシー』［仏］●ヴィニー『軍隊の服従と偉大』［仏］●バルザック『ゴリオ爺さん』［仏］●ゴーチエ『モーパン嬢』［仏］●スタンダール『アンリ・ブリュラールの生涯』（〜三六）［仏］●シーボルト『日本植物誌』［独］●**ティーク**『**古文書と青のなかへの旅立ち**』［独］●**ビューヒナー**『**ダントンの死**』、『**レンツ**』（〜三九）［独］●グッコー『懐疑の女ヴァリー』［独］●クラシンスキ『非＝神曲』［ポーランド］●アンデルセン『即興詩人』、『童話集』［デンマーク］●レンロット、民謡・民間伝承収集によるフィンランドの叙事詩『カレワラ』を刊行［フィンランド］●ゴーゴリ『アラベスキ』、『ミルゴロド』［露］

一八三六年［三十六歳］

「ジュネーヴ万有文庫」誌に短編小説「**アンテルヌ峠**」（五月号）、「**ふたりの囚われ人**」（十一月号）掲載。

▼ロンドン労働者協会結成［英］●エマソン『自然論』［米］●ハリバートン『時計師、あるいはスリックヴィルのサム・スリック君の言行録』［カナダ］●マリアット『海軍見習士官イージー』［英］●ディケンズ『ボズのスケッチ集』［英］●E・B・ブラウニング『セラフィムおよびその他の詩』［英］●ラマルチーヌ『ジョスラン』［仏］●バルザック『谷間のゆり』［仏］●ミュッ

セ『世紀児の告白』〔仏〕●インマーマン『エピゴーネン』〔独〕●ハイネ『ロマン派』〔独〕●ヴェレシュマルティ『檄』〔ハンガリー〕●マーハ『五月』〔チェコ〕●シャファーリク『スラヴ古代文化』(～三七)〔スロヴァキア〕●クラシンスキ『イリディオン』〔ポーランド〕●プレシェルン『サヴィツァ河畔の洗礼』〔スロヴェニア〕●ブーク・カラジッチ『セルビア俚諺集』〔セルビア〕●ゴーゴリ《検察官》初演、『鼻』、『幌馬車』〔露〕●プーシキン『大尉の娘』〔露〕

一八三七年〔三十七歳〕

「ジュネーヴ万有文庫」誌に短編小説「**渡航**」(五月号)、「**ジェール湖**」(六月号)、「**トリヤン渓谷**」(十月号)、「**アンリエット**」(十一・十二月号)掲載。

絵物語『クレパン氏』を描き、同年に刊行。

▼ヴィクトリア女王即位〔英〕▼大塩平八郎の乱〔日〕●ホーソーン『トワイス・トールド・テールズ』〔米〕●エマソン『アメリカの学者』〔米〕●カーライル『フランス革命』〔英〕●ロックハート『ウォルター・スコット伝』(～三八)〔英〕●ディケンズ『ピックウィック・クラブ遺文録』〔英〕●カーライル『フランス革命』〔英〕●ダゲール、銀板写真術を発明〔仏〕●バルザック『幻滅』(～四三)〔仏〕●スタンダール『イタリア年代記』(～三九)〔仏〕●クーザン『真・善・美について』〔仏〕●「道標」誌創刊〔蘭〕●ブレンターノ『ゴッケル物語』〔独〕●ヴェレシュマルティ、バイザら「アテネウム」誌創刊〔ハンガリー〕●コラール『スラヴィ諸民族と諸方言の文学上の相互交流について』〔スロヴァキア〕●ブーク・カラジッチ『モンテネグロとモンテネグロ人』〔セルビア〕●レールモントフ『詩人の死』〔露〕

一八三八年［三十八歳］

ジュネーヴで短編集『**ジュールの物語**』（「**ふたりの囚われ人**」「**伯父の書斎**」「**アンリエット**」をまとめたもの。『**ジュネーヴ短編集**』では三作まとめて「**伯父の書斎**」となっている）刊行。

グザヴィエ・ド・メーストル（一七六三－一八五二）と文通をはじめる。

▼チャーティスト運動（～四八）［英］●ポー『アーサー・ゴードン・ピムの物語』［米］●エマソン『神学部講演』［米］●ロンドン・バーミンガム間に鉄道完成［英］●初めて大西洋に定期汽船が就航［英］●ディケンズ『オリヴァー・ツイスト』［英］●コンシェンス『フランデレンの獅子』［白］●メーリケ『詩集』［独］●フライリヒラート『詩集』［独］●インマーマン『ミュンヒハウゼン』（～三九）［独］●レールモントフ『悪魔』、『商人カラーシニコフの歌』［露］

一八三九年［三十九歳］

短編小説「牧師館」に加筆し、長編小説として刊行。

「ジュネーヴ万有文庫」誌に短編小説「**グラン・サン＝ベルナール**」（十二月号）掲載。

パリを訪れていたグザヴィエ・ド・メーストルが、出版者シャルパンティエと批評家サント＝ブーヴにテプフェールの作品を紹介し、フランスで出版するよう勧める。「両世界評論」誌に掲載されたサント＝ブーヴによるグザヴィエ・ド・メーストルの評伝で、そのいきさつが述べられる。

▼反穀物法同盟成立〔英〕▼ルクセンブルク大公国独立〔ルクセンブルク〕▼オスマン帝国、ギュルハネ勅令、タンジマートを開始（〜五六）〔土〕●ディケンズ『ニコラス・ニクルビー』〔英〕●マリアット『幽霊船』〔英〕●エインズワース『ジャック・シェパード』〔英〕●C・ダーウィン『ビーグル号航海記』〔英〕●フランソワ・アラゴー、パリの科学アカデミーでフランス最初の写真技術ダゲレオタイプを公表〔仏〕●スタンダール『パルムの僧院』〔仏〕●**ティーク『人生の過剰』**〔独〕●グリム兄弟『ドイツ語辞典』編集開始（〜六一）〔独〕

一八四〇年〔四十歳〕

パリ在住の従兄で出版者でもあるジャック＝ジュリアン・ドゥボシェ（一七九八－一八六八）と文通をはじめる。サント＝ブーヴの求めに応じ、自身の半生を書き送る。

▼ヴィクトリア女王、アルバート公と結婚〔英〕▼アヘン戦争（〜四二）〔英・中〕●「ダイアル」誌創刊（〜四四）〔米〕●ポー『グロテスクとアラベスクの物語』〔米〕●ペニー郵便制度を創設〔英〕●P・B・シェリー『詩の擁護』〔英〕●エインズワース『ロンドン塔』〔英〕●R・ブラウニング『ソルデッロ』〔英〕●ユゴー『光と影』〔仏〕●メリメ『コロンバ』〔仏〕●サント＝ブーヴ『ポール＝ロワイヤル』（〜五九）〔仏〕●エスプロンセダ『サラマンカの学生』〔西〕●ヘッベル《ユーディット》初演〔独〕●シトゥール『ヨーロッパ文明に対するスラヴ人の功績』〔スロヴァキア〕●シェフチェンコ『コブザーリ』〔露〕●レールモントフ『ムツイリ』、『詩集』、『現代の英雄』〔露〕

一八四一年［四十一歳］
「両世界評論」誌にサント＝ブーヴによるテプフェールの評伝が掲載される。
パリでシャルパンティエから『**ジュネーヴ短編集**』刊行。序文にはグザヴィエ・ド・メーストルが出版者にテプフェールのフランスでの刊行を勧めた手紙がそのまま掲載されている。
▼天保の改革［日］●ゴットヘルフ『下男ウーリはいかにして幸福になるか』［スイス］●クーパー『鹿殺し』［米］●ポー『モルグ街の殺人』［米］●エマソン『第一エッセイ集』［米］●絵入り週刊誌「パンチ」創刊［英］●カーライル『英雄と英雄崇拝』［英］●ディケンズ『骨董屋』、『バーナビー・ラッジ』［英］●フォイエルバッハ『キリスト教の本質』［独］●エルベン『チェコの民謡』（～四五）［チェコ］●スウォヴァツキ『ベニョフスキ』［ポーランド］●シェフチェンコ『ハイダマキ』［露］●A・K・トルストイ『吸血鬼』［露］

一八四二年［四十二歳］
生徒たちとツェルマットに徒歩旅行、これが最後となる。
アメリカで『ヴィユ・ボワ氏』が翻訳され『オバディア・オールドバック氏の冒険』という英題で刊行される。
▼カヴール、農業組合を組織［伊］▼南京条約締結［中］●ゴットヘルフ『黒い蜘蛛』［スイス］●「イラストレイテッド・ロンドン・ニューズ」創刊［英］●ミューディ貸本屋創業［英］●ブルワー＝リットン『ザノーニ』［英］●テニスン『詩集』［英］●マコー

リー『古代ローマ詩歌集』〔英〕●ベルトラン『夜のガスパール』〔仏〕●**シュー『パリの秘密』**(~四三)〔仏〕●バルザック〈人間喜劇〉刊行開始(~四八)〔仏〕●**マンゾーニ『汚名柱の記』**〔伊〕●ハイネ『アッタ・トロル』〔独〕●ビューヒナー『レオンスとレーナ』〔独〕●ドロステ=ヒュルスホフ『ユダヤ人のぶなの木』〔独〕●ゴーゴリ『死せる魂(第一部)』〔露〕

一八四三年〔四十三歳〕

従兄ドゥボシェがパリで「イリュストラシオン」誌を創刊。

この頃から健康状態が優れず、六月から七月にかけて湯治でラヴェイに滞在。

▼オコンネルのアイルランド解放運動〔愛〕●ポー『黒猫』、『黄金虫』、『告げ口心臓』〔米〕●ラスキン『近代画家論』(~六〇)〔英〕●カーライル『過去と現在』〔英〕●トマス・フッド「シャツの歌」〔英〕●ユゴー《城主》初演〔仏〕●ガレット『ルイス・デ・ソーザ修道士』〔ポルトガル〕●ヴァーグナー《さまよえるオランダ人》初演〔独〕●クラシェフスキ『ウラーナ』〔ポーランド〕●キェルケゴール『あれか、これか』〔デンマーク〕●ゴーゴリ『外套』〔露〕

一八四四年〔四十四歳〕

七月から九月にかけて湯治でヴィシーに滞在。

パリでドゥボシェから『ジグザグの旅』と**『ジュネーヴ短編集』**(著者による挿絵つき版)刊行。

▼バーブ運動、開始〔イラン〕●ホーソーン『ラパチーニの娘』〔米〕●タルボット、写真集『自然の鉛筆』を出版(~四六)〔英〕

●R・チェンバース『創造の自然史の痕跡』［英］●ターナー《雨、蒸気、速度―グレート・ウェスタン鉄道》［英］●ディズレーリ『コニングスビー』［英］●キングレーク『イオーセン』［英］●サッカレー『バリー・リンドン』［英］●シュー『さまよえるユダヤ人』連載（〜四五）［仏］●デュマ・ペール『三銃士』、『モンテ＝クリスト伯』（〜四五）［仏］●シャトーブリアン『ランセ伝』［仏］●バルベー・ドールヴィイ『ダンディスムとG・ブランメル氏』［仏］●シュティフター『習作集』（〜五〇）［墺］●ハイネ『ドイツ・冬物語』、『新詩集』［独］●フライリヒラート『信条告白』［独］●ヘッベル『ゲノフェーファ』［独］

一八四五年［四十五歳］

絵画でも文学でもない、両者を組み合わせた藝術「版画文学」の理論書として『観相学試論』を発表。「イリュストラシオン」誌に『クリプトガム氏』連載、続いて『観相学試論』の抜粋が掲載される。

四月から五月にかけて湯治でヴィシーに滞在。

五月四日、母ジャンヌ＝アントワネット歿（七十一歳）。

教師を続けるのは困難と考え、寄宿学校を譲渡する。

▼アイルランド大飢饉［愛］▼第一次シーク戦争開始［印］●ポー『盗まれた手紙』、『大鴉その他』［米］●ディズレーリ『シビルあるいは二つの国民』［英］●メリメ『カルメン』［仏］●**レオパルディ**『**断想集**』［伊］●マルクス、エンゲルス『ドイツ・イデオロギー』［独］●エンゲルス『イギリスにおける労働者階級の状態』［独］●**A・V・フンボルト**『**コスモス**』（第一巻）［独］●ミュレンホフ『シュレースヴィヒ・ホルシュタイン・ラウエンブルク公国の伝説、童話、民謡』［独］●**ペタル二世ペトロビッ**

チ＝**ニェゴシュ『小宇宙の光』**〔セルビア〕●キルケゴール『人生行路の諸段階』〔デンマーク〕

一八四六年〔四十六歳〕

六月八日、サン・ピエール通りの自宅で亡くなり、プランパレ墓地に埋葬される。

▼米墨戦争（～四八）〔米・墨〕▼穀物法撤廃〔英〕●リア『ノンセンスの絵本』〔英〕●サッカレー『イギリス俗物列伝』（～四七）〔英〕●ホーソーン『旧牧師館の苔』〔米〕●メルヴィル『タイピー』〔米〕●バルザック『従妹ベット』〔仏〕●サンド『魔の沼』〔仏〕●ミシュレ『民衆』〔仏〕●メーリケ『ボーデン湖の牧歌』〔独〕●フルバン『薬売り』〔スロヴァキア〕●ドストエフスキー『貧しき人々』、『分身』〔露〕

一八四七年

八月十日、父ヴォルフガング＝アダム歿（八十一歳）。

▼婦人と少年の十時間労働を定めた工場法成立〔英〕●プレスコット『ペルー征服史』〔米〕●エマソン『詩集』〔米〕●ロングフェロー『エヴァンジェリン』〔米〕●メルヴィル『オムー』〔米〕●サッカレー『虚栄の市』（～四八）〔英〕●E・ブロンテ『嵐が丘』〔英〕●A・ブロンテ『アグネス・グレイ』〔英〕●C・ブロンテ『ジェイン・エア』〔英〕●ミシュレ『フランス革命史』（～五三）〔仏〕●ラマルチーヌ『ジロンド党史』〔仏〕●ラディチェヴィチ『詩集』〔セルビア〕●**ペタルニ世ペトロビッチ**＝**ニェゴシュ『山の花環』**〔セルビア〕●ラディチェビッチ『詩集』〔セルビア〕●ネクラーソフ『夜中に暗い夜道を乗り行けば…』〔露〕●ゲルツェン『誰

の罪か？』〔露〕●ゴンチャローフ『平凡物語』〔露〕●ツルゲーネフ『ホーリとカリーヌイチ』〔露〕●グリゴローヴィチ『不幸なアントン』〔露〕●ゴーゴリ『友人との往復書簡選』〔露〕●ベリンスキー『ゴーゴリへの手紙』〔露〕

一八五七年

妻アンヌ＝フランソワーズ歿（五十六歳）。

▼インド大反乱（〜五八）〔印〕●サウス・ケンジントン博物館（現・ヴィクトリア&アルバート博物館）開館〔英〕●ディケンズ『リトル・ドリット』〔英〕●ヒューズ『トム・ブラウンの学校生活』〔英〕●サッカレー『バージニアの人々』（〜五九）〔英〕●トロロープ『バーチェスターの塔』〔英〕●ミレー《晩鐘》（〜五九）、《落穂拾い》〔仏〕●ボードレール『悪の華』〔仏〕●ゴーチエ『ミイラ物語』〔仏〕●シャンフルーリ『写実主義』〔仏〕●シュティフター『晩夏』〔墺〕●ビョルンソン『日向が丘の少女』〔ノルウェー〕

一八六〇年

息子フランソワ・テプフェールによって忠実に描き写された版画物語七作がパリでガルニエから刊行される。

▼英仏通商（コブデン＝シュバリエ）条約〔欧〕▼ガリバルディ、シチリアを平定〔伊〕▼桜田門外の変〔日〕●ブルクハルト『イタリア・ルネサンスの文化』〔スイス〕●ホーソーン『大理石の牧神像』〔米〕●ソロー『キャプテン・ジョン・ブラウンの弁護』、『ジョン・ブラウン最期の日々』〔米〕●G・エリオット『フロス河の水車場』〔英〕●ボードレール『人工楽園』〔仏〕●ムルタトゥリ『マックス・ハーフェラール』〔蘭〕●ドストエフスキー『死の家の記録』〔露〕●ツルゲーネフ『初恋』、『その前夜』〔露〕

訳者解題

スイス文学とは何だろう?

　スイス文学を定義するのは、簡単ではありません。いわゆる「スイス語」なるものは存在しないため、言語による定義ができないからです。現在スイスではフランス語、ドイツ語、イタリア語、ロマンシュ語が公用語とされており、地域ごとに異なった言語、さらには各語圏の中でも多様な方言が使われています。そしてスイスという国もまた自明の存在ではありません。今日のスイスの原形とされるのは、ハプスブルク家の支配に対抗して自治権を守るため一二九一年に結ばれた永久盟約ですが、最初はウーリ、シュヴィーツ、ウンターヴァルデンの三州で始まったこの盟約が次第に加盟州を増やして現在のスイスになった、というほど単純な経緯ではありません。各州とも対等な自治権を持つ連邦国家となったのは、一七九八年にフランス共和国軍による侵攻を受け、一旦ヘルヴェティア共和国という中央集権国家となるも、一八〇三年にナポレオン調停法によって連邦制となったのがはじまりです。また、フランス領となっていたヴァレー、ヌーシャテル、ジュネーヴがスイス連邦に加盟するのは、一八一五年のウィーン会議を待たねばなりません。

あらかじめ定義をするのが難しいのであれば、実際の作品を見てゆくほかありませんが、ここに『ジュネーヴ短編集』として訳したロドルフ・テプフェールの短編小説群は、前述のようにフランス革命を経てスイスが十九世紀前半に国民国家として成立しつつあった時期の作品であり、言語はフランス語でありながら、パリを中心とするフランスの文壇に合わせるのではなくスイスの地域性を文学に表わそうとした最初期の試みでした。スイスらしいフランス語とは、いったいどのようなものか。直接その特徴を挙げるのは難しいですが、ここではむしろ『ジュネーヴ短編集』に現われる地の文とは異なる言語に着目し、何を自分と違うものと看做しているかを測ることで、逆説的に浮き彫りにしてみようと思います。

古代／学校《クラシック》の言語

『ジュネーヴ短編集』において重要な地位を占めているフランス語でない言語のひとつは、ラテン語です。スイス語なるものが存在しない以上、古典となるとラテン語まで遡らざるをえませんが、テプフェールの場合、ヨーロッパにおける一般的な教養としての古典語というだけでなく、人生にとって重要な科目でもありました。というのも、テプフェールは当初から作家を目指していたわけではないからです。

ロドルフ・テプフェールは一七九九年にフランス領ジュネーヴで生まれました。父ヴォルフガング＝アダムもジュネーヴ生まれで、シュヴァインフルト出身の家系ですがドイツ語を書いたり話したりすることはなかったとされます。パリ留学で水彩画を学ぶもフランス革命の勃発により帰国、しばらくは革命による混乱で不如意の生活を送りますが、十九世紀に入るとフランス皇后ジョゼフィーヌ・ド・ボアルネやロシア皇后マリア・フョードロヴナにも絵画を買われるほど国際的な画家となっていました。一八一二年にはパリのサロン（官展）で金賞を獲得、一八一六年には後援者を訪ねるためイギリスに出張しています。

ロドルフは、こうした父の風景画取材に同行し、少年の頃からサヴォワを旅していました。学校教育を終えたらイタリアで絵画修行する心積もりもしていたのです。ところが十九歳の頃、目の不調（飛蚊症のようなもの）が悪化し、専門的な眼科治療を受けるため留学先をパリに変更します。このパリ留学はロドルフにとって生涯唯一のパリ滞在であり、さまざまな分野の学識を豊かにする上でも、またフランス語話者ではあるがフランス人ではないという自覚を強める上でも大いに影響を及ぼしましたが、第一目的であった眼病の改善は叶いませんでした。留学中に画家の道を棄てる決意を固め、以降は教師を目指すべく古代ギリシア・ラテン語の勉強に励みます。

つまりテプフェールにとって古代ギリシア・ラテン語は、父のような画家になるという夢を諦め、手に職をつけるために遅い年齢から始めた勉強だったのです。パリ留学も終わりに近づいた一八二〇年五月、このように母親へ書き送っています。

この道を採るには、まず自尊心と呼ばれるものを多分に捨てねばなりません、これはわたしがこれまで依怙地だった理由としては決して小さくないのです、というのも、わたしがかつて目指せたはずの自立した画家と、ギリシア語やラテン語の授業をする教師とでは、少なくとも自尊心にかかわることについて、隔たりがあるからです。したがって、大いに、そしてしばしば退屈することを受け入れねばなりません、といっても成功すれば何でもないのです。それに、もしパパに訊いたら、画家には画家の退屈があると言うでしょう。

確かに、古代ギリシア・ラテン語は学校教育の科目として設定されていましたから、その教師を目指すのは打算的な路線変更としては有効な選択肢です。むしろ画家よりも職にあぶれる心配は少ないかもしれません。けれども「成功すれば何でもない」というときの「成功」とは、経済的あるいは社会的な成功ではあっても、自己実現という意味ではないのです。

テプフェールは、進路変更して早くも四年後には、古代ギリシア文学の専門家であることを示すべく『デモステネス政治演説集』（共著）を刊行します。そして同じく一八二四年、妻の持参金をもとに自身の寄宿学校を開きました。同年十二月の手紙では、こう書いています。

デモステネスの作品は、わたしを知らしめるためにとても都合のよいところでやってきました、そして、厳し目に判断したとしても、今なお学識の保証のようなものとなっており、肩書きのない人間にとっては非常に有用なのです。

テプフェールが古典文学について学術的な研究を行なったのはここまでで、これ以降は自身の小説や旅行記、生徒を楽しませるための絵物語、批評であっても同時代の文藝・美術についての批評を書くようになります。もとより古典文学の専門家を目指していたのではありませんから、教師としての経歴が軌道に乗ってくれれば研究を辞めてしまうのは致し方ありません。

では、小説の中でラテン語はどのように登場していたでしょうか。フランス語、あるいはヨーロッパの文学では、ラテン語の一節を格言のように引用して、自著の箔づけに使うことが多々あります。しかしテプフェールの場合、『ジュネーヴ短編集』においてラテン語はむしろ無味乾燥で時代遅れという印象を喚起し、またラテン語を多用する登場人物は堅物という設定になっています。滑稽さを演出するための道具となっているのです。

テプフェールが最初に著した短編小説、そして『ジュネーヴ短編集』にも収録されている「伯父の書斎」は、導入にあたる前口上に続いて、ラテン語の家庭教師であるラタン先生（M. Ratin）の授業で「テレマックの冒険」を拙いラテン語に訳す場面から始まります。主人公のジュールは、テレマックの物語を通して恋心という感情を覚えたものの、ラタン先生が恋愛に対してあまりに禁欲的な指導をするため、テレマックを恋人ユーカリスと別れさせたメントルを褒めるような意見を述べざるを得なくなり、物語を充分に楽しめず、それどころか後々まで尾を引く影響を被ったといいます。

これがわたしの初恋だった。まったく架空の恋だったから、続きも何もないのだが、ラタン氏の話によってこうして恋が抑制されたことは、わたしの他の恋に、この後の物語で見られるであろう、ある特徴を与えたのだ。（本書一九頁）

「この後の物語で見られるであろう、ある特徴」とは、恋に臆病で、好意を抱いた女性がいても引っこみ思案なためになかなか声をかけられない性格のことです。科目としてのラテン語教育が、作品本来の魅力を損なうのみならず、青少年の活力をも奪ったというのです。

もっとも、ラタン先生は単に押しつけがましい教師として悪しざまに描かれているわけではありません。むしろ主人公ジュールによる人物評では、人間的な、それゆえ生徒から見ると面白く憎めない先生となっています。

考えてみると、わたしの先生は奇妙な人物だった。道徳的だが衒学的、尊敬すべきだが笑うべき、それゆえ立派でもあり滑稽でもあるという印象だった。けれども、誠実さに導かれ、規範に律せられていたから、それらが行動と一致していたときは、いかにラタン氏が可笑しく見えようとも、器用で良識ある、しかしわたしに守らせようとする教訓と彼自身の守っている教訓が少しでも違っていると違和感を持ってしまうような先生よりも、わたしに大きな影響力を与えたのだ。

先生は極度の恥ずかしがり屋だった。道徳に反するといってテレマックを何ページか丸ごと飛ばし、わたしが惚れっぽいカリュプソに好意を抱かぬよう細心の注意を払い、世に出たらカリュプソのように危険な女性とたくさん出くわすことになると警告した。カリュプソを憎んでいたのだ。いくら女神でもカリュプソは大嫌いだった。ラテン語の作家については、イエズス会士ジュヴァンシーによる検閲済の版しか読まないようにしていた。そのうえ、この慎み深いイエズス会士が危険でないと考えた箇所さえもたくさん飛ばした。（本書二一一頁）

ここには、誠実に生徒と向き合おうとすればするほど立場上ときには抑圧的にならざるを得ない教師という職業そのものの宿命、そして相応の年齢の生徒であればそれを見抜いているであろうと分かっていてもなお平静を装って指導を続けねばならない悲哀を読み取れます。すでに教師を務めていた作者テプフェールは、主人公ジュールだけでなく、ラタン先生のほうにも近い立場であるはずです。

さらに「伯父の書斎」には、ラタン先生のほかにもうひとり、何にでもラテン語を引用し、日常生活には場違いな会話をする人物が登場します。

わたしたちと同じ階に、もと中学校教師の老紳士がおり、四十年間勤めて得た年金だけで暮らしていた。静かで陽気な美食家で、朝には小さな庭の花に水をやり、昼には決まって昼寝をし、夕食後には餌をついばんだり羽ばたいたりするように育てたカナリヤたちと一緒に夜風を吸いこんだ。とはいえ、昔の職業とは完全に無縁となったわけではなく、一番の楽しみは、暗記している古典から文章を引いて、あらゆる物事や来訪者に当てはめることだった。わたしはかつて彼に気に入られており、格言の響きに心地よさを感じないではなかった。だからわたしは好かれ、いつも会ったときは独特の方法で語りかけられた。（本書一三四－一三五頁）

この「もと中学校教師の老紳士」は、話の本筋とはまったく関係なく、ただ昔の思い出、もはや主人公の記憶の中にしか存在しない人物についての余談として語られています。そして「独特の方法」とは、会話をすべてラテン語の引用で行なうことです。老紳士の引くラテン語は、ウェルギリウス、テレンティウス、ホラティウス、キケロと多岐に亘ります。主人公は老紳士に気に入られており、また主人公のほうとしても「格言の響きに心地よさを感じないではなかった」といいます。ところが、おかしなことに、老紳士は妻と話すときも同じ調子なのです。ごく普通の家庭的な会話も、ほとんどラテン語の引用ばかりで済ませています。そのため妻は呆れはてているのですが、そのちぐはぐさを端的に表わしているのが、妻による以下の一言です。

「五十年も学校で教えていたら、とても耐えられない不愉快なラテン語熱は治まると思ったんだがね。馬鹿げたことは学校でおしまいにして、皆と同じようにフランス語を話せないのかい?」

（本書一四六頁）

夫婦の会話でラテン語とフランス語が互い違いに話される場面は、やや長い作品である「伯父の書斎」に息抜きめいた面白味を加えるとともに、学校での文法教育と日常的な話し言葉との対比を明らかにしてもいます。テプフェールにとってフランス語とは話し言葉なのです。これはスイスのフランス語、すなわち正規の文法に則ったフランスのフランス語ではないスイスらしさの表われたフランス語なるものを考えるときの重要な拠りどころであり、スイス文学に関連づけて敷衍すれば、のちにC・F・ラミュが「ベルナール・グラッセへの手紙」において提起する、「学校のフランス語 français d'école」「習得した言語（そして結局のところ死んだ言語）une langue apprise (et en définitive une langue morte)」と対比された「野外のフランス語 français de plein air」をも先取りしているでしょう。先の老紳士が、退職後も教師だった頃の仕草を引きずっている、古典の引用で会話する、主人公の記憶の中にしか存在しない、といった何重もの設定で過去の人物だと強調されているのとは対照的に、その時その場で話される言語としてテプフェールは山岳地域での土地の者の話し言葉を文字にしています。

もっとも、急いで言い足さねばなりませんが、テプフェールはラテン語やラテン語教育を忌み嫌っていたのではありません。それどころか、保守派の知識人として、当時のラテン語軽視の風潮を憂いてもいます。一八三五年の「進歩について、小市民と学校教師との関係において」という評論には、以下のような記述が見られます。

進歩は、われわれの仕事に首を突っこんできた。学校で何が行なわれているのか知りたがった。われわれの道具を並べさせた。道具が少し古く、ところどころすり減っているのを見ただけで、仏頂面をして言った。「腐っている。わたしに寄越したまえ」「しかし他の道具をくださるのですか？」「寄越したまえ」〔…〕より早く追いつくために、進歩はギリシア語を殺し、ラテン語を殺し、直接的でないもの、具体的でないもの、もっぱら知性や想像力、趣味、心、魂を養うものを、ことごとく殺そうとした。代わりに、ドイツ語、誰でもどこでも使えるドイツ語、望むのであれば英語、できることならイタリア語、あるいはイロコイ語でもよい、けれどもラテン語は駄目だと忠告してくる。進歩はラテン語に怯えるのだ、雄牛が緋色の布に怯えるように。

「誰でもどこでも使えるドイツ語」とは、スイスのドイツ語ではなく標準ドイツ語という意味でしょう。現在でも、スイスのドイツ語はドイツやオーストリアのドイツ語とは発音や語彙が全く異なり、またドイツ語圏スイス内でも地域差が大きいため、フランス語圏のみならずドイツ語圏スイスでさえ半ば外国語として標準ドイツ語の授業が行なわれています。イロコイ語とは北アメリカ東部の先住民族の言葉で、何でもよいから今も話されている外国語として突飛な例を挙げています。ともかくラテン語だけは死語であり使えないのだから学んでも無駄なのです。このあたりは現在の外国語教育の「実用性」志向とそれに対する反発にも似ているでしょうか。

学校教育による統制を皮肉めかして描き、生きた言語によって小説を書こうと試みつつ、教師や名士としては古典語を擁護する二面性は、マンガも含めたテプフェールの作品の基底を成す諧謔精神にも通じています。規範と逸脱を自覚的に往復してこそ、自己諷刺が可能となるのです。

英語とイギリス人

ラテン語が時代を隔てた異言語だとすれば、もうひとつテプフェールの作品において頻出するのが、場所を隔てた異言語、すなわち英語です。英語は『ジュネーヴ短編集』において、主にふたつの性格を帯びています。

ひとつは、スイスを訪れる上流階級のイギリス人の話す英語、あるいはそうしたイギリス人と会話するためにスイス人の話す英語です。これは、先にロドルフの父ヴォルフガング＝アダム・テプフェールについて見たように、国外に画家の後援者を見つけるための外国語でもあります。

「伯父の書斎」には、主人公ジュールの住む部屋の下の階にいる画家に、老父の肖像画を頼みに来た、ルーシーというイギリス人の若い女性が登場します。もうすぐ父親が亡くなりそうだから、肖像画を描いてもらうことにしたのです。このときルーシーは、肖像画の背景にする公園の絵を馬車から取ってくるよう召使に英語で呼びかけますが、召使は休憩に出かけており、盗み聞きしていたジュールが代わりに取りに行きます。

「……親切な子！　ということは、その子は英語が分かるのですね？」「まさしく。彼はいつもあなたの同国人たちとの通訳をしてくれます……。ありがたい少年だ！　残念なのは、藝術家になる運命にないことです、趣味や才能は藝術家に向いているのですが……」

画家は話を止め、立ち上がった。「お見せしましょう……ほら！　これは彼が先日この窓辺で描いた素描です……湖、牢獄の一角……喜捨を求めて通行人の手の届くところに下がっているぼろぼろの帽子は、美しい自然を見ることのできない気の毒な囚人の存在を示しています」

娘は感極まって言った。「素晴らしい構成！　……けれども、そんなに向いていそうなのに、何が問題なんですか？」

「後見人たちです。法曹の道を望んでいるのです」

「後見人たち！　……すると、あの子は孤児なんですか？」

「久しく前からです。年老いた伯父が教育費を出しているだけです」

「かわいそうな子！」若いイギリス娘はしみじみ同情した声で言った。


（本書五四－五五頁）

ルーシーは、ジュールの画家としての才能も、画家になりたいという希望も、孤児という境遇も、堅実な仕事に就くには画家を諦めざるを得ないという事情も、いちどきに理解し、また同情してくれたのでした。このあとルーシーは、ジュールがラタン氏や階下の画家とひと悶着あってジュネーヴを出奔しローザンヌの伯父の家へ向かうとき馬車に同乗させたり、ジュールに肖像画の複写を依頼することで初めて画家としての仕事を与えたりと、要所要所でジュールの人生の助けとなります。そして「伯父の書斎」の最後は、ジュールが伯父の死をルーシーに知らせる手紙で終わっているのです。

保養のためにスイスを訪れたり、スイス人の画家から才能のある者を見出して仕事を発注したりするイギリス人は、スイス人にとってありがたい外国人です。また、作中でルーシーは身内と話すときのみ英語であり、スイス人と話すときは流暢な（もちろん小説上の設定であり、また小説に書かれている以上その調子までは分からないので書き言葉として読むほかありませんが、話し相手にも、また読者にも違和感を覚えさせないような）フランス語で会話しています。こうしたこともあって、ルーシーの話す英語はジュールにとって異国の薫りをまとった気品ある言葉として響き、その母国イギリスもまた、ルーシーに対する淡い恋心から、レマン湖畔の代わりばえのしない風景とは対照的な、魅力あふれる土地として夢想されます。


ああ！　彼女の想いを受けとめたい！　ところが、幸せの絶頂に代わり、話題が変わって二言三言のうちに、一週間後に彼女がイギリスへと発つことを知った。そのときわたしはどうなっているだろう、ラタン氏と対面して！　わたしは悲嘆に暮れた。

イギリス！　魅力的な国、船の向かう国だ。涼しい海岸や木蔭の公園、憂いのある若いお嬢さんたちが散歩に行くところ！　……ここでは何もかも魅力を欠いている。ここには愛すべきものは何もない。わたしは味気なく湖を眺めた。

（本書五五－五六頁）

テプフェール自身の伝記を辿ってみても、とりたててイギリスに憧れていた様子は伺えず、また文筆家としてイギリスや英語圏と深くかかわりがあったわけでもないようですから、「伯父の書斎」でジュールの心情に表われているのは、作者テプフェールの経験というよりもむしろ、国際的な画家であった父ヴォルフガング＝アダムのイギリスとの交流、あるいは自身も画家を目指していた頃それを傍から眺めていたテプフェール青年による印象ということになるでしょう。フランス語圏スイスにとって最も外国らしい外国語は英語なのです。

他方で、スイスを訪れるイギリス人は、必ずしも好人物ばかりではありません。『ジュネーヴ短編集』でも、地名を表題にした観光ものの作品には、気障な、そして現地人を半ば見下して打ち解けようとしない態度の表われとして、イギリス人による英語での会話が描かれています。一例を「アンテルヌ峠」から見てみましょう。

主人公は「わたし」となっており、名前は明示されていません。観光でシャモニーに来て、より険しい道でアルプスを越えようと、現地の猟師を案内人にしてアンテルヌ峠を行こうと考えます。ところが、その猟師にはイギリス人観光客の先約がいるというので、同行させてもらえないかと、宿でイギリス人に話しかけます。

わたしは、宿に到着したとき、この観光客が宿の玄関にいるのを見た。容姿端麗、服装も清潔で洗練された、あまりに上品な態度のジェントルマンであった、というのは、わたしが横を通ったとき、わたしの挨拶に返事をしなかったからだ。育ちのよいイギリス人にとっては、これが気品と社交儀礼のしるしなのだ。しかし、アンテルヌ峠まで案内してくれる唯一の現地人が先刻この観光客に雇われたと知って、シャモア猟師の手間賃を折半にして一緒に峠越えさせてもらわねばと思い、わたしは引き返した。

　イギリス人はモンブランに向かって座っていたが、目もくれなかった。欠伸したところだった。親しさを示そうと、わたしも欠伸した。それから、英国紳士がわたしの人柄に慣れるために必要だろうと思って何分か待った末、わたしは自分を見せられた、紹介できたと感じた。今だと思った。わたしは小声で、誰とはなしに言った。「壮大だ！　崇高な風景だ！」

　何の反応もなく、返事もなかった。わたしはありったけの愛想を込めて言った。「シャモニーから来られたのですか？」

「ああ」

「わたしも今朝そこを発って来ました」

　イギリス人はまた欠伸した。

「途中でお見かけしませんでしたね。ということは、バルム峠を通って来られたのですか？」

「いや」

「プラリオン山ですか？」

「いや」

「わたしは昨日テット・ノワール山を通って来ました、明日アンテルヌ峠を越えようと思っています、案内人がいれば。あなたは案内人をひとり見つけられたそうですね？」

「ああ」

（本書二四七－二四八頁）

イギリス人は無愛想にも「ああ」か「いや」としか言いません。この生返事は、それぞれ《Ui》と《No》という英語とフランス語の中間のような綴りで書かれています。

主人公は別の牧夫に案内人を頼もうとしますが、持っていた旅行案内を元にアンテルヌ峠の標高と万年雪の限界線を計算で示し、雪も氷河もない安全な道だと説明しても、納得しません。

牧夫は土地の言葉で言った。「あてにならん！　お前の書く数字は分からん、しかし実際、二年前、ここで、同じ月に、ひとりのイギリス人が雪に取り残された。そいつは息子だった。涙を流して嘆き悲しむ父親を見たんだ。ルノーの家に迎えいれて、乾燥ナッツや肉やパイを差し出した。何の役にも立たなかったよ。欲しかったのは自分の息子だ。三十六時間後に戻ってきたが、それは死体だった」

（本書二五〇－二五一頁）

牧夫の最初の言葉は« Mâs'y fias ! »と書かれ、標準的なフランス語に書き換えた« Il ne faut pas s'y fier. »という原註がついています。本当に土地の言葉で書かれているのです。土地の言葉を話す者こそ土地の事情に精通しているというわけです。実際、このあと主人公とイギリス人たちは峠越えを強行しますが、標高が上がるにつれて辺りは一面の雪原となってしまいます。

「アンテルヌ峠」は二十ページ程度の短編であり、話の筋としては、現地の案内人を小馬鹿にしていたイギリス人の紳士と娘が忠告を無視した結果アンテルヌ峠で嵐に遭い、案内人の機転でどうにか無事に脱出して、最後には食事を共にして感謝と反省を述べる、という単純な物語ですが、会話が全体的に口語をそのまま文字にしたような書き方となっているところに特徴があります。とくにイギリス人の話す言葉が、現地人との会話も、イギリス人どうしでの会話も、すべて英語訛りのフランス語で書かれているのです。原文の綴りを見てみましょう。ここでの登場人物は、イギリス人の紳士、その娘、案内人の三人であり、この会話の前には「無作法な口ぶりに、英国紳士は明らかに面喰らっていた。返事をする前に、娘と英語で議論しはじめた。読みやすくするため、この会話はイギリス人がフランス語で会話するときに使うような言葉で再現してみる」とあります。

Milord à sa fille : Cette guide avé iune très-irrévérencious manière.

— Il me paraisse iune stiupid. Disé à lui que je ne voulé paartir que si la ciel n'avé pas iune niuage.
Milord au guide : Je ne voulé paartir que quand la ciel n'avé pas iune seule niuage.
— Eh bien, c'est pas ça ! repartit le guide. De grand matin il y aura des nuages, je vous en préviens ; et tout de même il faut partir de grand matin. Laissez donc, nous connaissons le temps et les endroits, nous autres !
Milord à sa fille : C'été iune fourbe. Au guide : Je disé à vos que je ne voulé paartir que quand la ciel n'avé pas iune iunique niuage.

（本書二五二頁）

おそらくイギリス人の父娘は英語で喋っているのでしょうが、それもすべておかしな綴りのフランス語となっています。

「アンテルヌ峠」では、地の文であるフランス語に対して、山の民が話す方言としてのフランス語、観光に来たイギリス人が話す英語あるいは片言のフランス語、のふたつが対置されています。奇妙さでいえば、方言のフランス語よりも、イギリス人のフランス語のほうが、発音においても内容においても滑稽です。ただ、こうして比べてみると、スイスのフランス語は、国際語としてのフランス語（パリ語）でもないが、土地に根ざした地域言語（パトワ）でもない、何を標準とすべきか定めがたい難しさがあるようにも思えてきます。

地質学者の旅行記

作中にラテン語と英語が違和感を催させる言語として挿入されていることから、テプフェールが現在かつ現地の言葉を尊重しようとしているという大まかな傾向は分かりましたが、とはいえテプフェールもまた山国の民ではなく、アルプスへは物見遊山に行っています。地元ではないが外国でもないスイスの山々を、どのように描こうとしているのでしょうか。ここからは、言語の違いをより広い意味で考え、フランス語ではあるものの自分とは異なる文体として作中に登場させているアルプス描写を見てみましょう。

ひとつは地質学者によるアルプスの歩き方です。シャモニーからマルティニーまでの峠越えを描いた短編「トリヤン渓谷」では、主人公の「わたし」がイギリス人ふたりとフランス人ひとりと道中を共にし、イギリス人は礼儀正しく無口で皮肉っぽい、フランス人は陽気で女性に優しく料理好きといった、やや戯画化された描写で対照される国柄と性格が主題となっていますが、その中で、道すがら地質学者の集団とすれ違ったのを契機に、話の本筋とは関係のない地質学礼讃が長々と挿入されています。

小説内で起こった出来事としては、旅の道連れを探していた「わたし」が、ある一団を見かけて加わったものの、それは地質学者の集団で、道中「わたし」の腰かけた石を地質学者たちが観察しはじめたため、その隙に「わたし」はそっと立ち去った、というだけです。主人公の「わたし」は地質学者たちと何の会話もしておらず、むしろ避けて先を急いだのでした。ところが、そのあと二ページほど、いかに「わたし」が地質学を愛しているかが滔々と語られます。

十八世紀後半から十九世紀前半にかけては、オラス＝ベネディクト・ド・ソシュール（言語学者フェルディナン・ド・ソシュールの曽祖父）による地質学やジョルジュ・キュヴィエによる古生物学の勃興した時期でした。とりわけ一七七九年から一七九六年にかけて全四巻で刊行されたソシュールの『アルプス旅行記』は、学術的な研究書にとどまらず、スイスの山岳風景への興味をかき立て、ルソー『新エロイーズ』とともに十八世紀後半のスイス観光ブームを牽引します。

ソシュールは、アルプスにこそ地球造成を解明する鍵があると考え、登山という発想すらない時代にあって、実地探索のために七回も登攀したのでした。この頃の地質学は、黎明期ゆえ現在の観点からすると誤った学説も多々見受けられますが、テプフェールはむしろ、そうした定説のなさにこそ惹かれたようで、「トリヤン渓谷」での地質学礼讃も、科学というより文学として評価しているかのような書きぶりです。

地質学は無限で、茫漠として、まるで詩のようだ。あらゆる詩がそうであるように、謎を探り、謎を呑みこみ、謎の中に漂いながらも溺れはしない。幕を取り除くのではなく、幕を揺さぶって、たまたま開いた穴から何筋かの光線が差しこんで目を眩ませる。苦労して理解力の助けを求めずとも、想像力を友として、一緒に暗黒の地底へと向かう。あるいは世界のはじまりの日に遡って、若く青い大陸に想像力を散歩させるのだ、混沌から生まれたばかりの、原始的な姿で輝く大陸を闊歩するのは、巨大な痕跡のみが今日その存在をわれわれに明かしてくれる、絶滅した種である。地質学は、世界の果てに到達しなくとも、最果てを目指しながら楽しい道を歩くし、二次的原因について絶えず的外れな戯言を述べるが、あちこちで、非力であるからこそ、われわれを第一原因に向き合わせてくれる。（本書三〇〇頁）

そしてギリシア神話や『創世記』さえも古代の地質学書なのだといいます。これだけ読むと、突飛な空想ゆえに地質学を称えているようにも思われますが、テプフェールがソシュールについて評価しているのは、想像力に訴えかける仮説のほうではありません。まさしくソシュールを主題に据えた論説「ド・ソシュールの旅行記における絵画的《ピトレスク》な部分について」を見ると、ソシュールの地質学書を良質の旅行記と看做すべき理由が書かれています。

アルプスを最もよく感じとり、理解させることのできた人物、その性質と雄大さを自身の文体によって伝えることのできたほとんど唯一の人物が、ひとりの学者、気圧計と湿度計のひとであり、同じ場所に来て詠んだり描いたりした多くの画家や詩人たちの中で、彼に匹敵するどころか、多少なりとも近づけた者すらひとりもいないのは、興味深い出来事、奇妙な運命である。誰も試みなかったせいではない。しかし、どこでも、いつでも、状況に熱狂し、強引な色彩、偽りの描線となっている。いわゆる詩的な文体とされるあれこれの道具については言うまでもない、わたしの耳に入るのは、ありきたりの美辞麗句、鬱陶しい呼びかけ、義務的な形容、恐るべき比喩、そして……根底には何か観光客めいたところがある。

もっとも、この興味深い事態について、わたしは説明がついている。この奇妙な運命に、わたしは驚かない。ド・ソシュールは、自然学や自然史を研究するため、つまり真面目な目的、夢中になった精神、活発な身体を持ってアルプスを歩きまわり、旅の魅力、道の美しさ、研究にともなう生き生きとした新鮮な感覚を恵みとして受け取る。夜、山頂の山小屋で、満足し、自信を持って、日記をつける。そのとき、科学の狭間に、その日の描写、記憶、観察が滑りこむ。すると、凝っていないからこそ真正であり、真正であるからこそ絵画的で詩的な、千もの真の描線が筆先から現われるので、何も考えず、忠実で素朴で善良さに溢れた絵を描くと、そこには彼をとりまく雄大な景色と彼自身の受けた印象とが同時に表わされている。

テプフェールが褒めているのは、まずもって観光客としての固定観念を捨てて見たままの自然を描くこと、科学的な観察によって誇張なしのアルプスを書き留めることです。先に現実の風景があり、それを忠実になぞった旅行記だからこそ詩的になるのであって、あらかじめ詩的な道具立てを用意して構えては逆効果なのです。さらに続けて、ソシュールは科学者として優れた観察眼を持っていただけでなく、優れた作家であれば持っているであろう精神的な資質を備えてアルプスを歩いたからこそ、素晴らしい旅行記を書けたのだと述べます。

しかし、以上のことから、アルプスの画家となるには地質学者や博物学者であれば充分である、手に杖を持ちポケットに気圧計を入れればよい、と結論づけてはならない。また、ド・ソシュールと同じく、山への熱情、アルプスに対するこの上ない適性、多大な疲労に耐えうる身体、疲労を楽しみ疲労を気晴らしや娯楽とする感覚があっても、やはり充分ではない。これら全てを揃えていてもつまらぬ本となるかもしれず、これら全てを持っていなくとも素晴らしい本ができることはある。ただ、ド・ソシュールは、こうした探検のための資質一式に加えて、こう言ってよければ、時代や題材を問わず作家を立派で傑出した存在たらしめる才知と性格の資質、内容においても文体においても最も読者の共感を呼び注意を惹くような資質を、高い次元で統合したのだ。

この作品でわたしが感嘆するのは、高度かつ繊細な、厳しくも愚直な、偉大なものを受け入れつつも小さなものを軽んじない、その観察精神だ。哲学的でありながらも穏やかで晴れやかな、モールの斜面を背にした素朴な山小屋のまわりに愛すべき草原を見つけ、モンブランの凍った荒野を前にして壮大な思考のできる、その好奇心だ。美しさを誇張せず、偶然の出来事を平凡な現象に、珍しいものを驚異に、特異なものを奇跡に仕立てあげることなく、いつでも正確な現実のうちに充分な糧を見出す、豊かな、そしてとりわけ高尚な、その想像力だ。しかし、ド・ソシュールにおいては、真実への愛が際立っており、最も輝かしい能力を和らげている。描写や詩情にも、学問と同じ忠実さ、同じ純真さがある。とても珍しい、それ自体が非常に興味深い現象である。

テプフェールの讃辞はソシュールの学者や作家としての資質に留まらず、人柄にまで及びます。山の人々に対して友情をもって接する善良な旅行者の理想像をソシュールに投影しているのです。ここにソシュールの特徴として挙げられているのは、まさしく『ジュネーヴ短編集』に登場する観光客たちに欠けているとされた態度です。

この作品でわたしが好きなのは、そして著者と紐づけて考えているのは、ともに過ごす貧しい山の人々のほうへと常にド・ソシュールを駆り立てる、博愛と思いやりの感情である。温かく明るい親切心で彼らを受け入れ、偏見を許し、艱難辛苦に同情し、粗末な外見に隠れた素晴らしい資質を評価する。案内人たちと話し、その意見に興味を持ち、友達となる。自分に尽くしてくれる素朴な人々の尊敬、献身、友情に対して、金銭的な報酬で間に合っているとは思わないのだ。真正かつ貴重な品格であり、美しい魂、健全な心、実直で善良な人格の表われだ。

皮肉なことに、ソシュールによってアルプス観光ブームが興った結果、ソシュールのようにアルプスを旅する者はいなくなってしまいました。いたるところ観光地として整備され、何でも商売となったのです。先の論説のうちにも、その現状が悲しげに綴られています。

ド・ソシュール以降、道路が拓かれ、山頂までホテルが広がり、馬車やラバや駕籠がどこにでも入りこむようになって、幾人かの玄人によって守られてきた大いなる秘密は、人混みの中に消え失せてしまった。

『ジュネーヴ短編集』に収録されている一連のアルプス旅行もの、「アンテルヌ峠」「ジェール湖」「トリヤン渓谷」「グラン・サン＝ベルナール」が書かれるのは、この「ド・ソシュールの旅行記における絵画的な部分」よりも後のことです（「牧師館」「伯父の書斎」「遺産」「恐怖」といった自伝ものは「ド・ソシュールの旅における絵画的な部分について」よりも前。「渡航」はどちらとも分類しがたいが、前か後かでいえば後）。これらの短編を書くとき、同じジュネーヴ人であり、テプフェールの生まれた一七九九年に亡くなったソシュールの旅行記が念頭にあったであろうことは、想像に難くありません。

アルプス冒険譚

地質学書の旅行記とは対照的な、いかにも観光客らしい旅行記も、『ジュネーヴ短編集』に描かれています。今度は「グラン・サン゠ベルナール」から、そちらを見てみましょう。この短編は、観光客の冒険譚がいかに都合のよい手柄話であるかを揶揄するのが主題となっていますが、興味深いのは、その冒険譚というのが単なる座談だけで終わらず、本となって流通し、まったく事情を知らない読者を感動させるまでが物語となっている点です。

主人公の「わたし」は、グラン・サン゠ベルナール峠の宿坊で火に当たりながら、神父と、もうひとり別の宿泊者の男と喋っています。そこにフランス人の観光客が入ってきて、今しがた雪崩からほうほうのていで逃げ出してきたところだと言います。しかし季節は七月末で、周囲の山に雪はなく、雪崩など起こりそうもありません。主人公は訝しみますが、あえて反論せずに話を促すと、観光客は続けて、ちょうど居合わせた父と娘、そして娘の婚約者の三人を、怖気づく地元の案内人を押しのけて、自分が勇敢にも雪崩から救い出したのだと語ります。そこまで一気にまくし立てて満足したのか、この観光客は部屋に入ってしまいますが、そこに入れ違いでやって来た当の三人から本当の顛末を聞いて、その男の武勇伝は全て作り話であったと知ります。はるか谷底の雪を見た男が、雪崩と勘違いし、ひとりで慌てふためいていただけだと分かって、一同は笑いますが、最初にいた男だけは、きっと浅はかな同国人だろうと思って、情けなくなり憤然と炉端を立ち去ります。以上が話の本筋です。これだけでも充分に面白く、テプフェールらしい剽軽な技巧が効いていますが、「グラン・サン゠ベルナール」にはもうひとつの筋があります。

全員が部屋に戻ったあと、主人公の「わたし」は、隣の部屋の、先ほど冒険譚を語った観光客の様子が気になって、壁の隙間から覗き見ます。

> すると、観光客がベッドに座って、布団と帽子で暖かくし、ペンを持って、執筆に没頭している様子だったので、わたしはとても驚き、そして少し当てが外れた。ベッドの横には、湯気を上げているポットとさくらんぼ酒の小瓶があった。ときどき筆を止めて読みなおし書きなおし、顔には素朴な満足の笑みから真剣な感嘆までさまざまな表情を浮かべていた。そのうち、自分の文章を小声で朗読して楽しみたくなったようで、読み上げられた一節からは、大型犬と紫、そしてエマという娘の名だけが聞き取れた。わたしは、この観光客は作家で、おそらくアレクサンドル・デュマ流の旅人で、その日の印象や記憶や災難を書きとめるのに忙しいのだろうと思った。それで、好きに仕事をさせておこうと、わたしは眠りについた。
>
> （本書三四八頁）

この観光客は、冒険譚を一座の楽しみとするだけでは飽き足らず、旅先でありながら夜も熱心に旅行記を書いているのです。途中で言及されているアレクサンドル・デュマとは大デュマのことで、イタリアやマグレブ諸国やカフカスなどあちこちを旅して多くの旅行記を書きましたが、最初に著したのが『旅の印象』と題したスイス紀行です。一八三三年から「両世界評論」誌で連載が始まるやいなや好評を博しますが、事実無根の逸話が多く、現地からは苦情が絶えませんでした。とりわけ初回に掲載された、マルティニーの宿で熊のステーキを出されたという話は、まだアルプスの山中には熊を食べるような田舎が残っているという演出のための完全なる創作だったのですが、真に受けた観光客が相次いで宿を訪ね、いたく主人を憤慨させたといいます。テプフェールが、この観光客の書きとめるものとして最初に「印象 impressions」を挙げているのは、デュマの『旅の印象 *Impressions de voyage*』を意識してのことでしょう。

主人公の「わたし」は、グラン・サン＝ベルナール峠でアルプスを越えたあと、ジェノヴァ、フィレンツェ、ローマ、ナポリをめぐり、帰路はシンプロン峠でアルプスを越えます。そして、作中では「昨年の秋」とされているジュネーヴに戻ったとき、サラという叔母の家を訪ねます。この叔母は、同い年くらいの女友だちを集めて、朗読会をしていました。

叔母は、若いころ教師だった優しい母親として、教育的に抑揚をつけ、論理的原則どおり、最も厳格に綴字の規則に従って正確に読むので、聞き心地よかった。叔母は眼鏡を鼻にかけ直すと、朗読を再開した。

「……この少女は、内なる悲しみによって、夕暮れの帷のように青みがかった後光に包まれた、女性の白い影のひとつだった。心の深淵を埋めて自己の存在を完全にしようとする魂の密かな願望を理解できない父親の権威に苦しめられる運命で、痛みを抱え嗚咽を押し殺して憔悴していた。アペニン山脈の明るい斜面で咲くはずだった植物が、ヘルヴェティアの寒い斜面の只中で芽吹かなければならなかったため、輝かしく花開こうとしたところで、高地の冷たい風が、固く包みこむ青白い花蕚に閉じこもるしかなかったのだ」

（本書三五五頁）

この仰々しい文体を叔母は褒め称え、女友だちも同調します。

ここで、若いころ教師をしていた叔母は、この本がいかに美しく書かれているかを指摘せずにはおれなかった。叔母は、繊細な魂の千もの響きに呼応した文体に無限の階調を見出し、とりわけ、主人公の無味乾燥な境遇を様々に照らし出す対比が不意に現われると指摘した。

（本書三五七頁）

書かれたものに対して生真面目な教師の示す的外れな感覚が揶揄されているのは、先に見た「伯父の書斎」に登場するラテン語教師たちにも似ていて興味深いですが、ここでは置いておきましょう。叔母の朗読が進むにつれて、主人公の「わたし」は次第に事情を察します。この旅行記の著者は、サン＝ベルナールの峡谷で雪崩に遭ったというのです。そして、観光客によって雪崩から助け出された娘の名は「エマ」といい、「紫」の唇に安堵の微笑みを浮かべ、宿坊から「大型犬」が助けに来る。まさしくグラン・サン＝ベルナール峠の宿坊で隣の部屋にいた男が書き、そして得意げに朗読していた旅行記なのです。三つの単語で確信した「わたし」は噴き出し、叔母たちの怒りを買って、急いで謝りながら立ち去る、というところで「グラン・サン＝ベルナール」は終わります。

短かい作品のうちに二段構えで笑いどころが作られており、よくできた構成の短編となっていますが、そうした話の面白さだけでなく、当時のアルプス観光が旅行記の出版まで含めた一大流行産業となっていた様子も伺えます。主人公の「わたし」が夏にグラン・サン＝ベルナール峠の宿坊で出会った観光客、そしてのちに叔母の家で朗読を聞くこととなる旅行記の作者は、作中の記述を読むかぎりでは、とりたてて有名な作家ではなく、一介の観光客が趣味で日記をつけているだけです。ところが、「わたし」がイタリアをまわって秋にジュネーヴへ戻ると、もう旅行記が出版され、まったく関係のない叔母の手許にあり、事実を知っている「わたし」は持って回った文体に鼻白みますが、叔母たちは朗読を聞きながら感動しているのです。

テプフェールの『ジュネーヴ短編集』は、こうした旅行記がジュネーヴにさえ溢れており、観光的な視線を内在化したアルプス像が受け入れられているところ、別の仕方でアルプス徒歩旅行を描き、旅行記とは違った形でのスイスの自己表象を試みたのです。他の短編では作品そのものの文体によって示されているのでしょうが、この「グラン・サン＝ベルナール」では、作中に俗流の旅行記を登場させ、舞台裏を明かすかのように執筆の場面から読書の場面までを戯画化することで、当時のアルプス旅行記への対抗心をより露わにしています。

アルプスの遊歩者

以上、ロドルフ・テプフェール『ジュネーヴ短編集』において異物として描かれる言葉から逆照射する形で、フランス語圏スイスの言語について若干の考察を試みました。テプフェールは、学校教師のラテン語と観光客の英語を作中で滑稽に描くことで、時代錯誤や場違いな言語を諷刺していました。裏を返せば、地の文として想定されているのは現在かつ現地の言語ということになりますが、しかしテプフェールとて山村に住んでいるわけではなく、アルプスを訪ねて小説に描こうとするテプフェール自身も半ば観光客であるのは否めません。よそ者がアルプスを周遊し、土産話を書き記すとしたら、参考にすべきは地質学者の態度です。先行の観光案内本を追認し、型にはめるべく誇張された旅行記よりも、徒歩での仔細な観察をもとに想像力を羽ばたかせる、土地に根ざしたフィクションとしての地質学のほうに、テプフェールは惹かれていたし、テプフェールによる小説もまた類似の性質を持つことで、当時流行していた装飾華美なアルプス旅行記とは一線を画そうとしました。

もちろん『ジュネーヴ短編集』について、ここに挙げた以外にも、さまざまな観点から論じることが可能でしょう。たとえば、本稿ではデュボシェ版で追加されたテプフェール自身による挿絵については全く言及しませんでしたが、テプフェールのマンガにおいては絵も文字も同じ描線で書かれている（いしいひさいちのようです）ことから、両者を分離せず一体的にテプフェールの文体と捉えて分析することもできるでしょう。あるいは十九世紀ラルース大事典の「遊歩する flâner」の項に「テプフェールによれば、遊歩するとは無為とは正反対である（サント＝ブーヴ）」、「遊歩者 flâneur」の項に「遊歩を知らない者は、生から死へと向かう自動機械だ（テプフェール）」とあるのに着目して、グザヴィエ・ド・メーストル『部屋をめぐる旅』から引き継がれた「遊歩」の実践をテプフェールに見出し、のちの十九世紀パリで花開くフランス文学の先駆的な要素を指摘することもできます。また、テプフェールはどちらかといえばアルプスのサヴォワ方面をよく描いていますが、ドイツ語圏スイス方面との関係についても、もっと掘り下げる余地はあるでしょう。

いずれにせよ『ジュネーヴ短編集』は、ここで取りあげられなかった主題を数多く含んでいますから、テプフェールのマンガや小説や紀行について、さらにはヨーロッパにおけるフランス語圏文学について、向後の翻訳や研究の進展を期待します。

この翻訳について

最後に、本書の底本とした『ジュネーヴ短編集』の版について、簡単に述べます。というのも『ジュネーヴ短編集』は現在フランス語でも校訂版がなく、これまで出版されたものには大きく分けて二種類の版があるからです。

そもそもフランスで『ジュネーヴ短編集』が出版されることとなったのは、『部屋をめぐる旅』の作者グザヴィエ・ド・メーストルが一八三九年にパリを訪れた際、サント゠ブーヴのインタヴューに応じ、その席でテプフェールの短編をいくつか示してフランスでの出版を勧めたからです。グザヴィエは、出版者シャルパンティエから全集の新版を刊行するので何か作品を書き足してはどうかと水を向けられると、自分は作家ではなく最後に作品を書いたのも数十年前だからと、代わりにテプフェールの作品集を紹介したのでした。このいきさつは、サント゠ブーヴによる「両世界評論」誌の連載「フランスの近代詩人・小説家」シリーズ内の第三十三回であるグザヴィエの略伝に書かれています。

――よく褒めていたのは、情感と諧謔の作風ということで彼に少し似ている、あるジュネーヴの機知に富んだ作家だ。書類鞄に何か新作の掌編が入っていないか訊ねると、「牧師館」、「遺産」、「伯父の書斎」、「渡航」、「アンテルヌ峠」、「ジェール湖」、つまりテプフェール氏の著作選集を示して、フランスでも知られるようになってほしいと述べた。

（拙訳『部屋をめぐる旅　他二篇』二二七頁）

グザヴィエ自身、直接シャルパンティエに手紙を送っており、本人の言葉で同様の経緯を説明しています。

わたしの作品集に何か加えることはできないと、ご理解いただけたらさいわいです。とはいえ、あなたの親切な申し出にお応えしたいので、手に入れたばかりの本を何冊か送ります、それがわたしの本の続きとなるでしょう。自分の作品を書けない代わりに、ぜひ形にしてほしい作品を紹介するのです。わたしは著者であるジュネーヴのテプフェール氏と面識はなく、ただ作品を楽しく読ませてもらっただけなのですが、もし出版すれば、あなたも読者の方々もやはり楽しく読めるに違いありません。とくに、おどろおどろしい劇の後味が消えず、笑いとともに温かい涙を零させてくれるような本を読んで落ち着きたいという読者の方々に、作品を勧めることができるでしょう。

この手紙を序文のように冒頭に置いて、シャルパンティエから一八四一年に刊行されたのが、フランスで最初に出版されたテプフェールの作品集『ジュネーヴ短編集』です。この版には左記の作品が収録されています。

グザヴィエ・ド・メーストルによる出版者への手紙　Lettre adressée à l'éditeur, par Xavier de Maistre
牧師館　Le Presbytère
伯父の書斎　La Bibliothèque de mon oncle
遺産　L'Héritage
アンテルヌ峠　Le Col d'Anterne
ジェール湖　Le Lac de Gers
トリヤン渓谷　La Vallée de Trient
渡航　La Traversée
グラン・サン＝ベルナール　Le Grand Saint-Bernard
恐怖　La Peur

分量としては、「牧師館」が四五ページ、「伯父の書斎」が三部構成の一七九ページ、「遺産」が五部構成の六四ページと、冒頭の三作のみ長く、ほかはいずれも二、三〇ページ程度の短編となっています。

一方、同じく一八四〇年ごろ、テプフェールは、パリ在住の出版者である従兄のジャック＝ジュリアン・ドゥボシェと文通をはじめます。ドゥボシェは一八四三年にはパリで「イリュストラシオン」誌を創刊しました。このドゥボシェが版元となって、著者による挿絵つき版『ジュネーヴ短編集』が一八四四年にパリで刊行されます。この版には左記の作品が収録されています。

序文　Préface（J.-J. DUBOCHET, éditeur の署名）
伯父の書斎
ふたつのシャイデック　Les Deux Scheidegg
遺産
アンテルヌ峠
エリザとヴィドマー　Elisa et Widmer
ジェール湖

渡航
トリヤン渓谷
グラン・サン＝ベルナール
恐怖

もちろん最も大きな違いはテプフェール自身による挿絵がふんだんに掲載されていることですが、加えて、収録作品についてドゥボシェ版がシャルパンティエ版と異なっているのは、以下の四点です。

・グザヴィエ・ド・メーストルの手紙がなくなり、出版者ドゥボシェによる短かい序文に替わっている。
・「牧師館」が省かれている。
・「ふたつのシャイデック」「エリザとヴィドマー」が追加されている。
・「渡航」「トリヤン渓谷」の順序が入れ替わっている。

出版者ドゥボシェによる序文には、『ジュネーヴ短編集』がよく売れたため改めて挿絵つきの完全版を刊行しようと思い至ったこと、テプフェールは自身の旅行記を挿絵つきで刊行しており本人に挿絵を描いてもらうのが一番であること、それまでもテプフェールは自身の著作の余白にイラストを描いていたが「伯父の書斎」の素描をゲーテに称讃されたのが後押しとなったこと、などが書かれています。このときまでにテプフェールはパリでも充分に認知されて、もはやグザヴィエ・ド・メーストルの威光を必要としなくなったのでしょう。シャルパンティエ版にあった「牧師館」は、テプフェールが加筆して長編小説として別に刊行したため、この版では省かれています。新たに収録された二作は、「ふたつのシャイデック」はこの版が初出、「エリザとヴィドマー」は「ジュネーヴ万有文庫」一八三四年九月号に「遺産」とともに掲載されたのが初出（したがってシャルパンティエ版よりも前に書かれている）です。どちらも他作品の異曲同工の感は否めませんが、表題から分かるとおりドイツ語圏スイスの雰囲気を帯びているのが特筆されます。「ふたつのシャイデック」は舞台をベルナー・オーバーラント地方とし、主人公が観光で来ていた若い娘をめぐる決闘騒ぎに巻き込まれる話です。「エリザとヴィドマー」は、主人公の父方の叔母がドイツ系で、若くして亡くなったエリザという娘がおり、その恋人ヴィドマーとの物語となっています。実際、先に述べたとおり、またテプフェールという名字の示すように、ロドルフの父ヴォルフガング＝アダム・テプフェールはドイツ系ジュネーヴ人でした。

ごく大雑把に二分すると、地名が表題となっているものはアルプス各地での現地人と観光客との邂逅を描いた作品、そうでないものは半ばテプフェールの自伝めいた、それぞれの年齢における経験や苦悩などを描いた作品です。もっとも、テプフェール自身がジュネーヴに根ざした人間ですから、後者の作品であっても地域性は内容に深く関係しています。ただし、その中では「渡航」だけが異色の作品で、ヨーロッパでの偏僂に対する差別と、よくも悪くも実力主義のため偏僂も差別を受けず実業家として成功できる新天地アメリカが主題となっています（もっとも、作品中で当の偏僂が手紙に書いているとおり、アメリカでは黒人が差別を受けています）。この作品のみジュネーヴやアルプスの地域性とはほとんど関係なく、挿絵も僅かで、表題の「渡航」とは大西洋を横断してアメリカへ渡ることです。サント＝ブーヴは、クレール・ド・デュラス「ウーリカ」とグザヴィエ・ド・メーストル「アオスタ市の癩病者」に並べて、障碍を題材とした小説と評しています。

もとより『ジュネーヴ短編集』という表題じたいが漠然としており、パリで刊行するにあたって一種の異国趣味を喚起すべく便宜的につけられただけで、収録作品を拘束する性質のものではありませんが、のちに他の版元から刊行された同題のテプフェール作品集も、おおむね上に挙げたふたつの版の系統となっています。挿絵つきのドゥボシェ版を基にしたと思しき版は、このあとガルニエ（Garnier frères）などから刊行されています。一方、文章のみのシャルパンティエ版を基にしたと思しき版も、アシェット（Hachette）などから刊行されています。

こうした事情を踏まえ、本書では以下のような方針を採りました。

・収録作品は、シャルパンティエ版とドゥボシェ版の双方に収められている八作品とする。
・テプフェール自身による挿絵を掲載したいので、底本はドゥボシェ版とするが、シャルパンティエ版も同時に参照し、文章に異なる部分があれば訳註に記す。

したがって、底本にも両方の版を挙げておきます。

Rodolphe Töpffer, *Nouvelles genevoises par M. Töpffer, précédées d'une lettre à l'éditeur par le comte Xavier de Maistre*, Charpentier, 1841.

Rodolphe Töpffer, *Nouvelles genevoises par M. Töpffer, illustrées d'après les dessins de l'auteur*, J.-J. Dubochet, 1844.

テプフェールの評価は常に揺れています。同時代のジュネーヴではマンガが人気を博していましたが、サント＝ブーヴは小説を、バルベー・ドールヴィイは旅行記を高く評価し、近年では記号論的な関心から再びマンガの始祖として注目されています。日本ではマンガ研究の方面から左記ふたつの浩瀚な研究書が日本語で読めるようになっており、大いに参考となりました。なお、サント＝ブーヴによる略伝を訳出したので、解題ではフランス革命後のジュネーヴ史とも呼応するテプフェールの人生については詳しく触れませんでしたが、年譜は他の資料とも照合しつつ作成したため、一部サント＝ブーヴの記述と異なる部分があります。

ティエリ・グルンステン、ブノワ・ペータース（古永真一、原正人、森田直子訳）『テプフェール マンガの発明』、法政大学出版局、二〇一四

森田直子『「ストーリー漫画の父」テプフェール 笑いと物語を運ぶメディアの原点』、萌書房、二〇一九

テプフェールを研究されている森田直子先生、C・F・ラミュを研究されている笠間直穂子先生は、かねてから研究会でご一緒しており、フランスで三度の部屋をめぐる旅をする破目になったときにもさまざまな励ましをいただきましたが、本書では直接的に多大な学恩を賜りました。また、この翻訳は、第九十二回五月祭の企画「院生サイエンスBar」にて、コマ割マンガの創始者テプフェールと山国のフランス語圏文学について話したのが契機となっています。企画を立案し実行した鈴木良平氏に感謝いたします。

［著者略歴］

ロドルフ・テプフェール［Rodolphe Töpffer 1799–1846］

フランス領ジュネーヴ（のちスイス連邦に加盟）生まれのフランス語圏作家。生涯ジュネーヴで暮らし、自身の設立した寄宿学校の校長を務め、ジュネーヴ・アカデミーで修辞学を講じたほか、アルプスの風土をフランス語圏スイスの文体で描いた多くの短編小説によって、最初期のスイス文学作家となった。また、生徒を楽しませるべく文章と線画を組み合わせて手書きした絵物語は、現在のコマ割マンガの始祖とされる。

［訳者略歴］

加藤 一輝［かとう・かずき］

一九九〇年、東京都生まれ。翻訳家、水産大学校助教。ルリユール叢書（幻戯書房）からの訳書に、グザヴィエ・ド・メーストル『部屋をめぐる旅 他二篇』。翻訳サークルCato Triptyqueからの訳書に、シャンフルーリ『猫』『諷刺画秘宝館』（共訳）、若月馥次郎『桜と絹の国』、キク・ヤマタ『八景』（共訳）など。

〈ルリユール叢書〉

ジュネーヴ短編集《たんぺんしゅう》

二〇二四年一一月八日 第一刷発行

著者 ロドルフ・テプフェール

訳者 加藤一輝

発行者 田尻 勉

発行所 幻戯書房

郵便番号一〇一‐〇〇五二

東京都千代田区神田小川町三‐十二 岩崎ビル二階

電話 〇三（五二八三）三九三四

FAX 〇三（五二八三）三九三五

URL http://www.genki-shobou.co.jp/

印刷・製本 中央精版印刷

ISBN978-4-86488-308-5 C0397

〈ルリユール叢書〉発刊の言

　厖大な情報が、目にもとまらぬ速さで時々刻々と世界中を駆けめぐる今日、かえって〈遅い文化〉の意義が目に入りやすくなってきました。例えば、読書はその最たるものです。それというのも読書とは、それぞれの人が自分のリズムで本を読み、日々の生活や仕事、世界が変化する速さとは異なる時間を味わう営みでもあります。人間に深く根ざした文化と言えましょう。

　本はまた、ページを開かないときでも、そこにあって固有の時間を生みだすものです。試しに時代や言語など、出自を異にする本が棚に並ぶのを眺めてみましょう。ときには数冊の本のなかに、数百年、あるいは千年といった時間の幅が見いだされるかもしれません。そうした本の背や表紙を目にすることから、すでに読書は始まっています。

　気になった本を手にとり、一冊また一冊と読んでいくと、目には見えない書物同士の結び目として「古典」と呼ばれる作品があることに気づきます。先人の知を尊重し、これを古典として保存、継承していくなかで書物の世界は築かれているのです。かつて盛んに翻訳刊行された「世界文学全集」も、各国文学の古典を次代の読者へと手渡し、共有する試みでした。

　古今東西の古典文学は、書物という形をまとって、時代や言語を越えて移動します。〈ルリユール叢書〉は、どこかの書棚でよき隣人として一所に集う――私たち人間が希望しながらも容易に実現しえない、異文化・異言語・異人同士が寛容と友愛で結びあうユートピアのような――〈文芸の共和国〉を目指します。

　また、それぞれの読者にとって古典もいろいろです。私たちは、そのつど本を読みながら、時間をかけた読書の積み重ねのなかで、自分だけの古典を発見していくのです。〈ルリユール叢書〉は、新たな古典のかたちをみなさんとともに探り、育んでいく試みとして出発します。

Reliure〈ルリユール〉は「製本、装丁」を意味する言葉です。
ルリユール叢書は、全集として閉じることのない
世界文学叢書を目指し、多種多様な作品を綴じながら、
文学の精神を紐解いていきます。
一冊一冊を読むことで、読者みずからが〈世界文学〉を
作り上げていくことを願って——

［**本叢書の特色**］

❖名作の古典新訳から異端の知られざる未発表・未邦訳まで、世界各国の小説・詩・戯曲・エッセイ・伝記・評論などジャンルを問わず紹介していきます（刊行ラインナップをご覧ください）。

❖巻末には、外国文学者ならではの精緻、詳細な作家・作品分析がなされた「訳者解題」と、世界文学史・文化史が見えてくる「作家年譜」が付きます。

❖カバー・帯・表紙の三つが多色多彩に織りなされた、ユニークな装幀。

〈ルリユール叢書〉［既刊ラインナップ］

アベル・サンチェス	ミゲル・デ・ウナムーノ［富田広樹＝訳］
フェリシア、私の愚行録	ネルシア［福井寧＝訳］
マクティーグ　サンフランシスコの物語	フランク・ノリス［高野 泰志 訳］
呪われた詩人たち	ポール・ヴェルレーヌ［倉方健作＝訳］
アムール・ジョーヌ	トリスタン・コルビエール［小澤真＝訳］
ドクター・マリゴールド　朗読小説傑作選	チャールズ・ディケンズ［井原慶一郎＝編訳］
従弟クリスティアンの家で　他五篇	テーオドール・シュトルム［岡本雅克＝訳］
独裁者ティラノ・バンデラス　灼熱の地の小説	バリェ＝インクラン［大楠栄三＝訳］
アルフィエーリ悲劇選　フィリッポ　サウル	ヴィットーリオ・アルフィエーリ［菅野類＝訳］
断想集	ジャコモ・レオパルディ［國司航佑＝訳］
颱風［タイフーン］	レンジェル・メニヘールト［小谷野敦＝訳］
子供時代	ナタリー・サロート［湯原かの子＝訳］
聖伝	シュテファン・ツヴァイク［宇和川雄・籠碧＝訳］
ボスの影	マルティン・ルイス・グスマン［寺尾隆吉＝訳］
山の花環　小宇宙の光	ペタル二世ペトロビッチ＝ニェゴシュ［田中一生・山崎洋＝訳］
イェレナ、いない女　他十三篇	イボ・アンドリッチ［田中一生・山崎洋・山崎佳代子＝訳］
フラッシュ　ある犬の伝記	ヴァージニア・ウルフ［岩崎雅之＝訳］
仮面の陰に　あるいは女性の力	ルイザ・メイ・オルコット［大串尚代＝訳］
ミルドレッド・ピアース　未必の故意	ジェイムズ・M・ケイン［吉田恭子＝訳］
ニルス・リューネ	イェンス・ピータ・ヤコブセン［奥山裕介＝訳］
ヘンリヒ・シュティリング自伝　真実の物語	ユング＝シュティリング［牧原豊樹＝訳］
過去への旅　チェス奇譚	シュテファン・ツヴァイク［宇和川雄・籠碧＝訳］
魂の不滅なる白い砂漠　詩と詩論	ピエール・ルヴェルディ［平林通洋・山口孝行＝訳］

部屋をめぐる旅 他二篇	グザヴィエ・ド・メーストル［加藤一輝＝訳］
修繕屋マルゴ 他二篇	フジュレ・ド・モンブロン［福井寧＝訳］
シラー戯曲傑作選 ヴィルヘルム・テル	フリードリヒ・シラー［本田博之＝訳］
復讐の女／招かれた女たち	シルビナ・オカンポ［寺尾隆吉＝訳］
ルツィンデ 他四篇	フリードリヒ・シュレーゲル［武田利勝＝訳］
放浪者 あるいは海賊ペロル	ジョウゼフ・コンラッド［山本薫＝訳］
運河の家　人殺し	ジョルジュ・シムノン［森井良＝訳／瀬名秀明＝解説］
魔法の指輪［上・下］	ド・ラ・モット・フケー［池中愛海・鈴木優・和泉雅人＝訳］
詩人の訪れ 他三篇	C・F・ラミュ［笠間直穂子＝訳］
みつばちの平和 他一篇	アリス・リヴァ［正田靖子＝訳］
三つの物語	スタール夫人［石井啓子＝訳］
ストロング・ポイズン	ドロシー・L・セイヤーズ［大西寿明＝訳］
ピェール 黙示録よりも深く［上・下］	ハーマン・メルヴィル［牧野有通＝訳］
聖ヒエロニュムスの加護のもとに	ヴァレリー・ラルボー［西村靖敬＝訳］
恋の霊 ある気質の描写	トマス・ハーディ［南協子＝訳］
シャーンドル・マーチャーシュ 地中海の冒険［上・下］	ジュール・ヴェルヌ［三枝大修＝訳］
昼と夜　絶対の愛	アルフレッド・ジャリ［佐原怜＝訳］
乾杯、神さま	エレナ・ポニアトウスカ［鋤柄史子＝訳］
モン＝オリオル	ギ・ド・モーパッサン［渡辺響子＝訳］
シラー戯曲傑作選 メアリー・ステュアート	フリードリヒ・シラー［津崎正行＝訳］
シラー戯曲傑作選 ドン・カルロス スペインの王子	フリードリヒ・シラー［青木敦子＝訳］
稜線の路	ガブリエル・マルセル［古川正樹＝訳］
ドイツの歌姫 他五篇	ラーザ・ラザーレヴィチ［栗原成郎＝訳］
戦争	ルイ＝フェルディナン・セリーヌ［森澤友一朗＝訳］

ガリバー	クロード・シモン［芳川泰久＝訳］
ドイツ・ヴァンパイア怪縁奇談集	ラウパッハ、シュピンドラー 他［森口大地＝編訳］
二匹のけだもの／なけなしの財産	D・ベルゲルソン／デル・ニステル［田中壮泰／赤尾光春＝訳］
ポンペイ最後の日［上・下］	エドワード・ブルワー＝リットン［田中千惠子＝訳］
メランジュ 詩と散文	ポール・ヴァレリー［鳥山定嗣＝訳］
不審人物　故人　自叙伝	ブラニスラヴ・ヌシッチ［奥彩子・田中一生＝訳］
スリー	アン・クイン［西野方子＝訳］
ジュネーヴ短編集	ロドルフ・テプフェール［加藤一輝＝訳］

［以下、続刊予定］

失われたスクラップブック	エヴァン・ダーラ［木原善彦＝訳］
心霊学の理論	ユング＝シュティリング［牧原豊樹＝訳］
ニーベルンゲン 三部のドイツ悲劇	フリードリヒ・ヘッベル［磯崎康太郎＝訳］
愛する者は憎む	S・オカンポ／A・ビオイ・カサーレス［寺尾隆吉＝訳］
スカートをはいたドン・キホーテ	ベニート・ペレス＝ガルドス［大楠栄三＝訳］
アルキュオネ　力線	ピエール・エルバール［森井良＝訳］
汚名柱の記	アレッサンドロ・マンゾーニ［霜田洋祐＝訳］
エネイーダ	イヴァン・コトリャレフスキー［上村正之＝訳］
不安な墓場	シリル・コナリー［南佳介＝訳］
笑う男［上・下］	ヴィクトル・ユゴー［中野芳彦＝訳］
ロンリー・ロンドナーズ	サム・セルヴォン［星野真志＝訳］
ユダヤ人の女たち ある小説	マックス・ブロート［中村寿＝訳］
箴言と省察	J・W・v・ゲーテ［粂川麻里生＝訳］
雷に打たれた男	ブレーズ・サンドラール［平林通洋＝訳］
シビュラ	ジャック・メルカントン［正田靖子＝訳］

＊順不同、タイトルは仮題、巻数は暫定です。＊この他多数の続刊を予定しています。